U0563766

A Library of Academics by PHD Supervisors
博士生导师学术文库

文心雕龙审美心理学

李天道　著

中国书籍出版社
China Book Press

图书在版编目（CIP）数据

文心雕龙审美心理学 / 李天道著 . -- 北京：中国书籍出版社，2019.1

ISBN 978-7-5068-7192-1

Ⅰ. ①文… Ⅱ. ①李… Ⅲ. ①文学理论—中国—南朝时代②《文心雕龙》—审美心理—研究 Ⅳ. ① I206.2

中国版本图书馆 CIP 数据核字（2018）第 295277 号

文心雕龙审美心理学

李天道　著

责任编辑　毕　磊
责任印制　孙马飞　马　芝
封面设计　中联华文
出版发行　中国书籍出版社
地　　址　北京市丰台区三路居路 97 号（邮编：100073）
电　　话　（010）52257143（总编室）　（010）52257140（发行部）
电子邮箱　eo@chinabp.com.cn
经　　销　全国新华书店
印　　刷　三河市华东印刷有限公司
开　　本　710 毫米 ×1000 毫米
字　　数　344 千字
印　　张　21
版　　次　2019 年 4 月第 1 版　2019 年 4 月第 1 次印刷
书　　号　ISBN 978-7-5068-7192-1
定　　价　95.00 元

目　录

CONTENTS

绪　论 …… 1

第一编　审美主体心理智能结构 …… 27

第一章　心生言立：审美主体作用论 …… 29

第二章　以气为主：审美主体心理智能结构论 …… 48

第三章　各师成心：审美主体个性结构论 …… 81

第四章　才气学习：审美主体智能结构论 …… 113

第二编　审美主体修养 …… 131

第五章　积学储宝：审美主体心理智能结构建构论之一 …… 133

第六章　研阅穷照：审美主体心理智能结构建构论之二 …… 149

第三编　审美创作体验 …… 167

第七章　感物吟志：审美创作动机生成论之一 …… 169

第八章　志思蓄愤：审美创作动机生成论之二 …… 184

第九章　情动言形：审美创作构思论之一 …… 200

第十章　贵在虚静：审美创作构思论之二…………………………… 219
第十一章　神与物游：审美创作构思论之三……………………… 239
第十二章　神用象通：审美创作构思论之四……………………… 253

第四编　审美接受………………………………………………………… 271
第十三章　知音见异：审美接受心理论…………………………… 273

附录一　我国四十年来审美心理学研究概观…………………… 290

附录二　《文心雕龙》论“文”的构成论意义…………………… 303

附录三　中国古代“文”符论…………………………………………… 313

参考文献…………………………………………………………………… 323

后　记……………………………………………………………………… 329

绪 论

本书所加以阐释和解读的，是《文心雕龙》中的审美心理学思想。作为被鲁迅誉为“解析神质，包举洪纤，开源发流，为世楷式”[①]的“体大思精”的文艺美学巨著，《文心雕龙》系统地总结了齐梁之前中国古代文艺审美创作的实践经验，既博采众长，又独具睿智。其在世界文艺美学理论史上的地位，堪与西方的亚里斯多德《诗学》相媲美。究其实际而论，《文心雕龙》与《诗学》相比，其理论体系更为严密、博大，其内容也远较《诗学》丰富，在许多方面都超过《诗学》，故而，把刘勰看作是东方的亚里斯多德，把对《文心雕龙》的研究称之为“龙学”，则是理所当然的。

同时，必须指出，审美心理学是一门新兴学科，在中国古代是没有这门学科的。但中国古代，从远古时期始，就有极为丰富的有关审美心理学所涉及的审美活动和自然审美意识、自然审美经验。因此，这里所说的中国古代审美心理学，应该是植根于中国传统文化的，基于与西方的“审美心理学”平等对话，受西方现代审美心理学等的影响，又极具“中国元素”“中国气派”的既古老又弥新的一门学科。这种学科的建立，祈求回归中国文化心理传统去探讨其中生生不息的审美智慧，接续中国古代审美心理学思想的血脉，使其更具“中国气派”。同时，应该说，中国古代审美心理学是深层次的审美心理学。中国古代审美心理学的智慧就是研究和阐释人类在审美过程中的心理活动规律，主要是指美感的产生和体验，而心理活动则指人的知、情、

① 鲁迅:《论诗题记》,《鲁迅全集》第8卷. 人民文学出版社，1982年版。

意。因此审美心理学也可以说是一门研究和阐释人们美感的产生和体验中的知、情、意的活动过程，以及个性倾向规律的学科。中国古代审美心理学总是借助人与生存环境间的审美活动以促使人融于天地化育之中，致使人的生存活动诗意化，以塑造完美的心灵与圆融的人生。中国古代审美心理学是从“天人”相与合一、交感构成关系来探讨基本问题的。所谓“明天人之际”，就是要求懂得“天道”“人道”及“天人”相与合一、交感构成的关系问题。

《文心雕龙》是中国古代审美心理学思想的源头，具有丰富的审美心理学思想。由于《文心雕龙》审美心理学与中国古代审美心理学的思想渊源有着极为紧密的历史联系，所以对《文心雕龙》审美心理学思想的剖析和探究，从某种意义上看，可以说是对整个中国古代审美心理学思想之源的挖掘。用现代审美心理学理论作为新的坐标参照系和透视点，以系统地分析、审视《文心雕龙》的审美心理学思想，采掘和整理这一既属于中国文化也属于世界文化的精神财富，通过此，以揭示中华传统审美心理的幽情壮采，并努力追寻《文心雕龙》审美心理学的广泛而深远的历史影响和现代嬗变，这既是本书的出发点，也是本书的目的之所在。

一

在探究和分析《文心雕龙》审美心理学思想之前，有必要对审美心理学这一学科及其研究对象和范围作一简单介绍。作为美学和文艺美学的一个重要组成部分，审美心理学主要研究人们在美的欣赏和美的创造中的心理活动规律。这种审美心理活动规律的中心内容是审美经验，同时也包括审美个体的审美心理智能结构、审美能力，以及在审美体验的基础上形成的审美个性、审美趣味、审美观念、审美理想等方面的内容。

审美心理学作为一门独立的学科，是在19世纪后半叶开始形成的。它的形成与德国心理学家费希纳的努力分不开。因此，审美心理学在中国古代还没有形成为一门独立的学科。在我国开展审美心理学研究的时间也并不长。20世纪30年代前后，吕澂在其《晚近美学说和美的原理》（1925）与《现代美学思潮》（1931）中介绍了西方审美心理学的发展概况。与此同时，朱光潜也开始从审美心理学的角度对文艺创作和文艺欣赏进行研究，他的《文艺心理学》(1936)和《悲剧心理学》(1933)在我国审美心理学研究的发展过程中起了极为重要的作用。

中国古代虽然没有审美心理学这门学科，但是，审美心理学思想资料却十分丰富，在几千年的历史发展过程中，已经形成了一整套博大精深的审美心理学思想体系。在这一体系中，《文心雕龙》审美心理学思想占有非常突出的地位。

诚然，《文心雕龙》并不是一部审美心理学专著，但是，我们必须看到，《文心雕龙》一书中有大量的篇章涉及人们在美的欣赏和美的创造中的心理活动规律，涉及主体的审美心理智能结构的建构、审美能力、审美修养、审美个性、审美体验、审美接受活动等诸方面的问题。我们只要稍加注意就能看到，刘勰有着非常丰富的审美心理学方面的思想，《文心雕龙》一书中的审美心理学思想已经具有一定的完整性和系统性，只不过是对审美心理学的认识还贯穿到对审美创作和审美欣赏的心理现象的描述之中。

刘勰以"文心雕龙"题其著作，就已经表明他对文艺创作审美活动中的心理现象及其心理活动规律的注意。他在《序志》篇中说："夫文心者，言为文之用心也。昔涓子《琴心》，王孙《巧心》，心哉美矣，故用之也。"即如王元化在《文心雕龙创作论》中所指出的，刘勰之所以要研究与阐述"为文之用心"，乃是因为刘勰认为"人(圣人)通过自己的'心'创造了艺术美"，"'文'产生于'心'，故'心'这一概念是最根本的主导因素"。的确，"心"在《文心雕龙》中是一个极为重要的范畴。可以说，从某种程度上看，刘勰就是把审美创作看作是"心"的表现。《原道》篇说："心生而言立，言立而文明，自然之道也。"由"心生"到"言立"，再到"文明"，也即由心到文的过程，如《体性》篇所说，就是一个"沿隐以至显，因内而符外"审美构思活动过程。在《文心雕龙》中，有关由"心"到"文"的论述非常之多。例如《章表》篇说："原夫章表之为用也，所以对扬王庭，昭明心曲。"《练字》篇说："心既托声于言，言亦寄形于字。"《知音》篇说："觇文辄见其心。"《情采》篇云："心术既形，英华乃赡。"《丽辞》篇说："夫心生文辞，运裁百虑，高下相须，自然成对。"刘勰这种认为审美创作构思活动是由"心"到"文"的过程，为心灵的表现、情感的抒发的观点是非常符合中国古代美学的基本特点的。

应该指出，中国古代美学是人生美学。中国古代美学观念的确立，是以“人”为中心，基于对人的生存意义、人格价值和人生境域的探讨和追求的，旨在说明人应当有什么样的精神境域，怎样才能达成这种精神境域，人应当怎样生活，选择什么样的生存方式，怎样才能生活得幸福、愉快而有意义。换言之，则应该说，中国古代美学的思想体系是在体验、关注和思考人的存在价值和生命意义的过程中生成和建构起来的，因此，中国古代美学具有极为鲜明和突出的重视人生并落实于人生的特点。可以说，中国古代美学思想体系中的“求仁得仁”“天人合一”“中和之美”“尽善尽美”“心解了达”等重要范畴与命题，就都是本着对天与人的关系、人与人的关系、人生的理想、人格的确立、人性的美善等有关人生一系列问题的探讨的基础之上提出并展开论述的①。中国美学的这种特点自然会影响及《文心雕龙》审美心理学思想，促使其对人在天地间的地位、人的伦理道德精神、人的心灵世界、人的感情体验等方面的问题进行比较深入细致的分析和表述，并由此而形成其具有浓重传统特色的审美心理学思想体系。例如在“天人合一”、人与自然都由“气（道）”所化育、同源同构的思想作用下，《文心雕龙》审美心理学强调人必须与天认同。《物色》篇说：“是以诗人感物，联类不穷。流连万象之际，沉吟视听之区。写气图貌，既随物以宛转；属采附声，亦与心而徘徊。”正如王元化所指出的，在这里，刘勰是“一方面要求以物为主，以心服从于物；另一方面又要求以心为主，用心去驾驭物”，“以物我对峙为起点，以物我交融为结束”②。

正是由于从“物我交融”的“天人合一”观念出发，所以刘勰认为审美创作构思必须追求心物一体、物我交融、情景合一。《明诗》篇说：“人禀七情，应物斯感，感物吟志，莫非自然。”天与人都以“气（道）”为生命本原，同源同构，故而在审美创作活动中物与我相感相应、相通相合、相互吸引、相互逗发，又相互融会，就“莫非自然”了。并且，也正是由此出发，所以在刘勰看来，在人与自然、本质与现象、主体与客体的浑然统一的世界中，人始终处于核心地位。《原道》篇说：“人为五行之秀，实天地之心，心生而言立，言立而文明，自然之道也。”《序志》篇亦说：人“其超出万物，

① 皮朝纲主编：《中国美学体系论》[M]，北京：语文出版社1995年版，第7页。

② 王元化：《文心雕龙创作论·释〈物色篇〉心物交融说——关于创作活动中的主客关系》，上海古籍出版社1984年版，第103页、第104页。

亦已灵矣。”刘勰认为人有心理活动，心即性灵，故而人是有性灵的，高于宇宙万物。既然人“为五行之秀，实天地之心”，是“性灵所钟”，有心理活动，“超出万物，亦已灵矣”，所以说“夫以无识之物，郁然有彩；有心之器，其无文欤！”在儒家“求仁得仁”“重生”“贵生”“乐生”，以及《易经·乾卦·文言》所描述的“夫大人者，与天地合其德，与日月合其明，与四时合其序，与鬼神合其吉凶。先天而天弗违，后天而奉天时”，“与天地合其德”，“人”必须与天相认同，与自然浑然统一。在此建构过程中“人”始终处于核心地位，因此，“人”应充满着向上的精神，并由此精神培养，产生出对生活、对生命的珍惜与重视，保持一种积极向上的“人”之追求的审美观念。《文心雕龙》审美心理学极为重视审美主体心理智能结构中的人格因素，注重人格建构，认为“君子藏器，待时而动，发挥事业；固宜蓄素以弸中，散采以彪外，楩楠其质，豫章其干”[①](《程器》)。强调作为文艺创作者个体应注意人格修养，充实其才德于内；指出主体的胸襟、品德、志向、学识是完善其审美心理智能结构的主要因素，在他看来，器识是深化和优化审美心理智能结构的根本。

刘勰认为，从文艺审美创作来看，言为心声，文艺作品是文艺创作者感知审美对象所引起的心理效应的独特的艺术折射，“觇文辄见其心”(《知音》)，是主体心灵的外化和物象化，因此必定体现出文艺创作者的人品、气质和性格等个性特征，“因内而符外”。优秀的文艺作品都是文艺创作者思想感情、人格操行等精神世界的直接、鲜明和充分的表露，有着深深的艺术个性的烙印。

《文心雕龙》审美心理学思想认为，在个体审美心理智能结构的人格因素中，人品是最重要的心理因素。正如《程器》篇所指出的，审美心理智能结构的建构中主体应“贵器用而兼文采”，要“有懿文德”。主体的人品直接影响文艺作品的审美意旨和审美境域。高尚的品德、宏阔的胸襟、深远的见识是进行文艺审美创作活动的根本。《知音》篇说：“岂成篇之足深，患识照之自浅耳。夫志在山水，琴表其情，况形之笔端，理将焉匿？”在刘勰看来，

---

① （梁）刘勰著．范文澜注：《文心雕龙注》，人民文学出版社，1960年版。本书所引《文心雕龙》都同为该书。

文艺审美创作“必以情志为神明，事义为骨髓”(《附会》)。《情采》篇说：“夫以草木之微，依情待实，况乎文章，述志为本，言与志反，文岂足征？”这里所谓的“志”，就包括文艺创作者的审美理想、人格情操、审美品行。主体的人品价值决定着文艺作品的品格和审美价值。文艺作品的审美韵味与风味是文艺创作者人品的外现，透过作品的语言文辞、风貌体貌，可以看出文艺创作者的气格人格。

《知音》篇说：“夫缀文者情动而辞发，观文者披文以入情。”《情采》篇说：“故知文质附乎性情。”《体性》篇说：“吐纳英华，莫非情性。”也就是说，审美创作是主体情性的表现和心灵的外化，优秀的作品总是文艺创作者独特个性的外现，主体的审美心理智能结构是审美创作活动的基础，故而，《文心雕龙》审美心理学思想极为重视文艺创作者审美心理智能结构的建构，强调人才和器识应兼善并美。在《体性》篇刘勰就强调指出文艺创作者应“才”“气”“学”“习”交相为济。在他看来，才力与学识是主体智能结构、器识结构和审美结构的综合，这之中既有先天的因素，又有后天的作用。先天的遗传为主体的审美心理智能结构的建构准备了必要的生理和心理条件，但审美心理智能结构的最终形成和发展则还必须通过后天的“资养素气”“积学储宝”和“研阅穷照”等大量的知识积累、生活积累和审美实践经验积累。离开“学”与“习”等生活实践与审美实践活动，审美心理智能结构永远不可能得到较为完善的建构，故刘勰在《文心雕龙》中特别强调“学”与“习”。所谓“唯君子能通天下之志”(《论说》)、“才之能通，必资晓术”(《总术》)，“学”和“习”以养成的“博见”对主体的审美能力、审美情趣和审美理想具有主导作用，决定着主体的“人品”、志向和德行，也决定着作品的“艺品”。

从审美接受来看，《文心雕龙》审美心理学认为，鉴赏主体的审美心理智能结构的建构也离不开“博观”。刘勰极为注重鉴赏主体在实现作品审美效应中的参与创造作用。艺品，即作品的审美价值的最终实现还必须通过鉴赏主体的鉴赏，只有通过鉴赏主体的品评、接受，才能确立作品的审美价值。故《知音》篇说：“书亦国华，玩绎方美。知音君子，其垂意焉。”所谓“玩绎方美”，“玩”意为欣赏、玩味、把玩，“绎”原意为抽丝，这里引申为“探究”。这句话是说：文艺作品有如国之重宝，为国之精华，只有反复玩味，探究，才能感受其中的美。通过“玩味、把玩、探究”的作品中蕴藉“美”

会致使人内心欢畅、满心喜悦，像春天登上高台和乐众人，音乐和美味吸引过客那样，怡情悦性，心荡神驰。而这种直观感悟与理性分析的完美统一只有“知音君子”，也即高明的鉴赏主体才能够达成，才能通过“玩绎”以深入到艺术作品之中，去领略其独特的审美意蕴，获得艺术的真谛。而高明的鉴赏主体其审美心理智能结构的建构却离不开审美实践。《知音》篇在论及此时，就强调指出：“凡操千曲而后晓声，观千剑而识器。”因此，刘勰认为，鉴赏主体必须注重生活知识的积累，读万卷书，行万里路，通过大量的“识”的审美实践活动，以形成其完善的审美心理智能结构和能“见异”的审美能力。只有这样，在审美鉴赏活动中，才能将创作与欣赏这同一活动过程的两个不同环节实现沟通和连接，以相应的生活、阅历、情感达成与文艺创作者的认同，使作为个体的鉴赏主体的审美经验、鉴赏能力、鉴赏情趣与创作经验、创作能力、创作情趣互为制约、互为诱导，鉴赏主体的审美心理智能结构与艺术审美境域同构对应，从而促使艺术审美创作最终完成。

受“心解了达”审美观念的影响，《文心雕龙》审美心理学思想非常注重内心体验，推重心灵领悟，主张文艺创作者应进入“游”的心理状态，让心灵自由飞跃，去体验美和创造美；强调“睹物兴情”“神与物游”“神用象通”，要求审美主体走进天地自然中，去仰观俯察，在心与物会、神与象交、情与景合、人道与天道的浑然统一之中，去体验宇宙万物的生命意蕴。

《文心雕龙》审美心理学思想所推崇的注重心灵体验的审美构思活动强调心领神会。“心”指澄静空明的审美心境，“神”则为腾踔万物的神思。刘勰认为，审美创作构思“贵在虚静”，认为“入兴贵闲”。在他看来，审美主体应屏绝理性的束缚，应“率志委和”“寂然凝虑”“澡雪精神”，以自己超旷空灵的艺术之心跃入到审美对象之中，去体悟有关人与自然、社会及宇宙的生命哲理。所谓动静不二，“疏瀹五藏，澡雪精神”是为了创造一个“寂然”“悄焉”的“静”的心灵空间。这种“静”的心灵空间又蕴育着“动”的必然性，由此出发，文艺创作者往往以广漠空静的情怀去拥抱勃郁奔腾的宇宙大千，“登山则情满于山，观海则意溢于海”。刘勰认为，兴会之来，万象腾涌，一旦执笔临纸，则使这生命的飞跃减弱一半。他说：“方其搦翰，气倍辞前，逮乎篇成，半折心始。”（《神思》）其关键就是文艺创作者不能虚静空明其审美心境，不能将兴会引入一个动亦静，静亦动，动中有静，静中有动，动静不二，而能视通万里、思接千载、周遍万物、包孕万理的不主观不躁动，既热情又理智的心理状态，故而他强调“入兴贵闲”。在他看来，闲之心也就是静之心。静之心是为了动之观，“寂然凝虑”是为了“思接千载”，“悄焉动容”是为了“视通万里”。有了闲之心、静之心，就能无为而无不为，不动而尽皆动，此即所谓“寂然不动，感而遂通天下”[①]，所谓“寂然咸通，周流贯彻”[②]。

文艺创作者能进入虚静的审美心境，主要在于养气，因此，《文心雕龙》审美心理学思想主张养气。在刘勰看来，“气”规定着审美构思心灵体验活动的开展。首先，文艺创作者审美体验能力的构成离不开“气”的作用。《体性》篇说：“才力居中，肇自血气，气以实志，志以实言，吐纳英华，莫非情性。”审美体验能力的高低，和文艺创作者禀气的强弱有关。审美创作构思活动的开展是文艺创作者情性的表现，而文艺创作者的情性又是其内在志气的外化，文艺创作者的审美体验能力和审美创作构思活动的开展都受制于其内在的性气情志。我们说过，刘勰认为审美创作构思是一种心灵体验，具有激荡、高妙、神奇等心理特点，故而他把审美创作构思称为“神思”，即神妙之思。在“神思”这种审美创作的心灵体验活动中，主体可以心在此而意在彼，不受身观局限，悠游于心灵所独创的时空之中，融汇万趣，意象纷呈，获得体悟。要使自己进入这种审美境域，文艺创作者则必须“养气”。因为“神居胸臆，而志气通其关键”（《神思》）。“志气”是产生心灵飞跃的关键，养气能使志气充实，情志清明，神充气足，关键畅通。假如文艺创作者“养气”不足，如《养气》篇所指出的，则会出现“神之方昏，再三愈黩”的现象，影响审美创作构思的正常进行。再不然就会出现如《神思》篇所说的：“或理在方寸，而求之域表；或义在咫尺，而思隔山河。”所以要让心灵自由飞跃，就得养气。刘勰之所以要在《文心雕龙》中特别作《养气》篇，正如纪昀所指出的：“非惟养气，实亦涵养文机，《神思》虚静之说可以参观。彼疲困躁扰之余，乌有清思逸致哉！”黄侃在其《札记》中也指出：“此篇之作，所以补《神思》篇之未备，而求文思常利之术也。”

---

① 程颐语，见《二程集》第4册，第1183页。

② 朱熹：《朱子文集》卷三十二。

总之，正如黄侃在其《文心雕龙札记》中所指出的，文艺创作者“心神澄泰，易于会理，精气疲竭，难于用思”。所以，刘勰认为，只有保持“神充气足”，文艺创作者在审美体验活动中才能神思风发，才能“我才知我少，将与风云而并驱”，进而在审美构思体验活动中，让思绪纵横驰骋，使意象纷至沓来，从而于强烈的生命体验中，与审美对象的深层生命意旨气合神交，以获得心灵的感悟。

其次，在刘勰看来，“气”还规定着审美构思活动中心灵体验的心态特征。《文心雕龙》审美心理学强调“思表纤旨，文外曲致，言所不追，笔固知止”（《神思》）；要求“至精而后阐其妙，至变而后适其数”（《神思》）；追求“伊挚不能言鼎，轮扁不能语斤”（《神思》）的至微至妙至精至深的审美境域，故而刘勰要求审美构思体验中主体必须直觉领悟审美对象中的深厚隽永的生命意旨，讲“文外重旨”（《隐秀》）、“义生文外”（同上）、“使玩之者无穷，味之者不厌”（同上），因而，其审美构思体验的心态特征是复杂的和不确定的，具有朦胧性和模糊性的审美特征。这种模糊性的形成具有多方面的因素，“气化”说则是其形成原因之一。刘勰所主张的“气化”说认为，“气（道）”是宇宙大化的生命本体。这种先天地而生的“气（道）”，无空无时、聚散氤氲，故而，由它所生成的宇宙万物也是繁复多样、扑朔迷离的，有着极大的模糊性。文艺创作者在审美创作构思中只有凭借心灵去体验。所谓“物以貌求，心以理应”（《神思》），通过“寂然凝虑”“率志委和”（《养气》），即排除外界的各种干扰，让自己的心灵保持一种空灵澄澈的境域，以整个身心沉浸到宇宙万物的深层结构之中，从而始可能超越包罗万象、复杂丰富的外界自然物象，超越感官，体悟到其中所蕴藏的深邃幽远的生命元素，即“气”。这自然会给审美构思体验活动带来模糊性心态特征。并且，应该指出，《文心雕龙》，审美心理学所推崇的审美创作构思体验的目的是力图揭示统摄宇宙万有的精神。即如《诠赋》篇所指出的：“至于草区禽族，庶品杂类，则触兴致情，因变取会。”因此要领会宇宙间深刻的生命意蕴，描绘出自然万物在“阴阳惨舒”（《物色》）、二气盛衰消长之下生成、发展、转合、和谐的宇宙图式，这也限制了审美创作构思活动，只能是“凭情以会通，负气以适变”（《通变》），只可意会，不可言传的模糊性心灵体验活动。

《文心雕龙》审美心理学所主张的审美创作构思体验活动的整体性心态特

征的形成也与“气”的作用分不开。在刘勰看来，主体的审美心理智能结构就是一个有机整体，人“肖貌天地，禀性五才，拟耳目于日月，方声气乎风雷，其超出万物，亦已灵矣”（《序志》）。如果说人之外的宇宙万物是一个大宇宙，那么，在刘勰看来，人自身则是一个小宇宙，生成人及其审美心理智能结构的“气”决定着这种整体性。同时，刘勰认为，天与人、心与物、主体与客体也是一个统一的整体，天地人相合，“性灵所钟，是谓三才”；人与自然的关系是亲和的，都是宇宙中的一部分。人与自然万物息息相关，相互交融，天地万物都可以和人的生命直接沟通，合成一个有机整体，因此，文艺创作者在进行审美创作构思体验时应取其大旨，应“写气图貌”（《物色》）、“属采附声”（《物色》）、“以少总多，情貌无遗”（同上），于“心”“既随物以宛转”，“物”“亦与心而徘徊”（同上），即物我交融、物我一体、天人合一之中，整体全面地把握物象，感受宇宙自然间所蕴藉的生命意旨，直达生命的原初域，与道合一。

《文心雕龙》审美心理学思想所推崇的审美创作构思体验活动所表现出的自得性心态特征的形成也离不开“气”的作用。在刘勰看来，审美创作构思应追求情感的净化、心灵的飞升。所谓“秉心养术，无务苦虑，含章司契，不必劳情”（《神思》）；通过“秉心养术”“率志委和”（《养气》），可以“涵养文机”，使“理融情畅”，这样，在审美创作构思体验活动中，主体就能获得一种精神的超越和情感的慰藉。因此，审美主体要使自己在这种审美构思中进入纯精神领域，让审美想象任意飞翔，“从容率情，优柔适会”（《养气》），就应该保持心灵的平和自得与自由自在，超脱于一般的世俗，解脱尘世杂务的羁绊，内外皆忘，从而始能在审美创作构思的心灵体验中，顺应自然之势，使物我之气合一，以游神于无穷。即如黄侃在《文心雕龙札记》中所指出的：“文章之事，形态蕃变，条理纷纭。如令心无天游，适令万象相攘。故为文之术，首在治心，迟速纵殊，而心未尝不静；大小或异，而气未尝不虚。”《庄子・外物》篇说：“心无天游，则六凿相攘。”可见，“天游”就是游心于无穷。审美创作构思中只有通过“治心”，以达成虚静空明、自得自由的审美心境，自然之道才可能游之于心。正如王弼在《老子注》二十九章所指出的：“天地任自然，无为无造，……无为于万物而万事各适其所用，则莫不赡矣。”又如张彦远在《历代名画记》中所指出的：“不滞于手，不凝于心，不知然而然。”应该说，正如刘勰所说，只有“寂然凝虑”，“悄焉动容”，保持虚明空静的心境，“思接千载”“视通万里”，心灵自由，审美创作构思中主体的思绪才能无一丝牵挂地玄想遨游、俯仰如意，一任心灵于自由的心境中，率情适会，从容优柔，不期然而然。如此也才能自致广大，自达无穷，使心与宇宙参会，而“驭飞龙于天衢，驾骐骥于万里”（《时序》），让天机自动，天籁自明，“无务苦虑，不必劳情”地完成审美创作构思体验活动。

显然，这种自得性心态特征的形成是与刘勰所标举的“万物一气”、物我相亲的传统审美意识分不开的。在他看来，既然自然与人都是以“气”为生命本原，相互之间完全对应，“物色之动，心亦摇焉”（《物色》），文艺创作者向往着自然万物，万物自然也在召唤着主体，“目既往还，心亦吐纳”（《物色》），“情往似赠，兴来如答”（《物色》），“一叶且或迎意，虫声有足引心”（《物色》），自然万物亲近人、愉悦人、是人的知音密友，那么，他当然认为审美主体要在审美构思体验中获得情趣的陶冶与心灵的外化，就必须表现出自得中和、舒坦自在、优悠闲适的审美心理状态，以纯粹自由无为的心境，去“窥情风景之上，钻貌草木之中”（《物色》），“使味飘飘而轻举，情晔晔而更新”（《物色》），与自然灵秀之气化合，从而始能陶醉于宇宙万物的生命意旨之中，触摸到自然万物的底蕴，把握到宇宙生命的节奏和脉动，获得体验上的升华。

再次，在刘勰看来，“气”还是审美创作构思体验生成的要素。鼓动于自然大化之中的“气”是激发审美创作构思动机的推动力。“人禀七情，应物斯感”，就审美创作活动的开展来看，主体只有受到审美对象的刺激和作用，才会产生创作构思体验的心理冲动和要求。然而“物色之动”，又离不开“气”的作用，所以“物感心动”的最终源头还在于“气之动物”。审美创作构思体验活动的生成与开展，都离不开外部事物的感召与“气”的推动，归根结底，作用于宇宙间万事万物并使之生生不息、动荡不已的生命本原“气”，是审美创作构思体验的最终生成要素。

既然“气”是推动审美创作体验与构思活动生成的最初动力，那么，刘勰认为，审美活动的主体为使自己产生创作体验的要求，获得特定的心境，以进入审美创作活动，就应该力求走进生活和自然之中，去感悟和体悟社会与自然中的“生气”，以充实和蓄养自己所具有的灵气，“砥砺其气”（《奏启》)，让主体的鲜灵灵之活气与客体的活泼泼之生气相互契合，从“气”这一宇宙生命之源中获得开展审美创作构思活动的动力，让“枢中所动，环流无倦”(《时序》)，使自己“气爽才丽”“梗概而多气”。正如后来清代的沈宗骞在《芥舟学画编雪山水雪取势》中所指出的：“天下之物，本气之所积而成，即如山水，自重岗复岭，以至一木一石，无不有生气贯乎其间。”文艺创作者就应当体味这种“贯乎”自然山水中的“天地之生气”，使其胸中“具有天地生物光景”，以“培养其气”，让自己“手腕之灵气”与客体“天地之生气”合而为一，如此，就能增强审美创作的体验能力，加强作品的活力。在刘勰看来，“气盛于为笔”(《才略》)、“气截云霓”(《祝盟》)、“气往轹古”(《辨骚》)，就能“洋洋洒洒，其出也无常，其成也无心，随手点拂，而物态毕呈”，而“秀气成学”(《征圣》)“气伟而采奇”(《诸子》)、“气流墨中”(《启奏》)、“气盛而辞断”，(《檄移》)了。正如韩愈在《答李翊书》中所说的：“气盛则言之短长与声之高下者皆宜。”“气盛”，意指文艺创作者的仁义道德修养造诣很高，养气很足而体现出来的一种精神气质与人格境域，与孟子的“配义与道”而涵养成的“浩然之气”含义相同。“气盛”就能创造出“言宜”的作品，“养气”与审美创作活动是一体的。显然，这与刘勰“气伟”“气流”“气盛”“文以气为主”审美观是一致的。只要“气盛”，在审美创作构思中，就能达成自由的心境，使心灵舒展自如。

《文心雕龙》审美心理学重视“养气”的这一特征，除了表现在审美创作构思注重心灵体验外，还表现于对审美创作构思体验活动中审美心境构筑的强调。刘勰极为重视审美心境的营造。

首先，刘勰论审美创作体验，要求主体必须“守气”。《风骨》篇说：“缀虑成篇，务盈守气。”所谓“守气”，就是保持一种专心致志、志气饱满的审美心境。审美创作体验与构思活动的开展离不开良好的精神状态，这是审美创作体验能否深入的关键所在，因此，刘勰认为，在进入审美创作构思之先，文艺创作者必须“守气”。《养气》篇说：“夫耳目口鼻，生之役也；心虑言辞，神之用也。率志委和，则理融而情畅，钻砺过分，则神疲而气衰；此性情之数也。”审美创作体验与构思活动的开展，必须受制于精神，可以说，审美创作体验就是精神即心灵活动的表现。“率志”就是顺从于“心志”，亦即刘勰《养气》篇所说的“适分胸臆”；“委和”则指“精气”的和畅。在刘勰看来，只有“守气”，做到“率志委和”，审美创作体验与构思活动才能顺利进行，才“理融而情畅”；勉为其难，“神疲而气衰”，精气消耗过大，精神过于疲劳，心灵活力就会降低，从而影响及审美创作体验与构思活动的开展。

其次，刘勰认为，要进入审美创作构思体验活动，文艺创作者还必须“静气”，以保持一种“虚静”的审美心境。“神思”篇说：“是以陶钧文思，贵在虚静，疏瀹五藏，澡雪精神……”应该说，这里的“虚静”就是指心灵飞跃、文思自由驰骋所必须具备的审美心境。这种心境既是虚静空明的，又是活力充溢、生气灌注、引而未发的心理状态，既宁静超然从容，又动力弥满跃如。正如《养气》篇所说的：“水停以鉴，火静而朗。无扰文虑，郁此精爽。”水面平静才能清晰地映照万物，火光不闪动才能明朗地映射四周。在刘勰看来，为文构思，惟有随意适志，心静平和，才能说理圆通，抒情酣畅，清晰地观照现实事物。“静气”以造成“心正气和”的心境，为凝神观照、凝思遐想提供心理基础。“寂然”“悄焉”是为了“凝气”“动容”。嵇康说：“导养神气，宣和情志。”张彦远说：“守其神，专其一，合造化之功，假吴生之笔，向所谓意存笔先，画尽意在也。”“凝神静气”，涤除玄鉴，使“志静气正”，达成不受任何干扰、专心凝虑的审美心境。现代心理学认为，使主体的大脑兴奋中心稳定地集中到对审美对象的直观体验之中，从而在心理空间中形成对审美创作体验中心以外事物的排除和抑制，是“静气”的重要作用。所以，刘勰在《物色》篇中说：“四序纷回，入兴贵闲。”就强调指出“闲”，即“静气”的重要。因为在审美创作构思活动之初，要求主体应在物我的“引心”“迎意”中形成审美意象，而客体纷然杂出的特性和主体内心繁复的思绪必然会防碍审美创作构思体验活动的深入，所以，文艺创作者在进入审美创作构思体验活动时，必须“静气”，使纷杂定于一，躁竞归于静，以造成一种静态的审美心境。

再次，在刘勰看来，文艺创作者要使审美创作构思体验活动正常进行，还必须“畅气”，使自己心中的“灵气”顺畅无滞。《养气》篇说：“是以吐纳文艺，务在节宣，清和其心，调畅其气，烦而即舍，勿使壅滞。意得则舒怀以命笔，理伏则投笔以卷怀，逍遥以针劳，谈笑以药倦，常弄闲于才锋，贾馀于文勇。使刃发如新，腠理无滞，虽非胎息之迈术，斯亦卫气之一方也。”这就是说，要达成“率志委和”的审美心境，文艺创作者还必须“清和其心，调畅其气”，以保养自己的精气，使其精气旺盛，清除疲劳，通过“畅气”“卫气”，让心力和精力“刃发如新，腠理无滞”。如此，才能够“从容率情，优柔适合”。这里所谓的“会”，也就是《隐秀》篇所说“思合而自逢”“才情之嘉会”之“会”，即《神思》篇所谓的“万途竞萌”、《隐秀》篇所谓的“万虑一交”、《熔裁》篇所谓的“万趣会文”、《丽辞》篇所谓的“万条昭然”、《章句》篇所谓的“知一万毕”，是灵感兴会之“会”。可见，刘勰认为“畅气”的目的，就是促使气机通畅，精气弥满，活力充溢，审美心境从容宁静；这样，文艺创作者才能更好地发挥自己的敏锐的审美洞察力，并促使自由的心灵飞跃。在他看来，也只有通过“畅气”，让心灵之气获得一种真正的自由，使“刃发如新，腠理无滞”，胸次洒脱，中无障碍，真气充沛，鼓涌激荡，从而才能臻物我于一体，达成与万物同致，主体也才得以凭借其灵气去最大程度地感受客体的生气，玄鉴天地万物，于心灵的自由高蹈之中召唤兴会的降临。

二

应该指出，在刘勰看来，审美活动是一个由审美主体和审美对象相互渗透、相互交流的过程。文艺审美创作活动自然也不例外。在这个主客体交流互渗的过程中，主体的审美心理智能结构起着十分重要的作用。刘勰对此作了许多深刻的揭示，在总结和描述在他之前及当时的文艺审美创作实践经验与审美心理现象中，提出了许多有关主体审美心理智能结构的作用和建构方面的观点和见解，并作了较为深入的论述。其中所标举的如养气、积学、研阅等命题，涉及文艺创作者的气质培养、道德修养、知识积累、生活阅历、情趣培育等心理素质的养成。可以说，正是这些命题对包括审美主体作用、主体审美心理智能结构建构、主体审美个性结构、审美智能结构、主体修养等，包括审美活动、审美创作和审美鉴赏中的审美现象的各个方面进行了生动而深刻的总结和描述，并使《文心雕龙》审美心理学思想构成一个完整、系统的体系。从其主要内容看，其基本构架可分为四部分：

第一部分为审美主体心理智能结构论。刘勰继承中国古代审美心理学思想中“美”的生成必须依靠人的审美活动去创造、去发现的观点，认为美的生成，离不开人的作用，坚持主体性原则，强调审美活动的发生与进行是“由人心生”，是“应物斯感”，离不开文艺创作者的人的介入。受古代人学的影响，《文心雕龙》审美心理学思想极为注重人与人生。以人为中心，通过对“人”的透视，妙悟人生的真谛，也揭示宇宙生命的真谛，是《文心雕龙》审美心理学确立思想体系的要旨。应该指出，在中国传统审美心理学思想看来，天地万物之中，人具有最尊贵的地位。即如《荀子·王制》所指出的：“人有气有生有知亦且有义，故最为天下贵也。”孔子也说：“天地之性人为贵。”（《孝经》）人和人类社会都是以气为本的天地自然长期演化的结果，是整个宇宙的一部分。人与自然万物都是大化氤氲的元气所生成的，与自然万物有共同的物质本原，所谓“万物一气”“天人一体”。同时，人又能通过自己的智慧和活动顺应、控制和掌握天地万物，“制天命而用之”，“聘能以化物”（荀子语），因而，人与自己之外的万物相比，是天地之间最为尊贵、最有价值的。“人下长万物，上参天地”①。“二气交感，化生万物，万物生生，而变化无穷焉，惟人也得其秀而最灵”②。人在天地自然中具有自身的独立性和能动性，故人能“参”天，通过主客体的交融互渗活动，以达成天人合一的宇宙境域。中国古代审美心理学思想中这种认为人是万物中最灵最贵的思想对《文心雕龙》审美心理学具有很深的影响，因此，我们从《文心雕龙》中可以看出，虽然刘勰也讲“自然”和“自然之美”，但同时他更为重视审美创作活动的发生与进行中作为文艺创作者的人的作用。《原道》篇说：“仰观吐曜，俯察含章，高卑定位，故两仪既生矣。惟人参之，性灵所钟，是谓三才，为五行之秀，实天地之心。心生而言立，言立而文明，自然之道也。”刘勰认为，天上看到光辉的现象，地上看到绚丽的风光；天地确定了上下位置，构成了宇宙间的两种主体。后来出现钟聚着聪明才智的“人”，人和天地相配，并称为“三才”。在这里，他着重强调了人在天地万物中的地位。不但如此，他还强调指出，人是宇宙间一切事物中地位最特出的，是天地的核心，“为五行之秀”。人具有思想感情、灵心妙识，由此始生成语言与文艺作品。从这里可以看出刘勰对中国古代审美心理学思想所认为的人是万物中最灵最贵最神

① 董仲舒：《春秋繁露·天地阴阳》，周桂钿、朋星等译注，山东友谊出版社2001年版。

② 周敦颐：《太极图说》，《周濂溪集》中华书局1985年版，第2页。

奇，是最美的存在，也就是“有人才有美”思想的继承和改造。他不但吸取了这一思想的精髓并且把它引进到文艺审美创作活动之中。可以说，正是在这种人为万物之灵、“天地之心”的审美意识作用之下，刘勰才非常重视文艺创作者在审美创作活动中的地位，注重文艺创作者心理智能结构的建构。在他看来，审美创作活动的目的是“感物吟志”“体物写志”“述行序志”；审美创作活动的生成则是心物交感的结果，是“情以物兴，物以情观”；而审美创作活动的进行则是主客体交融的过程，是心“随物以宛转”，物“与心而徘徊”。在这种主客体关系上，主体支配着客体，心主宰着物，是“从物出发”，又“以心为主”。人在“美”的生成与审美创作活动中占有核心的和主导的地位，因此，《文心雕龙》审美心理学思想极为重视文艺创作者的思想品德、气质性格、审美情趣、审美性情等心理智能结构的构成要素。《文心雕龙》中就有不少关于文艺创作者志、意、思、理、情等审美心理素质的描述的揭示。

首先，刘勰认真地考察了文艺作品与文艺创作者审美心理智能结构的关系，总结文艺审美创作的规律，指出文艺创作者的人品德行影响文艺作品的思想内容和审美境域，所谓“文以行立，行以文传”（《宗经》），“刚健既实，辉光乃新”（《风骨》）。文艺创作者的精神风貌决定着文艺作品审美风格的形成。不同的文艺创作者，其审美个性能力和心理智能结构是不同的，即如《体性》篇所指出：“夫情动而言形，理发而文见，盖沿隐以至显，因内而符外者也。”文艺作品的内容和形式、“文”与“质”是相互统一的，文艺创作者的思想情感、审美个性决定着文艺作品的审美价值。其中，特别是个性结构中的人品，即文艺创作者的胸襟、品德、情操是审美创作成败的关键，有好的人品和德行，才有杰出的不朽之作。刘勰说：“夫文以行立，行以文传，四教所先，符采相济，励德树声，莫不师圣，而建言修辞，鲜克宗经。”（《宗经》）就以孔子为典范，强调文艺创作者的品德操行决定着文艺作品审美价值的高低。和顺积于中，英华发于外。胸襟高，立志高，见地高，则命意自高，审美理想及其审美情趣也高，创作出来的作品其审美格调自然光明而俊伟。

其次，刘勰认为文艺创作者个性结构中的气质对于审美创作也极为重要。主体的气质影响文艺作品审美意象和审美风格特征的形成。《体性》篇说：“风趣刚柔，宁或改其气。”这里的“气”，就是指文艺创作者的气质特性。文艺创作者所禀赋的气质与文艺作品的艺术风格的熔铸有着十分密切的关系。主体的气质是形成其独特的艺术风格的重要因素，作品的艺术风格和审美风貌又是文艺创作者气质的体现。

必须指出，在《文心雕龙》审美心理学思想中，“气质”这一概念就是包含在“气”之中的。如前所说，依照中国古代审美心理学思想对审美活动的特殊认识，所谓“万物一气”，作为美学范畴的“气”，即是宇宙万物生命之原初域，也是人的生命之原初域所在，为人和万物的生命的根本。并且，“气”还决定着人的情性，天有六气，人有六情。一直到北宋张载提出：“为学大益，在自求变化气质。”[①]“气质”这一概念才从“气”中独立出来，专门指人的生理和心理方面的形成其个性的自然基础和先天禀赋。刘勰认为，人的气质是不同的，即如《体性》篇所说：“才有庸隽，气有刚柔。”对此，在刘勰之前的中国古代学者就有认识。例如战国时期的《内经》就依照“阴阳二气”交感而化生万物的观点把人分为五类，认为：少阳之人，“贪而不仁”；少阴之人，“小贪而贼心”；太阳之人，“好言大事”；少阳之人，“谌谛好自贵”；阴阳和平之人则“居住安静”。人所禀之气有清浊美恶之分，所以人有智、愚、贤、不肖之别。人的这种气质禀赋的差异现象自然会体现到审美创作之中。曹丕在《典论・论文》中就曾指出：“文以气为主，气之清浊有体，不可力强而致。譬诸音乐，曲度虽均，节奏同检，至于引气不齐，巧拙有素，虽在父兄，不能以移子弟。”在曹丕看来，主体所禀之“气”是审美创作活动和作品风格形成的生命和关键。刘勰吸收并发展了曹丕的这一美学思想，在《风骨》篇中特别强调了“气”对于审美创作的重要。他说：“故魏文称‘文以气为主，气之清浊有体，不可力强而致’。故其论孔融，则云‘体气高妙’；论徐干，则云‘时有齐气’；论刘桢，则云‘有逸气’。公干亦云：‘孔氏卓卓，信含异气，笔墨之性，殆不可胜。’并重气之旨也。”在这里，刘勰引用了曹丕“文以气为主”的观点，充分肯定曹丕的理论主张。作为个体，文艺创作者之间是“引气不齐”“清浊有体”“巧拙有素”的，影响及审美创作，故“五粲长于辞赋，徐干时有齐气”，“应瑒和而不壮，刘桢壮而不密。孔融体气高妙，有过人者。”气质不同，其作品所呈现出的风格特色与审美特征亦不同。此即刘勰所谓的“气有刚柔，……各师成心，其异如面”。

---

① 《经学理窟・义理》，《张横渠集》中华书局，1985年版，第117页。

同时，刘勰还发展了曹丕“文以气为主”的观点，强调指出文艺创作者所禀之“气”还决定着审美创作构思活动的进行。他说：“缀虑裁篇，务盈守气，刚健既实，辉光乃新。”（《风骨》）这里所谓的“缀虑裁篇”就是指审美创作构思活动。在《文心雕龙》的不少篇章中，刘勰都反复申明这一主张。例如，《明诗》云：“慷慨以任气。”《乐府》云：“气变金石。”《神思》云：“方其搦翰，气倍辞前。”《才略》云：“膏润于笔，气形于言。”等等。并且，他还强调指出，主体所禀之“气”也决定着主体的审美情性：“情之含风，犹形之包气。”“情与气偕，辞共体并。”（《风骨》）总之，在他看来，文艺创作者个性心理智能结构构成要素中的性格、情志等都是和其所禀赋的“气”分不开的。

再次，在刘勰看来，文艺创作者审美个性心理智能结构中的性格对于文艺作品风格特征和审美意趣的熔铸亦起着极为重要的作用。《定势》篇说：“夫情致异区，文变殊术，莫不因情立体，即体成势。”这里所谓的“情致”，应该说，就是指属于文艺创作者所具有的情趣性格。性格是形成审美创作风格的重要个性因素。文艺创作者的性格不同，情趣多种多样，其作品的审美风格也就迥然相异，各逞异彩。

《才略》篇说：“才难然乎，性各异禀。”刘勰认为，人在性格特征上是有差异的。现代心理学经过研究指出，人在性格类型上的差异大体上可划分为理智型和情绪型。前者行动多受理智支配，后者行动则多受情绪左右。还可以将性格类型分为外倾型和内倾型，前者外向，属开放性心理，性格开朗活跃；后者则内向，属封闭性心理，性格深沉冷静。中国古代心理学思想很早就认识到性格类型的差异。如孔子很早就曾指出：“不得中行而与之，必也狂狷乎？狂者进取，狷者所不为也。”（《论语·子路》在孔子看来，人的性格有狂乾、狷者、中行等三种类型。“狂者”相当于外倾型，富有进取精神，敢作敢为；“狷者”则基本上属内倾型，善于自我控制，遇事总爱深思熟虑，难免显得有些拘谨，“中行”则显然属于中间型，不狂不狷，“不偏不易”。之后，刘邵对人的性格差异作了进一步分析，认为“性质禀之自然，情变由于染习”。指出性格形成既有先天禀赋的一面，也有后天的学习与环境等因素的影响。并且，他还依据人是“含元一以为质，禀阴阳以立性”（《人物志》），由“气”所生成的原理，指出由于人们所禀“阴阳二气”的兼偏，从而在生理和心理上出现拘抗、宽急、躁静等相互区别的特点，由此而形成人们在性格上有“明白之士”和“玄虑之人”等两种类型。前者禀阳气多，阳主动，故属这种性格类型的人能“达动之机而暗于玄虑”；后者禀阴气多，阴主静，故属这种性格的人能“识静之源而闲于速捷”（《人物志》）。刘勰吸收了前人思想中有关性格特点及其构成的观念，认识到文艺作品的风格和审美意趣的差异，乃受文艺创作者个性中性格的作用，提出“情致异区，文变殊术”，“因情立体，即体成势”的观点。在《体性》篇中，刘勰就从文艺创作者所属性格类型的角度来分析作家作品，指出：贾谊性格豪迈，作品就文辞简洁而风格清新；司马相如性格狂放，作品则说理夸张而辞藻过多；扬雄性格沉静，故作品内容含蕴而意味深长；刘向性格坦率，所以作品中志趣明显而用事广博；班固性格雅正温和，所以论断精密而文思细致；张衡性格深沉通达，所以考虑周致而辞采细密；王粲性急才锐，作品就锋芒显露而才识果断；刘桢性格狭隘急遽，作品则文辞有力而令人惊骇；阮籍性格放逸不羁，所以作品的音调就不同凡响；嵇康性格豪爽，所以作品兴会充沛而辞采犀利；潘岳性格轻率而敏捷，作品风格则文辞锐利而音节流畅；陆机性格庄重，故作品内容繁杂而文辞隐晦，“触类以推，表里必符”。通过大量的创作实践例证，刘勰强调指出，作品的审美风格和审美意趣，均一如文艺创作者的性格情趣。

性格对审美创作的影响主要表现在创作构思与情感表现的方式上。性格类型不同，创作构思则会呈现出不同现象。刘勰在《神思》篇中依据审美构思的迟速分文艺创作者为“骏发之士”与“覃思之人”等两种类型，认为前者“机敏故造次而成功”，后者则“虑疑故愈久而致绩”。不难看出，他所谓的“骏发之士”和刘劭的“明白之士”性格大体相同，基本属于情绪型性格，即感知敏锐，感受敏捷，思维灵敏，从而表现出审美构思的迅捷；而“覃思之人”则和刘劭所谓的“玄虑之人”的性格比较接近，大体上归于理智型性格，感知细密，感受深沉，思维深邃，因而审美构思爱细细推敲。例如唐初诗人王勃的性格特点就大体可归于刘勰所谓的“骏发达士”一类，属情绪型，才思敏捷，行文运思“一笔书之，初不窜点”；而司马如相如的性格特征则属于刘勰所谓的“覃思之人”一类，为理智型，故用思迟缓，创作构思要“几百日而后成”。谢榛说得好：“含毫改削而工，走笔天成而妙。”[①] 杰出的文艺

① 《四溟诗话》卷三。

创作者无论归属于哪种性格类型，不管构思的迅捷迟缓，都能创作出优秀的作品来。同时，也只有杰出隽永的作品才能“因内而符外”，以呈现出文艺创作者独特的性格。

第二部分为审美主体修养论，包括“积学储宝”与“研阅穷照”等命题，涉及文艺创作者心理智能结构建构方面的内容。在文艺创作者的个性化心理智能结构的构成问题上，刘勰不仅肯定先天气禀、性格情趣在主体审美心理智能结构构成中的决定性作用，而且还强调指出，后天的学习和阅历，即生活的陶染对于主体审美心理智能结构的建构也具有非常重大的作用，认为“学业在于勤”，并需在“素气资养”(《养气》)，文艺创作者的个性化审美心理智能结构可以通过“积学”“研阅”和“养气”等途径得到习染和培育。

刘勰认为，通过“积学”是增强文艺创作者的道德修养、增加学问积累，以完善其审美心理智能结构建构的重要途径。所谓“积学以储宝，酌理以富才”(《神思》)。大量地阅读先贤著作和那些获得成功的文艺作品，可以提高文艺创作者的思想境域，健全其审美理想，优化其审美情趣，增强其审美表现能力，完善其审美心理智能结构，以创作出优秀的作品。在刘勰看来，广博的知识对于文艺创作者心理智能结构的建构是极为重要的，多读书、“积学”能使文艺创作者获得大量的间接经验，增强其审美心理素质。苏轼说：“书富如入海，百货皆有。”① 作为精神产品和文艺创作者心态的物态化成果，前人的优秀作品的内容与意蕴是非常丰富的。通过读书“积学”可以培养文艺创作者的认同意识，使文艺创作者自己意识到人类在情感生活上的相通和一致。刘勰说：“才为盟主，学为辅佐，主佐合德，文采必霸。”(《事类》)又说：“学有浅深，习有雅郑；并情性所铄，陶染所凝，是以笔区云谲，文苑波诡者矣。……事义浅深，未闻乖其学，体式雅郑，鲜有反其习。”(《体性》)就强调指出主体学识的浅薄与湛深的差别，是完善其审美心理智能结构的重要条件。才、气、学、习，相为辅佐，且“功以学成”，并决定着审美创作活动中奇谲如天上流云，诡秘似海上波涛的那种千变万化的艺术表现能力的构成。

通过读书“积学”能使文艺创作者从先贤著作中陶冶其情操，培养其健康的审美情趣和理想。刘勰说：“陶铸性情，功在上哲。”(《征圣》)“文能宗

---

① 《又答王庠书》。

经，体有六义。”（《宗经》）从先贤著作中，文艺创作者可以学习效法其政治教化、事迹功业和个人修养方面的内容，以砥砺品行，颐养性情，从而获得精神气质、思想境域上的升华。此即刘勰《文心雕龙·征圣》篇所谓：“夫作者曰圣，述者曰明。陶铸性情，功在上哲。夫子文章，可得而闻，则圣人之情，見乎文辞矣。先王圣化，布在方冊，夫子风采，溢于格言。是以远称唐世，则焕乎为盛；近褒周代，则郁哉可从：此政化贵文之征也。郑伯入陈，以文辞为功；宋置折俎，以多文举礼：此事跡贵文之征也。褒美子產，则云‘言以足志，文以足言’；泛论君子，则云‘情欲信，辞欲巧’：此修身贵文之征也。然则志足而言文，情信而辞巧，乃含章之玉牒，秉文之金科矣。”所谓“政化贵文之征”“事迹贵文之征”“修身贵文之征”，其意思也就是说，读书积学能使文艺创作者得到进入创作活动之前所必需的政治、伦理、历史知识，以充实其内心世界，并在情操上得到培育。

读书“积学”还可以使文艺创作者通过一种认同体验以提高审美意识，丰富审美情感，增强审美心理智能结构的建构。刘勰之前，《乐记》就曾指出：“正声感人，而顺气应之；顺气成象，而和乐生焉，倡和有应，回邪曲直，各归其分，而万物之理，各以类相动也。”刘勰之后，明代的宋濂亦曾指出：“盖古人之于文，以躬行心得者著为言。”故而通过读书“积学”，可以使文艺创作者理解古人的“躬行心得者”与他人的内心世界、性格情操，在“顺气应之”“倡和有应”的审美认同体验之中使自己的自我和他人的自我的界限在“万物之理，各以类相动”的情感震荡之中消融，亦即在刘勰所说的“披文入情”“情迁感会”“观风似面，听辞如泣”之中逐渐消失融汇，从而产生一种认同情感。故孔子说《诗》“可以群”。而刘勰对古代这种“积学”思想则大加发挥：“夫以子云之才，而自奏不学，及观书石室，乃成鸿采。表里相资，古今一也。故魏武称：‘张子之文为拙，然学问肤浅，所见不博，专拾掇崔杜小文，所作不可悉难，难便不知所出。’斯则寡闻之病也。夫经典沈深，载籍浩翰，实群言之奥区，而才思之神皋也。扬班以下，莫不取资，任力耕耨，纵意渔猎，操刀能割，必列膏腴；是以将瞻才力，务在博见，狐腋非一皮能温，鸡蹠必数千而饱矣。是以综学在博，取事贵约，校练务精，捃理须核，众美辐辏，表里发挥。”（《事类》）在他看来，古代杰出的文艺作品是“群言之奥区”“才思之神皋”，可以启迪人的审美构思，丰富人的审美情感，沟通人的审美意识。要健全文艺创作者的审美心理智能结构，提高与充实其审美创作能力，就必须博见广闻，多读书“积学”。一张狐皮不能制成皮袄，少量的鸡掌亦不能使人吃饱。因此，综聚积累知识要广博，采摘运用事例应简约，考校选择必须精确，吸取的道理应该核实。这样，才能使文艺创作者的才力和学识相互发挥。

同时，刘勰认为，文艺创作者审美心理素质的培育和深化还离不开生活实践经验。丰富的生活积累和情感积累是建构和健全文艺创作者审美心理智能结构的重要条件。在刘勰看来，一个优秀的文艺创作者，不但要“读万卷书”，而且还要“行万里路”，去深入社会生活和观察自然万物，以陶冶自己的情操，积累自己的生活经验，只有这样，始可能创作出不朽的杰作。因此，刘勰认为，“积学储宝”与“研阅穷照”是建构和完善文艺创作者审美心理智能结构的两个重要条件，强调丰富的生活积累和情感积累对于文艺创作者个体审美心理结构培育的重要作用。

刘勰所提出的“研阅穷照”说这种重视生活实践对主体审美心理智能结构建构的影响，其美学意义上的渊源可以追溯到先秦。《周易》中所推崇的那种注重感性观照和感性经验，通过对天地物象的直接感受和实际观察，从对天地、社会、鸟兽等各类现实生活与自然物象的亲身体验中，“法象索意”“名物取譬”，积累知识，增强能力，以认识到社会、自然的一般规律的见解，其中就包孕着刘勰“研阅穷照”说所规定的艺术文艺创作者应深入生活，亲身去感受生活，对生活现象和自然万物“仰观俯察”“近取诸身，远取诸物”，进行比较、分析，与深入细致的体察，以达成深刻理解与精深感悟，由此，方能进入审美创作构思的审美心理学思想。刘勰之前，庄子亦主张“法天贵真”。他在《渔父》篇中说：“真者，精诚之至也。不精不诚，不能动人。故强哭者虽悲不哀，强怒者虽严不威，强亲者虽笑不和。……真者，所以受于天也，自然不可易也。故圣人法天贵真，不拘于俗。”只有真实的情感才动人，一切违背人的“性情”的虚假矫情的东西都不能引起人的审美感受，“不能动人”。而这种真实贵重的情感却必须由“法天”“受于天”才能获得。也就是说必须深入到生活、自然中去亲身体验。《墨子·非命上》亦认为只有亲眼看到、亲自听到，才是真实的；反之，则是虚假不可信的。所谓“有闻之，有见之，谓之有；莫之闻，莫之见，谓之无”。

显而易见，中国古代心理学思想这种重视感性经验，强调亲身感受与自我体验对于认识的重要作用的观念，对于刘勰所提倡的“研阅穷照”说注重文艺创作者自身的审美实践与生活实践的审美心理学思想的形成具有重要的影响。同时，刘勰推崇“研阅穷照”(《神思》)，强调亲身所经历的生活实践与丰富的生活经验积累对于建构文艺创作者审美心理智能结构的重要作用的思想，还与其美学主张分不开。继承传统美学“贵真”的思想，刘勰极为强调文艺创作者真实情感的表现。他在《情采》篇中说：“故为情者要约而写真，为文者淫丽而烦滥。而后之作者，采滥忽真，……真宰弗存，翩其反矣。夫桃李不言而成蹊，有实存也；男子树兰而不芳，无其情也。大以草木之微，依情待实，况乎文章，述志为本。言与志反，文岂足征？”这里所谓的“写真”“忽真”“真宰”的“真”，就是指审美情感的真实性而言。在这里，刘勰着重地强调了文艺审美创作所表现的审美意蕴的真诚性和审美情感的真挚性。在他看来，只有表现出文艺创作者的真实情感与心灵活动的审美作品才算杰出之作。而要达成此，文艺创作者则必须深入生活去亲身感受生活。《明诗》篇说：“人禀七情，应物斯感，感物吟志，莫非自然。”对生活的亲身感受是文艺审美创作真实性的直接来源。先贤著作之所以“鉴悬日月，辞富山海。百龄影徂，千载心在”(《征圣》)，就是因为“观天文”“察人文”以“写天地之辉光”(《原道》)，是古代作者能够“鉴周日月，妙极机神”(《征圣》)，故而能够“象天地，效鬼神，参物序，制人纪；洞性灵之奥区，极文章之骨髓者也”(《宗经》)。

总之，刘勰认为，生活制约着文艺创作者的审美心理智能结构构成。文艺创作者只有深入生活中去亲身感受各种生活，获得丰富的生活积累和审美实践经验，使美的基因不断地刻印在自己的审美心理智能结构之中，从而始能在一次偶然的契机中，被作为“特定信息”的生活激发，感激心灵，引起强烈的喜怒哀乐之情，“化乎内”，以产生审美创作的愿望，由此始能进入审美创作构思活动。因此，可以说，离开生活积累和审美实践，主体的审美心理智能结构则不可能获得优化建构，也不可能创作出艺术的精品。

以上我们对刘勰的审美主体心理智能结构建构论进行了一些审视。总的说来，刘勰所提出的“积学储宝”和“研阅穷照”等命题，以及他对整个审美主体心理智能结构建构论的论述，都着重强调了生活阅历、生活感受、自我体验等审美实践对于建构文艺创作者“才气”“志气”与“才性”等生成的审美心理智能结构的重要意义。既注重了文艺创作者的能动性，又顾及了文艺创作者的受动性。作为主体，除了具有能动性、创造性和自主性等属性外，还有受动性、重复性和适应性。认识活动中主客体是相互作用的，主体能动地作用于客体，客体也“能动”地作用于主体。所谓客体的“能动性”，是指外部世界的客观规律性，它不以主体的意志为转移。即如《荀子·天论》所指出的：“天行有常，不为尧存，不为桀亡。”这里的“天”，指主体之外的自然万物，“天行”则为自然万物发展变化的客观规律。从主体的认识活动来看，则受动性是能动性的基础。主体的能动性活动不是凭空产生的，它依赖于受动性，是在受动性活动的基础上形成的。可以说，没有受动性活动就没有能动性活动，在其现实性上，无论主体的能动性有多大，其活动都是能动和受动的统一。审美创作活动亦是这样。正如刘勰在《原道》篇中所指出的，文艺创作者在审美创作构思中发挥其能动性，上观“丽天之象”，下察“山川焕绮”，以自己的心灵去体验天地间的文采，获得深切感受，再通过审美创作表现出来，就是人文。所以人文是参天地之心而立言。并且，照刘勰看来，不但人文能呈现天地万物成为“文”之作品，就是自然界的万千事物也都具有自己的“文”之作品，也有其“能动性”。所谓“傍及万品，动植皆文”，外部世界，作为客体的一切，都是“文”之作品，都能通过一种有力的暗示性信息以激发文艺创作者从内部向外部投射的能力。但是，这种投射的又不是无限自由的，它们还受到暗示性信息的制约。换句话说，即受到客体的“能动性”的限制。因此，文艺创作者无论是进行心理智能结构的自我建构，还是开展审美构思活动，都必须要“研阅穷照”，以尽可能地遵从客体的这种“能动性”，即自身的受动性。同时“研阅穷照”说的规定性内容还强调了主体能动性的充分发挥。主客体合一，通过人文表现出来，就是成功的艺术作品。

第三部分为审美创作构思论，包括“感物吟志”“志思蓄愤”“情动辞发”“贵在虚静”“神与物游”“神用象通”等命题及其所规定的内容。我们认为，体验不只是心理学范畴，而且是一个哲学范畴。《文心雕龙》审美心理学思想是从生命体验的角度来讲审美创作体验的。应该说，审美体验是审美活动的哲学规定。和西方不同，以《文心雕龙》为代表的中国古代审美心理学所标举的体验论强调“生命”在具体时空中的躁动或寂静，着重个体生命与生存环境的冲突及某个体对冲突的独特感悟；而西方体验美学则把“体验”解释为神秘的心理体验与超时空的自身运动。《文心雕龙》审美心理学体验论的中心范畴是“神游”。刘勰认为，文艺创作者要进入审美体验，则必须超脱于日常生活的干扰，摆脱利害计较等对物的欲求，“疏瀹五藏，澡雪精神”，使“率志委和”，以进入一种忘利欲和无物我的静态心境。由此始能进行“神与物游”“神用象通”的心灵体验活动，由“物”出发，再“与心徘徊”，“驰心于玄默之表”，以反观自身，获得宇宙自然的生命奥秘。在审美体验方式上，《文心雕龙》审美心理学思想则主张外师造化、睹物兴情、“情以物迁，辞以情发”，强调直观的感悟，由眼前作为审美对象的景物触发情感，心为物动，进行心物、情景的交流，“思与境偕”，“神与物游”，不脱离眼前的具体感性形态，以获得审美体验。同时，《文心雕龙》审美心理学思想还主张“游心窜句”（《熔裁》）、“心虑言辞”（《养气》），讲“规矩虚位，刻镂无形”。这种审美体验的特征是无中追有，静中追动，即要求审美主体超越对象和自身，忘物忘我，以自我的生命飞动跃入生机流荡的宇宙生命节奏中，去收视反听，反观自心，以“思接千载，视通万里”，虑入无穷，迎接灵感兴会的到来。“万途竞萌”是《文心雕龙》审美心理学思想对审美创作构思灵感来潮现象的描述。是心与物交，情与景合的瞬间心理感受，它“来不可遏，去不可止”，急隐忽视，忽存忽亡，稍纵即逝，为审美体验的一种最高层次，由“志气统其关键”。

从刘勰所推崇的审美体验的整个过程看，几个环节层层相扣，相互渗透融汇。事实上，也正是通过此从而才能完成审美创作构思的升华。审美主体虚以待物、静以体道，是审美创作构思的特定心境和审美态度；触物起情、以动追动，与游心内运、以静制动属于中国传统的两种审美构思方式。但是，从《文心雕龙》审美心理学的主张来看，无论是静穆的观照，还是生命的飞跃，最终所追求并达成的最高审美境域仍然是气合神交、精合感应与心物交融。而审美主体守其神，专其一，合造化之功的物态化成果即为艺术作品的审美意象和意境。

第四部分是审美接受心理论，包括“知音”与“见异”等美学命题。涉及审美接受主体的心理智能结构建构和审美接受心理过程等方面的内容。文艺创作者的才能、禀性和兴趣各有不同，地位和经历也各不一样，故而，接受主体在进入审美接受活动之前，必须了解艺术作品及其所包孕的审美创作动机和审美创作情趣，以求得与文艺创作者的同步，实施对艺术作品的主体性还原和再观，做到“知音圆该”。同时，接受主体还必须“涤虑洗心”，使自己进入一种特定的审美心态，从而始能“听之以气”（庄子语），在虚静的心境中把握艺术作品的审美特征，深刻地体验到物化于艺术作品中的文艺创作者的气志，觅得其理趣、情趣、意趣，获得审美愉悦。在审美接受的一般过程及其特点上，《文心雕龙》审美心理学思想强调以感性解悟的“玩味”“寻绎”为中心，由追溯文艺创作者在作品中所表现的“文外之旨”“言外之意”和品尝体味作品中匠心独运的审美意象，以达成“情迁感会”，得到审美的自由和心灵的慰藉。

三

最后，我们必须说明一下，在本书中我们采用的是分析方法，是运用现代审美心理学的研究成果来审视和剖析、解读和阐释《文心雕龙》中的审美心理学思想。

《文心雕龙》在中国古代审美心理学思想有关论著中首屈一指。它是中国古代审美心理学思想中内容最丰富、最有系统、最早的一部著作。诚如日本学者国原吉之助所说的，与《文心雕龙》相比，“亚里士多德的《诗学》、贺拉斯的《诗艺》等西欧古代文艺批评或文艺审美理论著作顿时黯然失色”[①]。但毋庸置疑，由于历史的局限，其对审美创作与接受心理现象的描述往往是直观的，缺乏逻辑的严密性与理论的科学性，并且，有不少认识是唯心的，具有神秘主义的倾向。我们认为，审美心理现象无论怎么复杂，它总是人类审美实践活动的产物，不管多么玄妙，它总是大脑这个物质存在的产物，是大脑的功能，它受现实生活的影响，最终根源于现实生活。因此，我们用今天的审美心理学理论去解释、审视《文心雕龙》所描述的大量审美活动现象，并给以科学的解释，为整理我们民族丰富的美学思想找到一个合适的理论框架，以弘扬中华民族的文化宝藏，这无疑是必要的和有益的。

---

① 国原吉之助《司马迁与塔西伦》，日本《世界古典文学全集》月报1970年4月号。

第一编

审美主体心理智能结构

第一章　心生言立：审美主体作用论

所谓“木美而定于斧斤，事美而制于刀笔”（《事类》），在《文心雕龙》审美心理学看来，文艺审美创作活动中“美”的生成与艺术审美境域的创构，是文艺创作者“润色取美”的结果，离不开主体的介入和主导作用。刘勰认为，审美活动的发生与进行是“心生”“情动”，是“情以物迁，辞以情发”。《文心雕龙》一书所标举的最高审美创作境域是心与物的交融、造化与心灵的凝合。它的创构，既离不开社会生活与自然景观等一切审美创作活动的终极之源，必须师法造化，“从物出发”；同时，更需要主体的心旌宕荡和心灵领悟，必须“因心而得”，从而才能达成心物一体。故而，刘勰在《体性》篇中说：“吐纳英华，莫非情性。”认为审美创作活动是文艺创作者“情性所铄，陶染所凝”。在《序志》篇又说：“文果载心，余心有寄。”就着重强调指出，文艺创作者的“心”与“情性”在审美创作活动中具有主导的作用，由“心”与“情性”到“文”，即整个审美创作体验与构思活动到作品完成的过程，则是“沿隐以至显，因内而符外”（《体性》）的过程，是“昭明心曲”（《章表》），“神与物游”；是“情动而言形，理发而文见”（《体性》；也是“述理于心，著言于翰”（《书记》）；是“心定而后结音，理正而后摛藻”（《情采》）；也是“为情造文”（《情采》），“意得则舒怀以命笔”（《养气》）。“心”与“情性”的具体内涵包括属于主体审美心理智能结构组成的神、理、情、意、志等各方面的心理要素，是诸多心理要素的有机组合。总之，在刘勰看来，文艺审美创作中“美”的生成与艺术审美境域的创构，必须要有主体作为主导因素的参与，离开了文艺创作者的“心”与“情性”的主导作用，就不可能有审美创作活动的发生，也不可能有艺术美与艺术审美境域的创构。刘勰之后，唐代诗人兼文艺美学家王昌龄说得好：文艺审美创作活动的发生与艺术审美境域的创构是“搜求于象，心入于境，神会于物，因心而得”[①]；说得具体一些，则是“置意作诗，即须凝心，目击其物，便以心击之，深穿其境”；也就是“目睹其物，即入于心，心通其物，物通即言”[②]。这就是说，艺术审美境域的创构是属于文艺创作者的“心”与作为审美客体的“物”相互凝结而成的。这种意与象合、心与境交、神与物会，或谓“目击其物”，更“以心击之”的审美境域创构过程，也就是刘勰所强调的“心生言立”，是艺术审美创作构思活动中心物一体的过程；在这一过程中，属于文艺创作者方面的“意”“心”“神”起着主导与关键的作用。在刘勰看来，审美创作构思中所要达成的境域是作为主体的人向宇宙自然的整体生命的投入和与自然万物契合的自由感兴的获得。《文心雕龙》审美心理学所追求的艺术审美境域不是一片死寂的虚空，而是全幅生气流衍、鸢飞鱼跃的生命真境。并且，就《文心雕龙》审美心理学的精神实质而言，客体的真实，在于其本体和生命，而不在于个体秩序的完整和形式的和谐，即不在于个体的孤立静止的存在，而在于个体融于大化、合于宇宙万物永恒生命的生气氤氲。即如钱穆所说：“中国人视天地大自然如一大生命，一流动欢畅快活之大全体。”[③]中国古代艺术家的胸中大千是气韵流动、无往而非生机勃勃的世界，在其“心”中，万有大千鸢飞鱼跃、生气流衍、生机勃勃、生生不息，故而，在《文心雕龙》审美心理学所标举的审美境域创作活动中，一山一石、一草一木都不是孤立绝缘的，而是化入了空灵动荡的宇宙元气之中。面对这一生命的世界，审美活动也就不是简单的心感外射，而是“目既往还，心亦吐纳”，是“心总要术”（《神思》）、“心之照理”“述理于心”“心与理会”，是“情动”“情变”“心入”“心凝”“心击”“心通”，是以主体为主，主客共参的双向运动。“心得”的根本目的也并不在于把握物象的形式美，而在于“深穿其境”“心通其物”，在于通过心灵去直接领悟自然万物的物态天趣，在于体悟“境”与“物”中所蕴藉的“道”（气）这一宇宙生命本体。刘勰认为，只有心灵与物象，审

① 王昌龄语，见《唐音癸签》卷二。

② 见《文镜秘府论》南卷。

③ 钱穆：《现代中国学术论衡》，生活 · 读书 · 新知三联书店，2005年版第242页。

美主体的生命精神和自然万物的天地精神交感互通，心“随物以宛转”，物“与心而徘徊”，才能最终实现主体融入自然，自然融进主体，“心通其物”，物我浑然合一的最高审美境域。由此可见，在刘勰看来，“心”与“物”的地位也并不是完全平等的，在艺术审美创作中所构成的意境，正是通过主体之心的“动”“照”“击”“穿”“通”“总”和“得”，由主体之心所熔裁、改铸和重新组合而成的“境”与“物”。正如刘熙载所说：“要其胸中具有炉锤，不是金银铜铁强令混合也。”[①] 刘勰认为，审美创作活动是创作者以“独照之匠，窥意象而运斤”。所谓“意象”是创作者胸中之“意”与眼下之“象”的熔铸体。在《文心雕龙》里，“意”乃因“思”而生发，所谓“意授于思”(《神思》)；“思”则发于“情”。所谓“人禀七情，应物斯感”(《明诗》)、“气以实志，志以定言，吐纳英华，莫非情性”(《体性》)；“意”“思”“情”“神”皆统于“志气”，所谓“神居胸臆，而志气统其关键”(《神思》)；旨于“神”，所谓“锐思于几神之区”(《论说》)、“故思理为妙，神与物游”(《神思》)。在刘勰看来，“象”是源乎“物”，所谓“辨雕万物，智周宇宙”(《诸子》)、“岁有其物，物有其容”(《物色》)；兴于“情”，所谓“原夫登高之旨，盖睹物兴情。情以物兴，故义必明雅；物以情观，故词必巧丽”；合于“意”，所谓“盖写物以附意，飏言以切事者也”；超于形而达于神，所谓“神用象通，情变所孕。物以貌求，心以理应”。以上分析说明，“意象”超乎个体感受与客体存在，而统一于心物交感、物我两忘的美学境界之中。审美体验与构思的最高境域是创作者的“心”“意”“思”“情”“神”与“道”合一，审美活动是主体自我的升华和飞跃，是“设情位体”“委心逐辞”(《熔裁》)，必须用自己胸中的“炉锤”进行“熔铸”“研虑”(《风骨》)，进行艺术审美创作构思，使自然万物任主体的心灵裁定，让心物交融在饱和着主体心志的审美意象之中，以为宇宙生命传神写情，从而以创构出形神具备、天人合一的极致艺术审美境域。在刘勰看来，不管是“‘灼灼’状桃花之鲜，‘依依’尽杨柳之貌，‘杲杲’为出日之容”，还是“‘瀌瀌’拟雨雪之状，‘喈喈’逐黄鸟之声，‘喓喓’学草虫之韵”；也不管是“一言穷理”，“两字穷形”，还是“以少总多，情貌无遗”(《物色》)，都离不开文艺创作者的“润色取美”

① 刘熙载:《艺概·诗概》。

(《隐秀》)。即如《事类》篇所指出的:“木美而定于斧斤,事美而制于刀笔。”文艺创作者“心”“意”“思”“情”“神”的决定着“美”的生成与艺术审美境域的创构。《文心雕龙》一书中有关这一方面的论述很多,下面我们仅从中选出“心生言立”这个比较突出的命题,进行一些解读和阐释。

一

刘勰认为,作为审美对象,宇宙万物为审美创作活动的发生与艺术审美境域的创构提供了必不可少的客观条件,但是,“美”的生成与艺术审美境域的构筑毕竟需要文艺创作者的介入,需要其“心”的投入和参与。如其在《章表》篇说:“辞为心使。”在《论说》篇又说:“辞共心密。”的确,“木美而定于斧斤。事美而制于刀笔”,在刘勰看来,审美境域是创构而成的,美毕竟是生成而不是预成的。宇宙间所有被认为美的事物,都是在人和自然的相互依存、相互生发的过程中生成的。审美境域的创构决定于主体内在的审美心理智能结构。没有人的实践活动,没有人的生衍过程和自然界向人的生成过程,则不可能有美的存在。同理,没有审美主体的作用,没有文艺创作者的“润色取美”,则不会有艺术作品审美境域的创构。主体的“辞为心使”“辞共心密”“润色取美”等审美活动既是审美关系的建立与“美”的生成的重要条件,也是艺术作品审美境域创构的重要条件。所以,刘勰特别强调审美境域的创构既是“感物”,又是“心生”以“吟志”。故而,刘勰在《原道》篇中说:“心生而言立,言立而文明,自然之道也。”就提出:“心生言立,言立文明”的美学命题,强调“心生”在“文明”,即艺术审美创作活动与“美”的生成中的重要作用。强调作为审美主体的“人”的活动是作品审美境域创构不可或缺的主观条件,在“美”的生成与艺术审美境域的创构中占有主导的地位。

如前所述,在刘勰看来,“人”在天地自然中最崇高最神奇也最美,故而,他认为有人才有美。他在《原道》篇中指出,天上的“日月叠璧”,地上的“山川焕绮”,都是“道之文也”;“龙凤以藻绘呈瑞,虎豹以炳蔚凝姿”,“云霞雕色”“草木贲华”,也都是“道之文”,所以说:“旁及万品,动植皆文。”同时,如果称以上这些为“形文”的话,那么“林籁结响,调如竽瑟;

泉石激韵，和若球鍠”等自然界的“天籁之鸣”则可以称之为“声文”；而作为“有心之器”的人将其所独具的灵秀之气，通过审美创作活动，外化而成的“文”，则可以称之为“情文”“心文”；但无论是“形文”“声文”，还是“情文”“心文”，又都是“道之文”。也就是说，宇宙天地间的所有的“文”都受“道”的作用，都是“道”的表现，都是“道”的文。在刘勰看来，宇宙天地间的自然万物都以“道（气）”为生命本原，同时又都是“道（气）”的一种外化。人尽管高于自然万物，“为五行之秀，实天地之心”，万物之灵，但也以“道（气）”为生命本原，受“道（气）”的作用。当然，和自然万物相比，人是“道（气）”的最高最美的体现。

所谓“道”，在刘勰看来，实际上就是生成宇宙万物的“太极”。《原道》篇说：“人文之元，肇自太极。”《易传》云：“一阴一阳之谓道。”应该指出，古代哲人认为，“太极”就是“气”，是原始的混沌未分的气。即如郑玄所指出的：“极中之道，淳和未分之气也。”[①] 既然人与自然万物都是以大化流衍、生生不已的“气（道）”为本原，人的心是合于自然之道的，能“鉴周日月，妙极机神”（《征圣》），能深入到自然万物的底蕴和核心，以体悟蕴藏于其中的“道（气）”，这样，也就可以说，“人心”就是“道”，“道之文”在“人文”方面的表现也就是“心之文”。故而刘勰说：“言之文也，天地之心哉！”（《原道》）文艺审美创作以心为本，从根本上说也就是以“道”为本。从文艺审美创作来说，主体的“心”是由“道”到“文”的中介，没有“心”的作用，即没有文艺审美境域的创构。“美”的生成与显现离不开作为主体的“心生”的作用及其光芒的照耀，“美”只存在于人的审美活动之中。即如王阳明所指出的：“天下无心外之物，……你未看此花时，此花与汝心同归于寂，你来看此花时，则此花颜色一时明白起来，便知此花不在你的心外。”[②] 又如萨特所指出的：“这个风景，如果我们弃之不顾，它就失去见证者，停滞在永恒的默默无闻状态之中。”[③] 应该说，这里的“我们”，也就是刘勰提出的“心生言立”与“辞以情发”命题中“心”与“情”所指代的文艺创作者。“心”与“情”是审美创作活动中“美”的生成与艺术审美境域创构中不可少的主

① 据《四部丛刊》本《王文成公全书》卷三《语录·传习录下》。

② 王弼注，孔颖达疏：《周易正义》，上海：上海古籍出版社，1980年版。

③ 引自柳鸣九编《萨特研究》，中国社会科学出版社1981年版，第3页。

观条件。一切“美”的光辉都来自心灵的投射，没有心灵的折射，没有主体的“润色取美”，则兰亭的清湍修竹、王阳明与友人所游“南镇之岩中花树”都会永远芜没于空山野外，会“失去见证者，停滞在永恒的默默无闻状态之中”。脂砚斋说得好：“牛溲马勃皆至药也，鱼鸟昆虫皆妙文也。天地间无一物不是妙物，无一物不可成文，但在人意舍取耳。”[①]应该说，正如刘勰所说的“木美而定于斧斤，事美而制于刀笔”。我们可以看到，中国古代的诗歌审美创作史上，无论是李白的豪放，还是杜甫的沉郁；无论是王、孟的静远，还是苏轼的洒脱，全都植根于一个活跃的、至动而有韵律的心灵，而他们在其诗作中所描述的景物则全都“在人意舍取”，在主体“润色取美”，“定于斧斤”，“制于刀笔”，全都是独特的“这一个”，也即刘勰所谓的“师心独见”的创构，既不能重复也不能替代。“美”的生成或显现和审美境域的创构中不能没有“人”的世界。

刘勰在《物色》篇中说：“物有恒恣，而思无定检，或率尔造构，或精思愈疏。”又说：“物色尽而情有余者，晓会通也。”就指出，作为审美对象的万有大千、自然万物有其固有的客观规律，诸如风花雪月的辗转、草木的荣枯、虫鸟的蛰伏等等，都不会因主体的介入而有所改变，“物”总是自在的。所以“物”有其有常的一面，这就是“物有恒姿”；但同时，在审美创作活动中，要体验并展现整个宇宙的生命本体，那么就必须“师心独见”，“润色取美”，使“众美辐辏，表里发挥”(《事类》)；将主体之人格、情调、心灵融化宣染于引起主体“心摇”“情动”“兴发”的特定的作为审美对象的自然景物之中。换言之，即使心寓于物，情迁入景，达成心与物、情与景、意与象的和谐统一，水乳交融，一体圆融，不分彼此。这就要求审美创作构思中必须充分地发挥主体的主导性和能动性。并且，作为个体的艺术文艺创作者，其气质、禀赋、情性、意趣又是各有不同的，这就是所谓“思无定检”。刘勰认为“物”的“恒姿”必须要通过主体“善于适要”(《物色》)、“入兴贵闲”(《物色》)，必须要通过主体“窥情风景之上”“钻貌草木之中”(《物色》)，从而才可能创构出“味飘飘而轻举，情晔晔而更新”的艺术审美意境。因此，刘勰认为艺术审美创作活动的进行与开展是“情以物迁，辞以情发”

① 见《脂砚斋重评石头记》(庚辰本)第十九回评语。

(《物色》)，是“物以貌求，心以理应”(《神思》)，是“情动而言形，理发而文现”(《体性》)；在这一审美创作体验与构思活动中，心既要受到物的感兴、触发，要受“物”的制约；同时，“物”又要被“心”所铸造、熔炼，要接受“心”的主宰，此即所谓“四序纷回，而放兴贵闲；物色虽繁，而折辞尚简”(《物色》)。在刘勰看来，审美创作体验与构思活动中，文艺创作者之“心”必须要“随物以宛转”，作为审美对象的“物”亦自然要“与心而徘徊”。刘勰之后，清代叶燮曾留下这么一些名言，他说:“凡物之美者，盈天地间皆是也，然必待人之神明才慧而见。”[①] 又说:“天地无心，而赋万事万物之形，朱君以有心赴之，而天地万事万物之情状皆随其手腕以出，无所不得者。”[②] 又说:“天地亦不能一一自剖其妙，自有此人之耳目手足一历之，而山水之妙始泄。”又说:“盖天地有自然之文章，随我之所触而发宣之，必有克肖其自然者，为至文以立极。”审美创作活动的生成乃文艺创作者“感于物而兴”，建立在“心物交融”“在物者”“万有之变态”离不开文艺创作者“才胆识力”“我之神明”的兴发。物我之间的审美关系呈现为心物、情景、主客体间的双向运动，一方面体现为具有“才胆识力”等审美能力的主体对客观审美对象的选择、加工、构思和艺术表现；另一方面体现为作为审美对象的“物”对审美主体的触感、兴发，并引发主体的主观情思。既“随物以宛转”，又“与心而徘徊”，体现出作为“物”的自然万物、万有大千对文艺创作者“心”的激发和“心”对“物”的感应，是审美主体与审美客观世界的交流和体验。在我者之灵性与在物者之物性，通过审美意象相互融合的运动过程即是审美创作活动中审美域的熔铸与构筑。主体灵性与对象物性自由无碍地交融便产生“含蓄无垠，思致微渺”的“冥漠恍惚之境”，此为审美主客体互动的最高审美域，也是衡量其作品艺术成就高下的审美范式和标准。

天地万物是“无心”的，只有“因人”，通过“有心”的人的“舍取”，与“人之神明才慧”的作用和介入，其盈溢于整个天地自然间的“美”与“万事万物之情状”才能显现出来，才能通过艺术审美创作活动“随其手腕以出”，而生成为艺术的审美意境。“盈天地间”的万事万物其本身是非常复杂

---

① 叶燮:《已畦文集》卷六《滋园记》，丛书集成新编本第124册．台北：台湾新文丰出版公司，1985年版。

② 叶燮:《已畦文集》卷八《赤霞楼诗集序》。

的社会存在与自然存在，绝不可能以其自身的原生形态径直闯入艺术殿堂。艺术的审美意象与审美境域只能溶涛于最自由、最生动的心源之中。

深入透视刘勰提出的“心生言立，言立文明”这一美学命题，我们还可以发现，它不但强调了“心”和“情性”这一属于审美主体以及主体的审美心理结构即人的心灵，在“美”的生成与艺术审美境域的创构中的重要作用，揭示了文艺审美创造中主客观条件缺一不可的“美”的生成与艺术审美境域的创构原则，同时，它还揭示了“美”的生成与艺术审美境域的创构是和审美活动的发生与构成流同步相向的。正如刘勰所指出的，在审美创作体验与构思活动中，“物色之动，心亦摇焉”（《物色》），“止既往还，心亦吐纳”（《物色》）。无论是“述酣宴”“伤羁戍”（《乐府》），还是“叙情怨”“述离居”“论山水”“言节候”（《辨骚》），既需“婉转附物”，又必须“怊怅切情”（《明诗》），美与艺术审美境域的创构都来自审美主客体关系的确立，来自审美体验活动，是作为审美主体的人与作为审美客体的自然万物相“引”相“迎”、回旋合鸣，由于审美主体“委心逐辞”，“凭情以会通，负气以适变”（《通变》），“情往似赠，兴来如答”，“以情志为神明”（《附会》），“触物圆览”（《比兴》），“窥意象以运斤”（《神思》），“连类不穷”（《物色》），从而才“一言穷理”“两字穷形”，“并以少总多，情貌无遗”地生成与创造出美和艺术的审美境域。

总之，审美创作活动中，“美”的生成与艺术审美境域的创构离不开主体的“情动”“心生”。正如刘勰之后清代的王夫之所指出的：审美创作中艺术审美境域的创构是由于主体的“心目之所及，文情赴之，貌其本荣”[①]，从而才能让天地自然间的物色之美、景色之丽、生化之情，“如所存而显之”[②]。

应该说，不管是小桥流水，还是长河落日，自然造化的艺术表现与美的创作都必须有待物我一统、意象一体、情景一交、主客一致的审美关系的建构。刘熙载说：“在外者物色，在我者生气，二者相摩相荡而赋出焉。若与自家生意无相入处，则物色只成闲事，志士遑问及乎？”[③]这里把使自然景色之美彰明显著以生成艺术美的审美活动理解为“物”与“我”的“相摩相荡”，

① 王夫之：《古诗评选》卷五。

② 王夫之：《古诗评选》卷五。

③ 刘熙载：《艺概・赋概》。

就极为生动形象。有了“在外者”的客观方面的条件与“在我者”的主观方面的条件，还必须有引发“自家生意”而发生的“相摩相荡”的审美活动，这样，艺术的审美境域方“出焉”，否则“物色只成闲事”。应该说，“美”的生成以及审美境域的创构与审美活动的发生和进行是相与相合的，审美境域的创构离不开主客体遭际、激荡并相融为一的审美活动。王夫之说：“天地之际，新故之迹，荣落之观，流止之几，欣厌之危，形于吾身以外者，化也，生于吾身以内者，心也；相值而相取，一俯一仰之际，几与为通，而悖然兴矣。”[①]这里所谓的“相值相取”“几与为通”“而悖然兴”，实际上就是指审美活动的进行。

在审美活动中，那种作为审美客体的存在于天地之间、人身之外的万化世界，在“有心赴之”的审美主体的心目中，其新故荣落、物态天趣中充溢着一种生命的节律，并蕴蓄着一种奔突不息的生命勃勃，以形成一种外在动势。现代审美心理学称此为“主客体之间的意向性结构”。它与作为主体的“人”内在的充满生命情调的心势相对相应，“相召”“相引”，以呼唤、引导着主体“情畅”“心凝”，诱发、激动着审美感兴的勃发。在审美主体“入兴贵闲”“物色尽而情有余”“阴沈之志远”“矜肃之虑深”(《物色》)、精一凝神、超然旷达的心境中，与主体最深的流传的心势相互沟通，通过心灵的自由活动，物我之间相遭相际、相值相取、相摩相荡、相“赠”与“答”，其内在意蕴同条共贯、相与为一，这样，主体才能得以从中获得普遍的生命体验，体悟到蕴藉于自然万物中的生命之原初域——“道”，以进入焕然如悟、勃然而兴的最高审美境域。要进入这种审美体验的最高境域，则必须通过“形于吾身以外者”与“生于吾身以内者”的相互逗发，相互感应，潆洄委曲，绸缪往复。

“美”的生成和审美境域的创构既不在“形于吾身以外”之“化”，也不在“生于吾身以内”之“心”，而在“相值相取”“一俯一仰之限”的审美活动中。但我们必须强调指出的是，正如刘勰“心生言立”命题所揭示的，在这种相值相取，主体求返于自身内在的心灵节奏，以体合宇宙深处的生命节奏的审美活动中，主体的心灵之光的投射起着极为重要的作用。宗白华在

① 《诗广传》卷二。

《中国艺术意境之诞生》中说得好，审美创作活动中，“艺术家以心灵映射万象，代山川而言，他所表现的是主观的生命情调与客观的自然景象的交融互摄，成为一个鸢飞鱼跃，活泼玲珑，渊然而深的灵境；这灵境就是构成艺术之所以为艺术的意境”。由于是主观的生命情调与客观的自然景象的交融互摄，所以说“意境是情与景（意象）的结晶品”。而这结晶品不外乎是通过万物自然的色相、秩序、节奏、和谐，以从中窥见主体自我最深心灵的律动，是“化实景而为虚境，创形象以为象征，使人类最高的心灵具象化、肉身化”。

故而，艺术的“美”的生成与艺术审美境域的创构绝不是主观情调与客观景象的简单相加。应该指出，在审美境域创构活动中，审美主体对生活信息的接收和对生命律动的发现和迹近，绝非是单纯、消极、“镜子”似的再现，而是刘勰等人所指出的“去留随心”(《附会》)、“应目会心”“神仪在心”“视境于心”“神之于心”“拟容取心”(《比兴》)、“定于斧斤”“制于刀笔”“润色取美”的复杂、积极、主动的心灵化创作活动，是“立意之士，务欲造奇，每驰心于玄默之表；工辞之人，必欲臻美，恒溺思于佳丽之乡”(《隐秀》)。是“参灵酌妙，动与神会”，是主体凭借其“神明才慧”“妙明真心”去体验自然万物与现实生活，“润色取美”，“必欲臻美”，从而才能“穷理尽性，事绝言象”。中国古代山水诗画艺术审美创作中，苍松翠柏以写刚直狷介的品格，梅兰水仙以拟高洁隐逸的情操，所以，在刘勰看来，在艺术的审美意境的生成活动中，固然“写气图貌，既随物以宛转”，但最重要的、占主导地位的，还是“属采附声，亦与心而徘徊”。故而，他要说“心生言立，言立文明”。

应该说，正如刘勰所说，“美”的生成与艺术审美境域的创构离不开审美主体的参与。在现代审美心理学看来，所谓“心”“神”“意”“在我者生意”“人之神明才慧”等“生于吾身以内者”，实际上都是指那种主体所具有的流转的心势，也即主体的“才气”“志气”与“才性”等生成的审美心理智能结构。它和英国艺术史学家冈布里奇所谓的“预成图式”相似，都是生活经验与审美经验积累的结果，是参与知觉活动的前在经验的心理状态。现代审美心理学认为，文艺创作者所以能够于感物的瞬间，体悟到蕴藉于作为审美对象的自然万物深处的生命意旨，主要在于其心中有可以“同化”这一事物的审美心理智能结构。而这一结构的形成与构成流，则在于以审美活动为中介的生活经验与审美经验的积累。在《文心雕龙》审美心理学思想看来，主体所具有的审美心理智能结构也即所谓的“心”“情性”“神”“意”“思”“气志”“才气学识”等属于主体方面的因素的总和，而审美活动则是一个由审美主体与审美客体之间的“目既往还，心亦吐纳”“情往似赠，兴来如答”“心中目中，与相融浃”，即在心与物的生命律动的深层结构之间往返交流的过程。在这个过程中，主体的审美心理智能结构起着十分重要的作用。

审美活动的实践证明，在审美主体进入审美活动之前，他已经事先存在着一个审美心理智能结构，并由此以形成一个潜在的指向审美对象的势态，故而人们常说：“爱美之心，人皆有之。”正如梁启超在《书法指导》中所指出的：“爱美是人类的天性。”确实，当我们解脱人世功利的羁绊，摒弃奔竞浮躁、汲汲以求、生活情趣不高的杂念，这时，“山沓水匝，树杂云合”（《物色》），则无论是春花春鸟、秋水秋月、高江急峡、落日孤云，还是一条河流、一片星空、一朵鲜花、一个微笑，所有天地间的“新故之迹，荣落之理”，都会使人们整个身心充满盎然的情蕴和意趣，使我们感到一种清纯得近乎透明的淳然与欣然。张惠言说：“天之漻漻，地之嚣嚣，日出月入，一幽一昭，山川之崔蜀吉伏，畏佳林木，振硪溪谷，……人事老少，生死倾植，礼乐战斗，号令之纪，悲愁劳苦，忠臣孝子，羁士寡妇，愉佚愕骇，有动于中，久而不忘……”①现代审美心理学理论告诉我们，这“有动于中，久而不忘”的体验就是审美感受。促使人们产生这种审美感受的的一种特殊的心理功能。同时，这种心理功能最终又受心理智能结构的支配。一定的心理功能决定于一定的心理智能结构，有什么样的心理智能结构，就有什么样的心理功能，依据这一原理，则人们所具有的审美功能来源于其“才气”“志气”与“才性”等生成的审美心理智能结构的建构。清代许印芳在《与李生论诗书跋》中对此说得好：“凡我见闻所及，……当运以精心，出以果力，眼光所注之处，吐糟粕而吸菁华，略形貌而取神骨，此淘洗之功也。”②这里所谓的“陶洗之功”，应该说，其实就是一种审美能力；而“精心”“果力”，则属于

① 《茗柯文初编·七十家赋钞目录序》。

② 许印芳:《〈与李生论诗书〉跋》,《诗法萃编》卷六。

审美心理智能结构的建构，“陶洗之功”离不开“精心”与“果力”的作用。

的确，诚如刘勰“心生言立”命题所规定的，主体的“才气”“志气”与“才性”等生成的审美心理智能结构对“吐糟粕而吸菁华，略形貌而取神骨”的“润色取美”审美实践的开展起着决定性的作用。我们从“润色取美”“心生言立”的审美实践中也可以看出，在“心”，即审美主体的心理中确实存在着一次多层次、多侧面、多方位所组合而成的、有机的审美心理智能结构。这个“才气”“志气”与“才性”等生成的审美心理智能结构既是历史的又是不断建构着的，而且是先在的，“存在于人的自我中”①（黑格尔语）。它在审美主体对新的、作为审美对象的客体进行观照与体验之初就已经“生于吾身以内”，并决定着主体的审美能力、审美态度和审美趣味等。这种“才气”“志气”与“才性”等生成的审美心理智能结构通常又被称之为心理模式或范型，亦就是《文心雕龙》审美心理学所谓的“在我者”之“成心”。在审美活动中，这种作为审美心理智能结构的“成心”或谓“在我者生意”，总是决定着主体对审美信息的选择和对审美信息的处理态度。故而，以刘勰为代表的中国古代审美心理学早就发现，主体在进行审美活动与创构审美境域时，决非以一个空白的头脑去被动地接受由审美对象流射出的美的信息，而总是“心目及之”“文情赴之”“运以精心，出以果力”“各以成心”“师心独见”“润色取美”，即以意识中的某种范型或模式，也即审美心理智能结构来衡量、改造审美对象，取菁华，传神骨，不但投入审美感知觉和审美能力，而且调动起整个审美心理智能结构所属的诸要素，以整个心灵去拥抱自然，跃身大化，淘洗万物，从而以“貌其本荣”的。审美活动与艺术审美境域创构过程中，主体与审美对象之间则是一种“相召”“相引”“情以物迁，辞以情发”、双向对流、“几与为通”的关系。当作为审美对象的客体即外在之“物”，与主体的“才气”“志气”与“才性”等生成的审美心理智能结构即内在之“心”，相合相通、相值相取时，则生成出“美”并创构出艺术审美境域来，同时还在人们的心理上引起与产生相应的审美感受。

① 董学文主编：《西方文学理论名著提要》，江西人民出版社，2013年版，第138页。

二

刘勰强调作为主体的“人”在“美”的生成与艺术审美境域的创构中的主导作用是有其哲学的学理依据的。中国美学与中国哲学是骈体而生、密不可分的。两者往往是相互渗融、相互贯通的，故究其实质而言，最广义的美学也就是最广义的哲学。中国传统文化的特点是重视人与人生，强调人在宇宙中的崇高地位，由此而生成的哲学也如此。究天人之际，探究人与自然、人与社会、人与自身的普遍意义，揭示人的本质和价值，妙解人生的奥秘，是中国哲学所追求的最高目标。无论是儒墨老庄，还是佛教禅宗，都把对人与人生的探讨放在首位，其他一切问题，都是为了解决人的问题而展开的。所谓“不知人，焉知天”。据《左传》昭公十七、十八年记载，子产曾经指出：“天道远，人道迩。”①“迩”，意指近。天道和人道是不相干的，天人是分离的。这里所谓的“人道”就是指人、人的价值、人生境域、人格理想等人与人生方面的问题；“天道”则是指世界的存在及其存在的形式等自然现象方面的问题。比较而言，“天道”离人远，微茫难求，而“人道”则离人近，明灭可睹，因此更为重要，更应受到重视。中国传统文化以及哲学的这一精神面貌必然影响及《文心雕龙》审美心理学思想，促成其关怀人生、重视人生，以人与人生的研究为要旨的特点。我们从其思想体系的整体面貌和美学精神来看，可以说，《文心雕龙》审美心理学思想中主体审美心理智能结构作用论的建构与诸多重要的审美观念的确立，就是以对人和人生的研究为核心，本着“持人情性”（《明诗》），即对人生意义、人格价值和人生境域的探索来阐释的，重点是想解释清楚人在审美活动中的地位和作用，以及人应当怎样进行审美，怎样进行审美境域的创构，怎样通过审美活动使人生活得愉悦、美好。所谓“君子处世，树德建言”（《序志》）、“民生而志，咏歌所含”“英华弥缛，万代永耽”（《明诗》）。换言之，《文心雕龙》审美心理学的整个思想体系都是在体验、关注和指导人的价值、人的自由、人的幸福和人的全面发展等问题的过程中生成和构筑起来的。就其精神实质而言，亦正是在对人的审美活动中的地位、人的心灵世界的要眇真谛，以及审美境域的

---

① 见《左传》昭公十八年。

追求与创构等方面的问题进行深入细致的分析和表述中，从而始形成刘勰自己所独具、极富传统特色的审美心理学思想体系与理论大厦的。

并且，《文心雕龙》审美心理学思想这种极为鲜明和突出的重视人与人生并落实于人与人生的特点，又特别突出地表现在文艺创作者“才气”“志气”与“才性”等生成的审美心理智能结构作用论的问题上。《文心雕龙》审美心理学认为“心生言立”，有人才有美，坚持艺术审美境域创构的主体性原则，“从物出发”，又“以心为主”，强调“心生言立，言立文明”，就是以中国古代哲学中的人学为其理论基础，并向更高层次的发展。在刘勰看来，人在审美活动中的这种重要的主体性与主导性地位的取得，是与人的本质属性与价值属性分不开的。中国传统人学思想认为，天地万物中，人具有最高的地位：“人有气有知亦有义，故最为天下贵也。”①天地之间，草木虽有生命，但是却没有知觉，禽兽有知觉，却没有道德意识，人则有生命有知觉有道德观念。因此，人是“天地之德”“天地之心”②。即如孔子所说：“天地之性，人为贵。”③人与自己之处的万物相比，是天地之间最为尊贵、最有价值的。董仲舒说：“人下长万物，上参天地”，“而摇荡四海之内。”④周敦颐也说：“二气交感，化生万物，万物生生，而变化无穷焉，惟人也得其秀而最灵。”⑤人在天地自然间最为贵重，具有自身的独立性、高贵性和能动性，故人能“为天地立心”，能“参”天，并“摇荡”于四海之内、天地之间，艺术审美创作活动中通过主客体的互融交渗活动，以达成天人合一的审美境域。这也就是人的最高存在和最高价值之所在。

这种思想，经过美学家的概括和提升，则成为一种主体性原则：即既贵人，强调人为万物之灵，又重如何做人，如何发挥人的主体性，以处理好人与自然、社会、自身的关系。如孔子的仁学、孟子的性论、老庄的超越思想，等等，都不仅肯定了人相对于自然、天道的主体地位，而且还揭示了作

① 《荀子·王制》，王先谦集释，沈啸寰、王星贤点校：《荀子集释》，诸子集成本．北京：中华书局，1988年版。

② 《礼记·礼运》。

③ 《孝经》引孔子语。

④ 《春秋繁露·天地阴阳》。

⑤ 《太极图说》。

为主体的人的认识潜能和人格属性。显然,《文心雕龙》审美心理学思想正是吸收并发展了这种美学观念。刘勰认为，人是统率万物的灵长，是天地的“心”。天地人三才之中人是核心，人在宇宙万物中的地位好像“心”在人体中的地位一样。故他在《原道》篇中强调指出:“文之为德也，大矣；与天地并生者，何哉? ……惟人参之，性灵所钟，是谓三才。为五行之秀，实天地之心。心生而言立，言立而文明，自然之道也。”在他看来，只有发挥人的主体性作用，“仰视”“俯察”，也才有艺术审美创作活动的发生与开展。从其本质特性来看，人是从宇宙万物中分化出来的产物，也是一种物质实体。但人所特有的生理结构和主体能力，使其与自然万物相比，则具有最为天下贵的地位。如荀子就肯定人“有辨”“能群”“多力”，故能“假于物”“役万物”，能“参与天地之化育”，“制天命而用之”。这种思想实际上强调了人的主观能动性问题，肯定了发挥这种能动性则可以促成主客体之间的沟通和合一。这实质上也就是对主体性原则的确认。

从美学意义来看，这种认为人在万物中最灵最贵的思想，表明中国古代哲人已经发现只有人才是宇宙间最神奇、最美的存在。也正是受这种人为万物之灵的审美意识的影响，刘勰才提出“心生言立”的命题，强调“美”的生成与艺术审美境域的创构，离不开人的作用，坚持主体性原则。

具体说来，中国古代哲学认为，人是宇宙的中心，是万物的尺度。人认识了自身，便能体知自然与宇宙万物的根本。认识自我、自觉自我、超越自我、实现自我，以促成与道合一，即与自然法则、宇宙生命本体的合一，是人生的最终意义和价值，也是人的最高审美追求。从人的本质属性来看，人是自然的存在物，“人者，裸虫也，与夫鳞毛羽甲虫俱焉，同生天地，交气而已，无所异也”[①]。在中国传统人学看来，人与动物一样，是一气所生，作为存在主体的人就是自然人，自然属性是人深一层的本质或人的社会性的基础。社会性是人的直接本质或现实本质。作为社会的存在物，人与禽兽的区别不在于“二足而无毛”，而在于“有夫妇之别，父子兄弟之序。为棺椁衣食以瘗藏其死，于是有丧葬之仪,……有群臣之分，尊卑之节”[②]。人讲礼仪，

---

① 《无能子》卷上，晚唐无名氏所著。

② 《无能子》卷上,《圣过》。

人有聪明思虑。即如王充所指出的："人，物也，万物之中有知慧者"[①]。人是万物中有智慧、有思想的生物，"人性"是自然属性、社会属性和意识属性的统一体，也是身心的统一体。人必须通过各种活动以满足人自己身心统一体的需要，"赖其力者生"[②]。这里所谓的"力"，具体来讲，是既指农民的"耕稼树艺，多聚菽粟"，农妇的"纺绩织絍，多治麻丝葛绪绸布縿"等体力劳动；又指王公大人的"听狱治政"，士君子的"亶其思虑之智，内治官府，外收敛关市山林泽梁之利，以实仓廪府库"等脑力劳动。人靠自己有计划、有目的的物质生产活动，以获得自己生存和发展所需要的生活资料。并且，人还"明于天人之分"[③]，具有人的自觉，有道德观念。孟子说："仁也者，人也。合而言之，道也。"[④]这就是说，"仁"的规定性内容，就是人。仁与人相合，就是"道"。换言之，"道"就是"仁"与"人"的统一：自然本质的人与伦理观念相结合，使自然本质退到深层底部，道德化的人性成为表面的直接属性。人进行着各种活动，不但进行着物质生产、社会关系的生产，而且还进行着人类自身的生产和精神生产，正是通过这四种生产组合而成的人类社会生产活动，人才得以不断发展、实现和确证自己的本质特性。而审美活动就是人所进行的全部社会生产活动中最能体现人的本质和本性的一种特殊形态。人的身心统一体的需要是审美活动的目的和动力。审美活动的发生与对最高审美境域的追求既是人体验自我、改善自我、发挥自我、实现自我的需要，也是人本质特性的一种最高表现形式。

我们必须强调指出，人既是自身活动的主体，也是自身一切活动的发轫和归依。作为掌握世界的一种特殊方式，审美活动是人对自身本质特性的一种自我发现、自我确证、自我观照和自我体验，是"文之用心""余心有寄"，是"饮吸无穷于自我之中"（宗白华语）。正如孟子所指出的："万物皆备于我矣，反身而诚，乐莫大焉。"[⑤]这里所谓的"诚"，是指一种极高的精神境域。也可看作是一种最高的审美境域。"反身而诚"，则是指人通过对道德意识

① 《论衡 · 辨崇》。（汉）王充著 . 黄晖校释：《论衡校释》，北京：中华书局，1990年版。

② 《墨子 · 非乐上》。

③ 《荀子 · 天论》。

④ 《孟子 · 尽心下》。杨伯峻：《孟子译注》，北京，中华书局，1962年版。

⑤ 《孟子 · 尽心下》。

的自我认识或实践经验的内心体验，而认识自我，把握本心，由此以体知天理，达成与天道合一。故而《中庸》说："诚者，天之道也；诚之者，人之道也。诚者，不勉而中，不思而得，从容中道，圣人也。"又说："唯天下至诚，为能经纶天下之大经，立于天下之大本，知天地之化育。""诚则明矣，明则诚矣。"可见，"诚"也就是"诚明""大清明""玄览""灵明""兴会"等生命与心灵获得极大自由的境域；也即刘勰所谓的"凭性良易"(《序》)。这里的"性"，指自然的天性。《荀子·正名》说："生之所以然者，谓之性。性之和所生，精合感应，不事而自然，谓之性。"杨倞注云："和，阴阳冲和，气也。事，任使也；言人之性，和气所生，精合感应，不使而自然，言其天性如此也。精合，谓若耳目之精灵与见闻之物合也。感应，谓外物感心而来应也。"

应该指出，作为宇宙万物的生命本体与本原，"道"是"视之不可见，听之不可闻，搏之不可得的"[①]，必待"观之以心"，凭主体自由的心灵去体验，通过"尽心""思诚""至诚""诚之"，通过"凭性"，从而始可能超过包罗万象、复杂多样的外界自然物象，超越感观，以体悟到那深邃幽远的美妙生命意旨，返回到生命的原初域——"道"。应该说，也正是这种对"道"的审美体验，才使《文心雕龙》审美心理学思想把艺术审美创作活动的重点指向人的内心世界。刘勰认为，"人"的心、性本体就是一种主客、天人合一的原始统一体，艺术审美创作构思中主体"率志委和""驰心于玄默之表"，象孟子所说的一样而"尽心""思诚"则能使"万途竞萌"(《神思》)，能使万物备于我。

应该说，尽性知天，以诚为先，穷神达化，天人合一。正如《中庸》所指出的："唯天下至诚，为能尽其性；能尽其性，则能尽人之性；能尽人之性，则能尽物之性；能尽物之性，则可以赞天地之化育；可以赞天地之化育，则可以与天地参矣。""人"在审美活动中的内心体验，乃是全身心参与其中的感悟和穿透活动，它灌注着"人"的生命，是"人"的精神在总体上的一种感发和兴会，也是"人"的精神的自由和新中国成立，所以，能使"人"在一种切入和生命的挥发中把握到自己的本心，认识自我，体验到自然之道与宇宙精神，达成万物合一，体悟到"参赞天地之化育"的生命创作的乐境，

---

① 《老子》十四章。

进入与“与天地参”，达成即如刘勰所谓的“万途竞萌”，“登山则情满于山，观海则意溢于海”（《神思》）的极高审美境域。

应该指出，《文心雕龙》审美心理学思想所标举的审美活动是主体自我生命与客体生命的契合和认同，是“心”“既随物以宛转”，“物”“亦与心而徘徊”，在这种由本心意绪深层的物我交融所达成的深深认同中，开通了人心和物象之间的生命通道，由“能体天下之物”而臻于“视天下，无一物非我”，最终主体将宇宙生命化入自我生命，“以合天心”，从而获得生命的超升与审美的升华。正如我们所指出过的，

在刘勰看来，“人文之元，肇自太极”，“言之文心，天地之心哉”（《原道》），人与自然万物都是“气”化所生，以“气”为生命根本。“游气纷扰，合而成质者，生人物之万殊”。所以，在审美活动中，人能归于本心，“游心”（《熔裁》）、“任心”（《总术》）、“凭性”，通过自我调节、自我完善，去除人的生理所带来的种种欲望，以创造出一个虚明空静的审美心灵本体，归复自然的本真，泯灭物我之间的界限，就能使人与天地万物合一。在刘勰看来，所谓“物有恒姿，而思无定纶”（《物色》），审美活动的最高境域是人的自得，自得其心，自得其性，自得其情。用庄子折的话来说，就是“任其性命之情而已矣”[1]。任随其情之所由，让审美心灵在人的纯真本性中徜徉，则可以从中体验到生命的真谛与宇宙的微旨，达成与天性合一的宇宙之境。孟子说得最为明白：“尽其心者，知其性也，知其性，则知天也。”[2]人性乃人心之本性，本之于天，故人性与天性是合一的。作为宇宙生命与美的本原的“气（道）”早就孕育在人的本心之中。即如熊十力所说：“本心亦云性智，是吾人与万物同具之本然。”[3]“人”能灵光独耀，迥脱根尘，便能体露真常，臻于本心，直达生命的本原。

由于受外界事物的干扰与世俗杂念的侵扰，使人放失了本心，要想重新达成人性与天性合一，则必须摆脱世俗杂念，超越自我的形体与心智，消除物我、意象、情景、主客体的对立和差别，建立起物我统一、意象一体、情景交一、主客一体的关系，才能在静穆的观照中与宇宙万物的节奏韵律冥然

① 《庄子·骈拇》。
② 《孟子·尽心上》。
③ 《新唯识论》。

契会，以达成同天地相参，同化育相赞，即“目既往还，心亦吐纳”“情往似赠，兴来如答”（《物色》），“物以貌求，心以理应”，亦即“人与天地万物为一样”，与万物同致的境域。刘勰认为，只有这样，始能认识外物，把握外物之道，从发现外物中发现自身，妙悟宇宙人生的秘密。

从中国古代哲人的论述中，我们也可以看出，即如刘勰所说：“心生而言立，言立而文明，自然之道也。”审美是人自身的需要，审美创作是“雕琢情性，组织辞令；……写大地之辉光，晓生民之耳目”（《原道》），是“持人情性”（《明诗》），可以说，只有人才能进行审美活动，也只有人才需要审美。前面曾经论及，王阳明曾经以岩石中花树来说明自己所主张的“心即天”，即心是天地万物的主宰的观点，这一道理对“美”的生成与审美活动的发生同样适用。“人”没有看此花树时，此花默默无闻，来看此花时，则此花的“颜色一时明白起来”[①]。“美”的生成与艺术审美境域的创构也离不开“人”的作用与人心的敞亮，离不开审美活动的发生与进行。而审美活动的发生与开展则必须要有作为审美主体的“人”的介入。在“人”的“润色取美”审美活动中，有如“花颜色”因了“人”的“看”始“一时明白起来”一样，才生成美并创构出隽永不朽的审美境域。

① 《王文公全书》卷三。

第二章 以气为主：审美主体心理智能结构论

《文心雕龙》审美心理学认为“气”是化生天地万物的生命本原，是“人”与自然共同的构成质料。即如刘勰之前，葛洪在《抱朴子·内篇》中所指出的：“人在气中，气在人中，自天地至于万物，无不须气以生者也。”又如陈抟在《玉铨》中所指出的：“两仪即太极也，太极即无极也。两仪未判，鸿蒙未开，上而日月未光，下而山川未奠，一气交融，万气全具，故名太极，即吾身未生之前之面目。”所谓“两仪”“太极”“无极”都应该说“气”的一种表述。“气”是生命的基础，是生命活力的源泉，万有大千，“一气交融”。因此，“气”也是作为“人”的文艺创作者的审美意识与审美能力的源泉。所谓“人之生，气之聚也”[①]。“人”的生命、活力、生命力，离不开“气”。文艺创作者的身心条件、精神状态、生命能量，以及身合天地、心通万物的审美智能的构成都决定于“气”。作为中国古代文艺审学思想的集大成之作，刘勰吸收了他之前有关文气说的心理学思想，在《文心雕龙》中建构了相当完整的“文气”说。就主体审美心理智能结构而言，刘勰认为包括血气、素气、志气、意气、神气、才气、气力、气味、气魄等心理要素，都是审美主体的生命能量之“根”，决定着主体的审美心理智能结构的建构，并关系到审美创作活动的成败与艺术成就的高下。

① 《庄子·知北游》。

一

刘勰认为，文艺创作者的“才气”“志气”与“才性”等生成的审美心理智能结构对于审美构思活动的开展与实现，具有极为重要的作用。所谓“才有庸俊，气有刚柔，学有深浅，习有雅郑，并性情所铄，陶染所凝”(《体性》)“才”“气”“学”“习”关乎“性情”。这里就提到“气”，也正是由于这种先天禀赋的“气”与“才”，以及后天的“学”与“习”的熔铸与铄炼、陶染与习练，作用于这种审美心理智能结构的建构，从而造成主体个体的审美趣味的相同性与差异性，出现“庸俊”“刚柔”“深浅”“雅郑”等差异现象，呈现于审美活动中，则“憎爱异性”“好恶不同”。即使是以同一《离骚》作为审美对象，也会“才高者菀其鸿裁，中巧者猎其艳辞，吟讽者言其山川，童蒙者拾其香草”(《辨骚》)，兴趣爱好、趣尚取舍而呈现出各有不同的现象。在他看来，由于生命之本——“气”的作用，以及先天的生理依据和后天的文化熏陶与积累，加上地理环境的影响，遂促成审美个体的人格结构、智能结构与整个审美心理结构都存在着差异现象，并形成其审美趣味的不同。

应该指出，中国古代哲人认为“气”既是生命的本原，也是宇宙天地、自然万物、社会人事的活力本原。首先，宇宙间是先有气而后才由气形成天地的。即如《淮南子·俶真训》所指出的:“有始者，有未始有有始者，有未始有夫未始有有始者。有有者，有无者，有未始有有无者，有未始有夫未始有有无者。所谓有始者，繁愤未发，萌兆牙蘖，未有形埒垠堮，无无蠕蠕，将欲生兴，而未成物类。有未始有有始者，天气始下，地气始上，阴阳错合，相与优游竞畅于宇宙之间，被德含和，缤纷茏苁，欲与物接而未成兆朕。有未始有夫未始有有始者，天含和而未降，地怀气而未扬，虚无寂寞，萧条霄霓，无有仿佛，气遂而大通冥冥者也。”天地“阴阳二气”上下互相交合，“相与优游竞畅于宇宙之间”，宇宙和气絪缊，以酝酿生化之机，生成宇宙天地间的万千生命。有了“阴阳二气”，然后就有了天地之始，宇宙就这样生成了。又如《天文训》所指出的:“道始于虚霩，虚霩生宇宙，宇宙生元气。气有涯垠，清阳者薄靡而为天，重浓者凝滞而为地。”也正是由于“气有涯垠”，所以古代仓颉造字，气为象形，故而《说文》指出:“气，云气也。”天地间的一切都是由“气”所生成的。据《左传·昭公元年》载，早在春秋时期，作为医生的医和所谓“天有六气，降生五味。……六气曰阴阳、风雨、晦明也”的这段议论，就已经揭示了“气”之凝聚、细缊、上下激荡从而生成自然万物并促使宇宙演化的哲学意蕴。“气”有“阴阳”，“阴阳”裂变而生万物，可视为“气化”说的滥觞。正是在这种“气化”思想的基础上，《老子》四十二章指出：“道生一，一生二，二生三，三生万物，万物负阴而抱阳，冲气以为和。”焦竑《老子翼》云：“道之在天下，莫与之偶者。莫与之偶，则一而已矣，故曰‘道生一’”。道绝对无偶，以数来表示则为“一”。这里的“一”，乃是指阴阳未分之时的混沌之气，或谓“元气”。混沌之气通过内在的矛盾运动又裂变化分为“阴阳二气”；“阴阳二气”的相激相荡又生成第三者，即所谓“和”气，万物自然的生成都是由于“阴阳二气”的生克制化，互冲激荡之“和”，都是由于“阴阳二气”的优分化合。可见，老子在这里已经将“气”看作是从道而一、而二、而三，以生成自然万物的生命本原，同时，又认为“气”是“道”的一种生命表现形态。

管子继承老子道（气）为宇宙生命本原的思想，并进一步丰富了作为哲学范畴的“气”的哲学意蕴。说：“凡物之精，化则为生，下生五谷，上为列星。流于天地之间，谓之鬼神；藏于胸中，谓之圣人。是故此（名）气，杲乎如登于天，杳手如入于渊，淖乎如在于海，卒乎如在于屺。是故此气也，不可止以力，而可安以德；不可呼以声，而可迎以意。”[①]精气聚散氤氲，流动升降不已，充塞于太空、大地、高山、大小、深谷、四海之间；精气的化合，产生宇宙万物，构成人，并且使人与自然相通共感，能“安以德”“迎以意”。《管子·内业篇》说：“凡人之生也，天出其精。”又说：“精也者，气之精者也。”有精气然后才有人的生命，有生命然后才有思想感情，才有智慧和审美的要求。故《内业篇》又说：“气道（通）乃生，生乃思，思乃知，知乃止矣。”庄子就是本着“气”为宇宙万物的生命本原这一哲学思想出发来看人生的，故而对人生表现出豁达、潇洒、通脱的审美意味。《庄子·知北游》说：“人之生，气之聚也；聚则为生，散则为死。若死生为徒，吾又何患！故万物一也。是其所美者为神奇，其所恶者为臭腐，臭腐复化为神奇，神奇复化为臭腐。故曰通天下一气耳。”气是生成与构建自然万物的生命基

① 《管子·内业篇》

因。气凝聚起来便营构出自然万物的形体，自然万物的化解裂变又返原为气，生与死、神奇与臭腐、美与丑、善与恶的相互对立、相互转化、相互交通、相互连贯，都一统于“气”。可见，“气”既抽象又具象，既普遍又个别，既形上又形下，既是统一的，又是多样无限的。

荀子进一步发展了“气”化生化合而生万有大千之说，指出，尽管人与万物的生命之本原都是气，但天地万物中，人却具有最高的地位。《荀子·王制》说：“水火有气而无生，草木有生而无知，禽兽有知而无义，人有气有知亦有义，故最为天下贵也。”天地之间，受气的作用，草木虽有生命，但是却没有知觉，禽兽有知觉，却没有道德意识，人则有生命有知觉有道德观念，因此，人是“天地之德”“天地之心”。即如孔子所说：“天地之性，人为贵。”人与自己之外的万物相比，是天地之间最为尊贵、最有价值的。

人在天地自然间最为贵重，具有自身的独立性，高贵性和能动性，故刘勰认为人“为五行之秀，实天地之心”。人不但能“参”天，“摇荡”于四海之内、天地之间，通过主客体的互融交汇活动，以达成天人合一的宇宙之境。并能通过审美活动，将这种审美创作构思活动中的生命体验物化于作品之中，“心生而言立，言立而文明”。而这也正是“人”的最高存在和最高价值之所在。

刘勰继承了传统哲学的“气化”说和他之前曹丕的“文气”说，而熔铸成自己的“文气”说。他吸收宇宙万有、大千造化，都是禀“气”而生，由“阴阳二气”化合而成的观点，认为，人与万物都生于“太极（气）”。他在《文心雕龙·原道》篇中说：“文之为德也，大矣；与天地并存者，何哉？夫玄黄色杂，方圆体分，日月迭璧，以垂丽天之象；山川焕绮，以铺理地之形；此盖道之文也。仰观吐曜，俯察含章，高卑定位，故两仪既生矣。惟人参之，性灵所钟，是谓三才。为五行之秀，实天地之心。心生而言立，言立而文明，自然之道也。”又说：“人文之元，肇自太极。”这些地方所提到的“太极”“两仪”，最早的提出与使用都见于《易传》。《周易·系辞》云：“易有太极，是生两仪，两仪生四象，四象生八卦。”而“太极”就是“易”，也就是“气”。《易纬·乾凿度》云：“孔子曰：易始十太极。”郑玄注云：“气象未分之时，天地之所始也。”可见，这里就把太极看作是混沌未分的元气。刘歆在《三统历》中也指出：“太极元气，涵三为一。”所谓“三”，是指天、地、人，即所谓“三才”。郑玄在《周易注》中也曾指也：“太极，极中之道，淳和未分之气也。”王元化《刘勰的文学起源论与文学创作论》说得好：“刘勰的宇宙构成论并没有汲取前人在自然科学方面所获得的成果，相反，他仍袭《易传》‘太极生两仪’之类的陈旧说法。《原道篇》的理论骨干是以《系辞》为主，并杂取《文言》《说卦》《彖辞》《象辞》以及《大戴礼记》等一些片断拼凑而成。不管刘勰采取了怎样混乱的形式，有一点很清楚，这就是他以为天地万物来自太极。《原道篇》所谓‘人文之元，肇自太极’，显然是从‘太极生两仪’这一说法硬套出来的。这样，他就通过太极这一环节，使文学形成问题和《易传》旧有的宇宙起源假说勉强结合在一起。”这里可以说是对刘勰的宇宙观和文艺审美观以及两者的关系作了非常精到的分析。

既然天地万物与文艺审美的起源都来自“太极”，而“太极”就是“气”，那么“气”自然既是万有大千的生命本体，也是“文”的生命力所在了。故而，尽管刘勰没有直接提出“文以气为主”，但显然，他还是把“气”作为“文”的本体的。从文艺创作者而言，刘勰认为，“气”，决定着主体的审美创作能力，“才力居中，肇自血气”；“气”还决定着审美创作构活动中生命体验的进行，“志气统其关键”，“气以实志，志以定言”；“气”决定着审美情感的生成与审美情感活动：“情与气偕”，“凭情以会通，负气以适变”；“气”实际上是审美情感的动力，“情之含风，犹形之包气”，“风”与“气”互文见义，“风”也就是“气”，“气”构成了情的物质内涵。“怊怅述情，必始乎风”，气盛才能情畅，气衰必致情滞。可以说，在刘勰看来，没有“气”作为主体的生命基础，就没有审美创作体验的发生，也就没有审美创作这种生命运动与生命体验活动。

文艺创作者审美取向及其审美诉求的形成离不开“气”的作用。在《文心雕龙》中，作用于文艺创作者审美心理智能结构的“气”，有时叫做“志气”，有时又叫做“精气”和“血气”。而这种“志气”“精气”“血气”决定着文艺创作者的审美取向，或谓“成心”，即文艺创作者的思维模式。应该说，无论是从先天的生理和心理条件来看，还是从后天的审美实践来看，我们都可以发现，在审美活动发生之前，在主体的头脑中，的确存在着一个属于主体个体的“才气”“志气”与“才性”“性情”等生成的审美心理智能结构与思维模式。刘勰则称此为“成心”。故而，在审美活动中则会出现他在《体性》篇中所指出的“各师成心，其异如面”的现象。所谓“成心”相异“如面”，《左传·襄公三十一年》云：“人心之不同，如其面焉。”《庄子·齐物论》

云："夫随其成心而师之，谁独且无师乎？"郭象注云："夫心之足以制一身之用者，谓之成心"。可见，刘勰所谓的"成心"，其实也就是我们所说的审美活动中支配着主体的趣尚取舍的审美心理智能结构与思维模式。它决定着审美活动中主体对审美对象的认同和同化，决定着审美活动中的指向性和注意点，决定着主体个体的审美趣味与审美取向，是产生审美差异性的根本原因。刘勰在《文心雕龙》一书中对由文艺创作者"才气""志气"与"才性"等生成的审美心理智能结构与"成心"，或谓由"气"所生成的审美取向进行过多方面的描述，指出："风趣刚柔，宁或改其气。"（《体性》）"才力居中，肇自血气；气以实志，志以定言，吐纳英华，莫非情性。""才性异区，文辞繁诡。"（《体性》）这些论述涉及审美心理智能结构的形成原因，涉及"气"对审美取向形成的作用问题，"气"决定着文艺创作者审美心理智能结构的特性与取向，"气以实志，志以定言"，文艺创作者"才气""志气"与"才性"等生成的审美心理智能结构的认同和调节，以及审美心理智能结构的建构和优化等多方面的心理功能离不开"气"，都"肇自血气"。可以说，《文心雕龙》一书已经对属于审美主体心理智能结构的重要组成因素诸如"风趣""才力""血气""情志""情性"，包括审美趣味、审美能力、审美理想、审美取向、审美个性等，及其相互关系与相互联系的心理现象，都作了比较深入的揭示，强调作为人与自然万物生命本原的"气"对于主体审美心理智能结构形成与建构的决定性作用。同时，刘勰还指出了"才气""志气"与"才性"等生成的审美心理智能结构既是进入审美活动的关键，同时也决定着"英华"的"吐纳"、文辞的"繁诡"、风趣的"刚柔"，决定着审美趣味的指向和集中，决定着审美活动的进行与开展、成功和失败。对此，刘勰提出"才性异区，以气为主"的组合命题来加以概括。

刘勰提出的"才性异区"的"才性"，本意是指审美主体的资质、禀赋和个性、性格，在这里，我们把它视为主体的整个审美心理结构中情感和理性的组合。作为个体，审美心理结构中的情感和理性存在着差异现象。情感是生成审美趣味的心理基础。在审美活动中，往往可以发现，由于情感指向的作用，不同的审美主体对同一审美对象会产生不同程度的审美兴趣差异，毁誉不同，爱憎各异。不仅如此，由于时间，空间的不同，就是同一审美主体在不同的年龄与心境下，其审美活动中的心理美感状态也是不同的，也会表现出不同的审美兴趣与审美偏爱。这种主观差异现象就是审美心理结构中情性的调节作用使然，是“才性异区”所为，“各师成心”所致。

刘勰提出的“文”“以气为主”则指先天气禀、才气对主体审美心理结构中情感与理性的构成起着决定性的作用。我们曾经论及，中国古代哲人认为，“气”既是宇宙万物的生命之本，也自然是人体的原初生命物质。形因气而生，因气而活。即如《淮南子·原道训》所指出的：“夫形者，生之舍也；气者，生之充也。”外在形体与内在精神气质、才识智慧、生命底蕴相统一，始构成一个完美的人。“气”乃“人”生理基础中旺盛的内在生命力，决定并支配着作为文艺创作者个体审美心理结构中情感与理性的建构。

受“气”所作用的先天禀赋在主体审美心理智能结构中占有主要的地位。人的个性分阴分阳、分柔分刚与其禀赋之“气”有阴有阳、有清有浊分不开，影响及审美创作，则有阳刚、阴柔之美的品类与风貌。生命的底蕴是“气”，人生与人格的底蕴也是“气”，“气”是人的本质力量与内在生命力的表现，决定着个体审美心理智能结构的差异性和独特性，此即所谓“气之清浊有体，不可力强而致”，“引气不齐，巧拙有素，虽在父兄，不能以移子弟”[①]。但必须指出，主体的先天禀赋只是为其“才气”“志气”与“才性”等生成的审美心理智能结构的构成准备了必要的生理与心理条件，而主体“才气”“志气”与“才性”等生成的审美心理智能结构的最终形成和发展则还必须通过一定的中介，这个中介就是后天的学习和生活的积累，以及大量的审美实践活动。

现代审美心理学理论指出：人的审美心理智能结构可以分成表层结构与深层结构。前者形成于人的审美经验，具体表现为审美情趣、审美观念、审美理想等内容；后者则形成于人的原始体验，具体表现为原始意象、原始思维、原始的情感模式等等，属人类心灵深处最精致、最深刻，也是最隐微曲折的底蕴。两者的相互制约、相互渗透，从而构成一个无穷无尽的相互作用的网络，一个丰富而生动的内在的心灵机制，或谓审美的心理智能结构。

正是这样，审美心理智能结构才不是固定的、封闭的，而是和任何有生命活力的结构一样，本质上是开放的、发展变化的动态结构。也正是如此，《文心雕龙》审美心理学思想才以聚散氤氲，升降磨荡，始终处在不断地运动变

---

① 曹丕：《典论·论文》。

化之中的“气”来意指构成主体审美心理智能结构的根本要素，认为构成主体审美心理智能结构的生命底蕴是“气”。在刘勰之前，魏文帝曹丕就曾在《典论·论文》中指出：“文以气为主，气之清浊有体，不可力强而致。”这里的“气”，就是意指形成并主导着属于主体审美心理智能结构方面的气质、个性等要素的根本。应该说，宇宙万物和人类社会都是由“气”所构成。“气”有阴阳、刚柔、清浊之别，则人有宽柔、刚健、骏爽等个性差异。将这一思想引入美学思想之中，那么，主体所禀之“气”则表现为其审美个性与审美趣味，是文艺创作与作品风格形成的关键。正是由于主体所禀赋的“气”有阴阳清浊之分，从而促使其在审美心理智能结构上表现出差异现象。如徐平“时有齐气”，而孔融则“体气高妙”，应之气“和而不壮”，刘桢之气则“壮而不密”，从而形成他们各自独特的审美个性并影响及他们的审美趣味与作品的审美风貌，刘勰就正是在这一思想基础上，以总结出“才性异区，以气为主”的美学命题的。

“才性异区，以气为主”，刘勰认为，主体禀气不同，审美能力与审美意趣必然不同，所构成的审美心理智能结构也不同，对于审美对象的敏感度和趋向度也就不同，从而形成不同的多样的审美趣味和爱好。所以他在《文心雕龙·知音》篇中说：“智多偏好，人莫圆该，慷慨者逆声而击节，蕴藉者见密而高蹈，浮慧者观绮而跃心，爱奇者闻诡而惊听。”人的气质性情好尚憎爱是各有所偏，不可能面面俱到的。现代心理学的研究表明，人的性格、气质，密切地相关着审美感知觉的敏感性和情感指向，并且会在情绪的强度、稳定性、持久性、主导心境，以及感知、想象、思维等心理因素中表现出来，从而影响人们的审美趣味。在审美活动中，有的人善于感悟形式美，有的人则易于领悟意蕴美，可以从音乐、建筑中体悟到其中所蕴藏的精深的审美意旨。就审美意趣而言，即如中自古代哲人所描述的“姑射国”中，人人心如渊泉，形若处子；“沃民国”中，则处处凤鸟自舞，鸾鸟自歌。同时，也正是由于“气”的作用，任何个人独特的审美心理智能结构，才又与其他个人的审美心理智能结构有某种联系和相通之处，从而始能构成人与人之间审美意趣与审美情感的沟通和交流。

中国古代哲学认为，就气而言，其运动变化的形态是多种多样的。它“变动不居，周流六虚，上下无常，刚柔相易，不可为典要，唯变所适”[①]。它

① 《周易·系辞下》。

"依于天地，则有上下之分；依于男女性别，则有刚柔；色泽，则有五色；味，则有五味；声，则有五声；人体性情，则有动静；天地开辟及人与动物之生长，则有清浊；伦理美感的观念，则有善恶、美丑"①。充塞于宇宙天地间的只有一"气"，它弥漫于一切，浸润于一切，动静屈伸，流转演变，有阴阳、得失、顺逆、有常与无常等的不同特性，当"气"的这种随机性使得"灌注生气"于自然万物时，则形成自然万物状态各异的审美属性，并促成其生息变化；作用于人，则形成其气质的刚柔清浊。曹丕率先将它引入中国古代审美心理学思想，以之来说明审美心理智能结构构成的生命底蕴及其相通性和差异性，强调指出："文以气为主。"认为主体所禀之"气"是审美创作活动和作品风格形成的生命和关键，指出"气"对主体审美心理智能结构构成具有极为重要的作用，由于主体禀赋之"气"有阴阳清浊之分，从而使其在文艺创作者的气质个性上表现出差异现象。曹丕还以音乐审美活动为例，来说明主体气质个性即审美心理智能结构上的差异性和独特性的形成就是主体所禀赋的这种生命底蕴"气"的作用所致。同一歌曲，尽管曲调相似，节奏相同，但是演唱的人不同，那么唱出来的审美效应则有"巧拙"之别。究其原因就是作为审美主体的个体所禀之气不同。"引气不齐"，则会造成主体审美心理智能结构的差异并形成其"虽在父兄，不能以移子弟"的独特的审美意趣和审美风貌。这种思想尽管缺乏科学性的说明，但在中国古代审美心理学史上，却有着十分重要的意义。刘勰就正是在此基础上，对"气"在审美心理智能结构的构成与建构中的作用，作了比较系统的论述，认为"才"与"气"分不开，并提出"才性异区"的命题，从而形成了《文心雕龙》审美心理学思想中最具民族特色的"文气"说。

二

《文心雕龙》审美心理学认为，从"气"的性质来看，有刚柔、阴阳、清浊、厚薄之分，作为禀"气"而生的人，受不同性质的"气"的作用，也就自然有性情、意趣、气质的差异。他在论及主体的审美心理智能结构的建构时，吸收了传统审美心理学的有关这一思想，指出"才有庸俊，气有刚柔"，

---

① 梁钊韬:《中国古代巫术——宗教的起源和发展》，中山大学出版社，1999年版，第46页。

“风趣刚柔，宁或改其气”，认为文艺创作者禀气不齐，从而其审美意趣与人格性情也就不同，所禀之“气”或刚或柔、或阴或阳，作用于主体的审美心理智能结构的建构，并决定着审美意趣的生成，从而影响及审美创作的风格。

具体说来，刘勰认为，“气”有阴阳刚柔之分，“夫肖貌天地，禀性五才，拟耳目于日月，方声气乎风雷，其超出万物，亦已灵亦”（《序志》）的人，其审美意趣和气质性情也存在着阴阳刚柔之别，他的这一美学思想，其形成源远流长。在中国古代，“阴”的本义是指背日，意思是阳光照不到的地方。《说文》云：“闇（阴）也，水之南山之北也。”“阳”的本义则是指向日，意思是阳光照得到的地方。《说文》。云：“高明也。”也就是说，所谓“阴阳”，最初只是有关天时地理的概念，古人仅用它们来说明山的位置走向与太阳运转所构成的关系决定着山的向背。

最早成书于殷周之际的《周易》，其本文中“阴”字只有一见，即《中孚》九二爻辞“鸣鹤在阴，其子和之”中的“阴”，但仍取古义，指背阳的地方。据《国语·周语上》记载，周幽王二年（公元前780年），“西周三川皆震”，周太史阳伯父解释发生地震的原因，说：“阳伏而不能出，阴迫而不能丞，于是有地震。”这里就已经把阴阳作为两种相互矛盾的“气”，认为“阴阳二气”相互运动，是发生地震的原因，从而使阴阳的内涵更为广阔更为深刻并使其具有了哲学意蕴，成为哲学范畴。到《老子》四十二章指出“万物负阴而抱阳，冲气以为和”的观点，遂确定了“阴阳二气”说。庄子继承老子的自然万物都是由“阴阳二气”所生成的思想，指出：“阴阳者，气之大者也；道者为之公。”[①] 在他看来，万物的生成是由于“阴阳相照相盖相治，四时相代相生相杀，欲恶去就于是桥起，雌雄片合于是庸有”。“阴阳二气”对待统一,万物于是乎生。所以，庄子提出“阴阳调和”的命题，指出：“一清一浊，阴阳调和，流光其声；……吾又奏之以阴阳之和，烛之以日月之明。”[②] 成玄英《疏》云：“阴升阳降，二气调和，故施生万物，和气流布，三光照烛，此为至乐。”可见，庄子“阴阳调和”的思想是强调应在盛衰、清浊、短长、柔刚对待中以求得阴阳的和谐。这里的“和”是通过“阴阳二气”交通应合

---

① 《庄子·则阳》。

② 《庄子·天运》。

的方式实现的。故庄子又说："至阴肃肃，至阳赫赫。肃肃出乎天，赫赫发乎地，两者交通成和，而物生焉。"[①]"阴阳二气"相交相通、相感相应，从而达成"和"，于是生成万物天地。

学界一般认为成书于战国时期的《易传》，对"阴阳二气"的论述最多最为深刻。《系辞》说："乾，阳物也；坤，阴物也。阴阳合德，而刚柔有体，以体天地之撰，以通神明之德。"《说卦》，说："分阴分阳，迭用刚柔。"《象传》说："履霜坚冰，阴始凝也。"《乾文言》说："潜龙勿用，阳气潜藏。"《咸卦·录辞》说："咸，感也。柔上而刚下，二气感应以相与。"这些论述都表明，天为阳，地为阴；阳具刚健之性，阴则具阴柔之性，刚柔相荡，二气相感，而建成天地万物。也正是由于"阴阳二气"的刚柔激荡，交通感应，从而使整个宇宙自然永远充满生机，生生不息，孪化不已。

在中国审美心理学史上，最早把"阴阳二气"和"阴阳刚柔"思想引进文艺审美创作思想，并以之来说明文艺审美创作的审美特性及其审美追求的，是《乐记》。在论述为什么"大乐与天地同和，……和散百物不失"的问题时，《乐记·乐礼》说："地气上齐，天气下降。阴阳相摩，天地相荡。鼓之以雷霆，奋之以风雨，动之以四时，暖之以日月，而百化兴焉。如此，则乐者，天地之和也。"显然，这段话取意于《易传·系辞上》"是故刚柔相摩，八卦相荡"，但同时又赋予了新的审美意蕴。在《乐记》看来，宇宙中万事万物，都处于运动、对立和相互作用之中。天气地气，阴阳刚柔，互相对立，并且又各自向对立方向运动转化，互相补充，互相渗透，从作品审美特性的形成来看，所有正常的审美特性的形成正在于这种运动变化，并通过此以体现那种充满时空与万物的最为普遍的和谐关系，一种充满宇宙天地的大和谐，也即一种最高的审美境域。之后，班固在《汉书·礼乐志》中说："人函天地阴阳之气，有喜怒哀乐之情"，"夫民有血气心知之性，而无哀乐喜怒之常，应感而动；然后心术形焉。"王充《论衡·气寿》篇说："凡人禀命有二品：一曰所当触值之命，二曰强弱寿夭之命。……强寿弱夭谓禀气渥薄也。……夫禀气渥则其体强，……气薄则其体弱，……由此言之，人受气命于天，卒与不卒，同也。"《无形》篇又说："人禀气于天，各受寿夭之命，

① 《庄子·田子方》。

以立长短之形。”都指出“人”与自然万物一样，受生命之气的作用，禀气不同，则形体、寿夭、性情、气质，都有不同。

魏晋以后，随着文艺审美创作的发展与繁荣，阴阳刚柔、“阴阳二气”化合而生万物的美学思想，也得到进一步的丰富。包括刘勰在内的文艺美学家运用阴阳刚柔，二气化合的美学思想来探究、剖析文艺创作者的才情、气质、个性等有关审美心理智能结构构成因素，及其对作品审美特性差异形成的影响，强调审美创作体验与构思活动中的主体性，指出文艺创作者所禀之气“清浊有体”，刚柔有别，从而决定着审美意趣与作品风格的不同。

刘勰“深得文理”，认为“肖貌天地，禀性天地”的“人”“为五行之秀，实天地之心”，而审美创作构思活动的生成与流程则是“心生而言立，言立而文明”，这种审美创作活动的进行乃是“自然之道也”(《原道》)。既然文艺审美的审美创作过程是由心到文，如《体性》篇所指出的，是一个“沿隐以至显，因内而符外”的过程，那么，文艺创作者所禀赋的“气”自然与“文气”相通，主体的才气、志气，或清或浊、或刚或柔、或阴或阳，其清浊、刚柔、阴阳等特性也自然要熔铸进作品的审美意蕴和审美意象之中，从而表现出阳刚或阴柔的审美特性。

并且，在刘勰看来，主体所禀赋的“气”能与“文气”贯通合一，还在于整个文体和人体是相同一致的，这点就有如人体和宇宙本体皆生成于“气”，相通相似一样。所以，刘勰在《附会》篇中指出：文艺审美作品的构成“必以情志为神明，事义为骨髓，辞采为肌肤，宫商为声气”。既然文体与人体相同，人体与宇宙生命本体一致，那么决定着宇宙万物与人生成的生命本原——“气”，则自然会通过主体的审美创作活动，把人体禀赋的“气”相交相通相融相合到文学作品的审美风貌之中。

从审美创作实践来看，宇宙天地中，作为审美对象的万物造化，既有奇峰怪崿，长风出谷，翠柏苍松，激流飞瀑，也有杜鹃红艳，春兰幽香，平湖曲涧，绿柳红桃。这些自然景观或给人凌云劲节、慨当以慷之思，或给人以春意盎然、心旷神怡之想。同时，作为文艺创作者，由于审美心理智能结构的作用，则有的人喜爱风起云涌、雷奔电掣的景观及其气势，有的人欣赏轻柔妩媚、淡雅自然的景观及其情态。从审美心理学的理论来看，则前者表现为对阳刚之美的崇敬，其审美个性属“慷慨者”一类；后者则表现为对阴柔之美的向往，其审美个性属“蕴藉者”一类。刘勰认为，主体个体在审美活动中所显示出来的这种心灵模式的倾向性现象，足与其所禀赋的“气”以及受“气”所作用而形成的审美心理智能结构的差异性分不开的。气有阴阳刚柔之分，人有刚毅、柔婉等个性之别。“因内而符外”，内在的禀赋必然影响到审美情趣的外在指向，故而刘勰在《文心雕龙》中提出“才有庸俊，气有刚柔”的命题，来揭示文艺创作者审美个性与审美意趣的差异及其形成原因。

刘勰提出的“气有刚柔”中“刚柔”也就是指的“阴阳”，即生成与化育万物的两种“气”。“刚柔”应该是“阴阳二气”的一种呈现态。应该指出，中国哲人认为万物得之于“气”，生成于“气”，同时“气”也是使万物得以存在、发展的属性和活力所在。如前所说，中国传统的宇宙意识，世界上的一切，包括自然、社会、人身，所谓天、地、人三才，均为“阴阳二气”交感化合的产物。诚如《荀子》所说：“列星随旋，日月递炤，四时代御，阴阳大化，风雨博施，万物各得其和以生。”“气”连绵不绝，冲塞宇宙，施生万物而又不滞于物。大自然中的日月星辰、春秋四季、雷电风雨、云光霞彩、高山大海、小桥流水、珠玉贝壳、花草鸟兽；社会生活中的仁义礼乐、政令农事、人情事态、歌舞战斗；“人”自身的凑理五脏、四肢百骸、生命机能、心性思维等等，从天地自然，到社会人事以至“人”的道德、情感、心态等等，都是由气所优生化合，都包含着“阴阳”的属性，“阴阳二气”相互补充、相互转化，才能化生化合、生生不已，生育化合出万物。也正是由于“阴阳二气”的互待、互透、互转、互补，相互激荡，往返循复，从而始生成与构成万事万物生生不息的属性。在中国美学看来，宇宙大化的生命节奏与律动，人们心灵深处的节律与脉动，都是源于“阴阳二气”的相互化合作用。这种“阴阳二气”化生化合万有大千之审美意识与审美观念渗透在自然美和艺术美的全部审美意境之中。正如孔颖达在《周易注疏》中所指出的：“天下之万声，出于一阖一辟；天下之万理，出于一动一静；天下之万数，出于一奇一偶；天下之万象，出于一方一圆；尽起于乾坤二画。”所谓“乾坤二画”，乃是指《周易》的阴爻、阳爻，就是“阴阳”。引进到“气化”说，所谓“阴阳”，也即“阴阳二气”。“阴阳者，气之大者也”[①]。“阴阳者，天之气也，亦

① 《庄子·则阳》。

可谓道”[1]。万物是“阴阳二气”交感的产物，人类亦是“阴阳”气化而生。《淮南子·天文训》说：“阴阳合和而万物生。”《精神训》又说：“于是乃别为阴阳，离为八极，刚柔相成，万物乃形。烦气为虫，精气为人。”

正是由于作为生命之源的“气”有阴阳、刚柔、清浊、上下的对立统一特性，从而才构成氤氲、聚散、动静、激荡而运动变化，并由此以生成自然万物与“人”，故而，当中国古代哲人面对世界进行沉思时，往往把万物与“人”的生成放在“阴阳”对立的矛盾中去考察，从“阴阳”与“气化”的运动中去描绘。《黄老帛书·称》云：“凡论必以阴阳大义。天阳地阴，春阳秋阴。夏阳冬阴，昼阳夜阴。大国阳，小国阴；重国阳，轻国阴。有事阳而无事阴，信（伸）者阳而屈者阴；君阳臣阴，上阳下阴；男阳女阴，父阳子阴，兄阳弟阴，长阳少阴。……诸阳者法天……诸阴者法地。”整个宇宙天地与社会人生的生成都可以用“生”之“阴阳”来概括。此即《周易》所谓的“一阴一阳之谓道。”《吕氏春秋》也指出：“凡人、物者，阴阳之化也。”唐代道士成玄英给“阴阳”以规定性内涵：“阳，动也。阴，寂也。”[2]这里所谓的“寂”，就是“静。”在成玄英看来，“阴阳”即“动静”，意思是一样的。他认为，天地万物的生成都是“阴阳二气”的调和：“阴升阳降，二气调和，故施生万物。”[3]李筌在《太白阴经》中也认为“万物因阴阳而生之”。他说：“人禀元气所生，阴阳所成。淳和平淡，元气也。聪明俊杰，阴阳也。”[4]强调“阴阳二气”对生成自然万物与人的决定性作用。并且还指出属于主体审美心理智能结构的“聪明俊杰”等机敏、灵动心理因素的生成也离不开“阴阳二气”的作用。应该说，“天以阳生万物，以阴成万物”[5]。一方面，“阴阳二气”大化流衍，聚散无定；另一方面，“阴阳二气”又相推相摩，相激相荡，相交相感，相合相化，使万物化生，“物不可穷”。故而，由“阴阳二气”交合而生成的宇宙万物与社会人生也就变化无穷，气象万端，丰富多彩。“万物一气”，“人”与万物概莫能外。就“人”而言，“性情形体，本乎天者也；

① 《张载集·语录中》。

② 《庄子·在宥疏》。

③ 《庄子·天运疏》。

④ 《太白阴经·鉴才》。

⑤ 周敦颐：《通书·顺化》。

走飞草木，本乎地者也。本乎天者，分阴分阳之谓也；本乎地者，分刚分柔之谓也。夫分阴分阳，分柔分刚者，天地万物之谓也。备天地万物者，人之谓也”[①]。所谓“人”“备天地万物”，是指“人”乃为天地之心，阴阳刚柔之会；在“气”的原初生命域层面上，与万物自然相通相济，故“人”能参赞化育，与天地万物一体。天地万物与“人”都凭借“阴阳二气”而生，而“阴阳二气”又都存在于万物之中，故而在审美活动中，天与人、心与物能相渗相透、相互沟通与融合。同时，“阴阳”作为“气”的审美属性，又具有对立性与统一性，以及动态性特征。而自然、社会、人生等万物万象，都有聚散、动静、虚实、内外、上下、大小、清浊、刚柔等性质状态。这些性质状态，都可以概括为相互对立、统一、变动的关系，也即“阴阳”关系，从而，整个宇宙都由“阴阳二气”联系成一个整体，在“阴阳二气”这个层次上，宇宙万物同源同构而相通，宇宙乃是一个具有对立、统一、变动的全息性整体。这样，“阴阳二气”以自然万物与人生命的本体意蕴，使天地万物与人都纳入其“阴阳”“气化”的范围，能相通互感，遂成为中华民族的传统审美意识和审美观念。

正因为“阴阳二气”为人体生命之底蕴，所以人体生命之气则同样具有阴阳、聚散、动静、清浊等性质。这样，作为个体的审美主体因为所禀受的生命之气有阴与阳、聚与散、动与静、清与浊的不同，所以其性格、情性、审美兴趣与审美意向也就有阳刚阴柔的差异。人格方面，前者如《周易》所推崇的进取人格。“天行健，君子以自强不息”。这种人格，大气磅礴，耀同日月，表现出一种积极、向上的进取精神；后者则如老庄所标举的谦退、不争人格，其人生态度是退避，寄情山水，放归田园，身在江湖而心存魏阙。“智者乐水，仁者乐山”[②]，中国美学既推重光明正大、具有大地般坦荡而博大的阳刚人格美，同时也赞许如大地一般有内涵、含蓄、谦逊而儒雅的阴柔人格美。在审美兴趣方面，中国美学认为，正是因为人格情性与审美趣尚的或阴或阳，或刚或柔，阴阳相生，刚柔相济，互融对摄，从而其审美情趣与审美意趣也存在着差异，有的人喜尚壮美、刚性美、阳刚之美、白马秋风冀北式的美，有的则倾慕秀美、柔性美、阴柔美、杏花春雨江南式的美。或红日

---

① 邵雍:《皇极经世·观物内篇》。

② 《论语·雍也》，程树德:《论语集释》，北京，中华书局，1990年版。

出大海，或月上柳梢头；或翠柏苍松，激流飞瀑；或平湖曲涧，绿柳红桃。伯牙鼓琴，志在高山，志在流水，巍巍乎而洋洋乎，崇尚阳刚之美；韩娥歌唱，余音绕梁，三日不绝，推崇阴柔之美。所禀阴阳之气不同，则趣尚取舍有异。李白、杜甫与王维、孟浩然同时活跃在盛唐诗坛上，然而其诗歌审美创作的风格却迥异其趣；苏轼、辛弃疾与柳永、周邦彦同时驰骋于宋代词场，但是其词作的风貌却大不相同。同属唐宋八大家，欧阳修、曾巩的文章就偏于阴柔，韩愈、柳宗元的文章则偏于阳刚。

同时，作用于人体生命的“气”，不仅有阴阳刚柔之别，而且有相济相生、相辅相成、相因相待、互化同根之似。故《周易》指出：二气既“分阴分阳”又“迭用柔刚”[①]，“阴阳合德，而刚柔有体”[②]，从而“以体天地之撰，以通神明之德”[③]，强调“动静有常，刚柔断矣”[④]；“立天之道，曰阴曰阳，立地之道，曰柔曰刚”[⑤]。认为正是由于“气”有阴阳动静的审美属性，所以“气”才有刚柔的区别。“气”分阴阳，“人”也分阴阳，于是有阳刚、阴柔之美，有阳刚、阴柔的趣尚差异。生命的底蕴是大化流衍或阴或阳之气，性情、品格、趣尚的底蕴也是“气”。受“气”的这种阴阳刚柔审美属性的作用，“人”所禀之气不同，自然其情性、气质、性格也就不同了。王充说得好：“人以气为寿，形随气而动，气性不均，则于体不同。”所谓“气性”，即“气”的性质、属性。“气性”决定着个体的情性。正是总结了中国审美心理学有关“阴阳刚柔”“二气化合”的思想，刘勰才在《文心雕龙》审美心理学中强调指出：“才有庸俊，气有刚柔。”“才”与“气”相联系。文艺创作者的审美能力有一般与杰出之分，气质有刚强和柔弱之别，由此遂形成审美意趣与指向的不同。所谓“风趣刚柔，宁或改其气”，刘勰所提出的“才有庸俊，气有刚柔”的思想是极有见地的。的确，文艺创作者的个性气质与审美意趣有刚有柔，作为审美创作活动的物态化成果，其作品的审美风貌也就自然有刚有柔，或气象堂皇、刚健雄深，使人惊心动魄；或蕴藉隽永、柔婉清新，使人想味无

---

① 《周易·说卦传》。

② 《周易·系辞传下》。

③ 《周易·系辞传下》。

④ 《周易·系辞传上》。

⑤ 《论衡·论死》。

穷，思之不尽。前者如屈原、李白、苏东坡等人的大多数作品；后者则如陶潜、王维、孟浩然等人的大多数作品。或“大江东去”，或“晓风残月”。前刚后柔，刚柔相济。有以阳刚美取胜的，有以阴柔美见长的，正是这样，才形成中国文艺美学史上群星璀璨；各呈异彩的多样化的审美风貌。

现代审美心理学也指出，作为个体，受先天的气质禀赋等内部生理机制与社会历史、民族文化、地理环境、风俗习惯、文化教育等外部机制的制约、影响和范导，主体的审美心理在结构类型上是存在着差异的，并受此作用以形成各自不同的审美意趣、指向、取舍以及不同的审美创作方式、审美指向、审美诉求和审美风格。刘勰提出的所谓“刚柔有体”“风趣有别”，则正是在各种因素的交互作用下，每个主体在自我的审美心理智能结构的建构过程中，各自突出，和强调不同的心理要素，从而所形成的各不相同的审美心理智能结构类型和审美趣味及其在作品中的体现。

在现代审美心理学看来，审美心理智能结构主要可以分为认知型与情感型。属认知型审美心理智能结构的文艺创作者侧重于对审美对象进行历史的、哲学的深层意旨的把握，以“通神明之德，以类万物之情”[①]。审美创作注重名小类大旨远，总是在有限的、偶然的、具体的形象中，去捕捉和展现生命本质的无限、必然的内容和意蕴。熔铸于作品中，则表现为一种体识深远，悠然逸宕，意新理惬，词秀调雅，意新理惬，在泉为珠，着壁成绘，趣味澄琼的淳厚蕴藉之美，启人深思，耐人寻味。情感型审美心理智能结构的文艺创作者则往往以情感功能作为统辖其审美心理因素的核心机制，总是利用审美情感的弥漫性和渗透性来形成心理智能结构的整体情意状态，并通过此来感知和表现审美对象，此即刘勰所谓“登山则情满于山，观海则意溢于海，我才之多少，将与风云而并驱矣”（《神思》）。属于这一类型的主体都具有非凡的审美体验能力和想象力，在审美创作活动中，受情感内驱力和创造性审美想象的作用，常常表现出一种对现实事物的审美超越能力。其审美构思物化于作品中，则呈现为一种充实光辉，雄浑劲健、萦回盘礴、千变万态的理想审美境域，催人奋发，令人神往。

总之，在刘勰看来，审美心理智能结构的构成是形成文艺创作者审美意

① 《周易·系辞传下》。

趣与审美风趣的关键。而这之中，“气”又起着决定性作用。审美创作则应该做到“情与气偕，辞共体并”(《风骨》)。使情感与气质相互偕合，审美意趣与审美风格相互统一，以形成既刚健有力又情韵深长，既柔美清新又风骨劲健、刚柔相济的审美个性与风格，从而其审美作品始可以像多棱形的钻石，以闪耀出多面的绚丽光辉。

三

受“气化”说的影响，在刘勰看来，生命之气既规定着主体审美心理智能结构的构成，同时，作为个体所禀赋的生命之气，也决定着其自身审美情感的生成。即如刘昼在《刘子·防欲》中所指出的：“人之禀气，必在性情。”这里所谓的“性情”，广义地说，是指包括人的情感、性格、资质、情趣在内的属于主体精神方面的心理因素；狭义地说，则是指人的情感。刘勰在《风骨》篇中说：“情与气偕，辞共体并。”又说：“情之含风，犹形之包气。”就提出“情与气偕”“情之含风”等命题，指出审美情感的生成离不开“气”的作用。“情之含风”中的“风”和“气”在意义上是相通的。“风”和“气”的关系，前人已多所论及。明人曹学佺在《文心雕龙》序中说：“风者，化感之本源，性情之符契。诗贵自然，自然者，风也；辞达而已，达者，风也。……故《风骨》一篇，归之于气，气属风也。”黄叔琳更进一步指出：“气即风骨之本。”《庄子·齐物论》说：“大块噫气，其名为风。”《礼记·乐记》说：“地气上齐，天气下降，阴阳相摩，天地相荡，鼓之以雷霆，奋之以风雨，动之以四时，暖之以日月，而百化兴焉。”《淮南子·天文训》也说：“天地之偏气，怒者为风。”《释名·释天》云：“风，放也，气放散也。”又说：“风，汜也，其气博汜而动物也。”刘勰在《文心雕龙》一书中也认为“气”与“风”相通。他在《序志》篇中说：“拟耳目于日月，方声气于风雷。”这里就以气言风，以声言雷。以“气”和“风”来表述文艺创作者的心理智能结构及其在文艺作品中的表现，那么，就文艺创作者而言，其审美心理智能结构的构成基础是“气”，物化于作品中，则是“风”。文艺作品能够感动鉴赏者的心灵，就像“风”能够撼动“物”一样，故而，可以说，“风”，或谓风格，就是文艺作品所表现出的审美感染力。

就文艺审美创作而言，文艺作品审美感染力的创构离不开激荡于文艺创作者心胸中真挚深刻强烈的审美情感。在刘勰看来，“情动而言形，理发而文见”，“情性所铄，陶染所凝”，“繁采寡情，味之必厌”。有“情”则有“风”，有“风”则必有“情”，“深乎风者，述情必显”。审美情感的生成与表现都离不开“风”，离不开“气”。“怊怅述情，必始乎风”，“气”不盛，则“情”不深，“风”也无力。“气”盛则“风”生，“风”生则“意”豁“情”显。有气有“情”，则有“风”有力，则“刚健既实，辉光乃新”。以“气”进行审美创作活动，使“情之含风”，那么其文艺作品则语言健劲挺拔，结响凝而不滞。也即刘勰之后、唐代韩愈所谓的“气盛则言之短长与声之高下者皆宜”[①]。如气衰，那么审美作品就会显得风力不足，此即所谓“思不环周，索莫乏气，则无风之验也”。司马相如创作《大人赋》，被称为所达成的审美境域具有“凌云之气”，具有巨大的审美感染力，就是因为文艺创作者气势窍沛，情感饱满，风力犹劲。“气”生成并作用于审美创作构思中的情感活动，并决定着文艺作品的审美特性。故而，刘勰在《文心雕龙·征圣》篇说：“夫作者曰圣，述者曰明，陶铸性情，功在上哲。”《情采》篇又说：“文质附于性情。”唐皎然《诗式·重意诗例》也说：“但见性情，不睹文字，盖诗道之要也。”上述“性情”，都可以作审美情感讲。人禀气而生，“气”不但生成人的形神、意识、意志、才知，而且决定着人的情性、性格、生成人的情感。刘勰把中国古代这种“气化”理论引入其审美心理学思想，则形成“情与气偕”的命题，认为审美心理智能结构中那种具有鲜明个性、表现出审美主体的性格气质、审美情趣的个性化审美情感的生成，也必然离不开生命之“气”的作用。

从“人”的生命之气所具有的性质来看，作用于人体生命的气之聚散动静阴阳的运动，则表现为人的心理、情感的活动。生成人的情感之气。此即所谓“人有五脏，化五气，以生喜，怒、悲、忧、恐”[②]。既然人与万物皆由气化所生成，故而人体生命之气与自然万物生命之气是相通相应、相感相交的，那么，自然万物生命之气的运动变化，必然会影响及人体生命之气的运动变化，进而影响及人的心理和情绪、情感的活动。所以，刘勰在《文心雕

① 《答李翊书》。

② 《素问·阴阳应象大论》。

龙·物色》篇中指出："春秋代序，阴阳惨舒，物色之动，心亦摇焉。……岁有其物，物有其容；情以物迁，辞以情发。一叶且或迎意，虫声有足引心。"诚如钟嵘《诗品序》所指出的："气之动物，物之感人，故摇荡性情，形诸舞咏。"又如《灵枢·口问》篇所指出的："故悲哀愁忧则心动，心动则五脏六腑皆摇。"审美情感的生成及其波澜的起伏，离不开生命之气的作用和激发，没有生气的灌注就没有审美情感的摇荡。

现代审美心理学告诉我们，情感是人对现实世界的一种特殊反映形式，是人对于客观事物是否符合自己的需要而产生的体验。审美情感不同于一般的感官愉快，也不同于日常生活中因是否满足于物质实利而产生的情感和纯伦理的情感。审美情感具有一种强烈的超越性和指向性。如王昌龄《送柴侍郎》诗云："流水连波接武岗，送君不觉有离伤。青山一道同云雨，明月何曾是两乡。"此诗是诗人被贬镝龙标（今湖南省黔阳县）尉时的作品。尽管遭遇不平，被放逐边荒，然而，诗情却毫不消沉颓废。我们可以从诗中蕴含的那种诗人于友人云雨相同，明月共睹，人分两地，情同一心的深情厚谊中感觉到抒情主体健爽豪放的、不凡的激情，却不可能将这种豪情外化在现实生活中，而只能存在于我们的审美想象之中。审美情感的产生总离不开审美对象，总是指向一定的审美对象。即如白居易《与云九书》所说："事物牵于外，情理动于内。"并且，审美情感的产生来自主体丰富的想象力，如刘勰所说的，来自"我才之多少"，而一般不具备直接的现实性。在审美观照与审美创作中，我们可以感觉到不同年龄、不同身份、不同性格的人的情感，但却不可能将这种情感表现为直接的现实。欣赏《孔雀东南飞》，我们在为兰芝与仲卿的爱情悲剧洒下泪水的同时，也使我们的心灵因剧烈的冲动而获得净化，从而使内心得到审美的愉悦。人们在现实生活中往往容易陷入情感之网而难以自拔，而在审美活动中，人们尽管也表现出如醉如痴、似颠如狂，或仰天大笑，或长吁短叹，如金圣叹自述，读《西游记》一本三折，"见'他不偢人待怎生'之七字，悄然废书而卧者三四日"，不知自己是死是活，是迷是悟，三四日不茶不饭，不言不语，但却始终保持着情性的敏感。也就是说，一般情感不易为意志所控制，而审美情感则容易为理智所控制。也正是因为这样，审美主体往往能从审美情感中跳出来以理性的眼光审视对象，并再度体验对象所给予的情感享受。

应该说，在刘勰看来，“情与气偕”，审美情感的产生离不开生命之“气”的作用，生命之“气”是审美情感的生成本原。他的“情之含风，犹形之包气”，“辞以情发”，“辞生于情”，“情与气偕”，“志气统其关键”等命题强调了主体的审美情感与“气”是分不开的。精神是主宰内心的，情志和气质却掌握着关键；外物是由耳目去接触的，文辞却能使其表达无遗。“人禀七情，应物斯感”。审美情感的感发需有“心”“物”两个方面的契机，即主体的需要与对象的激发。同时，两个方面又共同受制于生命之“气”。从主体需要来看，子产说：“民有好、恶、喜、怒、哀、乐，生于六气。”[①]这里的“好、恶、喜、怒、哀、乐”就是六种情感类型。《荀子·正名》说：“性之好、恶、喜、怒、哀、乐谓之情。”天有六气，人有六情，天人相应。主体的审美情感来源于生命之“气”。同时，由于其指向性特点，审美情感的生成还离不开审美对象的激发。李百药曰：“人有六情，禀五常之秀；情感六气，顺四时之序。”[②]审美对象之所以能引起主体的性情“摇荡”，产生审美情感，归根结底还是由于生命之“气”的作用。可见，审美情感的生成离不开生命之“气”的推动，“气”决定着审美情感。

我们还可以从审美活动中看到“气”对审美情感的作用。由于审美情感具有个体独特性，所以，审美心理智能结构是有差异的。具有不同审美心理智能结构的主体，在对审美对象的指向与选择上表现出很大的差异现象。刘昼说：“人之与兽，共禀二仪之气，俱抱五常之性，虽贤愚异情，善恶殊行，至于目见日月，耳闻雷霆，近火觉热，履冰知寒，此之粗识，未宜有殊也。声色芳味，各有正性，善恶之分，皎然自露，不可以皂为白，以羽为角，以苦为甘，以臭为香，然而嗜好有殊绝者，则偏其反矣，非可以类推，弗得以情测，颠倒好丑，良可怪也。”[③]审美活动中的这种“嗜好殊绝”的现象，就是情感的指向性特点对主体审美心理智能结构制约的结果。在审美活动中，当审美对象作用于主体时，审美客体的一切信息，并非全部都直接无保留地呈现在主体的意识中并作出被动的反应。相反，审美对象总是要经过审美主体原有心理智能结构作为内在的依据和尺度的选择改变和同化认可，“类固

① 《春秋左传》昭公元年引。
② 《北齐书》卷三十七《文苑传序》。
③ 《刘子·殊好》。

相召，气同则合”[①]，使主体禀赋的生命之“气”与审美对象蕴含的生命之“气”化合，从而始能获得审美感悟。既然主体所禀之“气”有清浊、阴阳、刚柔的不同，并影响及审美情感的差异，那么，依照“同气相求”的原则，在审美活动中也就自然会形成爱憎与好尚的差异了。白居易说：“天地间有粹灵气焉，万类皆得之，而人居多；就人中，文人得之又居多。盖是气，凝为性，发为志，散为文。粹胜灵者，其文冲以恬；灵胜粹者，其文宣以秀；粹灵均者，其文蔚温雅渊，疏良丽则，捡不扼，达不放，古淡而不鄙，新奇而不怪。”[②]就是通过审美活动和文艺作品审美风格上的差异来说明“气”对于审美情感以及主体审美心理智能结构的作用的。

在审美心理智能结构的诸种要素中，情感是最重要的，也是最活跃的因素。即如唐人李商隐《献相国兆公启》所指出的：“人禀五行之秀，备七情之动，必有咏叹，以通性灵。”在整个审美活动中，审美情感自始至终都起着积极的作用。审美情感是促进审美活动发生的动力，倘若没有审美情感的波动，没有“情感六气”，就不会有审美活动的发生与开展。文艺审美创作活动更是如此，可以说，审美创作的整个过程，从本质上讲就是主体审美情感的物态化过程。刘勰《宗经》“六义”其二是“风清而不杂”，作品的审美风格的基本特性是“清”，也就是表现了文艺创作者审美情感的明快、清新、高洁。这种清明冲淡高远的风格的形成和文艺创作者“意气骏爽”，即思想情感骏发爽朗分不开。故纪昀说：“诗本性情也。……举日星河岳，草秀珍舒，鸟啼花放，有触乎情，即可以宕其性灵。”[③]在审美创作活动中，人们总是从一定的情感模式出发，去指向、感受、体验审美客体，以“宕其性灵”的。

从现代审美心理学的角度来看，审美心理智能结构是由感知、想象、理解、情感等诸种心理元素所构成的，而情感则处于中枢地位，它推动感知、想象、理解等自由地运动，并和它们组成一个和谐的整体。同时，审美情感在审美活动还具有导向功能。作为审美心理智能结构中的灵魂和内驱力，审美情感对其他审美心理元素有着强烈的渗透和弥漫作用。首先，审美创造中主体的审美意象活动总是与审美情感的滓兴相互推进的，所谓“情曈昽

① 《吕氏春秋·有始览》。

② 《白氏长庆集·故京兆元少君文集序》。

③ 《冰瓯草堂序》。

而弥鲜，物昭晰而互进"[①]。正是如此，从而才使审美活动不同于科学认知活动。其次，审美创作活动中的想象必须由情感来推动。正如刘勰所说："神用象适，情变所孕。"审美创作中的意象是在情感和想象、理解的相互渗透中孕育而成的。科学认识活动中情感往往要与意象相分离，而审美创作活动中的情感却与审美意象联姻。一旦离开审美意象，情感则无从表现，情不能没有景，景也不能没有情。即如王国维在《屈子文学之精神》，中所指出的："诗歌者，感情之产物也。虽其中之想象的原质，亦须有肫挚之感情，为之素地，而后此原质乃显。"深切之情、深邃之情，使足以感人。所谓"作诗本乎情景，孤不自成""不能作景语，又何能作情语耶？"性情愈真，景与情相对应、相交融，情景相融，物我统一，则"十里轻红自笑，两山依翠相呼"。只有化景物为情思，情景浑融，才能创作出美妙的诗的意境。

情感在审美创作活动中有着突出的地位，尤其是文艺审美创作活动，总是伴随着强烈的审美情感的，所谓"诗从肺腑出"。因"气"的作用，"情与气偕"，"情"与"气"互补互化，使气飞动，缘情宛密，动静结合，疏密有致，情与景偕，情景交融，清峻刚健，遒劲飞动，一气贯通。"情"与"气"既是审美创作的动力，也是审美创作所要表现的核心。即如徐复观所指出的："一个人的观念、感情、想象力，必须通过他的气而始能表现于其作品之上。同样的观念，因文艺创作者的气的不同，则由表现所形成的作品的形象（style）亦因之而异。"[②]没有"情"与"气"的激发，就没有审美创作活动，也就没有隽永不朽的文艺作品。

四

想象是审美心理学中又一重要的心理要素，也是主体所必须具备的审美创造与欣赏的独特的心理功能。

在刘勰看来，想象这一审美生理要素的养成，以及想象力的强弱都离不开作为生命本原的"气"的作用。《文心雕龙·养气》篇云："纷哉万象，劳

① 《文赋》。

② 徐复观:《中国艺术精神》，华东师范大学出版社，2001年版，第97页。

矣千想。玄神宜宝，素气资养。”意象的纷呈，思虑的广泛，精神的健爽，都必须依赖“素气”的资养。《辨骚》篇说：“气往轹古，辞来切今，惊采绝艳，难与并能。”《诸子》篇说：“列御寇之书，气宏而采奇。”《章表》篇说：“文举之荐祢衡，气扬采飞。”这些地方所谓的“气往”“气宏”“气扬”，其中就包括审美想象活动，指以想象为主要内容的审美创作过程。文艺创作者在审美创作构思活动中，天地观念、生命活力、创造精神、自由追求，其流动变化丰富深远，都必须以气济之、扬之，气化流行，始生生不息，而作品风貌的盎然生意、灿然活力、浩然生气、气韵生动、气脉幽深、气概飞扬、生命劲气都依赖于“气”，审美想象活动中，劲气充周，想象力始无比活跃，生机畅然，超脱沾滞，驰骋无碍，真力贯注。只有气伟采奇，气扬采飞；只有才气卓异，气概非凡，行气如虹，行神如空，才能文采出众。“气往轹古”的“轹”指越过、超迈的意思。“气往轹古”，则是说《楚辞》的文采气势超迈古人，“惊才风逸，壮志烟高。山川无极，情理实劳”。“惊采绝艳”之“惊”，本为“惊骇”“震惊”的意思，这里表示“使……惊”；“惊采”，即“使采藻惊骇”。“绝”，本来的意思为“断绝”，这里表示“使……绝”；“绝艳”，即“使艳绝”，也就是说《楚辞》的辞采奇伟瑰丽惊骇文坛，文囿辞采无可比拟。“惊采绝艳”实际上是前两句“气往轹古，辞来切今”的总结，也就是说《楚辞》所达成的审美境域气势卓异，辞采奇伟，为其他作品所不可望真项背，故而刘勰说它“难与并能”。《文心雕龙·辨骚》说：“《卜居》标放言之致，《渔父》寄独往之才。”这就是说，在刘勰看来，《楚辞》之所以能取得这样高的艺术成就是同文艺创作者的“放言之致”“独往之才”分不开的，都是“气”的作用使然。《楚辞》的作者才华惊人，像飘风一样的奔放，志愿宏大，像云烟一样高远，审美想象力似山高水长，渺无终极，思虑与情感无边无际，故而其作品“金相玉式，艳溢锱毫”。

刘勰认为，作为一种特殊的心理活动，审美想象总是伴随着强烈的审美情感。即如《风骨》篇所指出的“情与气偕，辞共体并”。又如《通变》篇所指出的：“凭情以会通；负气以适变。”审美想象往往表现着主体的审美趣味和审美理想，其自身就渗透着浓烈的审美情感，体现着主体的审美经验世界和想象世界的和谐统一。我们认为，正是这种统一，始能在艺术作品中构筑出情景交融、物我合一的极高审美境域。如《楚辞》中的《离骚》《九歌》

《招魂》等作品，大量运用神话传说，把日月风云，都调集到诗篇中来，辞彩绚灿，善于用美人、香草，以喻君子；恶木秽草，以喻小人，以丰富的想象、狂热的感情、华丽的辞藻，表达了诗人对美好理想的积极追求。又如李白《望庐山瀑布》诗："日照香炉生紫烟，遥看瀑布挂前川。飞流直下三千尺，疑是银河落九天。"瀑布垂直挂下，如珠帘垂空，白练曳下，悬空飞注。这里的"疑是银河落九天"一句，就是诗人借助审美想象，使景物升腾到更高的境域。这样，瀑布凌空而下，半洒云天，"隐若白虹"，"忽如飞虹"的壮美景象，及其磅礴的气势、飞动的特征、雄伟的情状，都极为生动地展现在我们眼前。同时，这神奇的审美想象中又熔铸着诗人热爱自然山水之情。无论是兀傲高耸的香炉峰顶，还是豪迈奔放的瀑布急流，我们都能够从中恍若见到诗人自己的影像，都能够从中感受到诗人自己的情感。可以说，正是把美好的想象、激越的热情与自然景物极为自然地交融在一起，从而才会使这首诗产生动人心弦的艺术效果。

同时，刘勰认为，审美想象的生成也离不开生命之"气"的作用。即如他在《神思》中所指出的："神居胸臆，而志气统其关键。"这里的"神"，又谓"神思"，就是指审美创作中的心灵飞跃与浮想联翩。"神思"的畅达有如天空似的广阔，生命之气的贯通则如横亘太空的长虹。"神"与"志气"既互为基础，相辅相成。同时，"神"又受制于"志气"，"志气"决定着"神"。审美想象离不开"志气"的贯通，"志气"规定着审美想象。

首先，主体审美想象能力的养成就离不开生命之"气"的作用。《文心雕龙》审美心理学认为，审美想象活动是一种心灵的感悟，具有激荡、高妙、神奇等心理特征，故而把审美想象称为"神思"。审美想象是主体创造力的最高表现。通过审美想象，主体可以身在此而意在彼，可以"精骛八极，心游万仞"，"观古今于须臾，抚四海于一瞬"[①]，可以"思接千载"，"视通万里"，"形在江海之上，心存魏阙之下"；可以"转息而延缘万古，回瞬而周流八区"[②]。在审美想象中，主体能不受身观限制，悠游于心灵所独创的时空之中，融汇万趣，意象纷呈，感情炽烈，文思泉源，进而完成审美创作构思。要使

① 《文赋》。

② 韦承庆:《灵台赋》见《全唐文》卷一八八。

自己进入这种心境，并具有游刃有余、运用自如的审美想象能力，以“坐究四荒”，审美主体则必须“秉心养术”，“气以实志”，“闲居理气”（宗炳语），通过“理气”“养气”，以获得丰富的审美想象能力。因为在“气”与“神”这一对关系中，“气”起着主导的制约作用。所以刘勰在《神思》篇中说：“故思理为妙，神与物游。神居胸臆。而志气统其关键；物沿耳目，而辞令管其枢机。枢机方通，则物无隐貌；关键将塞，则神有遁心。是以陶钧文思，贵在虚静……。”想象力产生的心理基础——精神，是内在的，而“志气”又是统辖精神（神思）作用的关系和契机。

在刘勰看来，文艺创作者的精神平时处于静止状态，居于主体的胸臆之中，此即所为“神居胸臆”。文艺创作者受外物的激发，一旦进入审美创作活动中的神思过程，精神便从胸臆中逸出，处于运动状态，与主体创作构思中的物象相偕相游，此即所谓“神与物游”。能否进入“神与物游”这种审美境域，关键在于“志气”的蓄积。而所谓“志气”，就是包括思想、情感、想象力、理解力在内的审美心理要素的组合，也就是所谓的“神志”。它包括人的生理素质和心理能力，以及生成人的生理素质和心理能力的生命元素，即所谓“精气”。应该指出，人的生理素质是心理能力构成的基础。审美创作构思活动中，主体驰神运思，“神思方运，万途竞萌”，既需要心理紧张活动，又需要大量消耗生理能量，故而精力旺盛，是神思通畅，“情满”“意溢”“才多”“视通”的必备条件，也是审美想象力丰富的必要条件。体力衰竭，必然神疲力衰，以致使“半折心始”。所谓“或理在方寸，而求之域表；或义在咫尺，而思隔山河”（《神思》）。因此，刘勰认为，“陶钧文思，贵在虚静”。虚静可以养气，使情志清明，神完气足，关键畅通。通过养气，使志气充溢，志气充实了，神思也就自然通畅了，这样在审美创作构思中才能“行神如空，行气如虹”（司空图《二十四诗品·劲健》）。陆游在《次韵和杨伯子主簿见赠》中说得好：“谁能养气塞天地，吐出自足成虹霓。”

审美想象能力的养成必须要有“气”的作用，能“养气”以使自己心灵充实，才能具有丰富新奇的想象力。“气”和“神”是分不开的。刘大櫆《论文偶记》说：“行文之道神为主，气辅之。……气随神转，神浑则气灏，神远则气逸，神伟则气高，神变则气奇，神深则气静，故神为气之主。”依据中国古代哲人“万物一气”的宇宙意识，《文心雕龙》审美心理学认为，“神与物游”而“志气统其关键”。也就是说，审美想象的作用与功能主要在于通过“与物游”，即凭借崭新的审美意象和情致以营构和建构出一个审美意象世界，其实质则是主体以自己的生命之气，去体合审美对象的自然之气。此即所谓以气合气，以天合天，亦就是所谓“如将白云，清风与归”。正如《列子》讲的：“心凝形释，骨肉都融，不觉形之所依，足之所履，犹木叶干壳，意不知风乘我耶？我乘风耶？”这就要求主体充分发挥其心灵的自由和想象的自由，去“听之以气”，去神思妙想。显然，这种想象的自由和神妙是离不开“气”的辅佐的。只有在“气”的辅助引导下，才能够达成神与物合，神与物游，从而感悟到自然的内在之气和永恒生命。正如刘勰所说，尽管“寂然凝虑，思接千载；悄焉动容，视通万里”，但是却“神居胸臆，而志气统其关键”。

现代审美心理学告诉我们，审美活动中这种想象的自由源于主体心灵的自由，它所服从的不是物理规律而是心理规律。并且，艺术的真实不等于生活的真实，文艺创作者的审美想象也不一定就是真实的生活中的现象。即如黄庭坚在《道臻师画墨竹序》中所指出的：“夫心能不牵于外物，则其天守全，万物森然，出于一境，岂待含墨吮笔，盘礴而后为之哉？故余谓臻：‘欲得妙于笔，当得妙于心。’”应该说，所谓“欲得妙于笔，当得妙于心”，就是指在审美创作构思活动中，客观现象事实一旦摄入文艺创作者的意识后，就变成了一种主观现实，一种渗透着主体思想情感的性格意趣，亦即主体“气志”的“现实”。在这里，所谓“气志”，实质上可看作心灵活力。故而，文艺创作者进行审美创作的旨趣，不仅是对作为审美对象的客观事实作出再现、说明与评价，而是要通过对审美对象内在意蕴的揭示以表现自己的心声，吐露其心曲、心情、心境和灵魂。审美想象的最高追求，就是能够超越外在事物的限制，来表现主体内在的心灵世界，显示其深邃的灵魂，唤起潜意识中的生活印象，从而使审美创作达成对外在客观事实的超越和升华，“心不牵于外物”而“万物森然”。可见，文艺创作者超越外在客观事实，显出其深邃的心灵世界，是同其识见、心声和个性能在审美创作中得到自由的表现分不开的。同时，要实现此目的，又离不开主体的心灵活力，正是主体的心灵活力，即“气志”的作用，从而始促使主体力图超越外在客观事实的表象，去发现其中所蕴藉的生命奥秘，去透视宇宙生命的内在意蕴，以展现自己的心灵世界，并由此营构出生气流动的审美意境。

受“气志”所作用与统制，如刘勰所指出的，审美想象的这种“思接千载，视通万里”使“物沿耳目”，“物无隐貌”，“行神如空，行气如虹”的自由特征和对现实的超越性表现，在中国古代艺术作品中是最为常见的，从屈原的“饮余马于咸池兮，总余辔乎扶桑。折若木以拂日兮，聊逍遥以相羊”①到李白的“吾将囊括大块，浩然与溟涬同科”②，再到张孝祥的“尽吸西江，细斟北斗，万象为宾客”③，均表现出“想落天外”④，“吐出自足成虹霓”⑤的超越常理的想象美。我们认为，审美想象的自由与对外在客观现实的超越性也就是审美想象约合理性，亦正是因为这种特征，使审美想象在审美创作和审美欣赏中有着不容忽视的地位。审美想象的神思飞跃能够打破时空界限，“八极可围于寸眸，万物可齐于一朝”⑥。审美想象活动能够“无远不到”“无高不至”。其活动范围和幅度是无限广阔和无限丰富的。它可以超越“常理”“常情”，突破其限制，不受其束缚。惠兴在,《冷斋夜话》中就曾举王维作画雪中芭蕉为例，说明审美创作乃是“妙观逸想”的活动，是“神情寄寓于物”，而不可“限以绳墨”。艺术审美境域的营构，是高妙审美想象（神）与真挚的审美情感的融合，并通过审美意象得以表现的结晶。

总之，在刘勰看来审，美想象活动，离不开生命之“气”的作用。所谓“神思”，就是审美主体在生命之“气”的推动与心灵活动的作用下，“纵其心思氤氲磅礴，上下纵横”⑦，透过视听味等审美感官，让心灵沉潜到审美对象的底蕴，并通过此以激发、唤醒埋藏在深层生命结构中的审美经验，引出潜意识里大跨度跳跃的联想，神合感应，交感同游，从而得到宇宙生命的解悟。即如符载在《观张员外画松石序》中指出的“箕坐鼓气，神机始发”；“气交冲漠，与神为徒”。也正因为此，所以《文心雕龙》审美心理学思想强调“养气”，通过“养气”以培养胸中的浩然之气，审美想象力才活跃自由，奇特新颖，隽永空灵，无所不至。

---

① 《离骚》。

② 《日出入行》。

③ 张孝祥:《念奴娇·过洞庭》。

④ 沈德潜:《说诗晬语》卷上。

⑤ 陆游:《次韵和杨伯子主簿见赠》。

⑥ 左思:《魏都赋》。

⑦ 叶燮:《原诗·内篇》。

五

刘勰提出的“气以实志，志以定言”这一命题则涉及审美理解力，或者说审美心理要素中的理性因素，及其与生命之气的关系问题。

在《文心雕龙》一书中，刘勰往往用“心”“思”“意”“理”“志”来意指构成主体审美心理智能结构的理解力与理性因素。《神思》篇说：“登山则情满于山，观海则意溢于海。”又说：“意授于思，言授于意，密则无际，疏则千里。”这些地方所谓的“意”“思”显然就是指渗透在感知、想象、情感中的审美理解力与理性因素。《书记》篇说：“并述理于心，著言于翰。”《论说》篇说：“必使心与理合，弥逢莫见其隙。”《知音》篇说：“心敏则理无不达。”“心之照理，譬目之照形。”“心”与“理”相通，意指融化于情感于想象中的理解力与理性因素。志，本指人心中的志向、愿望，受传统美学“诗言志”的影响往往又与审美理想及由此而形成的审美情趣、审美取向、审美诉求有联系，故而与理性相通。《时序》篇说：“志深而笔长，故慷慨而多气。”《明诗》篇说：“在心为志，发言为诗，舒文载实，其在兹乎？”《情采》篇说：“况乎文章，述志为本，言与志反，文岂足征！”

如前所说，在刘勰看来，审美理解心理的形成是和“气”的作用分不开的。文艺创作者的“心”“思”“意”“理”“志”都与“气”相联系，为“气”所制约，来自血气。他在《体性》篇中指出：“才力居中，肇自血气。气以实志，志以定言；吐纳英华，莫非情性。”就提出“气以实志，志以定言”的命题，认为作为作品审美风格内容的骨力的强弱和文艺创作者所禀赋之气的强弱有关。辞采英华是文艺创作者对作为审美对象的自然万物和社会生活的体验、领悟，并表现于作品中的某种事理、规律、人生哲理与审美意蕴的物化。能否深刻领悟审美对象生命内核中所蕴藉的审美意旨，决定于文艺创作者审美理解能力的高低；审美理解能力的高低又受内在志气的制约。“气以实志，志以定言”，也就是说言是志的外化和物化，“气”则是志的内涵和底蕴，“气”决定并充实了“志”，志发则为言；文艺作品的文辞气力等审美风格特性受制于文艺创作者内在的属于个体审美心理智能结构构成要素的情理志趣，而文艺创作者的情理志趣又受“气”的作用和制约。故而刘勰在《养气》篇中强调指出：“率志委和，则理融而情畅；钻砺过分，则神疲而气衰；

此性情之数也。”王元化说：“‘率志委和’一语是指文艺审美创作过程中的一种从容不迫、直接抒写的自然态度。率，遵也，循也。委，付属也。‘率志委和’就是循心之所至，任气之和畅的意思。”作为审美创作构思的物态化成果，刘勰认为，文艺作品是文艺创作者情志的自然流露，所以文艺创作者必须要考虑到自己的心力神志，如果不注意保养自己的志气，那么就会“精气内销，有似尾闾之波”（《养气》）。用思过度，雕琢神伤，心智损伤于外，不但会使精神疲惫，像牛山上的草木被砍得精光，而且会伤及身体，故而他指出：“神志外伤，同乎牛山之木。怛惕之盛疾，亦可推矣。”（《养气》）文艺创作者需要“养气”，而“养气”的要点就是“率志委和”，而不能“钻砺过分”，要顺其自然，不可过分的雕琢伤气。要“清和其心，调畅其气”，“意得则舒怀以命笔，理伏则投笔以卷怀，逍遥以针劳，谈笑以药倦”（《养气》）。同时，刘勰也不反对“锥股自励”的精神，提倡为增进“才气”，而刻苦积学。因为只有平时的刻苦积学，审美创作活动中才会“从容率情，优柔适会”。因此，从事文艺审美创作活动中心意情志应该自然谐和，这样事理融洽而情意舒畅；而钻研磨砺用心过分，那就会使精神疲劳而气力衰竭。要“适分胸臆”，随文艺创作者个体的心意情性自然流露，而不必“牵课才外”，勉强扯到才力之外，于文艺创作者的才智气力所不及去勉强追求；也不必“惭凫企鹤”。野鸭脚短，白鹤腿长，各适其分，既不必惭愧也不应羡慕，假使硬要将鹤的长腿续到鸭的短脚上，只能是两败俱伤。《庄子·骈拇》说得好：“长者不为有余，短者不为不足。是故凫胫虽短，续之则忧。鹤胫虽长、断之则悲。”同理，假使勉强去从事自己才智气力所不能及的审美创作，“为文伤命”，“用思困神”，必然会使自己精气内销，神志损伤，既不能很好地从事审美创作，创作出隽永不朽之作，也损害了自己的身体。

精气充沛、精力旺盛是从事审美创作活动的心理与生理基础，刘勰认为，只有精力饱满，审美理解力与理性因素才活跃，文思也才敏捷；而气衰神伤，审美理性因素缺乏活力，那么文思亦就枯竭。《养气》篇说：“率志以方竭情，劳逸差于万里，古人所以余裕，后进所以莫遑也。”所谓“率志”，即顺着心志写作，“竭情”，竭尽思虑苦，比较而言，劳累和安逸要相差万里。“率志”者“为情造文”，志盛思锐，从容率情，优柔适会；“竭情”者“为文造情”，沥辞镌思，精气内销，必然会“伤命”“困神”。因而刘勰又说：“凡童少鉴浅而志盛，长艾识坚而气衰，志盛者思锐以胜劳，气衰者虑密以伤神，斯实中人之常资，岁时之大较也。”（《养气》）年老之人，审美经验积累丰富但气力衰竭；童少之人，生活经验与审美经验都不多，鉴识浅薄，但是审美创作能力强，精力旺盛。精力旺盛才能在审美创作构思中表现出才思敏锐，理解力强，具有极强的敏锐性，以弥补审美经验的不足，从而获得审美创作的成功；反之，精力衰竭，思虑细密，但审美敏感能力、透视能力差，劳神费心，反而不容易取得成就。

总之，在刘勰看来，“心虑言辞”，应“率志委和”，使“意气骏爽”“气倍辞前”，让审美理性因素与感知、直觉、想象、情感自然而然地活动。

中国艺术追求一种极高的精神境域，致力于审美意境的构筑。一个充满音乐节奏的时空合一体是中国艺术的灵魂。中国传统审美创作要求以心理时空融汇自然时空，强调人与自然、物与心、景与情的统一浑融。所以，刘勰认为，审美创作活动中，作为审美对象，自然景物是客观的，触物兴怀，情以景生；而所要表现的情志则是主观的，咏物寓志，“摅发性灵”。情与景、物与心、意与象、审美对象与审美性灵、客体生命与主体生命必须相互激发、相互认同、相互契会、浑然合一，只有做到此，审美创作才算成功。

受中国艺术审美旨趣的规定，在刘勰看来，文艺创作者的进行审美创作构思活动时，必须力求在有限的、偶然的、具体的形象中，去捕捉和展现生命意旨的无限、必然的内容，使“以少总多，情貌无遗”；让“微尘中有大千，刹那间见千古”。显然，要完成这种审美创作活动，必然离不开审美理解力与理性因素的参与。以诗歌审美创作来看，其感受、发现和表现的过程按歌德的话来说就是这样：“在这以前，我对于它们没有任何概念和任何预感，可是它们突然之间就控制了我，并要求立刻得到表现，于是我只得像梦游者一样，不由自主地把它们记录下来。”[①] 但是无论这种“不由自主”的无意识审美直觉过程在审美创作中有多大的作用，我们也不能将其绝对化。在审美创作中，无意识与意识、直觉与理解、情感与想象、先天的禀赋与后天的修养都在发挥作用。我们认为，尽管创作活动中理性因素不占优势，但在实质上却决定着审美创作的许多本质内容。审美理解把握着创作的主旨、最高目的和审

① 伍蠡甫：《西方文论选》（下），高等教育出版社1988年版，第376页。

美构思的基本轮廓，照亮着文艺创作者审美意识中的光点，并促使其将整个的生活经验与审美经验都聚集到这一光点周围，以帮助主体在直觉中艺术地把握审美对象的深层生命意蕴，揭示其“微尘”中的“大千”，“刹那”中的“千古”。

主体审美心理智能结构中的理解力与理性因素，首先是指审美主体对作为审美对象的客体的属性、本质和规律的把握；其次则是审美主体对整个创作活动中的各种审美原则、审美规律和审美方式的认识。

审美理解的最主要特点是它始终渗透在感知、直觉、想象、情感等诸审美心理因素之中，与它们融汇一体，以构成一种非确定性的、多义性的认识。审美活动中的理解力与理性因素与科学认识是有区别的。它沉积于审美主体的深层心理智能结构，在审美创作活动中，主要不是以概念、范畴、理论体系的形式来反映客观事物的本质、规律，而是以微妙之心来体悟自然万物的深层韵律，以得到最精深的生命隐微，是通过意象的营构以表达审美对象中蕴藉的宇宙精神。刘勰很清楚地认识到审美理性因素的这一特点，故而《文心雕龙》一书中往往提及心、神、情、意、思、理、志，并且将其一一相通。钱锺书《谈艺录》中所谓的“理之于诗，如水中盐，密中花，体匿性存，无痕有味，现相无相，立说无说”，就道出了审美理解与感知、直觉、想象、情感融为一体的特点。应该说，审美中的理解，是理性积淀在感性之中，理解溶化在想象和情感之中，正如水中之盐，无痕有味，水有咸味而不见盐，性质虽存而形体隐匿。

《神思》篇说：“思表纤旨，文外曲致。”在刘勰看来，审美活动中，审美理解具有“意无穷”性，而非任何确定性的概念所能表达、所能穷尽。应该说，这种审美现象如我们欣赏徐悲鸿画的马，给我们深刻感受，并引起我们审美玩味的不仅是画面上生龙活虎，栩栩如生的奔腾的马的形象，而且还使我们从中体会到生命的活力，感受到一种勃勃向上的精神，从而产生对生活与理想的无限憧憬与向往。尽管画面上没有把这些直接画出来或加以说明，然而其中却包容着更多、更广阔、更丰富的意蕴。体味郑板桥的兰、竹、石，总使我们想味着画面之外的旨趣，但又不是可以说得清的。是愤世嫉俗还是自得其乐？是昂扬挺直还是悠闲自得？都是，又都不是。吟诵陈子昂的《登幽州台歌》，从中感悟到宇宙无限与人生有限的矛盾，细加品味，又总觉得除了宇宙意识外，似乎还有一种忧患意识。出世乎，入世乎？恐怕一时难以论定。但诗中所包孕的哲理思想与人生意味倒是的的确确难以说清的。慷慨者诵之，会鼓励起勇于进取的豪情；郁闷者吟之，会倍增人生短暂的悲凉。审美理解的非确定性、多义性，使人们只能领悟，不能言传。所谓“心有灵犀一点通”，这正是审美理解的妙处之所在。

刘勰认为，主体审美心理智能结构中的理解力与理性因素也离不开“气”的作用的思想离不开传统“气化”说的影响。他说：“缀虑成篇，务盈守气。”（《文心雕龙·风骨》）所谓“虑”，即审美认识活动；“缀虑”，就是指审美构思；在刘勰看来，文艺创作者在进行审美构思与谋篇布局等审美创作活动前，必须充分积蓄鼓荡起自己积淀于胸的审美意识与心灵世界中的生命元气。倘若“守气”不力不中，那么，就会出现如《养气》篇所指出的：“思有利钝，时有通塞，沐则心覆，且或反常，神之方昏，再三愈黩”，所谓“情之含风尤形之包气”。有形无气则成为僵死的形骸有情无风则干巴巴的没有活力。如前所说，这所谓的“风”，当是指由“气”所作用而成的激情与想象力。缺少“风”，生动活泼的“神思”就会“思钝”“时塞”“心覆”“神昏”，从而影响审美构思的正常进行，出现“反常”现象。故《文心雕龙》审美心理学思想强调“养气”“守气”“调气”“畅气”，认为审美主体只有谨守其“精气”，才能“昭知天下，通于四极”[①]，通过“养气”等活动，使精气“入舍”“留处”，从而始能“思利”“时通”，促使“思虑”活跃，以加深对审美对象的认识。即如《养气》篇所说，“吐纳文艺”，“务在节宣，清和其心，调畅其气；烦而即舍，勿使壅滞。”应该说，审美主体“心神澄泰，易于会理，精气疲竭，难于用思”[②]。因此只有“神充气足”，以获得审美理解能力，才能神思风发，在审美构思活动中，让思绪纵横驰骋，使意象纷至沓来，从而于强烈的情感体验中，与审美对象深层的生命意蕴气合神交，以获得最精深的生命感悟。

---

① 《管子·心术下》。

② 黄侃：《文心雕龙札记》，中华书局，2014年版。

第三章　各师成心：审美主体个性结构论

“各师成心”，是《文心雕龙》审美心理学提出的有关审美主体性情和人格方面的命题。“成心”，也即个性。独特、丰富的审美个性是主体特殊的生活经历、思想品格、气质性格等心理素质以及由此表现出的属于人的自我意识、智慧力量、理智情操、意志追求与尊严等因素在审美心理结构中的一种趋向模式。它制约并规定着主体审美心理智能结构的构成，并标志着作为主体的人“有气有生有知亦且有义，故最为天下贵”，体现着刘勰所标举的人“为五行之秀，实天地之心”，也即人之所以为人的一种真正的“自由”。这“自由”意味着“道大、天大、地大、人亦大”，意味着人具有自身的独立性、高贵性与能动性，所以能通过“自强不息”，以“参”天，而达成与道为一、与天为一的极致——审美境域。

刘勰的《文心雕龙》审美心理学中有关审美主体个性，即“成心”的生成、对审美创作活动的作用及其表现的论述很多，具有非常深刻的认识。涉及的命题，如“国内符外”“文以行立”“风趣刚柔、宁或改其气”等，这里略加分析和考察。

一

刘勰在《体性》篇的一开头就说：“夫情动而言形，理发而文见；盖沿隐以至显，因内而符外者也。然才有庸俊，气有刚柔，学有浅深，习有雅郑；并情性所铄，陶染所凝，是以笔区云谲，文苑波诡者矣。故辞理庸俊，莫能翻其才；风趣刚柔，宁或改其气；事义浅深，未闻乖其学；体式雅郑，鲜有反其习。各师成心，其异如面。”这里就提出“各师成心”“因内符外”的命题，指出文艺作品是文艺创作者通过对审美对象的感悟而引起心理效应的独特个性之光的折射，是“心动言立”“感物吟志”“为情而造文”，是主体艺术心灵的外化，故而必然要体现文艺创作者的个性，很难看到有“翻其才”“改其气”“乖其学”“反其习”的审美创作现象。

的确，审美创作活动是主体对社会人生、自然万物的一种积极的精神观照，是生活现象与自然物象的心灵化，在刘勰看来，是“吟咏情性”，以“述志为本”，是心画心声、心苗心迹、心述心胸的表现，是“感物吟志”“体物写志”，是心之感触、心之吐纳，是社会生活与自然万物同主体心灵交会互撞的闪光。故而，作为这种心物交融、情景互渗、意象相合的审美体验活动的物态化成果——文艺作品，就势必镌刻上属于主体自己独特个性的心灵印记。

刘勰在总结他之前和当时的审美创作实践经验中，注意到了这种审美创作中的个性心理现象及其对作品审美风格的影响，从而提出“因内符外”的美学命题，以强调审美创作是主体心灵的观照与物态化的过程；主体独特的审美心理个性特征是作品审美价值的主要构成要素。他认为，审美创作是文艺创作者根据一定的、特有的审美情趣、审美诉求、审美取向与精神需要，从个性的心理特征出发、去选取并体验那些烙印着自己心灵的意蕴最深的东西，以发现最能适应作为主导意识的审美对象的精神内涵和恰如其分的审美意识的语言载体的过程，是“独照之匠，窥意象而运斤”，是“各师成心”，为属于主体自己的独特的审美体验，与独特的审美传达，因而必然呈现出属于主体个人的独特性和独创性。

作为一个普泛性的美学命题，刘勰提出的“各师成心”“因内符外”不仅揭示了审美创作活动的心灵化与个性化特征，而且其实质就是《文心雕龙》审美心理学所标举的有关审美创作个性与个性化在构思活动中与作品表现方面的审美要求。它含义深厚宽博，既包含对文艺创作者审美创作个性的形成、个性的表现的强调等内容，又涉及审美创作个性与风格、个性与个性化的体现等关系网方面的问题。它极为强调鲜明的个性化特色及其对作品审美价值的重要作用。按其规定性要求，可以说，在刘勰看来，作为文艺创作者，必须具有鲜明的个性化特性，没有多姿多彩的个性特色，就没有艺术审美创作活动的发生。审美心理个性在审美创作中具有不可忽视的特殊重要意义。他在《体性》篇中指出："才性异区，文辞繁诡；辞为肤根，志实骨髓。"又在《附会》篇中指出，文艺审美创作是以"情志为神明"。他认为，"才性""志""情志"是作品审美风格特色的胚胎和骨干，而文辞则是审美风格特色的体现。没有个性特征和个体审美心理结构的体现，就没有文艺审美创作。即如陆游所说："夫心之所养，发而为言；言之所发，比而成文。人之邪正，至观其文则尽矣、决矣，不可复隐矣。"[①]艺术文艺创作者独特的个性，与审美创作鲜明的个性化特色，是文艺审美创作得以存在的前提。文艺作品是文艺创作者的思想感情、品德情操、气质性格等审美个性因素通过语言载体的物态化表现结果，是发"心之所养"而为言成文。如《明诗》篇所说的，是"慷慨以任气，磊落以使才"；是"造怀指事"而"驱辞逐貌"；是"随性适分""惟才所安"；"志惟深远"，从而才"体物为妙"。因而，透过文艺作品的"言""文""辞"则"可以洞见其人之心术才能""人之邪正"与"平生穷达寿夭"[②]，发现文艺创作者的"气""才""怀""性""志"。用今天的话说，则通过其作品，就能够在一定程度上了解到文艺创作者的审美诉求与审美个性特征。同时，在刘勰看来，文艺审美创作必定要对主体的个性心理有充分的、突出的表现与呈现，"沿隐以至显，因内而符外"，"不可复隐"。叶燮说得好："作诗有性情，必有面目。"[③]所谓"性情"就是文艺创作者特殊的个性；所谓"面目"，则是作品对主体独特个性的鲜明显现。审美创作的表情显意性特征决定着文艺创作者个性的必然外现。所谓"诗是心声，不可违心而出，亦不能违心而出"[④]，因此，必定体现与呈现出文艺创作者的审美个性。可以说，个性化特色的鲜明与否，决定着审美创作成就的大小，决定着作品审美价值的高低。

现代心理学指出，所谓个性，是指个人体内基于自然素质，经过社会实践而形成的心理特征的总和。它包括个人的气质、性格、情趣、理想、信念、世界观等心理要素。作为单个的个性，既具有作为人的共同性，又具有

---

① 《上辛给事书》。

② 《上辛给事书》。

③ 《原诗》外篇。

④ 《原诗》外篇。

区别于他人的独特性。故个性又是人与人之间的共同性与差异性的辩证统一。所谓“成心”，即“个体审美心理结构”，是指具有个人独特品格的相对稳定的审美知、意、情系统和各种心理要素组合、运动的复合结构。它是个人独特的整体心理智能结构、文化心理智能结构的组成部分，也即刘勰所谓“各师成心”之“成心”；为个人在审美观念、审美态度和创造美的行为方式、表达方式中具有个性特征的内在依据。个性具有无限性，有千千万万个人，就有千千万万种个性。故刘勰说：“各师成心，其异如面”，“笔区云谲，文苑波诡”。在他看来，这就是审美个性多样化、特殊性、差异性的表现。但是并非每个个体、个人都有鲜明、独特的审美个性，构成审美个性是有条件的，并呈现出若干共同的特征，归纳起来大致有下列几方面。

其一，“辞理庸俊，莫能翻其才”。在刘勰看来，审美个性具有独特的审美心理过程和相对稳定的审美心理状态。具有审美个性的人，他们在审美知觉、记忆、判断、想象、情感活动、意志活动和思维方式、审美需要、审美趣味、审美能力等等方面都表现出鲜明的个人独特性。如有的人偏于直觉、认识、接纳，有的人则善于联想、想象、创造；有的人重于客观的理性分析，有的人更重于主观情感体验；有的人长于形象记忆，有的长于观念记忆；有的人习惯于按照心理运动的逻辑，顺序展开心理活动，有的人常呈跳跃式，时空倒错，形成心理“蒙太奇”定势；有的人在审美活动中止于认识、体验，有的人则进一步唤起改变对象、能动创造的意志行为……。即使在知觉、想象、情感、理智、意志活动中，各人也有自己的特色。如有的审美视觉敏锐，有的听觉灵敏；有的情感活动、主导心境倾向于积极、肯定、乐观，有的偏于消极、否定、悲观，并在强度、稳定性、持久性上呈现出差异；在理智上有的重于宏观把握，有的重于微观细察，并在深广度上表现出差异；在意志上有的善于自控自调，有的则听任思绪、情绪驰骋……。这些心理特征均非情境性、偶发性的，而是固着在个人审美心理活动中，成为稳定的、经常的、恒久的、反复出现的心理状态，并形成了个人独特的动力定型、思维定势，在各种审美情境中都会自然而然地、重复地呈现出自己的个性心理特征。

其二，“风趣刚柔，宁或改其气”。在刘勰看来，审美个性表现在审美、创造美中具有独立自主性和独特倾向性。这是形成个人审美态度、审美选择、审美评价、审美创造独特性和发挥能动性的诱因系统。文艺创作者的个性原本多样，其审美创作构思的取向、抒写习性和对文体的专擅也因个性化而各有差异。所谓“且才分不同，思绪各异”（《附会》）；“然仲瑗博古，而铨贯有叙；长虞识治，而属辞枝繁；及陆机断议，亦有锋颖，而腴辞弗剪，颇累文骨：亦各有美，风格存焉”（《议对》）；“嵇康《绝交》，实志高而文伟；赵至《叙离》，乃少年之激切也。至如陈遵占辞，百封各意；祢衡代书，亲疏得宜，斯又尺牍之偏才也”（《书记》）；“思赡者善敷，才核者善删”（《镕裁》）；作为文艺创作者，往往各有偏长，所以创作要扬长避短，凸显自己禀赋才能的特点和优势，所以刘勰说“华实异用，唯才所安”（《明诗》），“谓繁与略，随分所好”（《熔裁》）；艺术展示上要“扶阳而出条，顺阴而藏迹”（《附会》）。有鲜明个性特征的人，总是自觉意识到自己的独立性，保持自己的独立人格，有自己独特的审美观念、审美态度、审美需要、审美标准和审美、创造美的活动方式；在审美、创造美中又自觉或不自觉地产生自我意识，形成表现自我、实现自我的愿望，并根据自己的心理优势和审美观念、需要、标准，自主地决定自己的审美选择、审美态度、审美评价和创造美的意志行为，从而表现出自己的审美倾向性。仰人鼻息，人云亦云的人虽然也有他的个性，也是一种个性表现，但不是一个具有健全审美心理智能结构和独特审美个性特征的人。

其三，“事义浅深，未闻乖其学；体式雅郑，鲜有反其习”。刘勰认为，个体审美心理结构及其表现既有个人特殊性、个别性，又有社会共同性、类型性。应该指出，审美个性不能同心理变态者的个人怪癖、乖戾同日而语。它是一种历史的范畴，是复杂社会关系的体现者，是在审美心理智能结构上的个人特殊性与社会普遍性的矛盾统一，既有人类文化心理智能结构的积淀，又有现实的深层的社会内容。健全的审美个性在审美与创造美中可以随心所欲而又不逾矩，这个“矩”既指个体审美心理运动的法则，又指美的规律和社会发展的规律。独特的审美个性愈与社会发展规律和时代精神相吻合，愈能遵循美的规律和审美心理运动的规律，审美创造美的心理活动、创造行为就愈自由，就愈有合理性，就愈有光辉，并愈能与群体的审美心理、美的创造相沟通，也就愈能产生积极的社会效应。脱离社会、时代、群体的孤立的个性，以及这种个性的“自我表现”“自我实现”，就只能由自己个人去玩味，难免要与时代精神、广大百姓大众的喜好格格不入。

刘勰在《定势》篇指出：“夫情致异区，文变殊术，莫不因情立体，即体成势也。势者，乘利而为制也。如机发矢直，涧回湍曲，自然之趣也。圆者规体，其势也自转；方者矩形，其势也自安：文章体势，如斯而已。是以模经为式者，自入典雅之懿；效《骚》命篇者，必归艳逸之华；综意浅切者，率乖繁缛：譬激水不漪，槁木无阴，自然之势也。……然文之任势，势有刚柔，不必壮言慷慨，乃称势也。"文艺创作者的"情致"具有差异性，作品的审美风貌也各有特色。"因情立体，即体成势"。这里所谓的"情"应该就是文艺创作者的呈现出来的具有鲜明情感特色的个性化审美诉求，文艺创作者付诸表现的个性化情感诉求的特点决定了作品相应的"体"与"势"。审美个性具有鲜明的个人特征，但按人格类型其形态又可概括为若干类型。如按审美活动中个性独立性程度分，可分为审美求同心理、顺从心理占优势的顺从型和探究心理、求异心理占优势的独立型；按审美个性发展迟速分，可分为早熟型和晚熟型；按理智、意志、情绪在审美个性特征中占优势状态分，可分为重于理智分析的理智型，重于意志行为的意志型和重于情感体验的情绪型；按审美感受力状况分，可分为善于概括的知觉综合型和善于分析的知觉分析型以及视觉表象占优势的视觉型和听觉表象占优势的听觉型，形象思维占主导的形象思维型（又称艺术型）和抽象思维占主导的抽象思维型（又称科学型）；按审美中心理能量流向和情绪的隐显状态，分为能量外泄、情绪易于外露的外倾型（又称外向型）和情绪内藏、能量返回的内倾型（又称内向型）；按审美中意志的强弱，分为多愁善感、优柔寡断的柔弱型和善于决断的刚毅型。当然，这些分类都是相对的，事实上每一个人都不会全然隶属于某一类型，而是大多属于几种相似或相异类型组合的综合型或中间型，只是其主导倾向可归入某种类型而已。同时，各个人面对着不同的对象、环境，其审美个性的表现也会不同，其动力定型、思维定势也会变易，并非在任何时间、地点、条件下都固着在某一类型之中。此外，人的审美个性心理智能结构是发展变化的，其个性的类型便也处在不断的变易之中。

中国古代心理学思想很早就注意到了人们在个性上的差异，并对这种个性的差异现象作过大量的描述。如据《论语·先进》篇的记载，孔子就曾指出其学生中高柴憨厚，曾参迟钝，子张偏激，子路鲁莽。个体不同，在对现实的态度、理智、情感、意志等心理方面所表现出的个性是独特的，存在着差异现象。后来，魏晋南北朝时期的心理学家刘劭还根据人们性格差异的表现和先天禀赋的不同，把人的个性划分为强毅、柔顺、雄悍、惧慎等十二种类型[①]。中国古代心理学思想中这种对个性心理的强调，对《文心雕龙》审美心理学的影响是极为明显的。

文艺创作者的个性与审美诉求、审美风貌之间有因果关系，个性与审美诉求、审美风貌相辅相成，典雅、远奥、精约、显附、繁缛、壮丽、新奇、轻靡等八种审美风貌，尽皆功以学成，与文艺创作者的才力、血气、气志之间关系紧密，所谓“吐纳英华，莫非情性”(《体性》)。通过个别以表现一般，通过特殊以显示普遍既是马克思主义辩证法的基本内容，也是审美创作应遵循的根本法则之一。刘勰认为，有异彩纷呈各不重复的审美个性，才有绚丽多彩万紫千红的审美创作。个性在艺术审美创作中具有十分重要的作用。文艺创作者对于审美创作文体模式的选择也决定着自己的风格取向：“模《经》为式者，自入典雅之懿；效《骚》命篇者，必归艳逸之华。”(《定势》)就先秦双峰并峙的《诗经》《离骚》看，其艺术风貌迥然有别，却都是成功的典范。文艺创作者在“取势”、模范经典以定“体”，因情感诉求而各有选择，由“情”定“体”取“势”，顺应自身个性化审美诉求，从而自然形成自己的“势”，“情”与“体”的多样性决定了“势”的多样性，并非只有某种（比如慷慨豪壮的一种）“势”才合乎审美诉求，从表现主体个性的需要出发，肯定了不同表现方式各自特有的审美创造力。刘勰之后，清代的石涛说：“我之为我，自有我在。”[②]刘熙载说：“古人之书不可学，但要书中有个我。我之本色苦不高，脱尽凡胎方证果。”[③]又说：“诗不可有我而无古，更不可有古而无我。”[④]所谓“我”，就是指文艺创作者的个性。有“我”始有“艺”，有“艺”则必有“我”，无“我”便无“艺”。杰出的艺术审美作品必定是文艺创作者独特的心灵化世界的充分表现，必然具有文如其人、“因内符外”的强烈审美效应。即如徐增在《又与申勖庵》中所指出的：“不难于如其诗，而难于如其人。”“能如其人，则庶几矣。”故而可以说，审美创作个性在文艺作品中的完全实现，则标志着审美创作的成功。

---

① 见《人物志》。

② 《石涛画语录》。

③ 《游艺约言》。

④ 《艺概・诗概》。

二

同时，刘勰还非常重视审美心理智能结构中的人品因素。在《宗经》篇中他说："夫文以行立，行以文传，四教所先，符采相济。"所谓"四教"，为孔子所标举的人格修养的四种道德范畴。《论语·述而》云："子以四教：文，行，忠，信。"可见，刘勰"文以行立，行以文传"中所谓的"行"就是指文艺创作者的德行、品行，也即文艺创作者的人品、人格。

蒋孔阳在《中国古代美学思想与西方美学思想的比较》一文中，曾引日本神户大学岩山三郎的话说："西方人看重美，中国人看重品。西方人喜欢玫瑰，因为它看起来美，中国人喜欢兰竹，并不是因为它们看起来美，而是因为它们有品，它们是人格的象征，是某种精神的表现。这种看重品的美学思想，是中国精神价值的表现，这样的精神价值是高贵的。""中国人看重品"的论断是十分精当的。作为名词，这里的"品"是指主体的品德、品质与品格，也就是人格和人品。《文心雕龙》审美心理学就推崇文艺创作者人格的完美，强调主体个人的品质修养、道德情操与气节尊严等人格美的塑造。他认为，审美创作中，文艺创作者应力求使自己成为理想人格形象的建构者、人格精神的掘发者和完美人格的体现者。可以说，在《文心雕龙》审美心理学看来，"品"就是美。

我们认为，正是基于中华民族的基本精神，基于重品的美学思想，所以《文心雕龙》审美心理学特别强调文艺创作者的人格建构，要求文艺创作者品无玷瑕，反对文人无行，认为能够创作出优秀审美作品的文艺创作者必然是"珪璋挺其惠心，英华秀其清气"。其灵慧的心胸宛如洁白无瑕的美玉，清秀的气质有如纯洁的奇花。刘勰认为，人品是构成文艺创作者审美个性心理智能结构的主要心理因素，是构成审美个性的基本的道德伦理心理素质。在刘勰看来，"文以行立，行以文传"(《征经》)，主体个性中的人品与文艺作品某种深层的审美物质相关，影响及文艺作品审美意旨的熔炼与艺术审美境域的高下。即如后来刘熙载《艺概·诗概》中所指出的："诗品出于人品。"文艺创作者审美个性中的人品决定着文艺作品的品格和审美价值；文艺作品的韵味与风味是文艺创作者审美个性中人品的外现，透过作品的语言文辞，风格体貌，可以体会出文艺创作者个人的品格。

在《文心雕龙》中，刘勰专设《程器》篇，以论述文艺创作者的道德品质，即人品问题。他反对“有文无质”，指出一个优秀的文艺创作者，必须德才兼备。刘勰认为，文艺审美创作“辞为肤根（范文澜注：“根”当作“叶”。“肤”与“叶”都是指次要的东西），志实骨髓”，强调文艺审美创作应注重文艺创作者内在人格的表现。故而他在《程器》篇中赞曰：“瞻彼前修，有懿文德。”指出以往优秀的文艺创作者，都有美好的文才和人品，立志于文艺审美创作的人，都应向他们学习，要“贵器用而兼文采”，有文有质，德才并茂。

刘勰之前，三国时的曹丕在论述文艺创作者的人格建构时，曾提出“文人无行”说。他在《与吴质书》中说：“观古今文人，类不护细行，鲜能以名节自立。”刘勰坚决反对这一说法，并在《程器》篇中作了强烈的反驳。否定“文人无行”说，认为“士之登庸，以成务为用”，“达则奉时以骋绩，穷则独善以垂文；奉时骋绩时，应心怀忠信，具有切直謇谔之风；独善垂文时，能够道胜情泰，发愤以表志。”（《文心雕龙·程器》）重视文艺创作者的“成务”之能与謇谔之风。说：“文之为德也大矣。”（《原道》）又说：“瞻彼前修，有懿文德。”（《程器》）为那些穷贱而遭讥讽的文人抱不平，并且列举了忠贞的屈原、贾谊，机警的邹阳、枚乘，淳孝的黄香，沉默的徐干等为文人正名，指出“岂曰文士，必其玷欤”。

所谓“吐纳英华，莫非情性”。这里所谓的“性情”就包括品德操行。“性情”决定作品的审美风貌。刘勰在《程器》篇中指出，对于文艺创作者，不能因其有疵病而求全责备，而应该看其作品的成就，视其“文理”。“躁竞”是王粲之“疵病”，也是他的性格特征，但“躁竞”造就了他“颖出而才果”的文风，不能苛责文士。不少“文人”在仕途上遭遇挫折，受到压抑，反而成就了其审美创作方面的成就。如谢灵运，诗赋一出手，马上传遍京师。但是据《宋书·谢灵运传》记载，他到了朝廷之后，“文帝唯以文义见接，每侍上宴，谈赏而已”。宋文帝拘于“文人无行”的成见，并没有重用他。而他“自谓才能宜参权要，既不见知，常怀愤愤”。正是这种不幸的遭遇，使得谢灵运性格褊激，并且成就其独特的艺术审美风貌。当然，和曹丕一样，刘勰也非常不满“近代词人，务华弃实”的现象，并以木工制器为喻，批评那种只注重外表的美艳而“务华弃实”的不良文风。但曹丕由此而泛言“古今文人”，都是“不护细行”，以至于造成“后人雷同，混之一贯”；更有甚者，如韦诞评论作家，竟“历诋群才”，对文人多有指责。对此，刘勰是极为不赞成的。在《程器》篇中，刘勰举出了大量文人无行的事实。他说：“略观文士之疵：相如窃妻而受金，扬雄嗜酒而少算，敬通之不循廉隅，杜笃之请求无厌，班固谄窦以作威，马融党梁而黩货，文举傲诞以速诛，正平狂憨以致戮，仲宣轻脆以躁竞，孔璋偬恫以粗疏，丁仪贪婪以乞货，路粹铺啜而无耻，潘岳诡诗于愍怀，陆机倾仄于贾郭，傅玄刚隘而詈台，孙楚狠愎而讼府，诸有此类，并文士之瑕累。”这里列举了司马相如、扬雄、冯衍、杜笃、班固、马融等十六个不注意细节、在品德上有缺点的文人。司马相如之疵是“窃妻而受金”，但“长卿傲诞，故理侈而辞溢”；扬雄之疵是“嗜酒而少算”，但“子云沉寂，故志隐而味深”；班固之疵是“谄窦以作威”，但“孟坚雅懿，故裁密而思靡”；王粲之疵是“轻脱以躁竞”，但“仲宣躁竞，故颖出而才果”；潘岳之疵是“诡祷于愍怀”，但“安仁轻敏，故锋发而韵流”；陆机之疵是“倾仄于贾、郭”，但“士衡矜重，故情繁而辞隐”。刘勰一方面并不否认这些人在审美创作上的成就，同时也指出他们在道德品质和性格人品上的不足，可见他并没有把审美创作上成就的高低和文艺创作者道德品质的高下等同起来。

但是，他也并不就此认为“文人无行”是文艺审美创作中的必然的规律，而是一针见血地指出，这种现象的存在是“文士之瑕累”。并且，刘勰还紧接着便指出：“文既有之，武亦宜然。”“古之将相，疵咎实多。”并举出管仲、吴起等人的事例，认为历史上那些政治家、军事家不注意细节的多至“不可胜数”。通过具体事实来驳斥曹丕的“文人无行”说。不仅如此，刘勰还进一步指出将相无行比文人无行更不可恕。他说：“孔光负衡据鼎，而仄媚董贤，况班马之贱职，潘岳之下位哉？王戎开国上秩，而鬻官嚣俗，况马杜之磬悬，丁路乏贫薄哉？”像孔光那样身为西汉宰相，尚且献媚于董贤，何况班固、马融和潘岳等位低职卑的官吏呢？王戎是西晋的开国大臣，尚且卖官鬻爵，更何况司马相如、杜笃这些穷甲潦倒的文人和丁仪、路粹之类卑微的小人物呢？孔光王戎之流，只不过因为“名崇而讥减”，实际上不是没有缺点的。并且，从文艺审美创作实践来看，除了那些不能“以名节自立”的外，也有人品高尚，道德完美的文艺创作者，如“屈贾之忠贞，邹枚之机觉，黄香之淳孝，徐干之沈默”，这些，都是品德高尚、审美创作造诣极高的代表人物。因而，刘勰既以一种宽厚、理解的态度来看视作为“文人”的文艺创作者，同时又特别重视文艺创作者的人格修养，强调文艺创作者应涵养自己的“志气”。他在《体性》篇中说：“气以实志，志以定言，吐纳英华，莫非情性。”这里的“志”，就包含有情趣、志向、人格的内容。而他这里的所谓“气”，则和孟子所强调的“气”一脉相承。

的确，《文心雕龙》审美心理学极为注重主体的精神道德修养，强调“为文”先须“立身”。在刘勰看来，“梓材之士”应该“贵器用而兼文采”，审美创作活动是文艺创作者“发愤以表志”（《杂文》），“发愤以托志”（《才略》），文艺创作者长期生活、培育所铸就的思想情操、品德修养往往构成决定其审美理想与审美情趣的重要因素，并由此而造成其审美指向与审美创作的差异。要使主体的审美情趣和理想健康高雅，加强其自身的思想情操修养，扩其胸襟，养根加膏，以充实和完善自己的人格，是极为重要的一个步骤。而养气，就是一种培育文艺创作者道德品质和审美情趣的重要途径。

我们在前面曾论述过，在《文心雕龙》审美心理学思想中，“气”不仅是文艺创作者的生命本源，与人的生命现象相关，而且，“气”还是美的生命之本，决定着文艺创作者的品质、气格、才性、情趣，并通过此以规定审美创作的成败和文艺作品的优劣。可以说，正是受生命之“气”的作用，从而才使中国艺术家的胸中大千得以成为气韵流动、无往而非的生机世界。有关生命之“气”的这种美学意义，台湾学者徐复观在《中国艺术精神》中的段话值得我们注意：“切就人身而言气，则自孟子养气章的气字开始，指的只是一个人的生理地综合作用；或可称之为‘生理地生命力’。若就文艺审美而言气，则指的只是一个人的生理地综合作用所及于作品上的影响。……一个人的观念、感情、想象力，必须通过他的气而始能表现于其作品之上。同样的观念，因文艺创作者的气的不同，则由表现所形成的作品的形象亦因之而异。”人体生命之“气”是人的生理的综合作用。就审美创作而言，则是文艺创作者的生理力。换言之，则生命之“气”主要是指文艺创作者的审美心理智能结构的构成；文艺创作者的观念、情感、想象力等各种心理因素属于生命之“气”这个总载体，并通过此以推动着审美创作活动的开展和创作出优秀的艺术作品。正是基于这种理解，徐复观认为，文艺创作者所赋禀的生命之“气”这种审美心理因素的总载体不同，从而形成其审美创作的个性差异，并由此以构成与决定着艺术作品的审美价值和审美风格。赋禀之“气”具有差异，作品的审美风貌亦就不同。

文艺创作者的文艺审美创作活动，亦即“为文之用思”，受着“志气”的统辖和控制，通过“养气”，可以“求文思常利之术”。所谓“志气”，就涉及文艺创作者的品德情操、审美取向，为文艺创作者必须具有的体力和精力，心境和情绪，理性与情性。所谓“玄神宜宝，素气资养”，“调畅其气，烦而即舍，勿使壅滞，意得则舒怀”。文艺创作者的“志气”“统其关键”，涉及文艺创作者的气质、才气，作品的气势、格调、气象、气貌。文艺创作者的气质、情志、品德情操、思想感情，影响、制约着文艺审美创作的成功与否，“思风发于胸臆，言泉流于唇齿”，因此“养其根而俟其实”为文艺审美创作的“根本功夫”。既然“志气统其关键”，“志气”统辖着文思开塞的“关键”，所以要加强“志气”的培育，致使审美创作活动中“气倍辞前”，“贾余于文勇”(《养气》)。通过“养气”，以提升才学识诸方面的修养。文艺审美创作构思“难易虽殊，并资博练。若学浅而空迟，才疏而徒速，以斯成器，未之前闻”。审美创作构思无论是快是慢，是难是易，都要依靠学识的广博，才能的练达。学识浅陋，写得慢也没有意义；才智粗疏，写得快也是徒然。以“才疏”和“学浅”而取得成就的人，是前所未有的。“养气”可以导致文思的畅通，乃至灵感的迸发。生命之“气”对于文艺创作者的审美心理智能结构的构成与审美创作成就的高低具有决定性作用。同时，在以刘勰为代表的中国古代文艺美学家看来，这种生命之“气”又是“可以养而致”的。即如宋濂在《文原》中所说：“为文必在养气，气与天地同，苟能充之，则可配序三灵，管摄万汇。”他在这里就提出“文必养气，气同天地”的美学命题，强调文艺创作者必须“养气”，以培养自己的思想品德和内在情感，增强自己的审美理解力，以进一步强化、完善已有的审美心理智能结构。“气同天地”，天、地、人以及自然万物，皆本源于气，都是宇宙中的元气所化生化合的，故而尽管其属相千差万别，但其本质上都具有同一性。并且，这种生命之气升降出入、阖辟往来、氤氲吞吐，充塞于天地宇宙。人能够养气以充实自己，增益自己的禀赋，陶冶性情，砥砺意志，以保持神意宁静，气机和畅，则能够达成天地人相通互感，通过自身的生命之气以感知天地万物、万有大千的生命之气。在审美活动中，文艺创作者“苟能充之”，从而始可能使自己审美心理智能结构中的心理张力式样与宇宙万物生命力运动的结构模式深刻对应，“配序三灵，管摄万汇”，“无所录同，无所不极”，“无所不参，无所不包”，“备于天地之美”，以进入一种极高的审美境域。

不难看出，从现代审美心理学看，《文心雕龙》审美心理学所标举的“养气”实质上就是指对一种思想境域与心理特质的培育，属精神方面的内容。

具体说来，所谓“养气”，主要包括对“浩然之气”与“至神之气”的培养。前者主要指文艺创作者在伦理道德方面的心理素质的修养，后者则着重指文艺创作者在审美趣味方面的修养。

依照“玄神宜宝，素气资养”(《养气》)，“文必养气，气同天地”的规定性内容，文艺创作者必须培养自己的“浩然之气”。“气”用于形容作品的精神、力度、气势。《风骨》篇云：“思不环周，奈莫乏气，则无风之验也”；“气”决定着文艺创作者的精神、生气与作品的审美风貌。因此，刘勰在《风骨》指出：“是以缀虑裁篇，务盈守气，刚健既实，辉光乃新。”“相如赋仙，气号凌云，蔚为辞宗，乃其风力遒也。”在《夸饰》篇中又指出：“言必鹏运，气靡鸿渐。”这些地方的“气”就是一种刚健之气、凌云之气，也即有气势，有气魄，具有一种雄伟强壮的“浩然之气”。而《通变》篇的“文辞气力，通变则久”，《声律》篇的“滋味流于下句，气力穷于和韵”之所谓“气力”则指的是由这种“浩然之气”作用而呈现于作品中的风骨、气骨。它要求文艺创作者必须对儒家之道进行长期深入的研习和体验，由此以提高自己的思想境域，增强品德修养，使自己的审美理想和审美趣味，以及情操、精神与意绪等主体性和道德性方面的心理素质完全符合社会的传统伦理道德规范。

孟子说：“我善养吾浩然之气。‘敢问何谓浩然之气？’曰：‘难言也。其为气也，至大至刚，以直养而无害，则塞于天地之间。其为气也，配义与道，无是，馁也。’”①同时，孟子还认为主宰“气”的是“志”，也就是人格操守。他说：“夫志，气之帅也；气，体之充也。夫志至焉，气次焉，故曰：‘持其志无暴其气。’”②又说：“志壹则动气，气壹则动志也。”③“志”以“气”为基，“气”以“志”为帅。显然，这里要求培养“浩然之气”，其实就是

① 《孟子·公孙丑上》。
② 《孟子·公孙丑上》。
③ 《孟子·公孙丑上》。

要求通过“集义”和“配义与道”，以确立理想，完善道德，陶冶情操，磨砺意志，从而使自我的内心世界获得充实（《孟子·尽心下》云：“充实之谓美。”）与完美，以达成一种高尚的精神境域。正心诚意是审美主体敦品砺德的修身手段，故而，审美主体必须“治心养气”通过“养气”来正心立身，明理躬行，敦品砺德，修德砺行，培养高尚的品德情操。正如我们所指出的，“养气”就是为了修养德行，提高人品。在审美创作活动中，则文艺创作者只有通过对“道”与“义”的深刻解悟，从中得到思想的升华与情感的陶冶，才能提高认识能力和道德理解能力，成为品格高尚的人，从而也才能在审美构思活动中，领悟到生活的真谛和宇宙间自然万物的生命奥秘，创作出不朽的杰作。管同《与友人论文书》说得好：“日蓄吾浩然之气，绝其卑靡，遏其鄙吝，使夫为体也常宏，而其为用也常毅，则一旦随其所发，而至大至刚之概，可以塞乎天地之间矣。如此则学问成，而其文亦随之以至矣。”浩然之气运行于体内，能使主体“刚健既实，辉光乃新”。文艺创作者只有通过“素气资养”，致使“志气”充盈，以通融天地之气，涵泳养调，秉其性情，加强“浩然之气”的培育、蓄养，以提高思想境域，改变精神面貌，增强道德品质，蕴成真气，修养心性，使理正气清，人格高尚，从而始可能在审美创作中“胸中自发浩荡之思，腕底乃生奇逸之趣”，吐纳成文，体气充盈而著文显，由此而创作出的作品，始可能成为艺术珍品。

不难看出，刘勰所强调的“气以实志，志以定言，吐纳英华，莫非情性”（《体性》）的思想，所受孟子“养气”说的影响是非常明显的。故而，刘勰非常强调人格与气在审美创作中的主导作用，认为文艺创作者的气质、情操、人品与作品审美风貌的形成有着直接的关系，并提出“文以行立，行以文传”“瞻彼前修，有懿文德”的命题，认为一个杰出的文艺创作者应“光国”，即不仅要有利于己，还要光于国。他说：“瞻彼前修，有懿文德。声昭楚南，采动梁北。雕而不器，贞干谁则。岂无华身，亦有光国。”这就是说，杰出的文艺创作者，都具有美好的文才和品德。如屈原和贾谊，其名声传遍楚地，而邹阳和枚乘，其文采则震动梁国。既具有外表又有才德，才能给人树立榜样。作为一个优秀的文艺创作者，不仅有利于己，也有光于国。又说：“雕而不器，贞于谁则？”（《程器》）一个文艺创作者如果只有外在的美而无内在的人品修养，怎么能给人树立好的榜样呢？所以要想成为一个优秀的作家，彪炳千载，流芳百世，必须要注重自己的人格修养，培养自己高尚的道德品质，健康的审美情趣和健全的审美能力，由此始能创作出具有极高审美价值的作品，才能像屈原、贾谊、邹阳、枚乘一样，“声昭楚南，采动梁北”。

文艺创作者的人品，或谓品格，是其对社会人生的态度、立身的准则。其中包括个体的审美理想、审美价值观念、审美需要及其指向等审美心理要素。因此，可以说，人品就是指主体的人格美。它是审美创作成功与否的根本。刘勰之后，陈仁锡说：“士不立品，才思索然，文章千古，寸心自之。无人品则寸心安在？谁与较失得哉？……有德有造。士生其间，不能定志立品为第一义，岂不负遭遇哉？”[①]薛雪也说：“要知心正则无不正，学诗者尤为吃紧。盖诗以道性情，感发所至，心若不正，岂可含毫觅句乎？……诗者，心之言、志之声也。心不正，则言不正；志不正，则声不正，心志不正，则诗亦不正。”[②]又说：“学问深，品量高，心术正，其著作能振一时，垂万世。”[③]和刘勰的看法一致，在他们看来，文艺创作者的人品，即主体的胸襟、品德、学识是审美创作成败的关键，有好的人品，才有杰出的不朽之作。从人品的内容来看，它是主体的思想品格、道德情操的美，最富于自我修养的自觉性，是主体的情感与理智的总体酿造之果。刘勰所推崇与标举的人品，包括中华民族传统精神中的所有珍贵素质。

刘勰认为，审美创作是“在心为志，发言为诗”，是“志足而言立，情信而辞巧”，所以在他看来文艺作品的审美意旨及其审美价值同文艺创作者的人品有着密切的关系，有什么样的人品就有什么样的诗品和文品。审美创作构思活动中，文艺创作者之“心”服从于“物”而又驾驭着“物”，“物”随“心”而动，却又牵扯着“心”；“物”对“心”的牵扯，核心在内蕴的必然和气势，“心”对“物”的感悟关键在意气的昂扬爽朗。主体意气的灌注使审美对象具有了崭新的特质，审美对象的精髓又使主体的精神风貌产生出“刚健辉实”的审美效应。在这样生成的艺术审美域中，主体的心灵与审美对象的脉搏共鸣，主体情感的波动与万物变化的规律同步。对立统一，相反相成，往还吐纳间“物貌”已成“情貌”，“形貌”实为“气貌”。因此，这

---

① 《明文奇赏序》。

② 《一瓢诗话》。

③ 《一瓢诗话》。

“气”中既有地域的因素，如“齐楚之气”(《乐府》)，与时世气场的制约，所谓“世积乱离，风衰俗怨”(《时序》)，更有着文艺创作者生命“血气”的熔铸。所以说“八体屡迁，功以学成，才力居中，肇自血气”。作品不同的审美风貌特色源自文艺创作者不同的创作个性，在于“气”与“情”“志”间的滋养互生，“情与气偕，辞共体并。文明以健，珪璋乃骋。蔚彼风力，严此骨鲠；才锋峻立，符采克炳。”“气”须骏爽刚健，“情”须真实深刻；“气”缘“情”而显，“情”缘“气”而盛；“情”融于“气”则增其力，“气”融于“情”则添其势。文艺创作者的思想感情和气质是相辅相成的，文辞和风格也是相与为一的。作品风貌必须明畅而有力，才能像珍贵的玉器那样为人所重视。既能够起更大的教化作用，还能够增强文辞的骨力；这样才能体现文艺创作者的“才气”，致使作品的风教和骨力密切结合而发出光彩。即如魏了翁所说：“气之薄厚，志之大小，学之粹驳，则辞之险易正邪从之，如声音之通政，如蓍蔡之受命，积中而形外，断断乎不可掩也。”[①] 文艺作品是文艺创作者心灵化的产物，是主体个性精神的传神写照，作品审美意境中所蕴藉的是“气”“志”“学”“积中而形外”，由“气”“志”“学”则可以观照到“人”，亦即人的品格、审美理想、道德情操和精神面貌。刘勰认为，审美创作是“原道心以敷章”，是“心生言立”“吐纳英华”。中国美学偏重于提倡艺术的表现功能，所谓“诗以言志”“画以立意”“乐以象德”“文以载道”“书以如情”。

我们已经说过，在刘勰看来，审美创作是主体的心灵观照与物态化的过程，是审美主体根据自己对自然、人生的独特见解和审美取向，从个性的心灵模式出发，去选取那些与自己的心灵同条共贯、意断势联，从表层到深层多重共通的东西，以发现和把握最适应自我的艺术传达媒介的过程。即如司空图所说：“大用外腓，实体内充”[②]。也如王夫之所说：“内极才情，外周物理。”[③] 应该说，客观景物审美特征的发现和重构“必以情志为神明”，离不开文艺创作者的“情之所赏”(李善)。“若与自家生意无相入处”(刘熙载)，没有审美主体的介入，则不可能有含英咀华的审美创作和“使千载隽永常在

① 《攻愧楼宣献公文集序》。

② 《二十四诗品》。

③ 《姜斋诗话》卷二。

颊舌”的审美效应。艺术审美创作是作为主体的人的本质力量的对象化，是作为主体的人的审美认识的结晶体，因而，如《知音》篇指出的：“世远莫见其面，觇文辄见其心。”作为这一过程的物态化成果的文艺作品必然带着属于主体自己的独特的心灵印记，必然要体现出文艺创作者的“文德”，也即其品性与气格。

同时，“文以行立，行以文传”。随着主体的人品价值向文艺作品审美价值的转化，那么，透过文艺作品则能在一定程度上考察出文艺创作者人品与“文德”价值的高低。“人品高，则诗格高，心术正，则诗体正”[①]。文艺创作者的人品对文艺作品审美价值的影响是非常显著的。和顺积于中，英华发于外，“有第一等襟袍，第一等学识，斯有第一等诗”[②]。胸襟高，立志高，见地高，则命意自高，审美理想及其审美情趣也高，其创作出的作品，自然光明而俊伟。屈原“志洁行廉”，“惊才风逸，壮志烟高”，故其诗作具有“蝉蜕浊秽之中，浮游尘埃之外，皭然泥而不滓”的审美特征，其审美价值和所达成的审美境域可“与日月争光”[③]；“金相玉式，艳溢锱毫”，为后人树立了伟大的榜样。即如刘勰在《辨骚》中指出的，其审美创作“体慢于三体，而风雅于战国，乃雅颂之博徒，而词赋之英杰。”“观其骨髓所树，肌肤所附，虽取熔经意，亦自铸伟辞。”认为其作品“气往轹古，辞来切今，惊采艳艳，难与并能。”并“赞”曰：“不见屈原，岂见《离骚》？惊才风逸，壮志烟高。山川无极，情理实务。金相玉式，艳溢锱毫。”（《辨骚》）在他看来，屈原之所以能取得杰出的艺术成就，是与其伟大人品分不开的。陶渊明具有“旷而且真”的胸怀，“贞志不休”的情操，故“其文章不群，辞彩精拔，跌宕昭彰，独超众美”（萧统《〈陶渊明集〉序》）。可见，文艺创作者只有加强自己本身的修养，通过积学与研阅以砥砺人格，洗濯襟灵，加强道德情操的修养，使自己具有高尚的品德和气节，以增强对整个人类的幸福、前途、忧患、命运的审美洞察力和审美理解力，完善其人品与审美个性心理智能结构，从而始能创作出艺术的精品。揭曼硕说：“学诗必先调燮性灵，砥砺风戈，必优游敦厚，必风流酝藉，必人品清高，必精神简逸，则出辞吐气，自然与古人相

① 纪昀：《诗教堂诗集序》。
② 沈德潜：《说诗晬语》卷上。
③ 司马迁：《史记·屈原列传》。

似。”[1]薛雪也认为：“著作以人品为先，文章次之。”[2]文艺创作者个性中的人品价值是文艺作品审美价值的根本，人品高尚自然是能创作出优秀之作的基本保证之一。

三

刘勰认为，在文艺创作者个体审美心理智能结构中，文艺创作者先天禀赋的气质对于审美创作、文艺作品的审美风格和审美风貌，具有极为重要的影响。刘勰非常注重作为文艺创作者个体的气质对作品审美风格的这种作用，在《文心雕龙·体性》篇中他特别强调指出：“才力居中，肇自血气。”紧接着又加以说明说：“然才有庸俊，气有刚柔，学有浅深，习有雅郑，并情性所烁，陶染所凝，是以笔区云谲，文苑波诡者矣。”在刘勰看来，不仅是文艺创作者的审美个性不同，关系到文艺创作者的气质，就是作品的审美风格形成，也与文艺创作者的气质，即“血气”有关，是以文艺创作者先天所禀赋的“血气”和后天由“学”与“习”而陶染凝集的“志气”所共同作用而成的。故而他在《体性》篇中说：“故辞理庸俊，莫能翻其才，风趣刚柔，宁或改其气；事义浅深，夫闻乖其学，体式雅郑，鲜有反其习。各师成心，其异如面。”这里所提到的“才”与“气”，实际上也就是作为文艺创作者个体独具的生理素质、气质与秉禀赋，也是个体审美心理智能结构的自然前提和物质基础。

现代审美心理学的研究表明，作为个体审美心理智能结构的构成，审美的生理素质如视、听感官的审美灵敏度，神经系统、大脑皮层系统的审美感受力，以及血液循环系统、呼吸系统、消化系统、内分泌系统的辅助作用等，都具有先天的遗传性，可通过亲代状的染色体、脱氧核糖核酸等遗传物质，或称基因，从上代传递给后代，使后人先天获得前辈的某些气质特征，如遗传获得的审美视听感官、大脑皮层感觉、感受力的差异可使审美主体在审美选择、审美意趣、审美情趣、审美敏感力、创造力上表现出各自的气质

① 《诗学指南》卷一。

② 《一瓢诗话》。

和个性差异。同时，审美主体的生理素质又具有遗传的可塑性、变易性和后天的获得性，可在后天适应新的外界条件改变其遗传性，并可在后天的审美实践和学习、训练中得以修正和获得不同程度的补偿，从而使审美生理机能发生变化，并使其个体审美心理结构、心理能力发生嬗变。

故而，刘勰之前，曹丕在《典论·论文》中说："文以气为主，气之清浊有体，不可力强而致。譬诸音乐，曲度虽均，节奏同检，至于引气不齐，巧拙有素，虽在父兄，不能以移子弟。"就指出审美活动主体的气质、个性、性格等心理构成受其所禀之气的作用。气有清浊阴阳刚柔之分，主体先天所禀之气不同，那么在气质个性上则会表现出差异性现象，形成其审美情趣和审美意向旨归上的不同；表现在作品中，则形成其审美风格的独特性和差异性。刘勰极为赞同曹丕的观点，在《风骨》篇中引用了曹丕的"文以气为主"说，指出："故魏文称：'文以气为主，气之清浊有体，不可力强而致。'故其论孔融，则云：'体气高妙。'论徐干，则云：'时有齐气。'论刘桢，则云：'有逸气。'公干亦云：'孔氏卓卓，信含异气，笔墨之性，殆不可胜。'并重气之旨也。"这里就提出"人"皆禀"气"而生，所禀之"气"有"不可力强而致"的"清浊"之"气""体气""齐气""逸气""异气"，"文以气为主"，因此，批评"文"应该"重气"。充分肯定并继承曹丕等人的"文气"说，承认主体先天禀赋的"气"是其审美心理智能结构构成中的气质个性形成的必要的生理和心理条件。同时，刘勰又强调指出，主体先天所禀赋的才和气还必须要加上后天的"学"与"习"，以成为"志气"和"意气"，从而才能对主体的气质个性的形成发挥作用，先天的气禀离不开后天的学习和生活积累，以及大量的审美实践活动，才、气、学、习相加，从而才能形成文艺创作者特有的审美气质和个性，物化于作品中，也就是作品的审美风貌和风格。

刘勰认为"才""气""学""习"是文艺创作者气质个性构成的四个条件。"才"和"气"是内因，为先天所禀赋；"学"和"习"是外烁，为后天所补偿。由"才""气""学""习"所构成的属于个体的审美心理智能结构，是文艺创作者的个性气质，体现着文艺创作者的精神面貌。这种个性气质和精神面貌像人的相貌一样是有差异的不可重复的，由此所熔铸成的审美作品的风格也和人的相貌一样，存在着个体的差异性。刘勰将这些千差万别的作品审美风格大致归纳为八种基本类型："一曰典雅，二曰远奥，三曰精约，四曰显附，五曰繁缛，六曰壮丽，七曰新奇，八曰轻靡。”其中“雅与奇反，奥与显殊，繁与约舛，壮与轻乖”。虽然“数穷八体”，但正如清刘开《孟涂骈体文》卷二《书文心雕龙后》所指出的：“论及《体性》，则八途包乎万变。”也就是说，“八体”既相通一体又化生化合，化化不已，千变万化的。

在刘勰看来，受文艺创作者气质个性的作用，作品所呈现的审美风貌千姿竞秀，万态争妍。具体说来，即如《体性》篇所指出的：“典雅者，熔式经诰，方轨儒门者也。远奥者，复采典文，经理玄宗者也。精约者，核字省句，剖析毫厘者也。显附者，辞直义畅，切理厌心者也。繁缛者，博喻酿采，炜烨枝派者也。壮丽者，高论宏裁，卓烁异采者也。新奇者，摈古竞今，危侧趣诡者也。轻靡者，浮文弱植，缥渺附俗者也。”此八种审美风貌是流衍变易、变化无穷的。故刘勰又说：“若夫八体屡迁，功以学成，才力居中，肇自血气。”在他看来，就是一个文艺创作者，其气质个性、作品风貌也是有所变化的。作品的审美风格不是永远固定不变的，这种审美风格上的变易、“屡迁”是由于后天的审美实践和学习使气质、禀赋得以修正的结果。可见，作品审美风貌的变化和“屡迁”的出发点，归根结底还是主体的才力气质，因此说：“才力居中，肇自血气。”《管子》说：“气者，身之充也。”《庄子·知北游》说：“人之生，气之聚也。聚则为生，散则为死。”从人的生理与心理构成而言，气是人生命力的源泉，甚至可以说气就是人的生命力。就审美创作活动的物态化成果而言，则文艺创作者的气质是作品气韵风格的艺术魅力的源泉。刘勰说：“吐纳英华，莫非情性。”这就是说，审美创作是主体美好心灵与高尚情操的表现，也是主体审美理想、意趣、情感、才力、气质、个性的综合表现。有什么样的气质，就有什么样的个性，有什么样的个性，就有什么样的作品艺术审美风貌。“触类以推，表里必符”。刘勰在《体性》篇中举例说：“贾生俊发，故文洁而体清。”汉代辞赋家、作家贾谊性格豪放，气质畅朗，雄姿英发，表现在审美创作中，则作品审美风格高洁清新。《才略》篇也说：“贾谊才颖，陵轶飞免，议惬而赋清，岂虚至哉。”《风骨》篇则认为贾谊：“意气骏爽，则文风清焉。”无论是“俊发”，还是“才颖”“意气骏爽”，都是从气质个性方面来讲的；而“文洁而体清”“赋清”“风清”则是就作品审美风貌而言，有什么样的气质个性，则有什么样的作品审美风貌。

司马相如的审美创作实践也体现出这一特点。《体性》篇说："长卿傲诞，故理侈而辞溢。"《才略》篇说："相如好书，师范屈宋，洞入夸艳，致名辞宗，然覆取精意，理不胜辞。"《物色》篇也说："及长卿之徒，诡势瓌声，模山范水，字必鱼贯，所谓诗人丽则而约言，辞人丽淫而繁句也。"司马相如的气质性格狂放"傲诞"，故而其审美创作追求作品风格气势奇特、音节动听，以大量夸张艳丽的描写来形成其文风。其作品审美风貌"理侈而辞溢""洞入夸艳""诡势瓌声""丽淫而繁句"，过于夸诞，言过其实，文理虚亏，辞采泛滥，是与其性格气质的作用分不开的。

扬雄的文艺创作实践也是这样的。《体性》篇说："子云沉寂，故志隐而味深。"《才略》篇也说："子云属意，辞人最深，观其涯度幽远，搜选诡丽；而竭才以钻思，故能理赡而辞坚矣。"扬雄的性格气质稳健沉静，爱好深思熟虑。扬雄本人在《剧秦美新》中也称自己喜好"极思"；说："作《剧秦美新》一篇，虽未究万分之一，亦臣之极思也。"所以他的创作构思严密，其作品意蕴和情感的表现含蓄而意味深长。这类作品可以以《太玄》为代表。即如班固在《汉书·扬雄传赞》中所指出的："雄著《太玄》，刘歆尝观之，谓雄曰：'空自苦！今学者有禄利，然尚不能《易》，又如《玄》何？吾恐后人用覆酱瓿也。'"

刘向的创作实践也差不多。《体性》篇说："子政简易，故趣昭而事博。"据《汉书·刘向传》记载："向为人简易，无威仪，廉靖乐道，不交接世俗。""简易"是指性格平易近人、坦率真诚，转移到文章的写作上，故而形成其文风"简易"，即志趣明显而用事广博，"趣昭"就是明白易懂，也就是"显附"。"事博"要求简练，就是"精约"。《才略》篇说："《新序》该炼"，可以视为代表。又如班固。刘勰在《体性》篇称说："孟坚雅懿，故裁密而思靡。"黄侃《札记》云："《后汉书·班固传》曰：'及长，遂博贯载籍，九流百家之言，无不穷究。情宽和容众，不以才能高人。'此雅懿之徵。"可见，"雅懿"，是指其性格雅正温和；"裁密""思靡"是说其创作构思剪裁精密，文思细致。《封禅》篇说："《典引》所叙，雅有懿乎。"《杂文》篇评班固的作品也说："含懿采之华。"可见，受其"情宽和容众，不以才能高人"之性格气质的影响，其作品的审美风貌也具"雅懿"特色。

《体性》篇中所举个性气质与作品审美风貌的例子还有很多，如张衡，

“平子淹通，故虑周而藻密”。《才略》篇评价张衡的文艺审美创作也说：“张衡通赡。”据《后汉书·张衡传》：“衡少善属文，游于三辅，因入京师，观太学，遂通五经，贯六艺，虽才高于世，而无骄尚之情。常从容淡静，不好交接俗人。”可见“淹通”，就是指张衡性格气质深沉通达，故而其文风严谨细致，思虑周致而辞藻细密。又如王粲：“仲宣躁锐，故颖出而才果。”《才略》篇说：“仲宣溢才，捷而能密，文多兼善，辞少瑕累；摘其诗赋，则士子之冠冕乎。”《神思》篇也说：“仲宣举笔似宿构。”评价他的创作构思说：“机敏故造次而成功。”据《魏志·王粲传》记载：王粲“善属文，举笔便成，无所改定，时人常以为宿构，然正复精意覃思，亦不能加也。”“躁锐”，即性情急躁才思锐敏，故而其创作构思锋芒显露，见识果断。又如刘桢：“公干气褊，故言壮而情骇。”据《魏志·王昶传》：“东平刘公干，博学有高才，诚节有大意，然性行不均，少所拘忌。”曹丕《典论·论文》评价刘桢，“壮而不密”。钟嵘《诗品》说：刘桢“仗气爱奇，动多振绝，真骨凌霜，高风跨俗，但气过其文，雕润恨少。”可见，“气褊”，就是指性格狭隘急遽；受这种气质性格的影响，所以其文风有力，“真骨凌霜，高风跨俗”，令人惊骇。

“触类以推”，阮籍性格气质放逸不羁，倜傥放荡，所以其诗作的音调就不同凡响，使人事其鄙近，而自致远大。嵇康性格气质豪爽，尚奇任侠，旷迈不群，超然独达，所以其审美创作构思兴会充沛而辞采犀利，旨趣高超而风采壮烈；潘岳性格气质轻浮而敏捷，所以其文艺创作辞藻绝丽，词锋显露，音韵流畅，清新绮丽。陆机性格气质庄重矜持，所以甚文艺创作思能入微，辞务索广，情繁词隐。正如刘勰所指出的，“表里必符”。可见，内在的性格气质与表达手外的文艺创作的审美风貌是一致的，“才气”决定着审美创作的旨趣和风格特色。

在刘勰看来，文艺创作者先天所禀赋的气质与作品所表现出的审美风貌是统一的。文艺创作者个体气质和作品审美风格的关系，是个体气质决定着作品的审美特色，作品审美风貌是文艺创作者个性气质的表现。故知其人可以知其文，读其文也可知其人，此为“自然之恒资”，是文艺审美创作的一般规律。当然，“才气”与作品审美风貌的关系也只是就大体一致而言。

即如刘勰所指出的：文艺创作必然受文艺创作者才气学习，即才力、气禀、学识、习染的影响和制约，文如其人，此乃“才气之大略”。故而黄侃在《札记》中强调指出:“此语甚明，盖因文观人，但得其大端而已。”

现代审美心理学指出，气质在个体审美心理结构的形成、发展中往往起预前制约的作用。它是各个人的典型、稳定的心理、行为的特征，是高级神经活动类型在人的心理、行为中的表现，具体表现为审美感知、情感、动作的速度、强度、隐显度、稳定性、灵活性、指向性等个性特征。气质不同的人，个性也各异。对于气质的成因，生理学、心理学界多持先天遗传说，并根据人的生理素质把气质分为若干类型。

中国古代医学将气质分为三类五型：好动的太阳型、少阳型；喜静的太阴型、少阴型；动静适中的阴阳平和型。德国学者克瑞奇米尔按人的体型，把气质分为肥短型、瘦长型、强壮型、虚弱型；伯曼按人的内分泌腺活动状态把气质分为甲状腺型、脑下垂体型、肾上腺型、副甲状腺型、性腺过分活动型。日本学者川竹二按人的血型把气质分为A型，B型，AB型，O型等等。但这些分类学说对我国现代气质研究和审美心理研究影响较小，人们依据的主要是公元前5世纪古希腊医生希波克拉底的“体液说”和近代神经系统学说创始人俄国巴甫洛夫提出的“高级神经活动类型说”。

希波克拉底认为人的气质取决于体内的血液、黏液、黄胆汁、黑胆汁这四种体液何种占优势，并依此把气质分为四种类型，从而也就把由气质所导向的个性分为四类：一类为多血质，这种人性情活泼，易于适应环境，精力充沛，兴趣多变，不执着，动作灵活机敏，但缺乏毅力，又称活泼型；一类为胆汁质，这种人易于冲动、急躁，难以抑制，反应迅疾，行动敏捷，但情绪不稳定，易沮丧，又称不可遏制型；一类为黏液质，这种人灵活性弱，安静、沉默、执着、内向，反应迟缓，自制力强，但有惰性，因循守旧，又称安静型；一类为抑郁质，这种人孤僻，腼腆，多愁善感，优柔寡断，行动迟缓，但情绪稳定，决断后能坚持不懈，又称抑制型。巴甫洛夫认为气质的生理基础不在于体液，而在于人的高级神经活动类型。但他根据大脑皮层神经活动中心兴奋与抑制过程的强度、平衡性、灵活性这三个基本特征，对气质以及受气质制约的个性的分类，却与希波克拉底相通:（1）强、平衡而灵活的类型，这种人情绪多变，动作敏捷，爱好活动，自制力强，故称活泼型；相当于“多血质”;（2）强、平衡而不灵活的类型，这种人性情平稳，动作迟缓，执着，有惰性，故称安静型，相当于“黏液质”;（3）强而不平衡的类型，这种人易兴奋，难抑制，故称兴奋型，相当于“胆汁质”;（4）弱型，这种人兴奋性抑制性均弱，又易受强刺激，而受刺激后又难以抑制，情绪稳定、持久，相当于“抑郁质”。可见巴甫洛夫与希波克拉底对气质和个性的分类是殊途同归。

在人的个体审美心理结构的建构中，这种气质类型往往是其相对稳定的心理素质和生理机制的基础之一，它会直接影响人的审美体验、审美创造的心理过程和个性特征，使人们在审美选择、审美态度、审美评价和审美创造中表现出个性的特征。一般说来，浪漫主义的作家、艺术家如屈原、贾谊、王粲、刘桢、李白等，其气质、个性较接近于胆汁质或多血质的类型；而现实主义的作家、艺术家司马相如、扬雄、刘向、班固、张衡、阮籍、嵇康、陆机和后代的杜甫、王维等，其气质、个性则较类似于黏液质或抑郁质的类型。

总之，气质是构成文艺创作者审美个性的重要心理特征之一。作为心理学的一个概念，气质指的是人的高级神经活动类型特点在行为方式上的表现，是作为个体的人的心理活动的动力特征。这些特征主要体现在心理过程的强度、速度、稳定性、灵活性与指向性上。在审美创作活动中，气质的作用则主要表现为对审美创作心理过程的深度和速度的稳定性，以及指向性、趋向性、诉求性、取向性等特点的影响，并通过此，以影响及作品的审美风貌与风格特色。

在刘勰的视域中，“文气”决定着于文艺创作者的生命之气。文艺创作者之“气”虽表征为才气性情，究其源头和根柢是其生命，是其生命的活力、生气、生命力、创造力的表现。文艺创作者的性情个性、精神气质皆因于“气”。强健的“血气”、旺盛的精力离不开“气”的资养。过分钻研，“血气”就会衰竭，精神就会疲惫，严重时可能危及健康。强健的“血气”、旺盛的精力只有灌注于耳、目、心、口等器官的活动才能表现于外。“定心在中”，就是“神居胸臆”。调畅己身阴阳之气达于中和，做到胸次洒脱，了无障碍，“耳目聪明”，便会“物沿耳目”“枢机”开通而“物无隐貌”。文艺创作者在沟通天地之气与作品之气中，“志气”是其关节点，由“志气”以通融天地之气，涵泳养调，秉其性情，吐纳成文，体气充盈而著文显。“气”是统帅文艺创作者神、情、意、趣、形、骨、韵、势的枢机，是形成文艺创作者审美个性、人格风貌、精神气质的关键，同时也是文思通塞之关键。它激发、控制、引导兴的感发，规范神思的方向。存神养气的要领是“节宣”，具体来说是“清和其心，调畅其气”。“节”即节欲，“宣”即宣导。通过“虚静”以“去欲”，节制欲念，可使体内精气宣导长达，达到“从容率情，优柔适会”。有其“养”，故才有“气”存；有其用，故其“气”不废。涵修、治理、疏导体气，使其促成创作行为主体的有为之用。所以说，“诗总六艺，风冠其首，斯乃化感之本源，志气之符契也”（《风骨》）；“刚健既实，辉光乃新，其为文用，譬征鸟之使翼也”（《风骨》）。文艺创作者的审美个性气质对审美作品风貌特征的形成有着极为重要的作用。即如邵长衡《与魏叔子论文书》所说：“其气盛者，其文畅以醇；其气舒者，其文疏以达；其气矜者，其文剽以瑕。”这里所谓的“气”就是指文艺创作者的气质才性；“气盛”“气舒”“气矜”，则是指不同的气质类型。文艺创作者的气质类型与特色，和文艺作品的审美风格有着十分密切的关系，是形成其独特的审美风格的重要心理因素，有什么样的气质类型，就有什么样的风格特色。同时，作品的艺术风格和审美风貌又是文艺创作者气质的体现。对此，薛雪说得最为详切。他在《一瓢诗话》中说：“畅快人诗必潇洒，敦厚人诗必庄重，倜傥人诗必飘逸，疏爽人诗必流丽，寒涩人诗必枯瘠，丰腴人诗必华瞻，拂郁人诗必凄然，磊落人诗必悲壮，豪迈人诗必不羁，清修人诗必峻清，谨敕人诗必严整，猥鄙人诗必委靡。此天之所赋，气之所禀，非学之所至也。”文艺创作者的气质禀赋决定着其个性心理智能结构建构中的类型选择。先天气质、倾向的差异决定着个性心理智能结构类型的差异。既然审美创作活动是主体心灵的外化与物态化，那么，文艺创作者个性中的气质差异现象，就必然作用并影响及文艺审美作品的审美风貌。文艺创作者属于哪种个性心理智能结构类型，具有怎样的气质特性，其作品自然会呈现出与之相适应的审美风貌和风格特点。正是本着审美创作中的这种现象，章学诚在《文史通义·质性》中始指出：“情本于性，才率于气。”以强调气质禀赋对于审美创作与作品风格形成的重要作用，他说：“情本于性也，才率于气也，累于阴阳之间者，不能无盈虚消息之机；才情不离乎血气，无学以持之，不能不受阴阳之移也。”在他看来，情、性、才、气等个性心理因素中，“气”是最为基本的素质，“才情不离乎血气”，“血气”就是“气”，就是生命之气，也就是气质禀赋。个性的气质是受阴阳所作用的，故“不能不受阴阳之移”，从而形成文艺创作者个性气质的差别，并影响及文艺作品的审美风貌。不难看出，这种思想和刘勰的"才力居中，肇自血气"的思想是一致的。

一个人的气质、个性只是在某些方面较类似于某一类型，而不是全然，他的气质、个性的另些方面还可能接近于另一类型。同时，气质只为审美个性的形成提供了生理、心理的预前条件，而不能最终决定个体审美心理结构的完成和审美意识、审美态度、审美能力、审美诉求、审美取向的性质。个体审美心理结构是一种极其复杂和富于变化的复合结构、动力结构，而气质本身也是动态的、可塑的，它除了具有遗传因子外，还可以在后天实践、学习乃至自觉自我塑造中不断改变和重塑它。因此，我们还必须从个体的后天实践中去探讨个体审美心理结构重构和发展的动因。

哲学、美学、心理学已反复证明，作为个体，个体审美心理结构的建构、发展，并不取决于先天遗传获得，也不取决于个人生理状态，而是取决于个人所处的特殊的社会关系、审美关系以及个人特定的生活境遇、审美环境；取决于个人长期独特的审美实践和审美教育、艺术熏陶、技能训练；并取决于个人所继承的人类文化历史积淀和个人在审美创造中对自己个体审美心理结构的自我调节、自觉重构。

个人离不开社会，个性离不开共性。个体总是社会、群体中的一分子，他们所处的社会关系、审美关系，面临的政治、经济、文化状态和社会矛盾具有社会的普遍性、共同性，因而使个人的思想、情感、性格总是打上时代、民族、阶层的烙印，并使个人有可能同他人发生各种各样的交往，个性有可能被他人所理解和接受。但是作为个体，各人所处的社会关系、审美关系，所经历的生活境遇、审美环境，所面对的审美对象，又具有其个体特殊性。这种独特的关系、经历、环境、对象内化、积淀于人的心理，便日积月累地形成了个人审美心理的个性特征。所以，个人所处的独特的社会关系、审美关系，独特的生活经历、审美环境，所接纳的独特的审美对象，是个体审美心理结构建构和发展的基本条件，而这种关系、境遇、对象的普遍性与特殊性的统一，又是将个体审美心理结构的社会共同性与个人独特性、个别性统一起来的客观基础。

文艺创作者个人独特的审美实践以及实践经验的积累，是个体审美心理结构形成与发展的主要途径和认识论基础。独特的实践使个体与对象发生特殊的审美关系，不仅使对象内化于心，而且使实践结构本身和实践经验内化、沉淀在心理智能结构之中，从而改组了原有个体审美心理结构。所以从审美体验论的体验根源上说，个体审美心理结构是被个体接纳改造过的对象结构内化和个性化的审美实践经验内化以后的沉淀物和结晶品。

个人所接受的独特的审美创造的实践经验和长期的文化艺术的熏陶、知识教育以及创作技能的训练，在个体审美心理结构的建构、发展中起着主导的作用。从本质上说，美育、艺术教育就是塑造审美创作的个性的教育。它们不仅极大地丰富了个体的审美经验，而且使个体将在实践中获得的感性经验和学习中所获得的间接经验加以系统化、理论化和升华，使之成为个性心理中的理解力与理性因素内容；不仅使人丰富、提高了一般的经验、能力，而且使人具备了个人独特的审美创作的专门能力，建构和发展了较为完备、健全的个体审美心理结构，从而使个人审美创作的精神产品、物质产品具有了鲜明的个性特征和个人风格。

个体审美心理结构既有相对稳定性，又有变易性；既有历史继承性，又有个体当下的创新性；既有受动性，又有自调性。稳定性是审美个性共时性、阶段性的表现，体现和保证了个体、个性心理、行为的质与量的水平和特定阶段的心理状态。变易性是审美个性历时性、发展性的表现，体现和保证了个体、个性心理、行为的质与量的不断向更高阶段的演化、发展。这种发展既受个人审美实践深广度的制约，受发展中的审美环境、审美对象的制约，同时，又是对人类文化历史积淀不断吸收、继承的结果；既在受动地同化对象的过程中不断接纳对象，丰富原有结构，又是个体主动的自我调节、自我塑造的结果。当人在审美创造中，自觉意识到自己的个性、爱好、能力同对象，同美的规律，同社会、他人，乃至同自己的愿望、理想发生矛盾乃至冲突时只要他不过于偏执，就会主动地以理智调节自己的个性，改变自己的某些观念、情趣，提高自己的能力，使自己的个性与对象、社会、他人相协调，从而使自己的个体审美心理结构向更合理和更高的层次发展。

所以，“风趣刚柔，宁或改其气”（《体性》），“缀虑裁篇，务盈守气，刚健既实，辉光乃新”（《风骨》）的个体审美心理结构的建构与发展是多种因素综合作用的结果。它既来自对人类文化历史积淀的继承，并以先天遗传和后天补偿的生理素质、气质为生理基础，又是个人在特定社会关系、审美关系和独特生活境遇、审美环境中进行审美实践、学习、熏陶、反思、积累的产物。个人特殊的审美实践、审美心理结构建构的历程决定了特殊个体审美心理结构的产生、发展和性质，而个体审美心理结构又直接制导着审美创造中个性心理活动的展开、发展和性质与作用，使每个个体有了独特的审美观念、审美需要、审美趣味、审美判断、审美创造能力，并使其创造的成果体现了自己的个性和风格。

从刘勰“力才居中，肇自血气”这一美学命题中，我们还可以看出，在《文心雕龙》审美心理学思想中，气质这一概念是包括在“气”之中的。正如我们在前面已经多次论及的那样，就《文心雕龙》审美心理学思想看来，作为美学范畴，“气”既是宇宙万物的生命基始，也是人的生命基始，为人与万物生命构成的根本。同时，生命之“气”还决定着人的心理智能结构、品性情志、才能气质与整个精神风貌。故《文心雕龙》审美心理学所谓的“气”，有时实际上就是指个体的气质禀赋。一直到北宋张载提出：“为学大益，在自求变化气质。”[①]“气质”这一概念始从“气”中独立出来，专门指人在生理与心理方面的那种形成其个性心理类型的自然基础与先天禀赋。所以朱熹说：“气质之说，起于张程。”[②]

对人在气质禀赋上的差异，中国古代学者很早就有认识。如前所说，战国时期的《内经》就曾依照“阴阳二气”交感而化生万物的观点把人分为五类，认为：太阴之人，“贪而不仁”；少阴之人，“小贪而贼心”；太阳之人，“好言大事”；少阳之人，“諟谛好自贵”；阴阳和平之人则“居住安静”。朱熹也指出：“气质之禀，各有清浊，禀得精英之气，便为圣为贤，便是得理之全，得理之正。禀得清明者便英爽，禀得丰厚者便富，禀得长久者便寿，禀得衰颓薄浊者便为愚不肖，为贫为贱为夭。”[③]“人”所禀之气有清浊美恶之分，所以人有智愚贤不肖之别。人的这种气质禀赋上的差异现象自然会体现到审美创作之中。即如曹丕所指出的，作为个体，文艺创作者之间是“引气不齐”“清浊有体”“巧拙有素”的，影响及创作，故“王粲长于辞赋，徐干

① 《经学理窟·义理》，《张横渠集》中华书局，1985年版，第117页。

② 《朱子语类》卷四。

③ 《朱子语类》卷四。

时有齐气”，“应玚和而不仁，刘桢壮而不密。孔融体气高妙，有过人者。”[①] 气质不同，作品所呈现的风格特色与审美特征亦不同。这也就是刘勰所谓的“气有刚柔，……各师成心，其异如面”。

同个性结构中的其他因素相比，气质较多地受个体生理组织的制约，稳定性较强。气质类型往往使文艺创作者的构思心理染上某种独特的色彩，使他们的作品显现出不同的风格特色。仍然以李白与杜甫为例：他们虽然处于同一时代和社会之中，艺术都取得了极高的成就，但是，由于两人气质上的差异，所以，他们的作品风格和审美风貌迥然不同，各有所长，都具有自己鲜明的艺术特色。李白性倜傥，好任侠，从气质类型上来看，基本上属于多血质加胆汁质，注意力易转移，感情强烈，因而，其诗作在题材方面涉及的生活领域广泛，具有强烈的感情色彩，“兴酣落笔摇五岳，诗成啸傲凌沧州”。意象富于变化，形式不拘一格。皮日休《七爱诗》中称他：“五岳为辞锋，四海作胸臆。惜哉千万年，此俊不可得。”叶燮在《原诗》中也认为：“李白天才自然，出类拔萃，……非以才得之，乃以气得之也。……苟有气以鼓之，如弓之括力至引满，自可无坚不摧。此在彀率之外者也。……历观千古诗人，有大名者，舍白之外，孰能有气者乎！”他们都强调指出气质对手李白诗歌风格特色的作用心。而杜甫则基本上属于黏液质加抑郁质，富有理性，情感深沉，观察细致，因而形成其诗作穷理尽性，意味无穷，沉郁顿挫的艺术风格。

四

此外，在个体审美心理智能结构构成方面，刘勰还提出“吐纳英华，莫非情性”（《体性》）的命题。就其规定性内容看，这一美学命题主要涉及个性结构中的性格、性格类型，及其审美创作活动中的影响和作用。

我们已经多次论及，在刘勰看来，审美创作不是对生活美与自然美的复写，而是文艺创作者的审美发现和审美创造，是“心生言立，言立文明”和“润色取美”；是文艺创作者的灵智之美与个性之美的充分表现。只有将我与物、心与象、情与景、心灵与自然、精神与对象、主体与客体作美妙的交

① 《典论·论文》。

流融汇，才可能产生与构成美妙的艺术作品。因而，杰出隽永的审美作品必然要显示出文艺创作者的心灵与个性之美，体现出文艺创作者气禀性格。同时，刘勰认为，离开鲜明的性格、个性化的体验和生动的表现，则不可能创作出真正意义上的艺术作品。

在刘勰看来，艺术作品的创造，是独到的既不重复他人也不重复自己的审美体验与审美发现，是和主体独特的性格交融在一起的，是“师心独见”。缺少独特的、新颖的个性化情感，没有“独立不迁”的性格特征，就没有审美创造，亦自然不会有艺术作品。正如刘勰在《文心雕龙·体性》篇中所指出的:“吐纳英华，莫非情性。”所谓“情性”，就是指属于创作主体所单独具有的独特的性格和个性化情感。审美创作有如“吐纳英华”，以表现主体的心志，因而，作品能否精美，完全是同主体的情志性格相联系的。

就审美创作来看，这种联系主要表现在主体的性格对文艺作品的风格特征和审美意趣的影响。杨维祯在《赵氏诗录序》中说:“人有面目骨体，有情性神气，诗之丑好高下亦然。”性格是形成审美创作风格的重要个性因素。文艺创作者的性格不同，其作品的审美风格就迥然相异，即如赵秉文《答李天英书》所说:“尝谓古人之诗，各得其一偏，又多其性之似者。若陶渊明、谢灵运、韦苏州、王维、柳子厚、白乐天得其冲淡；江淹、鲍明远、李白、李贺得其峭峻；孟东野、贾浪仙又得其幽忧不平之气。”人们在性格类型上的不同，还影响文艺作品的风格流派。

人在性格特征上是有差异的。现代心理学认为，人在性格类型上的差异大体上可以划分为理智型和情绪型。前者行动多受理智支配，后者行动则多受情绪左右。根据性格的这种差异现象，亦可以将性格类型分为外倾型和内倾型。前者外向，属开放性心理，性格开朗活跃；后者内向，属封闭性心理，性格深沉冷静。中国古代心理学思想很早就有对性格类型差异现象的描述。例如，孔子就曾说过:“不得中行而与之，必也狂狷乎？狂者进取，狷者所不为也。”[①] 这里的“狂者”“狷者”“中行”实际上就是三种性格类型，“狂者”相当于外倾型，富有进取精神，取作敢为；“狷者”则基本上属内倾型，善于自我控制，遇事总爱深思熟虑，难免显得有些拘谨；“中行”则显然属于

① 《论语·子路》。

中间型，不狂不狷，“不偏不易”（这是程颐对“中庸”的解释：“不偏之谓中，不易变之谓庸。”见《河南程氏遗书》卷第七）。魏晋南北朝时，著名的心理学家刘劭对人的性格差异作过进一步分析。他认为“性质禀乏自然，情变由于染习”[①]。这里就指出，性格形成既有先天禀赋的一面，也有后天的学习与环境等因素的影响。并且，他还依据人是“含元一以为质，禀阴阳以立性”，由“气”所生成的原理，指出由于人们所禀“阴阳二气”的兼偏，从而形成性格的差异，在生理和心理上出现拘抗、宽急、躁静等相互区别的特点，以表现出所谓的“明白之士”和“玄虑之人”等两种性格类型。前者禀阳多。阳主动，故属于这种性格类型的人能“识静之源而闲于速捷”[②]。

《文心雕龙》审美心理学吸收古代心理学有关性格研究的成果，认识到文艺作品的风格和审美意趣的差异，在很大程度上乃是由于文艺创作者个性中性格因素作用的结果。如前所说，在《体性》篇中刘勰就曾经从文艺创作者所属性格类型的角度出发来分析作家作品，指出：贾谊性格豪迈，作品就文辞简洁而风格清新；司马相如性格狂放，作品则说理夸张而辞藻过多；扬雄性格沉静，故作品中内容含蕴而意味深长；刘向性格坦率，所以作品中志趣明显而用事广博；班固性格雅正温和，所以论断精密而文思细致；张衡性格深沉通达，所以考虑周到而辞采细密；王粲性急才锐，作品就锋芒显露而才识果断；刘桢性格狭隘急遽，作品则文辞有力而令人惊骇；阮籍性格放逸不羁，所以作品的音调就不同凡响；嵇康性格豪爽，所以作品兴会充沛而辞采犀利；潘岳性格轻率而敏捷，作品则文辞锐利而音节流畅；陆机性格庄重，故作品内容繁杂而文辞隐晦，所谓“触类以推，表里必符”，作品的风格意趣，均一如作者之性格为人。

性格对审美创作的影响主要表现在创作构思与情感表现方式上。性格类型不同，创作构思则会呈现出不同现象。刘勰曾依据审美构思的迟速分主体为“骏发之士”与“覃思之人”（《神思》）等两种类型，认为前者“机敏故造次而成功”，后者则“虑疑故愈久而致绩”。我们认为，所谓的“骏发之士”和刘劭的“明白之士”大体相同，基本上属于情绪型性格，即感知敏锐，感

① 《人物志》。

② 《人物志》。

受敏捷，思维灵敏，从而表现出审美构思的迅捷；而“覃思之人”则和刘劭所谓的“玄虑之人”比较接近，大体上归于理智型性格，感知细密，感受深沉，思维深邃，因而审美构思爰细细推敲。例如，唐初诗人王勃的性格特点就大体可归“骏发之士”一类，属情绪型，才思敏捷，行文运思“一笔书之，初不窜点”[①]；西汉司马相如的性格特征则属于“覃思之人”一类，为理智型，故用思迟缓，创作构思要“几百日而后成”[②]。杰出的文艺审美家无论归属哪种性格类型，不管构思的迅疾迟缓，都能创作出优秀的作品来。即如谢榛《四溟诗话》所说“贪毫改削而工，走笔天成而妙”。同时，也只有杰出隽永的作品才能体现出文艺创作者独特的性格。

再有，性格不同，在情感表现方式上也具有不同之处。杨维帧说：“诗本情性，有性此有情，有情此有诗也。上而言之，雅诗情纯，风诗情真；下而言之，屈诗情骚，陶诗情靖，李诗情逸，杜诗情厚。”[③]情感与性格是相互统一的，情感的生成必须要有性格为基础，“有性此有情”。由于性格的作用，所以文艺创作者在动情、驭情与表情上便会显示出差别，从而影响及文艺作品，使其在风格和审美意趣上表现出不同特色。以现代审美心理学理论来审视，外倾型性格，情绪活跃，易于冲动和外泄；属内倾型性格，则要富于理性一些，善于自我控制。因此，在情感表现上，前者情感炽烈，直抒胸臆，气势充沛；后者则倾向于以理驭情，表情含蓄，深沉细腻。影响到审美创作，自然会在作品中形成各自不同的审美特色。总之，性格的差异必然要体现到文艺作品中。王若虚说：“古之诗人，虽趣尚不同，体制不一，要皆出于自得。”[④]姜白石亦说：“陶渊明天资既高，趣旨又远，故其诗散而庄，澹而腴，断不容邯郸步也。”[⑤]他们都指出文艺创作者审美理想、审美情趣、审美诉求、审美取向的作用，以及对文艺作品审美风貌的影响。性格不同，从而造成文艺创作者在审美诉求、审美取向、审美理想、审美情趣上的差异，作用于审美创作则形成文艺作品独特的风格特征和审美情趣。

---

① 段成式:《酉阳杂俎》前集卷十二。

② 刘歆:《西京杂记》卷二。

③《东维子文集·刻韶诗序》。

④《滹南诗话》。

⑤《白石道人诗说》。

第四章　才气学习：审美主体智能结构论

“才气学习”说是《文心雕龙》审美心理学关于主体审美能力结构的一个重要命题。刘勰在总结历代文艺审美创作的实践经验时，对文艺创作者能力的高下，及其对成就高低的影响，从主客观方面都作了广泛的探讨和分析，并且还就能力的先天禀赋，后天培养等等方面的问题进行了深入的阐述，提出了大量的命题，如“才有庸俊”“学有浅深”“才自内发，学以外成”“才气有余，能擒能纵”，强调“才有天资，学慎始习，斫梓染丝，功在初化，器成彩定，难可翻移”，认为个性的培养要从最初着手，如果到了习染成性、性格定型（就像木器完工、丝已经染色）以后再求改变，那就很困难了。并且，提出“摹体以定习，因性以练才”的原则。所谓“摹体定习”，即要求通过规范的学习养成良好的审美创作构思的模式与定式；“因性练才”则要求文艺创作者必须根据自己的天赋和个性特点去发展才能，以形成独具的优势和特有的个性，因势利导、扬长避短。等等，对文艺创作者的“才”“气”“学”“习”等构成审美智能结构的重要因素，进行了系统的论述。这里我们将其归纳为“才气学习”命题，对其审美智能结构论进行一些阐释和审视。

一

刘勰认为，文艺创作者的“才”受其先天禀赋的影响。他在《事类》篇中指出：“夫姜桂同地，辛在本性；文章由学，能在天资。才自内发，学以外成。”“才自内发”中所谓的“才”，在《文心雕龙》中又称才气、才华、才力、才学，即文艺创作者表达审美意趣和审美情感，以感悟与呈现审美对象深层内核中所蕴藉的生命意蕴的能力，其内涵涉及审美主体的观察感受能力、直观体悟能力、想象创造能力、理解分析能力和传达呈现能力等多种审美创造因素。而所谓“能在天资”中的“能”，则和“才”相通相似，但有有所不同，“才”是内在的，深藏不露，作隐蔽状态，藏得很密，奥妙无穷，不容易识别。而“能”则常常显露出来，为“才”的呈现态。在刘勰看来，审美能力的高低在于先天禀赋和生理机制，审美能力是由主体内部的生理机制产生的，学识则是从外部积累而成的。

应该说，在刘勰看来，审美智能结构的构成既有内因，又有外因，既要学识，又在“天资”与“内发”。在《才略》篇中，他对文艺创作者的才气作过许多比较分析。在他看来，司马相如、王褒以前的文艺创作者大都凭借其才气进行审美创作；而扬雄、刘向以后，创作构思便讲求引用古书、征引典故，重于对学识的展示与炫耀。从审美创作实践来看，作为文艺创作者的个体，其禀赋和素养是有差异的，有的才气偏高，有的学识偏富，同时，各种文体的创作要求也有不同，于是便呈现出文艺审美创作能力互有短长的现象。在对勰看来，桓谭善于著论，韵文审美创作方面，则显得缺乏才气，故而“《集灵》诸赋，偏浅无才”。王逸学识丰富广博，而文艺审美创作却“绚采无力”。王粲在诗歌审美创作方面才华横溢，表现了他充沛的才气；左思的《咏史》诗等审美创作方面取得的成就也显示了他卓越的才华。曹植更是文思敏捷，审美创作构思往往思如泉涌，才气俊秀；而曹丕在审美创作方面则显得思虑周密，才力迟缓。这也就是《神思》篇所谓的：“人之禀才，迟速有分；文之制体，大小殊功。”《体性》篇所谓的：“才有庸俊，气有刚柔，学有浅深，习有雅郑；并情性所铄，陶染所凝，是以笔区云谲，文苑波诡者矣。故辞理庸俊，莫能翻其才。”就提出“才气学习”的组合命题，这里的“才”是才气才能，作为文艺创作者的个体，才气有平凡与杰出之分，一个人的创作能力和理论水平的平庸或特出，是离不开他的“才”的。受此影响，其审美创作方面的成就也就有高低之别，随其所禀赋的“才”之大小、庸俊而异。

刘勰认为，审美创作构思活动的发生与开展需要特殊的，由“内发”而外成的审美创作能力，需要特殊的智能结构，需要“才”。在中国古代，“才”又写作“材”，最早的含义就是指人的天资禀赋。从《论语》的记载中，我们可以发现，早在公元前五世纪，孔子就曾对人的智力、能力等智能结构的差异进行过考察。孔子认为，人的智能存在着差异，智力方面有“上智”“中人”“下愚”[①]等三种类型。颜渊能够“闻一知十”，而端木赐只能够“闻一知二”[②]，两人在智力上的差异是非常明显的；才能方面，子路“千乘之国，可使治其赋”；冉求“千室之邑，百乘之家，可使为之宰”；公西子华“束带立于朝，可使与宾客言”；冉雍则“可使南面”[③]。可见，人的才能是互有短长的。智力有高下之分，才能有大小之别，但是通过后天的学习，人的智能又是可以提高的。照孔子的观点，人所禀赋的智能有如南山之竹，尽管原本应有“达于犀革”的功能，然而若是再加工一番，“括而羽之，镞而砺之”[④]，那么，就会更加锋利。可以说，孔子已经触及人的智能结构的基本问题。到了汉代，王充则进一步明确指出，人的能力和智力是在“才”的基础上形成的，故他称智为“才智”，称能为“才能”。他说：“才智高者，能为博矣。”[⑤]又说：“文儒才能千万人矣。”[⑥]所谓“文儒”，指学识渊博的儒生，鸿儒。鸿儒的才能能够超过百万人。“人”的“才智”与“才能”的具体表现则为“力”，任何人，任何事物，都具有一定的“力”。由于人们所从事的职业不同，“力”的表现形态也不相同，“垦殖草谷”，是农夫之力；“勇猛攻战”，是士卒之力；“构架斫削”则是工匠之力；“治书定簿”为佐史之力；而“论道议政”又是贤儒之力，“人生莫不有力”[⑦]。“智力”是人们认识活动的基本功力，解决知与不知，懂与不懂的问题；而“能力”则是实际活动的基本功力，解决能与不能、会与不会的问题。王充也认为人的智能是有高下之分的，“人才有高下”[⑧]。不过，通过后天的积学，智能（才）是能够提高的，无论什么人都不是“生而知之”，只有“学而知之”。这些论述为后来刘勰的“才气学习”说的形成提供了一定的理论基础。

---

① 《论语·雍也》。

② 《论语·公冶长》。

③ 《论语·公冶长》。

④ 《孔子家语·子路初见篇》。

⑤ 《论衡·别通》。

⑥ 《论衡·效力》。

⑦ 《论衡·效力》。

⑧ 《论衡·实知》。

最早把“才”这个范畴从普通心理学引进中国古代审美心理学的应该是汉代的班固。他在《离骚序》中认为屈原“可谓妙才”。这里所谓的“妙才”之“才”，显然是指作为审美活动主体的特殊能力，即属于文艺创作者所应具有的那种不同于一般人的审美智能结构中的审美能力。后来王逸在《楚辞章句序》中说：“故智弥盛者其言博，才益多者其识远。屈原之词，诚博远矣。”则更加具体地指出“智”“才”与审美创作之间的紧密关系，它们已经涉及文艺创作者驾驭语言的能力和对生活的审美感受力。有“智”有“才”，文艺创作者就“言博”“识远”，即运用语言的能力强，观察生活敏锐，思想深刻，情感丰富。王逸在班固的思想基础上，进一步强调了主体的审美智能结构对于审美创作活动的重要作用。这之后，曹植在《与杨德祖书》中说，“仆自以为才不过若人，辞不为也。”陆机在《文赋》中说：“余每观才士之所作，窃有以得其用心。”又说：“辞程才以效伎。”他们都从不同的角度，对主体的审美想象创造能力、审美语言表现能力等方面的“才”提出了自己的见解。但是，对“才”这一属于文艺创作者智能结构，包括审美心理素质、审美心理机制、审美心理功能等的“集合系统”进行了比较详细、全面的论述的，还是刘勰。在《文心雕龙》中，刘勰用了很多篇幅来论述审美主体的智能结构，如《体性》《事类》《才略》《总术》《养气》《程器》等篇章，都涉及文艺创作者的审美智能结构构成。

刘勰非常强调“才”的先天禀赋。《体性》篇说：“才力居中，肇自血气。气以实志，志以定言，吐纳英华，莫非情性。”认为文艺创作者的审美智能结构乃是“自然之恒资，才气之大略”。他还强调指出：“才有天资，学慎始习；斫梓染丝，功在初化；器成彩定，难可翻移。”认为作为文艺创作者应该“摹体以定习，因性以练才”。总之，在刘勰看来，文艺创作者的才华，即其审美创作能力是有其天赋条件的，因此，学习开始的时候一定要慎重，要根据自己的天赋来培养审美创作能力，“沿根讨叶，思转自圆”。

现代审美心理学的研究表明，在审美智能结构的建构中，先天遗传的确具有一定的意义。这种遗传包括：身体器质结构的生理遗传，如审美感官的生理反射力，神经系统、大脑细胞的传导、思维、贮存功能，手的灵活性的遗传；对单纯乐音、线条、色彩审美感觉能力的遗传；气质、禀赋的遗传等。这些遗传使审美智能结构建构具有了先天的生理基础，使文艺创作者的审美反应具有了对外物的适应性和自动化的特征，使大脑具有了组织功能和贮存功能。也就是说，遗传使人的审美感受能力的生成与发展可在审美感官，即感受器、效应器、传导神经、大脑皮层等的集合体中得到积淀，为感受能力提供基本的必要的物质保证，并使人具有了某种审美的本能。当然，必须看到，遗传本身也是人类长期审美实践经验的积累、沉淀的结果，遗传并不最终决定审美智能结构，尤其是深层心理智能结构的发展和性质。

此外，我们还必须看到，对审美心理智能结构的建构起决定作用的还是主体后天的实践以及在实践中形成的主客体审美关系，是生活实践、审美实践结构系统和客体美结构系统内化的结果。

所以，在刘勰看来，主体的先天禀赋为其审美智能结构的形成与审美能力的产生发展提供了必要的生理和心理条件，但是，刘勰也注意到，审美智能结构与审美能力的最终形成和发展还必须通过一个的中介，这个中介就是主体后天环境、文化教养等诸因素的影响和本人的努力学习、积学储宝、研阅穷照、自强不息，以及积极参加审美实践活动的审美经验积累。故而他在《事类》篇中指出："才自内发，学以外成；有学饱而才馁，有才富而学贫。学贫者，为迍邅于事义；才馁者，劬劳于辞情：此内外之殊分也。是以属意立文，心与笔谋，才为盟主，学为辅佐。主佐合德，文采必霸；才学褊狭，虽美少功。"在他看来，文艺创作者先天所禀赋之"才"与后天所积累之"学"，对于其审美智能结构与审美能力的建构和培养，都极为重要。有"才"，再辅以丰富的知识积累和生活积累，通过文艺审美实践，增强自己的审美经验，以充实和强化自己内在的心理与生理素质，提升其审美智能因素，提高审美能力，只有这样，从而始可能成为优秀的文艺家并获得审美创作的极大成功。

从审美创作实践史也可以看出，内才外学相辅相成，才能够取得审美创作的高的成就。有的文艺创作者学识丰富但才力不足，有的文艺创作者则才力较强而学识贫乏，像这样的文艺创作者是很难取得高的成就的。只有才学"主佐合德"，兼善并美，"文采"才"必霸"，不然"才学褊狭"，则"虽美少功"。学问广博，知识积累丰富，才气就有了充分发挥的条件，在审美创作中，才能够驰骋想象，控引天地，错综古今，"我才知多少，将与风云而并驱，矣！"由此，作品的审美意蕴也必然丰富多彩。刘勰认为，在审美创作构思活动的整个过程中，“才”与“学”的作用是不同的，学识贫乏的文艺创作者，在旁征博引方面比较困难，而才力不足的文艺创作者，在遣辞达意上多感吃力。在他看来，内“才”外“学”，相辅相成，文艺创作者才高学富，审美创作必然会取得高的成就，才能“一朝综文，千载凝锦”，创作出隽永传世的不朽杰作。

从现代审美心理学理论来看，就艺术审美创作而言，主体所拥有的天赋之才的确是有高下强弱之别的，没有极高的天资异禀，则不可能成为杰出的文艺家，也不可能取得极大的审美创作成就。并且，文艺创作者审美智能结构的构成，其审美能力的大小与高下，对其审美创作实践无疑是有重要影响的，即如马克思所指出的：“任何人类历史的第一个前提无疑是有生命的个人的存在。”毫无例外，审美活动的发展及其历史的开展，离不开主体的参与。在审美创作活动中，主体智能结构能动地决定着艺术作品的平庸与杰出，故而刘勰强调指出：“辞理庸俊，莫能翻其才。”在刘勰看来“才为盟主，学为辅佐”，和一般能力相比，审美能力的建构主要还是在于主体的天资，在于主体内部心理智能结构的构成。应该说，从审美创作实践史上，我们可以看到，被钟嵘称为“建安之杰”的曹植，就具有“若成诵在心，借书于手”[①]的天生异禀，十岁时就能诵诗及辞赋十万言，后来在文艺审美创作方面更是如刘勰所说的“援牍如口诵”。初唐四杰之一的王勃，六岁即能作文，并且词情英迈，十四岁即写成流传千古的《滕王阁序并诗》。据说他在审美创作构思时，“先磨墨数升，拥被而睡，忽起疾书，不改一字”，时人谓之“腹稿”[②]，等等。审美创作实践中所表现出的这些现象，都说明从事文艺创作这种特殊的审美活动必须具备不同于一般的审美创作能力。主体所禀赋的天赋，对于审美主体智能结构的构成和审美能力的高下，具有极为重要的意义。但与此同时，我们也应该看到，正如刘勰所指出的，审美创作能力的最终形成，在很大程度上又离不开后天的努力学习。这种后天的学习既包括亲身参加审美实践活动，以增加审美经验的积累，又包括从前人所创作的优秀作品中吸取营养。如刘勰说的，必须“本乎道，师乎圣，体乎经，酌乎纬，变乎骚”，

---

① 《与杨德祖书》。

② 见《新唐书·王勃传》；段成式《酉阳杂俎》前集卷十二《语资》也有载。

以丰富自己的识见。故而，外勰《文心雕龙》审美心理学极为重视文艺创作者的识见，强调文艺创作者必须广泛地学习先贤杰作名著，因为“经典沈深，载籍浩瀚，实群言之奥区，而才思之神皋也”。并且，刘勰认为文艺创作者还必须博见广闻，“研阅以穷照”，因为“狐腋非一皮能温，鸡蹠必数千而饱”，文艺创作者“学问肤浅”。就是由于“听见不博”。《神思》篇说：“博见为馈贫之粮，贯一为拯乱之药；博而能一，亦有助乎心力矣。”博见不仅能够使文艺创作者获得丰富的生活经验和知识积累，而且还能充实审美创作中的精神营养，扩充审美想象空间，提供可资熔铸的审美意象，以“联类不穷”，增强审美创作能力；所谓“博见足以穷理”，就是说丰富的生活积累、知识积累与审美经验的积累能增强文艺创作者的审美理解能力。可见，积累深厚的生活经验和学识修养，并且学而化之，以广其胸中波澜，发其才气，是建构文艺创作者审美智能结构和增强其审美能力的必要途径。当然，即如严沧浪所指出的：“诗有别才，非关书也。”[①]尽管学富五车，经纶满腹，却不一定能成为文艺创作家，但是，就古今中外的审美创作实践史来看，具有极高审美能力、成就巨大的文艺创作者，必定是学问广博、见识渊深之士，必然是有着深厚宏阔的文艺修养、学识修养与审美经验的人。

以诗仙李白来说，人称其“天才豪逸”（严羽语），但是就其能取得那样高的审美创作成就而论，也绝非仅仅是凭借其先天的禀赋，而是同他本人后天的勤奋学习分不开的。李白自幼就开始苦读，根基深厚，学识深广。即如其《送戴十五归衡岳序》所说：“白上探玄古，中观人世，下察交道。”方玄静在《千一录》中亦说：“李白读书匡山，十年不下山，浔阳楼狱中，犹读《留侯传》。以彼仙才，苦心如此。”并且，李白还善于读书，优游涵咏，时有会心，学用结合，识见日益高，力量日益厚，才识互为辅佐，源流洞然，故而在审美创作中，下笔则成妙境。再如杜甫、苏轼、陆游、曹雪芹，等等，有谁不是通今博古，学识深广，且将学识融贯于胸的呢？

总之，“才”与“学”对于主体审美智能结构的构成与审美能力的养成都极为重要，故《文心雕龙》审美心理学论及主体审美智能结构建构时，讲“才气学习”，要求文艺创作者应“因性以练才”“酌理以富才”，认为“将赡

---

① 《沧浪诗话·诗辨》。

才力，务在博见”。刘勰之后，清代的叶燮论诗则讲才、胆、识、力[①]；章学诚提倡识、才、学三者不可偏废[②]，他们都主张“才”与“学”互为辅佐、兼善并美。严沧浪说得好，他认为审美创作有“别趣”“别才”“然非多读书，多穷理，则不能极其至”[③]。应该说，正如刘勰所指出的，审美智能结构的建构必须“才自内发，学以外成”。只有通过不断地学习以积累知识，和在熟悉生活与审美实践中增加生活阅历和审美经验，才能使文艺创作者的“才”真正地转化为审美创作能力，从而才能在审美创作上取得成就，创作出艺术的精品。

二

作为审美活动的极致，文艺审美创作活动，尤其是要真正达成文艺审美创作的顶峰，以创作出永不凋谢的艺术奇葩，文艺创作者则必须具有超乎常人、旺盛的审美创作能力。刘勰在《文心雕龙》中对文艺创作者所必须具备的这种审美创作能力进行过多方面的论述，涉及文艺创作者的审美感受能力、审美直觉能力、审美想象能力、审美理解能力、审美传达能力等属主体智能因素的多方面的素质问题。

首先，刘勰在《物色》篇中说：“诗人感物，联类不穷。”同其他形式的认识活动一样，审美创作活动必须以对审美对象的感觉为基础。只有通过“感物”，文艺创作者把握了审美对象的各种感性状貌，才能引起审美感受，亦才能“联类不穷”；而文艺创作者的这种“感物”的程度，即对审美对象各种感性状貌的把握程度与从审美对象的形式外观中所摄取的信息量的大小程度，则取决于主体所具有的审美感受能力的高低。“图状山川，影写云物”（《比兴》），莫不需要敏锐的“才力”。这里所谓的“才力”，其中就包括审美感受能力。即如刘勰所指出的：“陈思之表，独冠群才”，故而能够“应物掣巧，随变生趣”（《章表》），以创作出隽永不朽的杰作。如果缺乏审美感受能力，或者说审美感受能力不高，那自然不能“独冠群才”，更不用说“应物掣巧”了。

---

① 《原诗》。

② 《文史通义·史德》。

③ 《沧浪诗话·诗辨》。

应该说，文艺创作者从事文艺审美创作的多种审美能力中，最基本的、必然具备的，就是独特的审美感受能力。正如刘勰之后，清代的袁枚在其《续诗品·神悟》中所说：“鸟啼花落，皆与神通。人不能悟，付之飘风。唯我诗人，众妙扶智。”大自然是气象万千、生机勃勃的。莺歌燕舞，百花开谢，海浪澎湃，细雨迷蒙，这些景致，对于一般人来说；往往会视而不见，听而不闻，即便是有所感知，也总是粗枝大叶，浮光掠影，既不能深入领会也不可能细腻观察。但是，对于那些审美感受能力非常敏锐的文艺家，例如诗歌文艺创作者，则能够从中感受到蕴藏着的某种特殊情味的色彩、线条、体态和动势，领悟到天地之精英、造化之玄妙、自然之魂灵，进而悟解到宇宙和人生的真谛，体会到生命之美，以展开审美创作构思。并且，通过此，更能增强其审美智能，提高其审美感受能力，其效应，有如受到“众妙”的扶持。

现代审美心理学指出，敏锐的审美感受能力具有以下几个特点：第一，具有敏锐审美感受能力的文艺创作者能够迅速地被某一作为审美对象的客体所打动，在不经任何理性思维渗入的情况下，便直接感悟到其中所蕴藉着的某种人生意味。其感知心态则往往表现为乘兴随心，自得自在，随意触发，天机自动，即如刘勰所说：“人禀七情，应物斯感，感物吟志，莫非自然。”(《明诗》)人有各种各样的感情，接触事物就会产生感受，感受事物，吟咏情志，都应自然而然。董逌在《广川画跋》中把审美感受能力的这种特点说得很透辟：“登临探索，遇物兴怀，胸中磊落，自成邱壑。”“胸中磊落”，保持特定的审美心境，光明坦荡，消除有意的心智活动，摒弃用心思索的自我，便能在感知审美对象的瞬间，直探美的本源，“遇物兴怀”，“触物兴情”。同时，天赋高、才气足、能力强的、杰出的文艺创作者总是积极地从审美理想与审美情趣上对生活现象进行体验与选择的，是“心”随“物”动，“物以貌求，心以理应”(《神思》)，故而其心态特点又总是静中藏动，柔中蕴刚，暗含着文艺创作者的能动作用。

第二，具有直观的生动性是锐敏的审美感受能力所表现出的第二个特点。依据“阴阳合气”而生万物的思想，自然万物都是由“阴阳二气”和合而成，是同质异类因素所组合而成的有机统一体。正如刘勰所说：“阴阳盈虚，五行消息。变虽不常，而稽之有则也。”(《书记》)故而，刘勰指出，主体在进行审美感受中，应注意作为审美对象的事物的内在规律性和一致性。

对种种自然物象，不应采取细致分析的态度，而应“写气图貌”（《物色》），以一贯众，以众体一，“万涂同归”（《附会》），“万虑一交”，以心灵去冥合自然，畅我神思，在由形而体，“规矩虚位，刻镂无形”，抟虚成实之中，吐纳万物，蹈光蹑影，通天尽人。此即所谓“情以物迁，辞以情发”（《物色》），“情动而言形，理发而文见”（《体性》）。自然万物的运动变化促使文艺创作者情性动荡，感荡性灵，由此而心物相融相洽，在心灵中则萌生意象。这样，片羽鳞光则可以唤起无限的心理完形。一片虚白就是一个亘古缄默的天地。刘勰在《物色》篇中曾举《诗经》的审美创作经验为例，说：“故‘灼灼’状桃花之鲜，‘依依’尽杨柳之貌，‘杲杲’为出日之容，‘瀌瀌’拟雨雪之状，‘喈喈’逐黄鸟之声，‘喓喓’学草虫之韵。‘皎’日，‘嘒’星，一言穷理：‘参差’、‘沃若’，两字穷形，并以少总多，情貌无遗矣。”在刘勰看来，具有极高审美感受能力的文艺创作者总是在“感物”的刹那，则把握到自然万物的神貌，感受到其中的审美意蕴，通过“为”“拟”“逐”“学”以“穷理”“穷形”，从而“以少总多”，用一个字就能道尽物理，用两个字就可以完全描绘出事物生动的形貌，致使万有大千“情貌无遗”。

第三，审美感受能力敏锐的文艺创作者，在审美感受活动中往往能直接感悟到审美对象中那种活跃生命的传达，而并不胶柱于多样复杂的物象。即如刘勰所说：“物有恒姿，而思无定检。”（《物色》）黄侃在《文心雕龙札记·神思》中亦指出审美感受是既“以心求境”，又“取境赴心”。应该说，中国古代文艺理论家历来就主张审美创作构思活动不应该滞于审美对象的外形，而强调赋予物以内在勃勃生机和外在飘忽的气韵，强调传神写意。登山临海，流连万象，不在于极貌写物，而在于“体物写志”，在于借自然万物之灵光熔铸主体自我心灵中的感觉世界。因而，文艺创作者在进行“窥情风景之上，钻貌草木之中”（《物色》）的审美感受活动的同时，必须迅速超越物象，以直达宇宙万物的生命原初域，捕捉到艺术的灵韵，美的意旨。

总之，刘勰所极力强调的文艺创作者所应具有的这种审美感受能力，较一般人而言，则更为高级与特殊。一般人是运用种种感觉器官在进行生理感受，而文艺创作者则是透过审美感官，以整个心性去对审美对象进行艺术的审美感受，这种艺术审美感受是一任心灵与物徘徊悠游，如闲云舒卷，轻烟蔼蔼，如灵气往来穿越，川濑氤氲吞吐，是眼前天机和畅，神气流溢，胸中灵蕴翻卷，神情莹然。

其次，审美想象能力是推动主体去发现，去体味审美对象的深层意蕴，创造新的审美意象的多种能力中的一种主要能力。

在刘勰看来，中国古代艺术所追求的是一种包揽宇宙，总括古今的最高审美境域，“故寂然凝虑，思接千载，悄焉动容，视通万里；吟咏之间，吐纳珠玉之声；眉睫之前，卷舒风云之色”。它需要文艺创作者让自己的思绪超越身观的局限，超越时空的限制，由外观转入内想，“神与物游”，“独照之匠，窥意象而运斤”（《神思》），以发浩荡之思，生奇逸之趣。自然，要达成这种超越心理，以进入与风云并驰的心理状态，文艺创作者就必须具备极高的审美想象能力。刘勰认为，主体审美想象能力的大小，也是与其所具有的“才”的高低分不开的。主体的才气、功力不一样，其审美想象构思活动亦就有差别现象。他以审美创作实践史上的若干现象为例说：“相如含笔而腐毫，扬雄辍翰而惊梦，桓谭疾感于苦思，王充气竭于思虑，张衡研京以十年，左思练都以一纪。虽有巨文，亦思之缓也。淮南崇朝而赋骚，枚皋应诏而成赋，子建援牍如口诵，仲宣举笔似宿构，阮瑀据案而制书，祢衡当食而草奏。虽有短篇，亦思之速也”。有的作者审美构思缓慢，有的作者则审美构思迅疾。在刘勰看来，之所以出现这些差异现象，主要是和主体所禀赋的气质，所具有的审美能力分不开的。他指出：“人之禀才，迟速异分；文之体制，大小殊功。”（《神思》）“才”决定着文艺创作者审美想象能力的高低。刘勰之后，张戒在《岁寒堂诗话》中说：“大抵才气有余，故能擒能纵，无施不可，姿态横生，变怪妙出。”“才气”的大小，制约着审美构思活动中的想象，致使其“擒能纵，无施不可”，其艺术呈现则“姿态横生，变怪妙出”，决定着创作成就的高低大小。

依照中国人的审美意识，天地间存在着一种无言的“大美”，审美主体要使自己在创作构思活动中真正“悟入”，即实现《神思》篇赞辞所谓的“思接千载”“视通万里”“神用象通”“其神远也”，参悟到宇宙生命的奥秘，渗透进自然万物与宇宙大化的底层生命结构，在审美构思中锲入审美客体的核心，以探切地感受到其中的“大美”，则必须依靠其审美想象能力，于凝神妙想之中，使文艺创作者的心灵在时间上毫无障碍地悠游到过去、未来；在空间上则一无挂牵地直通到四荒、八极，并让自己的生命节奏与自然造化的生命脉动息息相通，从而始能体悟到天地之间的生命意旨。即如陆机《文赋》所说："其始也，皆收视反听，耽思傍讯，精骛八极，心游万仞，其致也，情曈昽而弥鲜。""才气有余，能擒能纵"的美学命题，揭示了审美想象能力与"才"的关系。所谓"才气"，实际上就是指主体因"气"而生成的"才"，以及由此而形成的审美智能结构，它既有先天的禀赋，又有后天的修炼。"才气有余"，审美智能结构强，那么，审美主体所具有的想象能力亦就强，审美构思则能纵横自由，"能擒能纵"，远引近取，俯仰绸缪，向审美对象的深层生命意旨拓进，以构建一个不同程度地超越外部现实世界的精神化、心灵化审美境域。表现在审美作品中，则"姿态横生，变怪妙出"。"才"制约着审美想象能力。

应该说，即如刘勰所说："若学浅而空迟，才疏而徒速，以斯成器，未之前闻。"(《神思》)审美想象能力低，"才疏"，则不可能获得审美创作的成功。主体审美想象能力的高低，"才气"的大小，决定着审美创作所达成的艺术境域。《文赋》说："物昭晰而互进，……观古今于须臾，抚四海于一瞬。"用刘勰的话说，即是："夫神思方运，万途竞萌。规矩虚位，刻镂无形"。故而，就其实际来说，审美创作本质上就是一种精神活动、心灵创造，而主体的审美想象能力则是审美创作的灵魂。正是因为这一缘故，所以，要想获得极高的文艺审美创作成就，"以斯成器"，文艺创作者就必须具有"包括宇宙，总览人物"(司马相如语)，上天入地的审美想象能力。萧子显说："属文之道，事出神思，感召无象，变化不穷。"苏轼说："古来画师非俗士，妙想实与诗同出。"惠洪亦说："诗者，妙观逸想之所寓也。"形容出造化，想象出天地；游心万仞，虑入无穷，挥动万有，驱役众美，审美想象是锻铸文艺作品的主要方式，无论诗、画还是文的创作，都离不开主体的审美想象能力。在这一点上，不管是刘勰之前还是之后，也不管是中国还是西方，其看法都是一致的。康德说："想象力是一种创造性的认识功能。它有本领。能在真正的自然所呈供的素材里创造出另一个想象的自然界。"[①] 黑格尔则认为："真正的创造就是艺术想象的活动。"[②] 审美创作构思活动亦就是审美想象活动，因此，审

① 《外国理论家作家论形象思维》，第34页。

② 《美学》，第一卷，第50页。

美想象能力强，那么就能够在文艺审美想象活动中，凭借这种卓特的艺术想象能力，迥迥立于万物之上，“能擒能纵”，“神与物游”，以“天下一人耳”的个性特点去驾驭心象，“刻镂无形”，以达成神思飞跃，万象俱开，情数诡杂，物态纷呈的极高审美境域。

同时，如上所说，在刘勰看来，文艺创作者的审美想象能力的大小，是受其所具有的“才”所制约和限制的。“才气”大，审美想象能力就强。《神思》篇说：“古人云：形在江海之上，心存魏阙之下，神思之谓也。文之思也，其神远矣。……登山则情满于山，观海则意溢于海，我才之多少，将与风云而并驱矣。”刘勰之后，清代的叶燮亦赞成此说：“纵其心思之氤氲磅礴，上下纵横，皆不得而囿之，是之谓有才。”[①] 金圣叹说得更为详切：“才之为言材也，凌云蔽日之姿，其初本于破荄分荚之势，于破荄分荚之时，具有凌云蔽日之势，于凌云蔽日之时，不出破荄分荚之势，此所谓材之说也。”[②] 所谓“纵其心思氤氲磅礴，上下纵横”与“凌云蔽日之姿”就是指一种独特、壮阔的审美想象活动。他们的这些论述既指出了审美创作必须充分发挥文艺创作者的审美想象能力，纵其才之多少，“纵其心思”去翱翱游荡，同时又指明了“才”与审美想象能力之间的关系。正如刘勰所说，“才”决定着审美想象能力，审美想象能力的高低强弱建立在“禀才”之多少之上，审美想象能力的大小则表现出文艺创作者“才气”的多少。

再次，在刘勰来看，审美理解分析能力是审美创作构思活动得以进行与完成的、文艺创作者所必须具备的又一种重要能力。审美创作活动，离不开审美理解因素的介入。即如他在《体性》篇昕指出的：“情动而言形，理发而文见。”黄侃在《文心雕龙札记·神思》中释“文之思也，其神远矣”句，说：“寻心智之象，约有二端：一则缘此知彼，有斟量之能，一则即异求同，有综合之用。由此二方，以驭万理，学术之源，悉从此出，文章之富，亦职兹之由矣。”所谓“缘此知彼，有斟量之能”，“即异求同，有综合之用”的心智之术，就是指审美创作中的审美理解力与理性因素。只有借一定的思维或理解能力，审美创作活动才能够得以开展，亦才能在作品中构筑起深厚的审

① 《原诗》内篇。

② 《水浒传序》。

美意境。

所谓审美理解能力，主要是指那种在审美创作活动中所必需的、属于文艺创作者智能结构构成的，既需要凭借一定的理论、概念和逻辑思维，同时又能够不离开感性并通过感性去直接把握、领悟和揭示、呈现高于感性的有关审美对象内在本质的能力。深刻而又锐敏的审美理解能力，是构成主体审美智能结构的一种基本心理功能，也是作为审美创作活动所不可或缺的，为文艺创作者应该注意培养的重要审美心理能力。刘勰是极为注重文艺创作者的审美理解能力与理性因素的。如《铭箴》篇说："张载《剑阁》，其才清采。"《诔碑》篇说："才锋所断，莫高蔡邕。"《章表》篇说："陈思之表，独冠群才，观其体赡而律调，辞清而志显，……。"《才略》篇说："魏文之才，洋洋清绮，……乐府清越，《典论》辩要。"《程器》篇说："庾元规才华清英，……"等等。其所谓的"才""才锋""才华"，就包括有审美理解能力。

中国古代审美心理学思想很早就注意到主体的审美理解能力对于审美创作的重要性。中国自古有"诗言志"之说，其中的"志"，从一个方面讲，就是指文艺创作者通过对生活的深刻体验，从中理解和把握到的人生意味和生活真谛此及由此而生成的审美理想与审美追求。正如徐铉在《肖庶子诗序》中所指出的："人之所以灵者，情也。情之所以通者，言也。其或情之深，思之远，郁积乎中，不可以言尽者，则发为诗。"[①] 文艺创作者所具有的审美理解能力强，"思之远"，则能透过审美对象的外在形式，于审美创作活动中领悟到暗含于其中的生活逻辑，把握并理会到某种生命的微旨。由此而创作出的文艺作品，其审美意象与意境始能拨动读者的心弦，使其从中感受到一种深刻的思想情趣和审美意蕴。刘勰在《才略》篇中曾以汉代杰出的文艺家扬雄为例，认为其作品的命意，是辞赋家中最深刻的，"涯度幽远"，内容深广，之所以能达成这种境域，在刘勰看来，则是由于他"竭力以钻思。故能理赡而辞坚"。作为一个较具普遍性的美学命题，"竭才以钻思，理赡而辞坚"的规定性内容就包括有文艺创作者的审美理解能力与理性因素，审美理解能力强，故而其作品意蕴深广、文辞有力。扬雄的审美理解能力是很高的。据《汉书·扬雄传》记载："雄少而好学，……默而好深湛之思。"刘勰在《文心

① 《徐公文集》卷十八。

雕龙》中也一再说:“扬雄覃(深)思文阔(阁),业深综述。”(《杂文》)“其(不)事浮浅。”(《知音》)“子云属意,辞人最深”(《才略》)。这些论述都强调指出扬雄具有独特的、超乎一般的审美理解能力。应该说,审美理解能力富赡,再加上审美创作构思中能竭尽全力进行钻研思考,对整个审美构思流程有着一种清醒、自觉的整体把握,使情感与审美想象在理性的内在范导下,有所节制与规范,而不至于形成滥情的,漫无边际的失控状态,并且努力从理性的高度,为审美想象的构筑提供普泛而深刻的生命意蕴,从而能够获得更沉深、更厚重的哲理意旨与生命内涵,使审美作品“理赡”“辞坚”,内容充实,文辞刚健,以具有难以言喻的审美意境。

审美理解能力往往是与主体审美智能结构中的其他心理能力协调运动的,现代审美心理学认为,所谓“竭才钻思”,实质上就是一种积淀着理性因素的直觉领悟过程,或谓凝神观照的过程。即在审美创作活动中,审美对象的深邃本质通过诱人的形象细节自然而然地流露出来,从而引起的主体聚精会神的观照。这时,蕴于内而形诸外的细节特征通过感官进入大脑,以激发多种审美心理能力自觉的整体作用。

应该指出,当“人”感应到外界事物时,作为对象的审美信息必定要对相应的大脑定位产生刺激,大脑皮层接收到这一信息刺激时则会形成一种优势兴奋中心,从而引起大脑皮层的一些顺利的传导活动,或者说有相应的神经通路来进行处理。如果“人”要继续探求对象深层结构中的审美意蕴时,受处于大脑皮层的理解力与理性因素的作用与参与,将其余的神经通路暂时关闭,使其他定位系统同时参加进来,集中指向在这一特定的对象上,这时就会对其他不相干的事物产生一种视而不见、充耳不闻的心理现象。也就是说,审美主体就会产生一种凝神观照的行为。

也正是因为理性因素的参与,主体在凝神观照时,大脑皮层的其他定位系统都同时指向特定的审美对象,因而凝神观照不仅可以使主体获得深刻的审美意蕴,而且可以使主体从对象那里得到无穷的审美意趣。即如刘勰所说:“是以四序纷回,而入兴贵闲。”(《物色》)“率志委和,则理融而情畅;钻砺过分,则神疲而气衰。”“思有利纯,时有通塞;”“吐纳文艺,务在节宣,清和其心,调畅其气。”(《养气》)苏东坡曾经描述过画家文与可画竹:“见竹不见人。岂独不见人,嗒然遗其身。其身与竹化,无穷出清新。”凝神观照中，审美主体与作为审美对象的客体处于一种自由和谐的状态，“率志委和”，从容不迫，不再认为对象是外在于自己的一种客观存在，而是与自己同在共化的主观存在，并且主体也意识到自己本身就是这样一种现实的主观存在，这正是审美理解的奥秘之所在。

同时，按照“竭才以钻思，理赡而辞坚”的规定性内容，文艺创作者的这种审美理解能力是与其所具有的“才”分不开的。“才”高，那么审美理解能力就强；“才”低，虽“志慕鸿裁”，希望创作出意义鸿深的作品，但却因理解能力差，低垂着思想的翅翼不能奋飞，而使作品内容浅陋无力。因而，即如刘勰所指出的，文艺创作者必须尽量充实自己的“才力”，“务在博见”。在审美创作构思中则必须“酌理以富才”。“才力”和审美理解能力之间有着非常密切的关系。“才力”决定并规定着审美理解能力，同时作用于作品的审美价值。“才力”强，作品的审美价值就高，“才力”弱，作品的审美价值也低。唐高仲武在《中兴间气集》中就据此以评价李希仲所作诗歌轻靡浮艳，华胜于实，认为乃是其“才力不足”所致。故而刘勰极为强调主体的学识修养和品德修养，认为这是增强其“才力”、建构主体审美智能结构的必要工程。只有那种“胸中有非常之才者”，始能够具备高深的审美理解能力。

第四，审美创作活动的最后一个过程是艺术传达。只有通过艺术传达，使文艺创作者的心灵意象与物质化艺术载体完美契合，以成为特殊的审美作品，审美创作活动与作品审美境域的具体构建才可能告一段落。因此，要促成艺术审美创作作品的生成，使文艺创作者不成为艺术空想家，那么，文艺创作者还必须具备审美传达能力。现代审美心理学指出，审美传达的目的则在于使审美意象物态化、语符化，使个性化的审美境域能作用于社会审美心理，以成为具有普遍性意义的艺术审美对象。

就文艺审美创作而言，其审美传达则主要是通过诗性化、审美化语言这种特定的艺术符号载体，以表现文艺创作者审美创作体验的内容。这样，文艺审美创作的整个过程始能最终完成。因而，同前面的几种审美能力相比，审美语言表达能力实际上是一种更高级的能力，只有具备这种能力，文艺创作者始能够把通过审美感受、审美直觉、审美想象、审美理解等创作构思活动所获得的审美体验形成具体可感的物态化形式，即熔铸为以审美意象为中心的完整的文艺审美作品，正因为如此，所以刘勰特别重视文艺创作者的审美传达能力，并把这种能力同文艺创作者的“才力”联系起来看待，认为主体所具有“才”的大小，决定着审美传达能力的高低。如《体性》篇就说：“才有庸俊”，“辞理”也有“庸俊”；文艺创作者的“才”具有高下差异，其诗性化、审美化语言表达能力也就具有强弱不同，“莫能翻其才”，就强调指出文艺创作者驾驭语言的能力是受其“才”所限制的。同时，刘勰在《体性》篇中还提出“才性异区，文辞繁诡”的美学命题。这里的“辞”，王利器校作“体”。“体”指作品的审美风格。这就是说，文艺创作者的才力、性格具有差别，表现在文艺审美作品中，则呈现出多种多样的诗性化语言美，并形成其各自不同的独特的风格特色。如贾谊就“文洁而体清”，司马相如则“理侈而辞溢”，扬雄“志隐而味深”，刘向“趣昭而事博”，凡此种种，都是由于文艺创作者之“才”所致。显而易见，这里的“才”就包括审美表达能力，因此，刘勰总结道：“触类以推，表里必符，岂自然之恒资，才气之大略哉！”显然，在他看来，主体的“才气”规定着审美表达能力，并影响及作品的审美风格。和刘勰同时的钟嵘亦认为文艺创作者的审美表达能力直接与其“才力”相关。如他评谢灵运，其“才高”，故“辞盛”；而谢朓则因“思锐而才弱”，所以诗歌审美语言不畅达，等等，就都是以“才”决定并制约着主体的审美传达能力的观点作为参照系以晶品评作家作品的。按照现代审美心理学的解释。文艺创作者的这种最终完成审美创作，并表现出“才力”差异的最后一个环节——审美传达能力的高低，取决于主体“创作的有机天性”（斯坦尼斯拉夫斯基语）的全面展示，它决定着文艺审美作品的诗性化、审美化的语言特色和韵味。照刘勰的审美创作能力论来看，所谓“有机天性”，就是文艺创作者所禀赋的“才力”。由此可以见出。文艺作品之所以生气灌注，天机流畅，正是源于“才力”这一有机的审美智能结构。

刘勰以后，以文艺创作者的“才”来评价其审美传达能力，并通过此以品评其作品的文艺美学家更多也更为普遍。例如，韦庄《题许浑诗卷》云：“江南才子许浑诗，字字清新句句奇。”赵翼在《瓯北诗话》中赞叹杜甫“语不惊人死不休”的诗意化、审美化语言风格时说：“其笔力豪劲，又足以副其才思之所至，故深人无浅语。”汪琬也认为，文艺创作，“文或简炼而精丽，或疏畅而明白，或汪洋纵恣，逶迤曲折，沛然日出而不御，盖莫不有才与气者在焉”[①]。他们都指出主体的审美传达能力直接取决于其所具有的“才”之强弱。方回《冯伯田诗集序》云:“或谓老杜之寄太白也，清新对俊逸，而予于冯君之诗，独发清新许之，无乃于俊逸不足乎？曰：不然，才力之使然者为俊逸，意味之自然者为清新，可无彼不可无此，故不同也。”也肯定“才力”对主体审美传达能力的规定性作用，对此阐释得最为详切的是金圣叹，在《水浒传序》中，他说:“今天下之人，徒知有才者始能立局，而不知古人用才，乃绕乎立局以后；徒知有才者始能琢句，而不知古人用才，乃绕乎琢句以后；徒知有才者始能安字，而不知古人用才，乃绕乎安字以后。”应该说，恰如刘勰等人之说，审美创作活动中，无论是“熔裁”“立局”“丽辞”“琢句”，还是“练字”“安字”，都需要极高的“才气”，都需要极高的审美能力。文艺创作者只有具备完善、丰富、充沛的“才气”或“才力”，并通过审美能力把各种能力有机地整合起来，从而才可能创作出不朽的艺术杰作。

① 《尧峰文钞》卷三十二。

第二编

审美主体修养

第五章 积学储宝：审美主体心理智能结构建构论之一

如前所说，刘勰极为重视文艺创作者的智能结构，强调才气、才华、才力。但我们必须看到，与此同时，刘勰更注重文艺创作者的道德修养和学问知识的积累。他认为“才有庸俊”，“学有浅深”；“才自内发，学以外成”。所以在《文心雕龙·神思》篇中，他特别强调地指出，文艺创作者应努力学习，以增加自己的知识积累，提高智能结构，应“积学以储宝，酌理以富才”。这里就提出“积学储宝”的命题，强调指出文艺创作者应加强后天的修养，努力增加自己的学识，丰富其知识积累，从而提高自己辨明事理、揭示审美对象深层意蕴的能力。“积学储宝”的主张在中国古代审美心理学思想中是极具代表性的，因此，我们把它抽取出来，作为一般性的美学命题，从其成因、内涵、现代审美心理学的意义等方面进行一些剖析。

一

刘勰“积学储宝”之说，其思想渊源可以追溯到先秦。中国古代的思想家非常注重与推崇通过学习以提升知识修养的方法，即所谓“为学之方”，并对此进行了比较详尽的讨论，其中尤以儒家理论为代表。例如，在如何完善文化人格的问题上，孔子认为最高人格美是“仁”，为了培养这样一种理想的道德人格，就需要“知”，因而应该“博学于文，约之以礼”（《论语·雍也》），主张人们要“学文”以积累知识，提高思想认识，增进创作才能。孔子自己教学生也是要求首先学“文”，“子以四教，文、行、忠、信”（《论语·述而》)。据《礼记·经解》载，孔子云：“入其国，其教可知也。其为人也，温柔敦厚，《诗》教也；疏通知远，《书》教也；广博易良，《乐》教也；絜静精微，《易》教也；恭俭庄敬，《礼》教也；属辞比事，《春秋》教也。”这段话具体说明了“六经”之“文”对人的修养、才学、品性、情操等心理素质的陶冶作用，指出了学习传统文化的重要意义。《论语》一书中，还多处记载了孔子谈学习《诗》《书》《礼》《乐》对增强人们修养与能力的作用。就《诗》而言，孔子就认为学习《诗》可以培养人的表达能力，“不学诗，无以言”(《论语雪季氏》)；学习《诗》可以匡正人们的思想，因为“《诗》三百，一言以蔽之，曰‘思无邪’”(《论语·为政》)；学习《诗》可以增强人们的社会实际效益，“诵诗三百，授之以政，不达，使于四方，不能专对，虽多亦奚以为？”(《论语·子路》)总之，学《诗》“可以兴，可以观，可以群，可以怨。迩之事父，远之事君，多识于鸟兽草木之名”(《论语·阳货》)。孔子的这种强调学习传统文化以丰富知识和完善道德修养的思想对中华民族注重道德，强调要从典范之作中吸取知识教训，钻研书本，以培养人的精神情操，“以修身为本”，由此以建构文化心理智能结构的传统形成具有深远的意义。可以说，《文心雕龙》审美心理学思想强调“积学储宝”以建构主体审美心理智能结构的观点，就是建立在儒家学说的这一学理基础之上的。

在中国古代审美心理学思想史上，继承儒家的传统观念，较早注意到通过“积学”，以积累知识、增强认识能力，是造就一个文艺创作者的必要条件的是汉代扬雄。据桓谭《新论·道赋》载：“扬子云工于赋，王君大习兵器，余欲从二子学，子云曰：‘能读千赋则善赋。’君大曰：‘能观千剑则晓剑。’”[①]大量地阅读那些获得成功的典范作品，可以提高文艺创作者的思想境域，健全其审美理想，优化其审美情趣，并增强其审美传达能力，完善其审美心理智能结构，以创作出优秀的作品。刘勰说“才为盟主，学为辅佐，主佐合德，文采必霸。”(《事类》)天赋的“才力”是形成和发展审美创造能力的良好条件。但是，天赋的“才力”只是培育审美创作能力的生理素质，并非审美创作能力本身，同时，它也不是审美创作能力形成和发展的唯一条件。后天学识的影响，对审美创作能力的养成也极为重要，这之中，就包括“积学储宝”。只有把“才”与“学”很好地结合起来，相互促进以培养成高超独特的审美创作能力，才能搞好创作，以创作出优秀之作。实践经验是人类创造

① 《全后汉文》卷十五。

活动的基础。人类的一切创造活动总是建立在已有的经验之上，文艺审美创作活动也不例外。从本体论看，《文心雕龙》审美心理学思想认为文艺审美创作是“言志持情”的，是自然事物和社会生活作用于人的内心世界，从而引起人的情感波澜并使之表现出来的结果。因此，要使审美创作获得成功，第一要素则是文艺创作者必须具有丰富的社会生活经验。而“积学储宝”则是积累创作经验的重要途径。“人不能事事直接经验，事实上多数的知识都是间接的东西”[①]。多读书能使文艺创作者获得大量间接艺术经验，增强其审美创作能力。据《晋书·殷仲文传》记载：“仲文善属文，为世所重，谢灵运尝云：‘若殷仲文读书半袁豹，则文才不减班固。’言其文多而见书少也。”对此，又据刘义庆《世说新语》记载：“殷仲文天才宏赡，而读书不甚广博，亮叹曰：‘若使殷仲文读书半袁豹，才不减班固。’”[②]晋末诗人殷仲文极有天赋，然而却因为知识面过于狭窄，所以不能充分展示其创作能力，从而影响其文艺创作的成就。由此可见，广博的知识对于文艺审美创作是极为重要的。苏轼说：“书富如入海，百货皆有。”[③]作为精神产品和文艺创作者心态的物态化成果，前人的优秀作品的内容是非常丰富的。通过读书“积学”，可以培养文艺创作者认同意识，使文艺创作者自己意识到人类在情感生活上的相通和一致。《乐记》云：“正声感人，而顺气应之；顺气成象，而和乐生焉，倡和有应，回邪曲直，各归其分，而万物之理，各以类相动也。”宋濂说：“盖古人之于文，以躬行心得者著为言。”[④]通过“积学”，可以使文艺创作者理解古人的“躬行心得者”与他人的内心世界，在“顺气应之”“倡和有应”的审美体验的情况下，使自我和他人的界限在“万物之理，各以类相动”的情感沟通之中逐渐消失，从而产生一种认同情感。故孔子说《诗》“可以群”。可以说，正是在这种思想的基础上刘勰才在《文心雕龙》中提出“积学以储宝”说，以强调指出文艺创作者应努力增加知识积累。他在《事类》篇中又说：“夫以子云之才，而自奏不学，及观书石室，乃成鸿采。表理相资，古今一也。故魏武称张子之文为拙，然学问肤浅，所见不博，专拾缀崔杜小文，所作不可悉难，难便不知所出，斯则寡闻之病也。夫经典沈深，载籍浩瀚，实群言之奥区，而才思之神皋也。扬班以下，莫不取资，任力耕耨，纵意渔猎，操刀能

① 《毛泽东选集》四卷本，第264页。

② 刘义庆：《世说新语·文学》。

③ 《又答王庠书》。

④ 《朱悦道文稿后题》。

割，必列膏腴；是以将赡才力，务在博见，狐腋非一皮能温，鸡蹠必数千而饱矣。是以综学在博，取事贵约，校练务精，捃理须核，众美辐辏，表里发挥。”在刘勰看来，古代杰出文艺作品，是“群言之奥区”，“才思之神皋”，可以启迪人的审美构思，丰富人的审美情感，增强与提升人的审美意识，如果才力和学识兼善并美，就必定在审美创作上取得突出成就。这里就从文艺创作者的“才力”与“积学”的关系入手，讲明了学识广博对于审美创作的重要作用。

刘勰认为，文艺创作者的“才”与“学”是相对应的。所谓“才”，也就是文艺创作者的审美能力，是文艺创作者通过审美创作活动表现其审美意趣和情感，以及感悟作为审美对象的客观事物中所蕴藉的生命意蕴的能力总称，或谓属于文艺创作者所特有的智能结构。它包括独特的审美感悟力、丰富的审美想象力、审美创作的构思能力和迅速、准确的审美传达能力。张戒在《岁寒诗话》中评价韩愈时提到的“才气”说，就包含有这种含义：“大抵才气有余，故能擒能纵，颠倒崛奇，无施不可。放之则如长江大河，澜翻汹涌，滚滚不穷。收之则藏形匿影，乍出乍没，姿态横生，变怪百出，可喜可愕，可畏可服也。”刘勰在《文心雕龙》中谈到文艺创作者的审美智能结构及其修养时，非常注意文艺创作者的“才力”“才气”。他在《神思》篇中说：“神思方运，万途竞萌；规矩虚位，刻镂无形。登山则情满于山，观海则意溢于海；我才知多少，将与风云而并驱矣。”就指出“才力”不同的文艺创作者，对同样的作为审美对象的自然景物的感悟和由此而激发起来的情思与想象会有深度和广度的不同。才华横溢的文艺创作者，可以驰骋想象，让心灵自由飞翔，在无意识中让自我情愫于冥漠恍惚中自由飘逸，进而于思潮激越澎湃、意象落英缤纷、踊跃而来之中，挥洒自如地完成审美创作。刘勰肯定了“才”的先天禀性，认为“才有天资”，“才自内发”，同时，又强调后天的“学”“习”“识”“见”。文艺创作者的知识积累、生活积累与审美经验的积累，来源于直接经验和间接经验，即来源于自己亲自的经历、见闻，所受的教育和所读的书本。作为一个文艺创作者要想在审美创作中正确地再现社会现实生活，表现自己在审美创作活动中的心灵体验与情感体验，揭示宇宙自然的生命真谛，丰富的知识积累是非常重要的。当然，后天修养的“学”“习”“识”“见”，必须要与先天禀赋的“才”“气”结合起来，以构成独特的智能结构，从而才能创作出既有“才”，又有“学”的优秀隽永之作。

必须指出，在刘勰看来，作为个体的文艺创作者，其“才”与“学”又是不同的，存在着差异现象。他在《事类》篇中指出：“有学饱而才馁，有才富而学贫。学贫者，迍邅于事义，才馁者，劬劳于辞情。此内外之殊分也.是以属意立文,心与笔谋,才为盟主,学为辅佐。”知识积累丰富，学识广博，是审美能力构成的基础，由此，才气就有了纵横驰骋的条件，才可能达成能纵能擒，上天入地，氤氲磅礴，神游心越，控引天地，错综古今，包括宇宙，总揽人物，作品的审美意蕴才能具有极大的包容性。在刘勰看来，审美创作活动中，“才”与“学”的作用是不同的，书读得少，学识浅薄的文艺创作者，在审美感悟与审美理解上，也即用事明理上，常常会遇到障碍；而才气不足的人，在审美传达与表述上遣辞达情方面多感吃力。所以刘勰说“属意立文，心与笔谋，才为盟主，学为辅佐”。审美创作中，在“心”与“笔”的共同谋划之中，主体的才力起着主要作用，学识则起着辅助作用，如果文艺创作者既有先天异禀又有后天的努力学习，才力与学识兼善并美，就必定会在审美创作活动中取得突出的成就。故而刘勰在《事类》篇中接着说：“主佐合德，文采必霸，才学偏狭，虽美少功。”也就是说，文艺创作者才力高学识富，创作上必然有成就，如才疏学浅，虽然有小巧，但绝难成大器。刘勰在这里把文艺创作者先天所禀赋的才气与后天学习所积累的审美理解力紧密结合在一起，强调两者相辅相成，在主体的智能结构构成中具有极为重要的意义，是主体智能结构构成的决定性因素。

刘勰在《才略》篇中强调指出：“文章由学，能在天资。才自内发，学以外成。”内在的天赋禀性“才”与外在的后天积累“学”互补、互进，丰富了主体头脑中的信息贮存，增殖了形象记忆、观念记忆，提高了审美感悟力、审美创造力和审美表现力，从而充实并提高了主体的智能结构。这样，才能“一朝综文，千载凝锦”，创作出传世的隽永之作。所谓“千载凝锦”的杰作，当然是与那些“连篇累牍，不出月露之形，积案盈箱，唯是风云之状”的作品不同，它们都是遵循“本乎道，师乎圣，体乎经，酌乎纬，变乎骚”的审美原则创作出的“视之则锦绘，听之则丝簧，味之则甘腴，佩之则芬芳”（《文心雕龙·总术》）的有色、有声、有味的杰出审美作品。

现代审美心理学的研究表明，人的审美心理结构中情感与理性的构成的确存在先天的禀赋，具有遗传因素。如皮亚杰就认为在人的智能结构的建构、沉淀和智力的发展中，生理遗传因素也起着重要的作用。其中包括感官生理反射能力、神经系统、大脑细胞的反应、思维功能的生理遗传传递；手的灵活性和效应系统表征作用的生理遗传传递及其所形成的自动化的行为反应等。遗传传递使人具有对刺激的适应性、组织性这两个基本倾向与基本功能。因此，我们在探讨审美心理结构中情感与理性的建构、积淀时，也应看到遗传的作用。如审美感官系统、神经系统、大脑皮层系统及其组织功能的遗传，对简单刺激物审美感觉力的遗传，审美效应系统功能的遗传，气质的遗传，求知、求美欲望的遗传等，都为审美心理活动和审美心理结构中情感与理性的建构、积淀提供了不可或缺的生理机制和基本的物质保证。所以，广义地说，审美心理积淀既包括后天的审美实践经验、心理能力的积淀、贮存和凝聚，又包括先天的生理机能的遗传和沉淀。但是，在审美心理结构中情感与理性的积淀中，遗传的作用毕竟是有限的、局部的。对于审美的深层心理内容如具有社会性、理智性的审美知、意、情内容和复杂的审美联想、想象、移情、意志等审美心理机能，只能通过后天的实践加以积累、总结和通过学习、训练加以提升和扬弃，却不能通过先天的遗传获得。同时，这种审美的生理机制、心理机能的遗传，并非从人类一出现就已经存在，而是经过人类长期的、共同的生活实践、审美实践的逐步积累起审美经验，生成审美能力以后，才逐步积淀、贮存于人的大脑而一代代遗传下来，并且逐步转化为区别于动物本能的人所独有的具有社会性的本能——审美的而非一般的生理机制和特定的心理机能。后来由于人的生活实践经验、审美实践经验的不断积累和升华，尤其是艺术活动的发展，艺术经验、艺术产品的沉淀、凝聚，人的审美感官、神经系统、大脑机能和审美感觉力才愈来愈健全、发达和具有敏感性，从而才形成了人的新的审美的本能和新的审美心理的积淀。所以这种本能的遗传、丰富以及局部审美感觉力的遗传、积淀，归根结底仍然是人类长期实践经验不断积累、凝聚的结果，最终仍是被审美实践活动决定的。

理代心理学指出，个人与全人类、个体与群体、现实与历史是不可分割的统一体。个人总是生活、实践在群体之中，个人的审美生理机制总是体现了人类共同的生理功能，个人的审美心理总是打上了人类的、群体的、民族的、阶层的、时代的烙印，并随着人类历史的发展、实践的发展而发展。现实总是历史的继续、延伸，而历史又是在现实中得到某种程度的凝聚和折射，或以新的方式加以再现。人类从原始时代就开始的审美、创造美的实践，经过无数人，无数次的反复、印证，总结、充实、提升、修正，日积月累地积累了丰富的审美经验，形成了各种各样的审美观念、审美情趣、审美理想，锻铸了日益发展的审美、创造美的能力。这些审美意识和能力既逐步地沉淀、积聚为由相对稳定的文化心理素质、价值体系、思维方式所整合而成的文化心理智能结构，并逐步分化、衍生为人的内在审美心理智能结构；又以物化的形态沉淀、凝聚于各种具有审美特质的精神产品和物质产品之中，使这些产品成为人类审美心理智能结构外化的结晶品，并成为人类、民族、国家、地域文化结构的组成部分。当这种人类内在的审美心理智能结构和外化的结晶品逐步形成和丰富以后，它又以既定的文化结构、文化心理智能结构和审美心理状态，改造着人类本性，制约着后人的审美心理活动和心理智能结构的建构与积淀。

一方面，前人历时性的审美心理活动和创造活动改造了人的审美生理功能，锻铸了人的审美感受力、大脑思维能力、手的灵活性和是审美感受的表征功能，使人具有了审美的感官、审美的大脑和审美的效应系统，而这种既定的审美生理功能又可以通过遗传传递给后人，成为后人的某种本能，成为后人个性结构的先天因素、遗传因子，并为后人的审美心理活动和心理智能结构的建构、积淀提供了既定的审美生理机制。另一方面，前人历史积淀下来的文化心理智能结构、审美心理智能结构虽然呈现为一种内在的心理状态，但它有向外扩散的效应特征，因为人有自我表现的需求，有心理交流的欲望和能力。当人在进行审美、审美创造的活动时，总要通过语言、表情、动作、创造成果等符号、媒介，或教育、训练、传授等方式，将自己的审美感受、审美态度、审美观点、审美经验以及创造的产品等，自觉或不自觉地传递给他人，传授给下一代，潜移默化地或突发地影响后人，从而为后人审美心结构的建构和积淀提供了适宜的氛围和必要的条件。同时，前人历史积淀的文化心理智能结构、审美心理智能结构物态化以后所创造的结晶品——各种具有审美特性的精神产品和物质产品，以及由它们构成的既定文化结构，更是作为文化的遗产，民族的传统呈现于后人的面前，成为后人学习、认识、继承、内化的对象，并制约着后人的认知方式、审美观念、审美选择、审美评价，成为后人在内化中进行心理智能结构建构、积淀的现成条件和物质基础。如历史积淀下来的将理性消溶于感性之中的文艺审美作品，各种具有审美价值的历史古迹，就是今天每个个体的审美对象。它们既使今人从那些感性的形式中把握其理性的内容，又在内化过程中促进了今人审美心理智能结构的建构与积淀；至于前人总结审美与审美创造经验的理论著作，其中的观点、方法，则成了今人审美心理智能结构建构、积淀并使之理性化的现成历史资料和某种规范。

以往人类，群体的历史积淀之所以可以被今人所继承，并成为今人审美心理智能结构的建构，积淀的基础，从本质上说，就在于古今人类、个体与群体的生活实践、审美实践以及审美需要、审美经验，具有历史的连续性、继承性与共同性。今人不能离开前人，割断历史，个人不能离开群体、民族、阶层。今天每个个体审美心理智能结构的共时性建构和继时性积淀，既是他自己从事审美实践、创造美实践的结晶体，又是以往人类审美心理历史积淀的延续，是吸取前人、群体的经验、成果、精华而凝聚集成的鲜花。在今人的心灵中总是不同程度地沉积着前人的灵魂，在个人的审美心理智能结构中总是凝聚着全人类、群体的精神成果。正因为如此，所以今天每个个体审美心理智能结构和智能结构的建构、积淀中，才具有了人类的，历史的内容，才有了群体、民族、阶层的共同特征。

故而，刘勰认为“经典沈深，载藉浩瀚，实群言之奥区，而才思之神皋也”。“积学”不但可以使文艺创作者通过一种体验取得认同意识，丰富情感，增强才力，而且能够使其获得大量的事例和史料，扩大创作的素材范围，并且，前人作品中的言辞熟语，也可供借鉴。所以说“将赡才力，务在博见，狐腋非一皮能温，鸡蹠必数千而饱矣。是以综学在博，取事贵约，校练务精，捃理须核，众美辐辏，表里发挥”（《事类》）就“事料”方面看，古代的诗文名著，没有哪一部的材料不是丰富多彩的。比如《诗经》，据《毛诗类释》的统计，其中出现的谷物二十四种，蔬菜三十八种，药物十七种，草类三十七种，花果十五种，树木四十三种，鸟类四十三种，兽类四十种，马的异名二十七种，虫类三十七种，鱼类十六种。所以孔子教人学《诗》，认为从中可以“多识于鸟兽草木之名”（《论语·阳货》）。又如《红楼梦》这本辉煌巨著，其中翰墨则诗词歌赋，制艺尺牍，爰书戏曲，以及对联匾额，酒令灯谜，说书笑话，无不精善；技艺则琴棋书画，医卜星相，及匠作构造，栽种花果，蓄养禽鱼，针黹烹调，巨细无遗；人物则方正阴邪，贞淫顽善，节烈豪侠，刚强懦弱，及前代女将，外洋诗女，仙佛鬼怪，尼僧女道，娼妓优伶，黠奴豪仆，盗贼邪魔，醉汉无赖，色色俱有；事迹则繁华筵宴，奢纵宣淫，操守贪廉，宫闱仪制，庆吊盛衰，判狱靖寇；以及讽经设坛，贸易钻营，事事皆全；甚至寿终夭折，暴病亡故，丹戕药误，及自刎被杀，投河跳井，悬梁受逼，吞金服毒，撞阶脱精等事，亦样样俱有；可谓包罗万象，囊括无遗。而曹雪芹的这种如海大之才，也不是一日之功，显然全靠他知识渊深，见识广博。由此亦可见“积学”对于文艺创作者审美智能结构建构的重要性。正如刘勰所说，文艺创作者心理智能结构中的“才力”与“学识”应“表里相资”“主佐合德”，因为“经藉深富，辞理遐亘。皓如江海，郁若昆邓。文梓共采，琼珠交赠”（《事类》）。通过“积学”能够增强学识，增加见闻，扩大胸怀。而“有第一等襟抱，第一等学识，斯有第一等真诗”[①]。前辈杰出诗文家，都是德识才学兼茂，可做后人楷模的人，学习他们，“非但学诗而已”，还能够增强自己的德性，提升修养。前人的优秀作品具有丰富的营养，文艺创作者应坚持学习，“积学储宝”，广闻博见，始能增强其才气，创作出不朽之作。马克思指出：“人们之所以有历史，是因为他们必须生产自己的生活，而且是用一定的方式来进行。这和人们的意识一样，也是受他们的肉体组织所制约的。”[②]文艺创作者的审美心理智能结构的形成也是这样一个历史的过程。一方面，主体对前人所创造的审美对象（文艺作品）加以扩大、发展，同时对自己内在的自然的，无论是生理上还是心理的，加以充实丰富，通过“积学储宝”，使自己的审美心理智能结构得到进一步完善。由于每个人过去的审美实践经验都作为一种审美的成果保留在人的头脑中，因此，每个人都必须具有自己独特的审美心理结构中情感与理性。每一个取得辉煌艺术成就的作家、诗人、画家、音乐家在建构自己独特的审美心理结构的过程中，都曾从前人所创造的艺术成果中吸取过营养。而他们创造的艺术作品从根本上说又是基于前人所创作的杰作的提升、突破和发展。例如，在李白和杜甫的诗歌出现之前，古典诗歌已经经过历代诗人的努力而走过一千多年的历程。到李白、杜甫的手中，古典诗歌的艺术美被发展到“不可凑泊”的程度。可见，正是李白和杜甫二人，最善于从前人所创造的艺术美中吸取营养，通过“积学”“取资”，“任力耕耨，纵意渔猎，操刀能割，必列膏腴”，以丰富与完善自己的审美心理智能结构，因而能够在审美创作中达成艺术的顶峰。

从中国古代审美心理学思想发展史来看，历代文艺美学家对“积学储宝”都极为重视。刘勰之前，继扬雄之后，陆机在《文赋》中指出，文艺创作者应“咏世德之骏烈，诵先人之清芬，游文章之林府”，始能“慨投篇而援笔，聊宣之乎斯文”。接着，刘勰对“积学储宝”的强调则可谓不遗余力。刘勰之后，唐代韩愈等不仅重视文艺创作者的道德修养与知识积累，还具体论述了积累知

① 沈德潜：《说诗晬语》卷一。

② 《马克思恩格斯选集》第1卷，人民出版社，1972年版，第24页。

识的方法途径。如柳宗元就认为:“读百家书,上下驰骋,乃少得知文章利病。”(《寄杨京兆凭书》),指出应该从前代优秀之作中学习艺术表现技巧。宋代黄庭坚强调指出:“胸中有万卷书,笔下无一点尘俗气。”严羽则认为“积学储宝”是文艺创作者感兴触发的重要条件,在《沧浪诗话·诗辨》中强调指出:“博取盛唐名家,酝酿胸中,久之自然悟入。”元代方回主张“胸中贮万卷书,今古流动,是惟无出,出则自然”(《跋遂初尤先生尚书诗》),人品高,胸次大,学问深,笔力始健。明代董其昌论画也重视“读万卷书,行万里路”(《画禅室随笔》卷二)。清代吴雷发、李沂等则认为“读书”有助于艺术主体“才”与“识”的提高。李重华则把“读书”与“养气”并举,以之为建构主体审美心理智能结构的两个重要方面。胸中所见高,“养气”充盈,则下笔自高,此又在乎涵养省悟之有得,不得专求之文字间也,看似自然天成,实由超常的人力所得。

二

刘勰认为,“积学储宝”能健全文艺创作者的审美心理智能结构。就审美创作活动过程中的具体心理因素而言,包括情操、情感、感知、想象、理解等都能从“积学储宝”中获得培育与提高。

首先,在刘勰看来,“积学储宝”能使文艺创作者从先贤著作中陶冶情操,并培养其健康的审美情趣与理想。他说:“陶铸性情,功在上哲。”(《征圣》)从先贤著作中,文艺创作者可以学习效法其政治教化、事迹功业和个人修养方面的思想,以砥砺品行,颐养性情,从而获得精神气质、思想境域上的升华。此即所谓“政化贵文之征”“事迹贵文之征”“修身贵文之征”(《征圣》)。换句话说,就是读书积学能使文艺创作者得到进入创作活动之前所必需的政治、伦理、历史知识,并在情操上得到培养。《宗经》篇说:“三极彝训,其书言‘经’。‘经’也者,恒久之至道,不刊之鸿教也。故象天地,效鬼神,参物序,制人纪;洞性灵之奥区,极文章之骨髓者也。……自夫子删述,而大宝咸耀。于是《易》张《十翼》,《书》标‘七观’,《诗》列‘四始’,《礼》正‘五经’,《春秋》‘五例’。义既极乎性情,辞亦匠于文理;故能开学养正,昭明有融。然而道心惟微,圣谟旧绝,墙宇重峻,而吐纳自深。譬万钧之洪钟,无铮铮之细响矣。”刘勰认为,古代的经典著作能够反映“三极”(天、地、人)的恒常之“至道”,它们是人类(由其卓越的圣人所代表)精神活动创造出来的产品。“象天地，效鬼神，参物序，制人纪，洞性灵之奥区，极文章之骨髓者也。”是说圣人撰著的经典是在考察和把握宇宙万物的相互关系及其演化过程的基础上去认识和规范人类社会关系的，而且特别突出洞悉人类精神活动领域的奥秘的重要意义。学习这些经典著作，自然能使人从中获得陶冶。

《文心雕龙》审美心理学这种强调“积学”，以完善文艺创作者的道德情操与提高其思想境域的观念深深地扎根于中国传统的社会文化之中。中国古代，宗法伦理道德观念在意识形态方面占统治地位，因此，重人伦、重道德、重修已之道，强调以礼节情，提倡人格的自我完善，构成传统文化的主流。这和西方不同。在西方，“中世纪只知道一种意识形态，即宗教和神学。”而古代中国，汉武帝“罢黜百家，独尊儒术”的结果，使儒家学说中的伦理道德思想影响深广。中国古代哲人认为“意诚而后心正，心正而后身修”，修身是完善道德，培育高尚情操的根本，故“自天子以至于庶人，壹是皆以修身为本”①。在这种传统文化心态的支配之下，中国古代审美心理学思想极为重视文艺创作者的人品及其人格精神，历来就有“诗品出于人品”“文如其人”的说法，认为“作诗必先有诗之基，基即人之胸襟是也。有胸襟然后能载其性情智慧，随遇发生，随生即盛”，“心正则笔正”②。文艺创作者的道德情操愈高，作品的审美价值也就愈大。程颐说：“孔子曰：‘有德者必有言。’何也？和顺积于中，英华发于外地，故言则成文，动则成章。”③屠隆则以此认为：“稗官小说，萤火之光也。诸子百家，星燎之光也。夷坚幽怪，鬼磷之光也。淮南庄列，闪电之光也。道德楞华，若木之光也。六经，日月之光也。”④文艺创作者的道德情操、人品是艺术作品审美的主要来源和构成因素，主体的品格才识是审美创首务和前提，“士之致远，先器识而后文艺”⑤。元代揭傒斯说：“学诗者心先调燮性灵，砥砺风义，必优游敦厚，必风流酝藉，必人品清高，必精神简逸，则出辞吐气自然与古人相似。”⑥而研阅前人艺术杰作是培育文艺创作者品德情操的最好途径。唐陆龟蒙说：“我自小读六经、

① 《大学》。
② 薛雪：《一瓢诗话》。
③ 《二程集·河南程氏遗书》。
④ 《鸿苞节录》卷六《六经》。
⑤ 裴行检语，引自《旧唐书·王勃传》。
⑥ 《诗学指南》卷一。

孟轲、扬雄之书，颇有熟者。求文之指趣规距无出于此。”[①]欧阳修也说：“学者当师经。师经必先求其意。意得则心定，心定则道纯，道纯则充于中者实，中充实则发为文者辉光。”[②]又说：“《易》之《大畜》曰：‘刚健笃实，辉光日新。’谓夫畜于其内者实，而后发为光辉者，日益新而不竭也。故其文曰：‘君子多识前言德行以畜其德。’此之谓也。”[③]强调指出文艺创作者应通过“积学”，使内心充实辉光，品德操行高尚。因为“诗非一艺也，德之章，心之声也”[④]，所以典范的艺术作品可以极大地提高文艺创作者的思想境域与气质精神，陶冶其道德情操与品德修养，从而增强其审美能力和创造能力。

其次，“积学储宝”能增强文艺创作者的审美感知能力。“吹万不同，听其自取”[⑤]，大千世界，自然景物总是色彩斑斓，气象万千，文艺创作者写什么，不写什么，总是带着一种强烈的主观意识，具有一种强烈的审美指向性。“伫中区以览玄，颐情志于《典》《坟》”（陆机：《文赋》）。博览群书，积累知识，既能培养文艺创作者的道德情操与审美创作的兴趣和能力，还能培养其热爱人生、自然、民众的博大胸怀和崇高情感。在这种情感的支配下，文艺创作者在观察生活与评价生活时始能感受与把握住时代的脉搏和自然的节奏，从而创作出永恒的杰作。故梁肃认为：“事之博者其辞盛，志之大者其感深。”[⑥]王士祯也说：“夫诗之道，有根柢焉，有兴会焉，……本之风雅，以守其源；溯之楚骚、汉魏乐府，以达其流；博之九经、三史、诸子，以穷其变；此根柢也。”又说：“根柢原于学问，兴会发于情性。”[⑦]毫无疑问，文艺创作者的感知与一般人是有差别的。一般人往往只能爱美、感受美，只能从一些美的事物或行为中，得到某种愉快与满足，而文艺创作者却能够从美的事物和生活中，发现和领略到为一般人所感觉不到的艺术情趣。但是，文艺创作者的感知活动也不是某些人所认为的自始至终是自觉的，受预定概念支配的，也并非自始至终是不自觉的、排斥理性，或者可以自动达成理性的。我们认为，审美创作感知不是孤立的、静止不变的，而是自身充满矛盾，与

① 《复友生论文书》。
② 《答祖择之书》。
③ 《与乐秀才第一书》。
④ 赵孟坚：《彝斋文编》卷三。
⑤ 贺贻孙：《陶邵陈三先生诗选序》。
⑥ 《周公瑾墓下诗序》。
⑦ 《带经堂话》卷三。

理性因素往返流动、相互转化的活动，是由不自觉到某种自觉，最后和理性相互融合统一的。刘勰说："是以诗人感物，联类不穷。流连万象之际，深吟视听之区，写气图貌，既随物以宛转，属采附声，亦与心而徘徊。"（《文心雕龙·物色》）宇宙万物无所不包，无所不容，然而"志"之所向，使文艺创作者总是有选择地"观物取象"，心"随物以宛转"，物"亦与心而徘徊"，从而抒写与表现自己的情志。在审美创作感知活动中，文艺创作者总是"迁乎爱嗜，机见殊门"，"各任怀抱，共为权衡"[①]。这里的"爱嗜"与"怀抱"显然离不开"积学"的熏陶与潜移默化的影响。读书少，学识浅，则会造成思想境域低，感知能力差，从而影响创作。魏庆之说："僧祖可作诗多佳句。如'怀人更作梦千里，归思欲速云一滩'，'窗间一榻篆烟碧，门外四山秋叶红'等句，皆清新可喜。然读书不多，故变态少。观其体格，亦不过烟云、草树、山川、鸥鸟而已。"[②]就指出如果文艺创作者知识面窄，感知能力有限，则会给作品带来社会生活内容贫乏、没有思想深度等缺陷。从反面强调了"积学储宝"对增强文艺创作者审美感知能力的重要作用。

再次，"积学储宝"能开拓审美创作想象的领域，提高文艺创作者的审美想象力。审美创作想象活动是在艺术感知的基础上，文艺创作者对已有的表象进行加工改造。从而创造出新的形象，即"第二自然"的心理过程。它可以"包括宇宙，总揽人物"[③]。它能突破时间与空间的限制，"寂然凝虑，思接千载；悄焉动容，视通万里"（《神思》）。陆机《文赋》中所谓的"精骛八极，心游万仞"就形象地描述了审美创作想象的丰富性与广阔性。然而，在刘勰看来，审美创作想象力的形成也离不开"积学储宝"。我们可以从产生审美创作想象所必需的"物"与"心"等两个条件来审视这一观点。刘勰说："思理为妙，神与物游"。（《神思》）这里的"物"包括丰富的知识经验和多姿多彩的现实生活内容。丰富广博的知识经验能使审美创作想象有一个宽广的活动天地。唐岱说："画学高深广大，变化幽微，天时人事，地理物态，无不备焉。……欲识天地鬼神之情状，则《易》不可不读；欲识山川开辟之峙流，则《书》不可不读；欲识鸟草覃木之名象，则《诗》不可不读；欲识进退周旋之节文，则《礼》不可不读；欲识列国风土关隘之险要，则《春秋》不可不读。大而一代有一代之制度，小而一物有一物之精微，则《二十一

① 萧子显：《南齐书·文学传论》。

② 《诗人玉屑》卷十。

③ 司马相如语，见《西京杂记》。

史》、诸子百家不可不读也。胸中具上下千古之思，腕下具纵横万里之势。立身画外，存心画中，泼墨挥毫，皆成天趣。读书之功，焉可少哉！”（《绘事发微》）文艺创作者只有通过广泛阅读，大量地吸取知识经验，使“天时人事”“地理物态”“上下千古之思”，都以信息的形式作为丰富的各式各样的表象储藏在大脑之中，以待生活中的某件事、几句话，或一种现象的际遇的触发。从而才能展开丰富的审美创作想象活动，使“腕下具有纵横万里之势”。自然，审美创作想象记不开现实生活经验，审美创作想象如果远离生活，就会成为“灰色”之物，只有与常青的生活之树相依为命，审美创作想象才会是具体而开阔、新奇而活跃的。因此，丰富的生活阅历，以及多种多样的生活经验，会使文艺创作者的想象力游刃有余，运用自如。但是，个人的生活毕竟是有限的，更多的生活经验还是来源于“积学储宝”。不仅诗文创作如此，所有的艺术创作都需要读书以提高见识，使心胸宽广，艺术意境便会自然流露。读万卷书，有助于明理，可以提高个人的修养。唐岱说：“古人天资颖悟，识见宏远，于书无所不读，于理无所不通，斯得画中三昧，故所著之书，字字肯綮，皆成诀要，为后人之阶梯，故学画者宜先读之。”（《绘事发微》）李日华也认为：“绘事必须读书多，见古今事变多，不狃狭劣见闻，自然胸次廓彻，山川灵奇，透入性地时一洒落，何患不臻妙境？”[①]黄钺在《二十四画品》中也曾指出：“六法之难，气韵为最，意居笔先，妙在画外。如音栖弦，如烟成霭。天气泠泠，水波濊濊，体物周流，无小无大。读书万卷，庶几心会。”也就是说，读书可以广其学识、汰其欲念、穷理格物，以达到养其心性的作用。正如朱熹所指出的：“为学之道，莫先于穷理，穷理之要，必在于读书。”（《性理精义·行宫便殿奏札二》）读书乃涵泳心性之门径。读书可以增加作品的内蕴和生命含量，以使“余心有寄”。从另一方面讲，生成审美想象必不可少之“心”，乃是指文艺创作者的情感。审美创作想象离不开情感推动，“遗情想象，顾望怀愁”[②]，“神用象通，情变所孕”（《神思》）。审美创作想象与科学创造想象不同，基区别在于科学创造想象主要受理解力的支配，而审美创作想象则受情感的统帅。只有情感炽烈，才会使文艺创作者兴致勃勃，在饱满的创作激情促使之下，进入到一个艺术的幻境，创作出永恒不朽之杰作。因此，情感愈激越，想象力则愈强，势不可

① 《墨群题语》。

② 曹植：《洛神赋》。

遏的想象总是伴随着高昂激越的情感的。而“积学储宝”则是增强其审美情感的必要途径。真德秀说：“渊明之学，正自经术中来，故形之于诗，有不可掩。《荣木》之忧，逝川之叹也；《贫士》之咏，箪瓢之乐也。……细玩其词，时亦悲凉感慨，非无意世事者，或者徒知义熙以后不著年号，为耻事二姓之验，而不知其眷眷王室，盖有乃祖长沙公之心，独以力不得为，故肥豚以自绝。食薇饮水之言，衔木填海之喻，至深痛切，顾读者弗之察耳。”[①]就指出陶渊明诗中所表现的“至深痛切”之“忧”“叹”等情感乃是来自“积学储宝”“夫《诗》《书》稳约者，欲遂期志之思也”[②]。古代的传世之作或“盖自怨生”，或将“天地万物之弯，可喜可愕，一寓于书”[③]，故“可以涵养性情，振荡血气”，激发人的情感，从而增强文艺创作者的想象能力，升华其“气志”。

此外，“积学储宝”还可以提高文艺创作者的审美理解力。所谓审美理解力，是指文艺创作者在感知的基础上，对社会人生、自然万物的意味或艺术作品应表现的旨趣及其内容的理解能力。这种理解力总是渗透于审美创作活动中的感知、想象、情感等心理因素之中，并与之融汇成一体，构成一种非确定性的、多义性的认识。在审美创作活动中，审美理解力具有极为重要的作用。以《文心雕龙》审美心理学为代表的中国古代审美心理学思想历来就重视文艺创作者的“才”“识”“胆”“力”，其中尤以“识”为主，“识驭才”，是传统的美学思想。叶燮说：“大凡人无才，则心思不出，无胆，则笔墨畏缩，无识，则不能取舍，无力，则不能自成一家。”又说：“大约才、识、胆、力，四者交相为济，苟一有所歉，则不能登作者之坛。四者无缓急，而要在先之以识。使无识，则三者俱无所托。”[④]所谓“识”，实际上就是指文艺创作者通过“积学储宝”而形成的、包括“取舍”能力在内的审美理解力。

审美理解力的形成并非与生俱来的，它主要取决于后天的学习与培育。吴雷发说：“笔墨之事，俱尚有才，而诗为甚。然无识不能有才，才与识实相表里，作诗须多读书，书所以长我才识。”[⑤]大量地阅读古代杰出隽永的艺术作品，是启迪文艺创作者思维，增强其审美理解力的重要途径。刘勰说：“才有天资，学慎始习。”（《体性》）又说：“才自内发，学以外成。”（《事类》）

---

① 《跋黄瀛甫拟陶诗》。

② 《汉书》卷六十二《司马迁传》第三十二。

③ 韩愈：《送高闲上人序》，《昌黎先生集》卷十二。

④ 《原诗》内篇。

⑤ 《说诗菅蒯》。

文艺创作者只有刻苦读书学习，始能加强其理解力，从而才有可能将其内在禀赋的有利条件转化为真正的创作才能。此即刘勰所谓的“将赡力才，务在博见”与“酌理以富才”。努力学习，博学多思，可以提升和增长文艺创作者的审美理解力。古代优秀之作中的生活经验与艺术经验是异常丰富的，其中有许多可资借鉴吸取的内容。吸收这些，可以使文艺创作者在审美诉求、审美取向、构思方法上受到训练，从而更有利于洞察世态人情，通达人事物理。故徐祯卿认为：“昔桓谭学赋于扬雄，雄令读千首赋。盖所以广其资，亦得以参其变也。……古诗三百，可以博其源。遗篇十九，可以约其趣。乐府雄高，可以励其气。《离骚》深永，可以裨其思。然后法经而植旨，绳古以崇辞。或未尽臻其奥，吾亦罕见其失也。”[①]由于审美创作的主要对象是人，要写出与表现出人的心灵，因而，审美创作构思活动不是纯粹的理性认识，也非纯感性的本能的无意识活动，而是不断地使感性向理性飞跃，并使理性因素渗透、溶化于生动的感性形象的内容和形式之中的结晶。换句话说，即在审美创作构思中，必须要有内在理性的支持与配合。但是，这种支持与配合又并不是明显地出现在审美创作构思的意识活动之中。因此，严羽说：“夫诗有别材，非关书也；诗有别趣，非关理也。然非多读书，多穷理，则不能极其至。”[②]就指出审美创作活动虽然“非关书”“非关理”，但是书理教养的影响却早已深入到文艺创作者用以观物取舍、识人想事的方法与习惯之中，也只有这样，才能使文艺创作者洞幽察微，于审美观照中，体悟到生活与生命的真谛。陆游说：“学不尽其才，识者为太息。”[③]朱熹也认为，文艺创作者要“以至敏之才，做至纯功夫”[④]。他们都对“才”“学”“识”，即文艺创作者的审美感受力、审美选择力、审美传达力、审美理解力与“积学储宝”之间的关系作了精辟的论述，强调“积学储宝”对建构文艺创作者心理智能结构的重要。

以上我们从刘勰提出的“积学储宝”，对文艺创作者的审美心理智能结构与审美创作过程诸心理因素的建构及其影响等两个大的方面对这一命题进行了一些阐释和审视，正如我们在文中多次强调指出的，在刘勰看来，文艺创作者心理智能结构的建构还离不开直接的生活经验，对此，我们拟在下一章“研阅穷照”说中作专门论述。

---

① 《谈艺录》。

② 《沧浪诗话·诗辨》。

③ 《剑南诗稿·文章》。

④ 《朱子语类辑类》卷五。

第六章　研阅穷照：审美主体心理智能结构建构论之二

“研阅穷照”说是《文心雕龙》审美心理学思想中关于生活实践中的直接经验对于文艺创作者审美心理智能结构的建构作用方面的命题。丰厚的生活积累和情感积累是进入审美创作构思活动的首要前提。一个优秀的作者，不但要“读万卷书”，而且还要“行万里路”，深入社会生活，并走进山水自然之中，去观察生活，领悟自然万物中的生命意旨，以陶冶自己的性情，积累生活经验，从而始可能创作出不朽的杰作。因此，刘勰认为“积学以储宝”与“研阅以穷照”是形成与建构主体审美心理智能结构的两个重要条件，强调丰富的生活积累、情感积累、知识积累与理解力的增强对于审美主体心理智能结构建构的重要作用。关于“积学储宝”，我们已经作为一个命题在前一章单独进行过论述。这里把“研阅穷照”说作为一个普遍的命题，进行一些阐释和审视。

一

作为美学意义上的渊源，刘勰提出的“研阅穷照”说这种重视生活实践与审美实践的思想可以追溯到先秦。《易·系辞下》云：“古者包牺氏之王天下也，仰则观象于天，俯则观法于地，观鸟兽之文与地之宜，近取诸身，远取诸物，于是始作八卦，以通神明之德，以类万物之情。”《易·系辞上》又云："圣人有以见天下之赜，而拟诸其形容，象其物宜，是故谓之象。"这种注重感性观察，通过对天地物象的实际观照，从对天地、社会、鸟兽等各种现实生活与自然现象的直接体验中，"法象索意""名物取譬"，"拟诸其形容，象其物宜"，从而认识到社会、自然的一般规律的见解，其中就包孕着"研阅穷照"说所规定的"博见为馈贫之粮"（《神思》），认为文艺创作者应走进社会生活与天地自然之中，去"触物圆览"（《比兴》），深入体验生活，对生活现象和山水自然、万千景色"流连""沉吟"（《物色》）、"仰观俯察""近取诸身，远取诸物"，进行比较、分析与深入细致的观察，以达成深刻理解与精深感悟，由此，始能进入审美创作构思的美学思想。《墨子・非命上》说："众人耳目之情，知有与无；有闻之，有见之，谓之有；莫之闻，莫之见，谓之无。"认为凡是看到的、听到的，便是真实的；没有亲自看到、听到的，则是虚假的，不可信的，强调自我体验对于认识的重要作用。显然，这对于"研阅穷照"说重视文艺创作者自身的审美实践活动的思想也具有一定的影响。后来的《乐记》云："乐者，音之所由生也；其本在人心之感于物也，……感于物而后动。"则明确指出作为审美对象的"物"，即"人"之外的自然世界和社会生活，对于审美创作的心理动机具有激发作用。《吕氏春秋》在论及各方面音乐艺术的发生过程时，也着重指出生活经历和生活感受对于审美创作的重要作用。"东音"之《破斧》歌是孔甲感于养子被"斧斫斩其足"而作："南音"之《周南》《召南》则是涂山氏之女因禹治水不归而生盼望之情，发乎成咏；"西音"是殷整甲"徙宅西河，犹思故处"而发；"北音"则是有娀二佚女因所爱之燕北飞不返而起。故云："音成于外而化乎内"（《季夏纪》）。这里的"外"，就是指现实生活。总之，生活制约着文艺创作者审美动机、审美创作构思活动的生成。文艺创作者只有深入生活中去亲自感受各种生活，获得丰富的生活积累和审美实践经验，使美的基因不断地刻印在自己的审美心理智能结构之中，从而始能在一次偶然的契机中，被作为"特定信息"的生活激发，感荡心灵，引起强烈的喜怒哀乐之情，"化乎内"，以产生审美创作的愿望，由此始能进入审美创作构思活动。因此，可以说，离开生活积累和审美实践经验积累，主体的审美心理智能结构则永远不可能完全形成，也不可能完成审美创作。

正是在继承和总结前代审美心理学思想的基础上，刘勰进一步提出"研阅穷照”的美学命题，着重强调生活阅历、生活感受与自我体格验，以及审美实践等“研阅穷照”活动对于建构文艺创作者审美心理智能结构的重要意义。

“研阅”的“研”本义是细细的磨，这里是研磨、研求、研察、研究、研讨、研索、研弄、研穷、研治、研辨的意思；“阅”，指阅览、阅历、阅视、阅审、察阅、观阅、赏阅、经历、经验；“穷”意思是探索到底；“照”是察看、理解、分析。“研阅穷照”就是指研究，参考自己的生活经验，以获得对作为审美对象的客观事物的彻底理解和领悟。这里所谓的“研阅”，具体说来有两层意思：一是文艺创作者阅历要广，要有大量的生活积累与审美实践经验，通过直接的审美感受，以强化自己的审美心理智能结构；二是文艺创作者要对生活现象和自然万物进行反复的观察、分析、体会、研究，以深刻地把握生活和感受生活。深入生活，认真地体验和观察自然万物，既能给文艺创作者带来创作的激情，深化和优化其审美心理智能结构，同时，也能使其从中获得大量的创作素材。因此，通过“研阅穷照”这种审美实践活动，以获得丰厚的生活积累和情感积累是形成与建构审美心理智能结构和开展审美创作活动的基础和必要条件。从“研阅”的“阅”来讲，人生的阅历，即生活经验按其内容来分，不过是自然和社会两大类，从自然来说，经常“流连”于自然万物之中，“窥情风景之上，钻貌草木之中”（《物色》），能增强文艺创作者对自然万物的认同感，从文艺审美创作活动来看，文艺审美创作的目的是为了传达自然万物的精义和生命意旨，故而刘勰在《文心雕龙》的首篇《原道》，一开始就说：“文之为德也，大矣，与天地并生者何哉？”就指出文艺审美创作的意义是很重大的，它是同天地一起生成的，来自自然，又指向自然。

所谓“文之为德”之“德”，意义极为丰富，涉及美学、伦理与宗教等多方面的内容，为中国文化中使用频率非常高的一个字。原初意义上的“德”乃是一种具有原始宗教意味的图腾符号，为“种子之灵”，后来则演变为“祖先之灵”，因此，“德”字的原初义就包含有“生”“性”“姓”等等义项。《周易·系辞下》云：“天地之大德曰生。”《庄子·天地》也记载云：“物得以生，谓之德。”《韩非子·齐俗训》也云：“得其天性谓之德。”“德”就是“生”，就是“性”，“生”“性”相通。如《诗经·大雅·绵》云：“文王蹶蹶生。”这里所谓的“生”就与“性”通，指的是原初之性，或谓生性、德性。因此，马端辰注解云："生、性古通用。"又如《孟子·告子上》记载告子语云："生之谓性"。"性"的本字就是"生"。《说文解字》云："性，人之阳气性善者也。从心，生声。"阮元曰："性字本从心从生，先有生字，商周古人造此字，已谐声，声亦意也。"（《性命古训》）庄子曰："性者，生之质也。"（《庄子·庚桑楚》）荀子曰："生之所以然者谓之性"。（《荀子·正名》）"德"来源于"道"。"德"内化于人，即为人之性。这样，经过演变，"德"的义域逐渐缩小，偏重于人文价值意义，专指德行、品行。而在刘勰看来，"文之为德"之"文德"则显然应该是"文"之"道"的一种呈现态。换言之，"德"就是"文"。作为"道"的呈现态，"德"，或谓"文"，生成于"道"。所谓"玄黄色杂，方圆体分"，从宇宙混沌一团到天地始分，就天有天之文，地有地之文。"日月叠璧，以垂丽天之象"，这是天之文；"山川焕绮，以铺理地之形"，这是地之文，可见，有宇宙天地，自然万物，就有文艺审美创作，"此盖道之文也"。"道"生成天地万物，乃宇宙生命。文艺审美创作是宇宙生命的传达，也是自然规律的表现，人文是天文与地文的自然反映。《原道》篇说："仰观吐曜，俯察含章，高卑定位，故两仪既生矣；惟人参之，性灵所钟，是谓三才。"人为万物之灵，天地之心，上观"丽天之象"，下察"山川焕绮"，通过，"仰观""俯察""性灵所钟"，天地自然孕育了人的灵性，从而才有文艺审美创作。文艺审美创作，也即人文是参天地之心而立言，故《原道》篇说："心生而言立，言立而文明，自然之道也。"人文表现天地自然的精神而成为文艺审美作品，就是自然天地间的万事万物也莫不各有"文"，动物植物都有"文"的呈现：龙凤用纹理彩色来显示祥瑞；虎豹用花色来构成丰姿；云霞构成华彩，胜过画家点染的巧妙；草木开花，不需要织锦工人手艺的神奇。万物都是有形有色有声，有形有色有声就有章，就有文，"夫岂外饰，盖自然耳"，"至于林籁结响，调如竽瑟，泉石激韵，和若球鍠。故形立则章成矣，声发则文生矣。"（《原道》）自然万物，鱼跃鸢飞，水涌风起，其生命内核自然而然地存在着一种和谐，跃动着一种节律，存在着一种自然的"大美"。自然界的一切皆"文"，人的"文"，或谓文艺审美创作，也从自然而来，为"德"，为"道"的物态化呈现，故而，作为文艺创作者必须走进自然，去体会自然万物中所蕴藉的"道"这种生命意蕴，去感悟自然万物内部中的和谐与节律，以通过"文"以"为德""明德"、显"道"。

我们看到，正是由于刘勰崇尚自然、欣赏自然之美，认为文艺审美创作本于“道”，即生成于包括“人”在内的万物自然的生命本原“道”，所以他在论述文艺创作者的智能结构建构和培育时，特别强调文艺创作者应走向自然，指出“山林皋壤，实文思之奥府”，创作主应到自然景物中去观察、感受，以增强自己对“道”的审美能力与感悟能力。《物色》篇说：“诗人感物，联类不穷，流连万象之际，沉吟视听之区，写气图貌，即随物以宛转；属采附声，亦与心而徘徊。”只有文艺创作者的心灵和外界景物内核的生命之流相通相感，心物宛转相随，文艺创作者所表达的审美意蕴和所描绘的审美意象才能“密附”于“道”。自然万物中，云蒸霞蔚，山光水色，河流海浪，月色竹影，鸟飞兽跳，莺歌燕舞，多姿多彩，美不胜收。其中，都蕴藉着“道”。刘勰极为崇尚自然美，认为自然万物中有文艺审美创作取之不尽的养料，文艺审美创作必须走进自然，于天之文、地之文、人之文、日月之文、动植之文、物文、形文、声文、动文、静文、万品之文、龙凤之文、虎豹之文、云霞之文、画工之文、草木之文、锦匠之文、外饰自然之文中去感悟万有大千中的“道”。他在《丽辞》篇中说：“造化赋形，支体必双，神理为用，事不孤立。夫心生义辞，运裁百虑，高下相须，自然成对。”大自然赋予万物的形体是成双的，因此，以自然万物为审美对象并力图传达自然万物中的宇宙精神的文艺审美创作，也“高下相须，自然成对”；并且，在刘勰看来，自然之美往往胜过人工雕琢之美。《隐秀》篇说：“雕削取巧，色美非秀矣。故自然会妙，譬卉木之耀英华，润色取美，譬缯帛之染朱绿。朱绿染缯，深而繁鲜；英华曜树，浅而炜烨。”这就是说，在审美创作中自然而然获得的美妙，就像鲜花照映着草木；仅靠人工修饰得来的华丽，则像在丝绸上染上红绿的彩色，用红绿的颜料染丝绸，色深而铱秾艳；鲜花照映草木，颜色则虽浅而富有光彩。在这里，刘勰尽管没有否定人工修饰之美，但是却强调指出自然之美比人工雕饰之美更胜一筹。故而，他强调指出，文艺审美创作应当努力追求自然之美，应当“譬诸裁云制霞，不让乎天工；斫卉刻葩，有同乎神匠”（《隐秀》）。“纤手丽音，宛乎逸态，远山之浮烟霭，娈女之靓容华。然烟霞天成，不劳于妆点；容华格定，无待于裁熔；深浅而各奇，秾纤而俱妙，若挥之则有馀，而揽之则不足。”（《隐秀》）成功的文艺审美创作，其作品的审美特色总是自然天成，像纤丽的手奏出佳音，表达出宛然在目的超逸情态，又像远处的山峦飘浮的云烟，像美丽的女子妆饰的容颜。云烟乃自然天成，不须人工妆点；人的容貌有定，也无须强加修饰。天然的云烟，或深或浅都各有奇态，天生的容颜，浓妆淡抹都各得其妙。可见，如能发扬其天然，就奇妙无穷；要是硬加以雕饰，则反而奇妙不足了。

所以，刘勰认为，要自然而然的呈现出“道”，穷形尽相，使文艺审美创作取得自然天成的审美效应，主体则必须要深入自然万物，去“研阅穷照”，积累丰富的审美经验，以提高、增强自己的审美创作能力，从而才能在审美创作体验与构思活动中感悟到天地精神，体悟到“道”，并传达出这种属于天地精神的自然万物的生命意旨。即如《原道》篇所指出的：“言之文也，天地之心哉！”天地自然间，“岁有其物，物有其容”，要在审美创作中展现自然万物的勃勃生机，“巧言切状”，表现出自然景物的神貌，呈现出“道”，使鉴赏者能“瞻言而见貌，即字而知时”，文艺创作者就必须要有相当丰富的审美经验和非常高超的审美能力。

从中国文艺美学史看，无论多么伟大的作家，要创作出优秀的作品，首先就得具备丰富的生活积累和审美实践经验，以完善自己的审美心理智能结构。孔子五十多岁时，还到各国游历并辗转受聘任职十四年之久，回到家乡已经六十八岁，“始删《诗》《书》，系《周易》，作《春秋》，只数年间，了却一生著述。”[①] 由此可见，文艺创作者愈熟悉生活和各种不同的社会情况，愈细心地研究社会生活规律，体悟生活的真谛，那么其审美心理智能结构的建构就愈完善，其创作构思也就愈畅通无阻，左右逢源。故王正德又说：“（孔子）涉世深矣，故其述作始可为万世法。譬如积水，千仞之源，一日决之，滔滔汩汩，真至于海，其源深矣。若夫潢潦之水，乍盈乍涸，终不能有所至者，其源浅也。古人著书，多在暮年，盖为此也。”[②] 文艺创作者的审美心理智能结构的建构有如“积水”，其原初所禀赋之“才”有如源头，其形成过程则是“涉世”“研阅”，深入社会生活，广泛地进行审美实践，使其意识中积累丰富的美的基因，增强其审美心理智能结构，使其如“千仞之源”，“滔滔汩汩，直至于海”，广博渊深。从而始能够在审美创作构思活动中神思

① 王正德：《余师录》卷二。
② 王正德：《余师录》卷二。

飞跃，意象纷呈，以创作出隽永不朽的作品，取得辉煌的艺术成就。孔子是这样，后来的司马迁也是如此，年二十便进行全国性的大游历，上会稽，探禹穴，窥九疑，浮沅湘，北涉汶泗，讲业齐鲁之郊，过梁楚，西使巴蜀，天下靡所不至，足迹殆遍宇内；并广结天下志士豪俊，网罗天下散佚旧闻，聆教于治公羊春秋的大学者董仲舒以及天文家学唐都，请教落下闳等学者名流，晚年方敢论次前世，著书成文，天文地理，古今治乱，无所不总，博采诸家之说而成一定之言。故可以说，司马迁能够写就"殆是摹写日月光辉"的不朽之作——《史记》，是与他积年累月地深入社会生活分不开的。因此，王正德强调指出："学者居一室一内，审简策，胶旧闻，任独以决天下事，鲜有不谬者。"[①] 文艺创作者必须是生活的参与者，应尽可能地多亲身经历一些事，多从事审美实践活动，以积累生活经验、情感经验与审美经验，深化其审美心理智能结构。倘若缺乏生活感受，或者生活体验不深，没有形成其独特完善的审美心理智能结构，那么即使写出东西来，也是苍白无力的。

刘勰在《时序》篇中指出："文变染乎世情，兴废系乎时序。"又说："时运交移，质文代变。"时代变了，文艺审美创作的审美取向和审美风尚也会相应变化。这种"变"的趋势，大体上说来有两种：一是循环式的变，万变不离其宗，一是递进式的变。《时序》篇说："蔚映十代，辞采九变。枢中所动，环流无倦。质文沿时，崇替在选。终古虽远，旷焉如面。"就中国文艺美学史看，在朝代的更替中，文艺审美创作也经历了许多的变化，时代是中心，周流不居，文艺审美创作则围绕着它不断发展。审美风貌的朴质与华丽随时而变，文艺审美创作的繁荣与衰落也与世相关。"文律运周，日新其业，变则其久，通则不乏"（《通变》）。"是以九代咏歌，志合文则，黄歌《断竹》，质之至也；唐歌《在昔》，则广于黄世；虞歌《卿云》，则文于唐时，夏歌《雕墙》，缛于虞代；商周篇什，丽于夏年"（《通变》）。文艺审美创作的发展是由质而文，由朴而丽，随着时代的演变而逐渐完美起采的。既然"文律运周，日新其业"，那么，作为审美创作主体就更应该深入社会生活以把握时代的脉搏，"趋时必果，乘机无怯。望今制奇，参古定法"（《通变》）。这样，才能增强自己对社会人生的洞察力，也才能在文艺审美创作中表现出社会生活的本

---

① 王正德:《余师录》卷二。

质精神。只有熟悉生活，了解生活，从而才能确立符合历史发展趋势的审美理想，才能创作出真正具有审美价值和永久生命力的优秀作品，故而刘勰强调指出，要使自己在审美创作中取得成就，作为文艺创作者的个体必须“因性练才”“酌理穷才”。要根据自己所禀赋的才性，求学于外，从而使自己学富才富。同时，“将赡才力，务在博见”，只有阅历广，见识丰，生活积累丰富，生活阅历深广，审美经验广博，那么审美感悟力、想象力、理解力、洞察力才强。

陆游《感兴》诗云“吾尝考在昔，颇见造物情。离堆太史公，青莲老先生。悲鸣伏枥骥，蹭蹬失水鲸。饱以五车读，劳以万里行。险艰外备尝。愤郁中不平。山川与风俗，杂错而交并。邦家志忠孝，人鬼参幽明。感慨发奇节，涵养出正声。故其所述作，浩浩河流倾。”“五车读”给人广博的知识，“万里行”则给人生活积累；深入生活，“险艰外备尝”，以获得深厚的情感体验；从“山川与风俗，杂错而交并”中增加自己的审美实践经验，培养胸中的“奇节”，“涵养出正声”；以山川风物、自然灵气来陶冶自己的品德情操，培育健康的审美情趣，丰富和扩展自己的审美能力，同时改变着与审美客体的关系，不断调整建构主体的审美心理智能结构，深化审美认识，从而其审美创作始如“浩浩江流倾”。生活是文艺作品与审美创作的源泉，有成就的作者都具有深厚的生活积累和深广的的生活阅历。生活造就作者，也孕育作品。大诗人屈原饱受生活挫折，“疾王听之不聪也，谗谄之蔽明也，邪曲之害公也，方正之不容也，故忧愁幽思而作《离骚》”[①]。是对现实生活的深切感受和深入理解，促使屈原“忧愁幽思”，“愤而著书”，从而创作出不朽的《离骚》。直接再现社会生活的作品要求生活积累，描写自然风物，山川景色的作品也离不开生活实践经验的积累。陆游说：“汝果欲学诗，工夫在诗外。”[②]又说：“挥毫当得江山助，不到潇湘岂有诗。”[③]杨万里亦说：“闭门觅句非诗法，只是征行自有诗。”[④]现实生活是艺术生命的源泉，影响并规定着文艺创作者的心理构成。现代审美心理学理论认为，在审美过程中，作为审美

① 司马迁：《史记》卷八十四。

② 《示子遹》。

③ 《予使江西时以诗投政府丐湖湘一麾会召还不果偶读旧稿有感》。

④ 《下横山滩头望金华山》其二。

对象的万有大千需要经过审美主体原有的心理智能结构作为“最高范本”“鉴赏的原型”[①]，即所谓“成心”，前理解，或者说是内在的依据和尺度对其进行选择、改变，这也就是皮亚杰所说的“同化”[②]。同时，审美心理智能结构在同化客体的过程中，自身结构也在发生量或质的变化，它不断通过内部整合以新的结构代替旧的结构，这就是调节。对于审美活动的主体来说，认同在审美实践过程中并不能使原有的心理智能结构改变或创新，而要通过机体内在调节作用不断地调整原有的心理智能结构，以达成新的建构。正如皮亚杰所指出的：“调节是指个体受到刺激或环境作用而引起和促进原有格局的变化和创新以适应外界环境的过程。”[③]并且，皮亚杰还指出，这种调节因素是有机体内在的生理和心理机制。由此可知，在“研阅穷照”过程中，通过丰富的审美实践活动，文艺创作者可以依靠内在的调节作用克服原有心理智能结构不适应客体的部分，其中包括那些产生消极作用的心理定势，以建构新的、更加完善的审美心理智能结构，增强其审美构思能力，从而更有利于创作活动的进行。大诗人李白一生博学广览，从少年起即在蜀中就学漫游，吟诗作赋，尚义任侠。二十五岁出蜀，漫游各地，历时十六年，游历了不少名山胜水，体验过各种生活，以丰富其审美心结构，这对他的审美创作的影响是巨大的。和李白双峰并峙的另一位大诗人杜甫也有漫游经历，并且杜甫适逢安史之乱，漂泊西南十一年之久，由此写下千多首诗。设使李杜二人没有这种人生际遇和生活阅历。那么，则不可能形成其完善独特的审美心理智能结构，他们的诗篇也恐怕是难以传世的。故黄彻在《碧溪诗话》中指出：“书史蓄胸中，而气味入于冠裾，山川历目前，而英灵助于文字，太史公南游北涉，信非徒然。观老杜《壮游》云：‘……东下姑苏台，已具浮海航。到今有遗恨，不得穷扶桑。……剑池张壁仄，长洲荷芰香。嵯峨阊门北，清庙映回塘。……越女天下白，鉴湖五月凉。剡溪蕴秀异，欲罢不能忘。归帆指天姥，中岁贡旧乡。……放荡齐赵间，西归到咸阳。……’其豪气逸韵，可以想见。序太白集者，称其隐岷山，居汉襄，南游江淮，观云梦，去之齐鲁，之吴之梁，北抵赵魏燕晋，西涉岐邠，徙金陵，止浔阳，流夜郎，泛洞庭，上巫峡。白自

① 康德：《判断力批判》上册70页。

② 见《西方心理学家文选》，429页。

③ 《发生认识论原理》。

序亦曰:‘偶乘扁舟，一日千里。或遇胜景，终年不移。’其恣横采览，非其狂也。使二公稳坐中书，何以垂不朽如此哉！”（卷八）生活阅历和审美实践对于主体审美心理智能结构的形成与审美创作的影响作用的重要，于此也可见一斑。唐代诗人，大多有漫游经历，也可观其风尚。中国美学这种通过游历，以深入生活，从亲身的审美感受中，积累生活经验，丰富审美情感，培育和调节文艺创作者审美心理智能结构的传统影响深远。正因为此，中国古代审美心理学思想才历来就有学诗应该“先学游，游成，诗当自异于时”①之说。

二

作为《文心雕龙》审美心理学思想关于文艺创作者审美心理智能结构建构方面的一个命题——“研阅穷照”说强调了生活阅历与审美实践活动的重要性，认为深入现实生活去亲自参加审美实践以积累生活经验对于文艺创作者心理素质的培育与深化具有极为重要的作用。具体说来，其基本内容可以分为两个主要方面。

第一，刘勰认为，“山林景壤，实文思之奥府”(《物色》)；在他看来，大自然与现实生活是生成与感发主体情感，使其产生创作心理冲动的源泉。在以《文心雕龙》审美心理学为代表的传统审美心理学看来，审美创作是表现主体的精神世界、抒发其情感的，是“志思蓄愤”“为情造文”。《尚书·虞书·尧典》说:“诗言志。”《庄子·天下篇》说:“诗以道志。”司马迁在《史记·太史公自序》中也说:“夫诗书隐约者，欲遂其志之思也。”审美创作的本质是始于情感并终于情感的。文艺创作者所以要进行审美创作活动，乃是因为需要通过此以抒发其内心的情志。然而，文艺创作者的“情志”的生成又决非凭空而来，它离不开现实生活的培育和引发。人有哀、乐、喜、怒、敬、爱等六种情感，但“六者非性也。感于物而动”(《乐记》)。是现实生活的不同特征刺激主体，促使其产生不同情感。恩格斯指出:“外部世界对人的影响表现在人的头脑中，反映在人的头脑中，成为感觉、思想、动机、意

① 《戴表元《刘仲宽诗序》。

志……。”[①] 人的情感的产生离不开外部世界的影响。人的社会关系，人对自己的活动和对客观世界的态度，以及在人类历史进程中产生的需要的满足，形成人的情感。简言之，即情感是主体对外物某种属性所持态度的自我体验。而艺术情感则是文艺创作者深入社会生活和自然环境之中，通过对生活的深切感受和理解，在对生活的不断沉思之中培育而成的。陆机说：“遵四时以叹逝，瞻万物而思纷。”[②] 刘勰说：“物色之动，心亦摇焉。”又说：“人禀七情，应物斯感。”（《物色》）现实生活中各种形式和现象都是与人的内心世界息息相通的。四季的变换，万物的衰荣，生命的律动，劳动的节奏。这一切生动的运动模式都对人有所表现，有所暗示，有所惠赠，并让人的内在情感从中得到陶冶和培养，从而建立新的情感模式，以作为一种动力性的东西去推动审美意象的形成。故云：“遇者物，动者情”“情以物迁，辞以情发。”（《物色》）杜佑说：“是故哀、乐、喜、怒、敬、爱六者，随物感动，播于形色，叶律吕，谐五声。”[③]孔颖达也说：“志之所适，外物感焉。”[④]朱熹则认为：“人生而静，天之性也，感于物而动，性之欲也。”[⑤]他们都强调指出文艺创作者情感的生成离不开现实生活的激发，对现实生活与自然物象的深刻体验是产生审美情感的必要条件。

并且，在刘勰看来，“登山则情满于山，观海则意溢于海”。审美创作情感这种内心体验的心理现象具有极强的指向性特征。它必须针对一定的对象而兴。作为创作心理动力的那部分情感因素，也离不开现实生活的激发。情感，既是审美创作的动力，又是审美创作表现的重要内容。所谓“情者文之经”，“文质附乎性情”，“为情而造文”（《情采》）。刘勰把情感看作是审美创作表现的中心内容，为“文”之“经”、之“质”。情感对审美创作的成功与否起着重要的作用，“吐纳英华，莫非情性”。表现“情性”为审美创作活动的意义所在，因此，“为情者要约而写真”（《情采》），审美创作要抒写真情实感，不可无病呻吟，矫揉造作，因为“情信而辞巧”（《征圣》），情的

---

① 《马克思恩格斯全集》第21卷，人民出版社1965年版，第324页。

② 《文赋》。

③ 《通典·乐序》。

④ 《诗大序正义》。

⑤ 《诗集传序》。

真与辞的美存在着一定的内在联系。既然“情性”是审美创作活动发生的根源，“文采所以饰言，而辨丽本于情性”（《情采》），“物以情观，故词必巧丽”（《诠赋》），所以，只有丰富的情感，才能增强作品的艺术魅力，“繁采寡情，味之必厌”（《情采》）。审美创作“必以情志为神明，事义为骨髓”（《附会》），“情志”为作品的“神明”“生命”“灵魂”，为其审美特点，美学意义所在，因而，审美创作必须“吟咏性情”，必须带有强烈的感情色彩。“必以情志为神明，事义为骨髓”（《附会》）。《情采》说：“志士蓄愤，而吟咏情性。”《诠赋》篇又说：“触物兴情，因变取会。”又说：“情以物兴，物以情观。”徐铉说：“人之所以灵者，情也。情之所以通者，言也。其或情之深，思之远，郁积乎中，不可以言尽者，则发为诗。”[①]情感的生成涉及心物两方面的因素。一是文艺创作者之“七情”，二是纷纭繁富、流动不居的“物色”。二者相摩相荡，相生相发，合而成情。一方面，外界物色是主体情感由以生成的激发器，主体情感将随外物的刺激而产生，将随外物的变化而变化。另一方面，主体如果不天生地禀有“七情”的心理功能和丰富的情感世界，就不能对物有怀，即景生情。托尔斯泰说：“只有在感觉到自己内心有一种不可抑制的要求时才会创作出艺术。”[②]这种“郁积”“蓄愤”在文艺创作者“内心”和“不可抑制的要求”，就是强烈的情感冲动，它是文艺创作者从其经历过的生活中得来的，是日积月累的生活体验的结晶。激越、深沉、愤怨的情感是审美创作的动力和生命，没有对生活、人生的强烈感受，没有难以抑制的情感冲动和发泄需要，就不会生成审美创作构思，也不可能产生优秀的作品。《体性》篇说：“情性所铄，陶染所凝。”在刘勰看来，文艺创作者在进入审美创作构思之前，必须广泛、深入地体验生活。有了一定的生活积累，文艺创作者还得走到生活中去，才可能在一次偶然的机会中，受作为“特定信息”的那部分生活所撞击，获得那种促使其想起生活，激起创作热情的“触点”和“契机”，由此而激发先前所体验过的丰厚的生活经验，“对景感物，旷然有会”，感物心动，触动灵魂，产生强烈的创作欲望，并形成文艺创作者心中的一股激情，一团火焰，使其内心动荡不平。等这种心灵的不平静终究归于

---

① 《肖庶子诗序》。

② 《艺术论》。

和谐后，文艺创作者始进入创作过程。此即所谓“得之在俄顷，积之在平日”[①]。在这里，如果没有“平日”的积累，就不会有“俄顷”的情感波动与激荡，则不会有审美创作活动的发生。情感的动荡离不开现实生活的作用与平日的深刻体验。“情以物迁”，文艺创作者的“内情”只有经过对现实生活中种种体现着人的生命意识的运动模式的体验，经过特定的外在形式与特定的心理状态之间的无数次“相摩相荡”的相互作用，始能在其内心建构起新的审美情感模式，从而推动审美创作的实现。

总之，文艺创作者审美情志的生成，离不开“江山之助”，离不开生活熔炉的冶炼，对现实生活的深入体验与丰富的审美实践经验是培育主体审美情志的重要途径。因此，文艺创作者必须深入生活。这是刘勰“研阅穷照”说的一个主要内容。

第二，刘勰认为，“将瞻才力，务在博见”（《事类》）。在他看来，丰富的生活积累能增强文艺创作者的审美感受力和洞察力。文艺创作者在进入审美构思活动之前，首先得深入生活和熟悉生活，如《物色》篇所说的，去“流连万象”“沉吟视听”“窥情风景”“钻貌草木”，通过其感知心理，以体验并把握现实。梁启超说：“美术家所以成功，全在观察自然之美。”[②]我们在前面曾经说过，作为文艺创作者，其对生活的体验和感悟活动是异于一般人的感悟活动的。所谓艺术的感悟，实际上就是审美直观感悟，是通过外部形式与内在心理运动模式之间的同形同构从而达成更高的精神境域的活动，亦是从真切的直观感悟体验中洞察人生之奥秘的活动。因此，文艺创作者必须具有“精思”和“妙眼”，始能敏锐地觉察外界事物的细枝末节及其变化，从而深刻地体悟出其中所蕴含的特殊情味。《物色》篇说：“窥情风景之上，钻貌草木之中；吟咏所发，志惟深远；体物为妙，功在密附。”文艺创作者深入观察自然万物的神色，研究花草树木的状貌，通过大量深广地“窥情”“钻貌”，增强了自己的审美感悟力，那么，从自己深远的情志出发，吟咏景物就能生动地描绘出景物的情状，传达出其中的生命精神和审美意旨。皎然说：“夫诗者，众妙之华实，六经之菁英，虽非圣功，妙均于圣。彼天地日月，玄化之

① 袁守定：《占毕丛谈》卷五。

② 《饮冰室合集·饮冰室文集》卷三十八。

渊奥，鬼神之微冥，精思一搜，万象不能藏其巧。”[①] 金圣叹说：“必有妙眼，渠见妙景。”[②] 文艺创作者和一般人相同，通过视知觉、听知觉、嗅知觉、味知觉、动知觉、触知觉等，总之，他的个体的一切器官——通过自己同对象的关系而占有对象（马克思语）。但仅此，还不能进入审美创作构思活动。文艺创作者对生活的感受还有不同于常人的地方，这就是文艺创作者是凭借审美知觉，以审美的眼光，在审美理想、审美诉求、审美取向的指引下去对现实生活进行心灵的感悟和体察，故而“万象不能藏其巧”。但是，文艺创作者的这种能够感知“玄化之渊奥，鬼神之微冥，”并“理入玄微”“渠见妙景”的“精思”“妙眼”似的敏锐的审美感悟能力却离不开现实生活与丰富的审美实践的培育。文艺创作者必须深入生活，以积累丰富的生活经验和审美实践经验，才能增强并形成这种审美感悟能力。刘熙载说：“在外者物色，在我者生意，二者相摩相荡而赋出焉。若与自家生意无相入处，则物色只成闲事，志士遑问及乎？”又说：“赋家之心，其小无内，其大无垠，故能随其所值，赋象斑形，所谓‘惟其有之，是以似之’也。”[③] 文艺创作者对生活信息的接收，不是单纯、消极、“镜子”似的活动，而是复杂、积极、能动的创作活动，是主体凭借其“妙明真心”，即审美知觉，去体察自然万物与现实生活的生命意旨，从而发乎为文。从现代心理学看，这里所谓的我之“生意”与“惟其有之”和英国艺术史家冈布里奇所谓的“预成图式”相似，都是生活经验积累的结果，是参与知觉活动的前在经验的心理形态。现代审美心理学认为，文艺创作者所以能够认识事物，在于心中有可以“同化”这一事物的认识结构，而这一结构的形成和发展，则在于以活动为中介的生活经验的积累。此即所谓的“妙眼”“精思”或“预成图式”。因此，审美直观感悟活动中主体所具有的对生活敏锐的感悟力的培育是与丰富的生活积累分不开的，丰富的生活经验积累、情感积累和知识积累是审美感悟力锐敏的依据。郭熙说：“欲夺其造化，则莫神于好，莫精于勤，莫大于饱游饫看，历历罗列于胸。”[④] 就指出了丰厚的生活积累与阅历对于审美创作构思中感知能力

---

① 《诗式》。

② 《杜诗解·戏题王宰画山水图歌》。

③ 《艺概·赋概》。

④ 《林泉高致集·山水训》。

培育的重要作用。从另一方面讲，深厚的生活积累能够促使文艺创作者产生一种激情，它往往能够增强主体的感悟性，促使审美主体去发现与创造。刘克庄说："故诗必天地畸人，山林退士，然后有标致。必空乏拂乱，必流离颠沛，然后有感触，人必与其类锻炼追璞，然后工。"[①] 从对生活的深刻体验中所获得的强烈怨愤之情能够增强文艺创作者顽强的精神意志，激发起主体的主动性、积极性和坚韧性，加强其决心和毅力。因此，可以说，正是因为文艺创作者对生活感受深刻，从而才使其陷入深深的忧患之中，并促使其九死不悔地去上下求索、去追求，以力图揭示生活的真谛和痛苦的根源。故人们常说，一个人洞察自己本身与社会生活的深度是与其感受痛苦的强度成正比的。"深于情者，不仅对宇宙人生体会到至深的无名的哀感，扩而充之，可以成为耶酥、释迦的悲天悯人，就是快乐的体验也是深入肺腑，惊心动魄"。[②]

正是在上面这种思想的支配下，《文心雕龙》审美心理学思想认为通过"研阅穷照"以积累丰富的生活经验还可以增强文艺创作者的洞察力。审美洞察力强的文艺创作者"物色之动，心亦摇焉"，"微虫犹或入感"，"一叶且或迎意，虫声有足引心"。但这种审美洞察力的培育离不开"研阅穷照"。王士祯说："为诗须要多读书，以养其气；多历名山大川，以扩其眼界；宜多亲名师益友，以充其识见。"又说："时时著意，事事留心，则自然有进步处。"[③] 文艺创作者对生活的体验不是静观的，而是同审美对象之间进行一种精神的交流，因此，艺术的审美体验必须克服种种困难，应对"生活敏感区"有特别深切的感受，洞悉其幽微特征，以达成更深潜的体验，这就要求文艺创作者必须具有深刻的洞悉力，以辨别生活的美丑、善恶、真假。这种审美洞察力的培育必须从深入现实生活，以"扩其眼界"入手。文艺创作者深入生活之中，经过对外物与内心之间无数次相互作用，以积累起丰厚的生活经验，在其特定的内在心理智能结构之中形成"预成图式"，这样，只要特定的形式一落入其知识域限之内，便会引起一种特定的感受，促使其迅速作出审美判断，并能从选择、比较之中进一步增强其识别能力。故孔子说："多闻，择其善者从之，多见而识之。"（《述而》）又说："多闻阙疑，慎言其余，则寡

---

① 《跋章仲山诗》。

② 宗白华：《艺境》，北京大学出版社1997年版，第131页。

③ 何世瑾：《然灯纪闻》。

尤：多见阙殆，慎行其余，则寡悔。”（《为政》）清代王夫之亦指出：“阅物多，得景大，取精雄，寄意远。”认为阅历广，生活积累丰富是增强其审美洞察力与获得创作成就的重要途径，故他强调“身之所历，目之所见，是铁门限。”（《姜斋诗话》卷二）。总而言之，他们都和刘勰一样，强调文艺创作者只有深入生活，熟悉生活，以丰富的生活积累和审美实践来培育自己的审美感悟能力和洞察力，如此，才能获得审美创作的成功。

三

从以上对《文心雕龙》“研阅穷照”说的成因与内涵的阐释中可以看出，这一命题所涉及的问题不仅包括普通心理学、社会心理学与实验心理学、认知心理学，更主要的还是它本身属于审美心理学问题。因而必须上升到美学的高度来对其加以认识和审视。基于这一看法，以现代审美心理学和美学作为坐标参照系和透视点，对“研阅穷照”说进行阐发，其主要意义亦可以分两点解读如下。

首先，刘勰的“研阅穷照”说强调了审美创作活动中主体的能动性。就哲学意义上讲，主体性是相对于外在性而言，主体则是相对于外物而言。作为社会的存在，人首先与自然界相对，其次则与社会相对，作为个人，还与他人相对。人必须受外在于自己的自然界与社会的制约。地域、物貌、生态、社会等环境要素，是人最基本的生存气场与生存条件，因此，人必须要遵循和服从于自然环境与社会环境的限制。但是，在现实生活中，人并非只是被动地受制于外物或他人。而是能动地创造性地对外物环境进行认识与改造。马克思指出：人与动物的区别，就在于动物的生命活动是与环境直接同一的，只能消极地适应环境。而人的生命活动则是自由的、自觉的。在这种自由的、自觉的活动中，人一方面按照自己的意志、愿望同化对象（合目的），另一方面则不断进行自我调节，使自己的活动与对象相适应（合规律），以达成主客体的一致。中国古代哲学家说：“能尽人之性，则能尽物之性；能尽物之性，则可以赞天地之化育；可以赞天地之化育，则可以与天地参矣。”（《中庸》）这里也指出，人在天地之中是能够赞助天地万物的发展变化的，“尽人之性”，把自己的生命活动当作对象来加以控制和支配，从而就能把自然万物也当作自己的对象来加以控制和支配，以达成“与天地参”的极高审美境域。可见，中国古代哲学思想就要求人在社会实践中应充分发挥自己的主体能动性。荀子也认为：“君子役物，小人役于物。”[①]作为一个具有充分主体性的人，应摆脱外物的羁绊，使自己的心理处于自由自觉的状态和境地，因此，始能谈得上创造。在主客体关系中，作为主体的人居于主宰、支配的地位；相对于主体而言，客体则居于被支配、被主宰的地位，它受制于主体，并为满足主体的需要服务。然而，人并非天生就具有这种支配者的主体地位，而必须要依靠自身的长期社会实践，深入生活，通过把握和识别生活与自然中的节奏、韵律、对称、均衡、变化、统一等客观规律，以培养自己的主体能动性。孔子说：“我非生而知之者，好古，敏以求之者也。”[②]又说：“吾尝终日不食，终夜不寝，以思，无益，不如学也。”[③]这里的“求”和“学”就有实践的意思。只有通过不断地学习知识，积累生活经验，以增长自己各方面的能力，才能进一步在实践中改造客体，使客体为自己所支配。这一原理，对于审美创作中的构思活动同样适用。从本质上讲，文艺创作审美构思活动实际上也是人对世界的一种认识方式。“研阅穷照”说吸收了这一思想，强调文艺创作者应深入现实生活中和自然环境。要求文艺创作者应熟悉生活，研究生活，把握生活，“研阅穷照”，通过主客体之间的相互作用来提高主体的审美能力，完善自己的审美心理智能结构，以充分发挥自己的能动性。重视主体的生活经验，社会实践和审美实践，这对于文艺创作审美构思活动无疑是有益的，也是重要的。

其次，刘勰“研阅穷照”说还强调了文艺创作者的受动性。作为主体，除了具有能动性、创造性和自主性等属性外，还有受动性、重复性和适应性。费尔巴哈说：“自我的受动状态是客体的能动的方面。正是因为客体是能动的，我们的自我才是受动的。”[④]皮亚杰也认为，认识“起因于主客体之间的相互作用”。主客体是相互作用的，主体能动作用于客体，客体也“能动”地作用于主体。所谓客体的“能动性”，是措外部世界的客观规律性，它不以主体的意志为转移。荀子说：“天行有常，不为尧存，不为桀亡。应之以治则吉，应之

---

① 《荀子·修身》。

② 《论语·述而》。

③ 《论语·为政》。

④ 《费尔巴哈哲学著作选集》上，第91页。

以乱则凶。”[①]这里的“天”，指主体之外的万物自然，“天行”则为自然万物发展变化的客观规律。社会的治与乱不是决定于天，而是决定于人是否遵从客观规律办事。顺乎天道，社会则安定，反之，社会就动乱。这里就指出了作为主体的人的受动性，也即客体的“能动性”。主体只有了解客体的“能动性”，即自我的受动性，才能更好地发挥自己的主体性，从而能动地再现客体并改造客体。这种重视客体，遵从客体“能动性”的思想显然对“研阅穷照”说注重生活体验，以生活实践为培育主体审美心理智能结构的中介的观点具有直接影响。同时，从主体的认识活动来看，则受动性是能动性的基础。主体的能动性活动不是凭空产生的，它依赖于受动性，是在受动性活动的基础上形成的。可以说，没有受动性活动就没有能动性活动。在其现实性上，无论主体的能动性有多大，其活动都是能动和受动的统一。审美创作活动亦是这样的。刘勰说:“仰观吐曜，俯察含章，高卑定位，故两仪既生矣；惟人参之，性灵所钟，是谓三才。”文艺创作者在审美构思中发挥其能动性，上观“丽天之象”，下察“山川焕绮”，以自己的心灵去体会天地间的文采，以及其中所蕴藉的生命意旨，获得深切感受，再通过作品表现出来就是人文。所以人文是参天地之心而立言，“心生而立言，言立而文明，自然之道也”。并且，照刘勰看来，不但“人”之“文”能再现天地万物，以使之成为“人文”作品，就是自然界的万千事物也都具有自己的“物”之“文”，有自己“物文”之呈现，有其“能动性”。他说:“傍及万品，动植皆文。龙凤以藻绘呈瑞，虎豹以炳蔚凝姿；云霞雕色，有逾画工之妙；草木贲华，无待锦匠之奇；夫岂外饰，盖自然耳。”(《文心雕龙·原道》)作为“人”之外的天地万物、万有大千，作为客体的一切，“动植皆文”，都是一种“文”之呈现态，都能通过一种有力的暗示性信息以激发文艺创作者从外部向内部投射的能力。但是，这种投射不是无限自由的，它们还受到暗示性信息的制约，换句话说，即受到客体的“能动性”的限制。因此，文艺创作者在进行审美构思活动中，既要遵从客体的这种“能动性”，即自身的受动性，又要发挥其主体的能动性，“情以物迁，辞以情发”，通过“迎意”，“引心”(《物色》)，以心物合一、情景合一、主客体合一，进而通过“人文”，将之诗意化、审美化表现出来，就是成功的艺术作品。

---

① 《荀子·天论》。

第三编

审美创作体验

第七章 感物吟志：审美创作动机生成论之一

“感物吟志”是《文心雕龙》审美心理学中关于审美创作心理动机与创作需要生成方面的一个重要命题。它既强调文艺创作者在审美创作心理动机与创作需要生成中的主导作用，同时又注重自然山川的助力作用。刘勰在《原道》《征圣》《宗经》等篇章都表达出一种理念。即“诗”是抒发“情志”的。所谓“志”，《诗大序》说：“在心为志，发言为诗。”《说文》云：“志，意也。”又云：“意，志也。”这里，意、志互训，指含有一定理性制约着的思想、情感、意趣和志向等，跟“弗学而能”的作为人的禀赋的感情是不同的。将这种思想、情感、意趣和志向转化为言语，这就是诗。刘勰强调“诗”是文艺创作者个人情志的载体，诗可以“持人情性”，即持守、把握、节制人的情性而不使有失。换言之，就是用诗来“顺美匡恶”，约束人的性情。同时，刘勰《明诗》篇中指出：“人禀七情，应物斯感；感物吟志，莫非自然。”提出“感物吟志”说，以表明审美创作活动的生成需要“感”“物”“吟”“志”等四种要素。

一

“吟”“志”强调作为文艺创作者的“人”在审美创作活动中的作用。刘勰特别注重“人”，推重“人”。他在《文心雕龙·序志》篇中称颂说：“心哉美矣！”认为“人”“出类拔萃”，具有“智术”，“人”“肖貌天地，禀性五才，拟耳目于日月，方声气乎风雷，其超出万物，亦已灵矣”。故而“人”能“象天地”“参物序”“原道心”“研神理”，以进行审美创作来“鉴悬日月”。

可以说，在刘勰看来，离开了文艺创作者能动的“心”“情”“志”“意”等精神活动，就不会有审美创作体验与构思活动的发生，也自然不会有“情深而不诡”“风清而不杂”“事信而不诞”“义直而不回”“体约而不芜”的杰出隽永之作的问世。“人”为“有心之器”，“心生而言立”，“雕琢情性，组织辞会”，从而才有了审美创作活动的生成与进行。在审美创作体验与构思活动的发生与生成之中，主体的“心”“志”“神”“意”“情性”“性灵”占有主导的地位。故《征圣》篇云：“志足而言文，情信而辞达。”《宗经》篇云：“性灵熔匠，文章奥府。”在以上所有论述中，“心”“情”“志”“气”“性灵”都列在“言”“辞”“文”“采”“文章”的前面。由此也可以看出刘勰对审美创作中主体的创造功能和主导作用的肯定。在他看来，审美创作需要和动机的形成，也离不开文艺创作者“心生文辞”从而“运裁百虑”，“综述性灵，敷写器象”，继而“情往似赠，兴来如答”，“物以貌求，心以理应”。同时，刘勰更注意到“文变染乎世情，兴废系乎时序”，社会生活决定着审美创作作品的意蕴和风貌。如建安文艺美学流派的形成，就与社会和时代风尚的影响分不开。《时序》篇说：“观其时文，雅好慷慨，良由世积乱离，风衰俗怨，并志深而笔长，故梗概而多气。”建安时期“雅好慷慨”“志深笔长”“梗概多气”是审美风貌与其时“世积乱离，风衰俗怨”的社会现状与时尚心态的作用分不开。所谓“情以物迁，辞以情发”；其时的诗歌创作之所以表现出意深志长、激昂慷慨的审美风貌，就因为是时代之光在文艺创作者心灵中的折射。刘勰认为，归根结底，审美创作仍然是现实生活的体现和需要，如《原道》篇所说，儒家圣人之所以“写天地之辉光”，是为了“晓生民之耳目”。《谐隐》篇也说：民间的谐辞隐语采集起来，是为了“以广视听”。故而，文艺创作者进行审美创作自然应当再现和表现天地之间的美好事物和意蕴，“润物取美”以教育和感化读者，扩大其视野。换言之，则文艺作品之所以能晓耳目，广视听，就在于它是现实生活的审美的再现和表现，是“应物斯感”“感物吟志”“吟咏情性”、抒写“志气”。

刘勰认为，审美创作之所以具有这样的特殊功能，其最根本的原因还是文艺创作者的“情”“心”“志”与作为审美对象的客观事物有着密切的关系。审美创作体验与构思活动能够发生是由于主体有感于物然后发而为诗为文，“文变染乎世情”，就正是这个缘故。刘勰特别重视“感”。“感”字在《文心雕龙》一书中多次出现。如:“故其叙情怨,则郁伊而易感。”(《辨骚》)“志感丝篁,气变金石。”(《乐府》)“桓谭疾感于苦思,王充气竭于思虑。”(《神思》)“是以诗人感物,联类不穷。”(《物色》)“盖阳气萌而玄驹步,阴律凝而丹鸟羞,微虫犹或入感,四时之动物深也。”(《物色》)“人禀七情,应物斯感;感物吟志,莫非自然。”(《明诗》)“祈幽灵以取鉴,指九天以为正,感激以立诚,切至以敷辞,此其所同也。”(《祝盟》)

“诗总六义,风冠其首,斯乃化感之本源,志气之符契也。”(《风骨》)“序乾四德,则句句相衔;龙虎类感,则字字相俪。”(《丽辞》)所谓“易感”“疾感”“感物”“入感”“感激”“化感”“类感”,其意旨包括“感动激奋”“教育感化”“以类相感”等等,都具有“感召”的意思。在刘勰看来,在情与景、心与物、主体与客体的关系中,“情以物迁”,“物”对于“情”而言,具有感动性、感发性、感召性、感染性、感激性的意义。所以《物色》篇说:“献岁发春,悦豫之情畅;滔滔孟夏,郁陶之心凝;天高气清,阴沈之志远;霰雪无垠,矜肃之虑深;岁有其物,物有其容,情以物迁,辞以情发。”不同的岁时有不同的景色,不同的物色决定人有不同的情感;审美创作活动既然由这样的情感的感发、感动而生成与开展,那么文艺作品也就必然是自然万物的再现与表现了,因此,在刘勰看来,“诗人感物”是审美创作动机与需要生成的基本原因。

刘勰对审美创作动机生成的描述是符合现代审美心理学理论的。根据心理学原理,每个人身上都隐藏着许多潜在的心理能量,所谓“人禀七情”,这些能量具有一种外射倾向,渴望着排遣与发泄,期待着“触物起兴”“触景生情”“感物心动”而“因变取会”。故时刻都在寻求表现的对象,这就是审美创作需要产生的缘由。但是,要使这种需要真正引起审美创作活动,就必须变需要为动机,需要“感”“动”“引心”“迎意”。所谓审美创作动机,就是审美创作活动的心理动力,也可称为契机,或契合点与立足点。在刘勰看来,就是“引心”“迎意”。审美创作的主体只有受到客体的感召和刺激,“物色之动,心亦摇焉”,“情动于中而形于外”,需要才能转变为动机,主体与客体交遇、融汇,从而才能促成审美创作活动的进行。

由此来看,很显然,要使需要到动机这一转变得以实现,则应具备一定的条件。那么,审美创作动机形成的条件是什么呢?刘勰在《文心雕龙》中提出“感物吟志，莫非自然”说来对此进行了比较深入的描述和论述。他在《明诗》篇中说：“人禀七情，应物斯感，感物吟志，莫非自然。”就提出“感物吟志”说，来概括与表述审美创作动机的形成与审美创作活动的发生。

刘勰之前，中国古代美学思想就有关于审美创作动机的生成是“感物吟志”的说法。其思想的起源大概要追溯到西汉之前的《乐记》。关于审美创作动机的形成，《乐记》说：“凡音之起，由人心生也。人心之动，物使之然也。感于物而动，故形于声。”又说：“乐者，音之所由生也；其本在人心之感于物也。”还说：“凡音者，生人心者也。情动于中，故形于声。”这里就提出“感于物而动”的观点，并加以反复再三地强调。分析起来，其中大致包括三种含义：第一，审美创作活动是人的心理需要，“由人心生”，故审美创作动机的形成必须具备主体方面的条件；第二，审美创作动机的形成又需要一定外物的条件，是“物使之然”；第三，审美创作动机的形成过程是“人心之感于物”——“感于物而动”。这些观点基本上是符合审美心理学关于审美创作动机形成的原则的。

审美创作活动本于人心之需要的见解。在《乐记》之前或稍后也有人论及。如《荀子·乐论》云：“夫乐者，乐也，人情之所不能免也。故人不能无乐。”① 从这里可以看，荀子认为人的情感，即“乐”，需要宣泄，而音乐则是表现情感的一种最佳方式，故“人不能无乐（音乐）。”后来西汉时期的《毛诗序》则云：“诗者，志之所之也，在心为志，发言为诗，情动于中而形于言，言之不足，故嗟叹之，嗟叹之不足，故永歌之，永歌之不足，不知手之舞之，足之蹈之也。”《淮南子》也云：“凡人之性，心和欲得则乐，乐斯动，动斯蹈，蹈斯荡，荡斯歌，歌斯舞，歌舞无节则禽兽跳矣。人之性，心有忧丧则悲，悲则哀，哀斯愤，愤斯怒、怒斯动，动则手足不静。人之性，有侵犯则怒，怒则血充，血充则气激，气激则发怒，发怒则有所释憾矣。故钟鼓管箫，干戚羽旄，金鼓斧钺，所以饰怒也。”② 他们都注意到了由“情志”这种潜在的心理能量的作用，使人们产生诸如忧伤、悲哀、愤怒、喜乐等多种多样的情感，加上“血充”“气激”的推动，促使人们动荡不安，“手足不静”，

---

① 这里提到的第二个“乐”或称“天情”，代表“人”天生就有的喜、怒、哀、乐等各种情感。参见《荀子·天论》。

② 《淮南子·本经训》。

需要“有所释憾”，驱动着人们“嗟叹”“永歌”“舞蹈”，因此，人们需要进行审美活动来发掘潜能，通过“饰喜”“饰哀”“饰怒”，以获得心理平衡。倘若没有这种“动于中”的人心真实需要，那么，则“强哭者虽痛不哀，强亲者虽笑不和”[①]。可见，人心之需要的是促成审美创作活动发生与进行的必要条件。然而，他们却没有论述到如何才能够促进这种需要的转变，都漏掉了“感于物后动”这一基本观点，忽视了不可或缺的“感物”——这一审美创作活动生成的心理动力条件。因而，我们认为，《乐记》的作者注意并论述到这点，不能不说是他高明之所在。但是，从《乐记》全篇的论述来看，其所言之“感物”还偏重于社会政治与伦理教化方面的内容，没有注意到自然环境以及人生遭际等外物与外界条件对产生审美创作动机的重要作用。

到魏晋南北朝时期，随着审美创作的发展与审美创作实践经验的丰富，“感物吟志”说的理论也得到进一步的充实、提升和完善。首先把“感物吟志”说推进一步的是晋代的陆机。他在《文赋》中，一开篇便说道：“伫中区以玄览，颐情志于典坟。遵四时以叹逝，瞻万物而思纷。悲落叶于劲秋，喜柔条于芳春。心懔懔以怀霜。志眇眇而临云；咏世德之骏烈，诵先人之清芬；游文章之林府，嘉丽藻之彬彬。慨投篇而援笔，聊宣之乎斯文。”“伫中区以玄览”，是对客观世界万事万物的观察，它和“遵四时以叹逝”是互为补充的。李善注云：“遵，循也。循四时而叹其逝往之事，揽视万物盛衰，而思虑纷纷也。”也就是说，所谓“遵四时”之“遵”，其意为遵循，随着四季的交替、万物的盛衰而思虑纷纷。由此可知，在陆机看来，宇宙天地间万物的盛衰，四时景物的变化，先人功德的激励与文辞典籍的启发都是触发审美创作动机的条件。这显然增加和扩大了审美创作动机生成的“物”的内容，充实了“感物吟志”说的内涵。而刘勰则在此基础上展开了更为具体的论述，进而把“感物吟志”说发展到完满的地步。在《物色》篇中，刘勰说：“物色之动，心亦摇焉。”景物的不同气象摇动文艺创作者的心灵，由此而生喜、怒、哀、乐之情，以引发审美创作冲动。故而《物色》篇又说：“诗人感物，联类不穷。”《诠赋》篇中则说：“原夫登高之旨，盖睹物兴情。情以物兴，故义以明雅；物以情观，故辞必巧丽。”

---

① 《淮南子·齐俗训》。

就语义学看，“感”的基本含义有两层：第一，《增韵》云：“（感）格也，触也。”《易·咸卦》云：“天地感而万物化生，圣人感人心而天下和平。”又《字汇補》云：“与撼通。”《诗经·召南》云：“无感我帨兮。”可见，“感”就是指直接作用于感觉器官的客观事物的整体在人脑中的再现。第二，《说文解字》云：“感者，动人心也。”“感”与“撼”通，可见“感”就是心灵的震动。以上两层意思加在一起，就是“感物心动”，基本义就是心物相应，为心物相遇遂起情动，感于物，内动乎情，情不可遏，故又曰兴。按照心理学理论，人之喜怒哀乐爱恶惧①等“七情”是人的基本情感类型，乃生来就有的。然而这些情感的需要表现还只是推动文艺创作者进行审美构思的潜在内部驱动力。要让它们转化为审美动机，以促成审美创作活动的生成，还必须得有外物的触发，故在刘勰看来，无论是“应物斯感”，还是“睹物兴情”，都离不开，“感物”。“情以物兴”，只有在“物”的感召和刺激之下，才能使需要转化为动力，从而形成审美创作动机。从《文心雕龙》审美心理学的整个体系来看，刘勰所言之“感物”具有两个大的方面的内容：一指社会生活环境；二指自然地理环境。“歌谣文理，与世推移，风动于上，而波震于下者”“文变染乎世情，兴废系乎时序”（《时序》）中的“世”“世情”“时序”是指的社会生活与时代背景对审美创作动机的影响。刘勰认为，社会与时代的变迁与审美创作的兴衰紧密相关，时代变换与社会发展了，那么促成审美创作动机的外部环境也变了，由此影响及审美创作活动的变化。建安文艺美学思潮之所以“并志深而笔长，故梗概而多气也”，就是因为产生审美创作动机的是“世积乱离，风衰俗怨”的战乱生活。因此说“幽厉昏而《板》《荡》怒；平王微而《黍离》哀”（《时序》）。社会生活等外环境的刺激是产生审美创作动机的主要条件。同时，在刘勰看来，自然环境的激发对审美创作动机的形成也极为重要。他在《物色》篇中说：“春秋代序，阴阳惨舒，……物色相召，人谁获安？是以献岁发春，悦豫之情畅；滔滔孟夏，郁陶之心凝；天高气清，阴沈之志远；霰雪无垠，矜肃之虑深。岁有其物，物有其容，情以物迁，辞以情发。一叶且或迎意，虫声有足引心；况清风与明月同夜，白日与

① 《礼记·礼运》云：“何谓人情？喜怒哀惧爱恶欲，七者，弗学而能。”依照《黄帝内经》，人之情出于心神，表现为喜怒哀乐等情感，为性之外现，像树木之干；欲生于情，为情之内涵，像树木之花叶。

春林共朝哉！”“一叶”“虫声”“玄驹”“丹鸟”“清风”“明月”“白日”“春林”等等自然景象引发文艺创作者的“悦豫”“郁阴”“阴沈”“矜肃”等心理活动与情感活动。自然物色感召、呼唤着文艺创作者，使其心中跃踊着一种冲动，推荡、鼓舞着文艺创作者，使其心旌摇荡、激荡感动、躁动不安，需要以审美创作活动来让自己悦豫之情畅，从而“情以物迁，辞以情发”，产生审美创作动机，并进入审美创作活动。春夏秋冬，四季景物不同；朝阳的喷薄而出与一轮明月的朗照，景色各异，由此而触发的审美情感也有区别，然而所促成的审美创作动机却是一致的。不同的自然环境形成相同的审美创作动机。可见“山林皋壤，实文思之奥府”，审美创作动机的生成离不开“江山之助”（《物色》），需要外环境的激发。

与刘勰同时的钟嵘，则把“物感吟志”说专门用来描述诗歌审美创作动机的生成。他不仅着眼于社会生活和自然风物对审美创作动机形成的影响，更重要的是，他还十分强调个人的生活际遇对促成审美创作动机的作用。在《诗品序》中，他说：“气之动物，物之感人；故摇荡性情，形诸舞咏。……若乃春风春鸟，秋月秋蝉，夏云暑雨，冬月祁寒，斯四候之感诸诗者也。嘉会寄诗以亲，离群托诗以怨。至于楚臣去境，汉妾辞宫，或骨横朔野，魂逐飞蓬；或负戈外戍，杀气雄边；塞客衣单，孀闺泪尽。或士有解佩出朝，一去忘返；女有杨娥入宠，再盼倾国。凡斯种种。感荡心灵，非陈诗何以展其义？非长歌何以聘其情？”正如刘勰“感物吟志”命题所规定的，审美创作动机的形成是“物之感人”，而引起文艺创作者心灵“摇荡”的则是“物”。“物”与“人”是形成审美创作动机的两个基本条件。“物”的具体内容包括社会生活、自然物候，以及人的生活遭际。春风春鸟、秋月秋蝉、夏云暑雨、冬月祁寒等自然风貌，固然不能不使人心动，然而更令人心怦然而动的则是社会人生的各种际遇，例如嘉会、离群、迁逐、辞国、去乡、戍边、闺思等等。生活赐予个人命运的或许是悲欢离合，荣辱尊宠，但赠予审美创作活动的却是隽永激越的诗兴诗情！倘若没有这些生动的、丰富的和不断变化的客观事物与现实际遇对审美创作动机的激发，没有外物与内情，外环境与内环境、物与心、景与情的相触、相感、相碰、相撞、相交、相融、相汇，就不可能有审美创作活动的发生与开展。

刘勰与钟嵘以后，历代文艺美学家仍有不少人论及“感物吟志”说。例如，唐代刘禹锡说："为江山风物之所荡，往往指事成歌诗。"[①]宋代欧阳修说："诗之作也，触事感物，文之以言。"[②]朱熹也说："诗者，人心之感物而形于言之余也。"[③]明代宋濂说："及夫物有所触，心有所向，则沛然发之于文。"[④]清代吴乔说："人心感于境遇，而哀乐情动，诗意以生。"[⑤]等等，都是对"感物吟志"说的引申，无甚大的发展，故我们在这里就不再一一述及了。

二

从上面的概述中，可以看到，刘勰提出的"感物吟志"说强调人心与外物的感应和交融是审美创作动机的生成契机，人"心"和外"物"是促成审美创作需要转化为审美创作动机的必不可少的条件。那么，这一观点的心理学依据是什么呢？下面试加以阐释。

（一）审美创作活动的主体应具备与审美创作需要相适宜的能力，否则，无论外物的感召多强烈，也很少可能促使审美创作需要转变为审美创作动机。《淮南子·泰族训》曾举审美创作活动中最难进行的音乐活动来说明审美创作能力在审美创作活动中的重要性："六律具存而莫能听者，无师旷之耳也。故……律虽具，必待耳后听。"音乐的听觉能力对从事音乐这种审美创作活动具有决定性的作用，没有"师旷"那种音乐的耳朵，是不可能进行音乐这门审美创作活动的，无论作曲、演奏，还是欣赏这种再创造。按照美国心学家季尔福的理论，从事审美创作活动的主体应该具备六种能力：思维的敏捷性、类比与对比能力、表达能力、善于从一个等级对象转换到另一等级的对象，灵活的适应性或新异性、赋子艺术形式以必要的轮廓的才能[⑥]。这六种审美创作能力的获得基于天赋又赖于后天的培养。先天的不足会给审美创作活动带来局限，同样，后天的努力和必要的审美创作修养也对开展审美创

① 《刘氏集略说》。

② 《诗本义》卷十四。

③ 《诗集传序》。

④ 《叶夷仲文集序》。

⑤ 《围炉诗话》。

⑥ 转引自苏鲍列夫《美学》，中国文联出版公司1986年版，302页。

作活动有极大的影响。《淮南子·说林训》云:“徵羽之操，不入鄙人之耳。”高诱注云:“徵羽正音，小人不知，不入其耳。”《淮南子·说林训》又云:“珍和切适，举坐而善。”高诱注云:“抮，转也。转其和更作急调，激楚之音，非正乐，故举坐而善之。”对音乐的审美欣赏是有较大差异的，对音乐雅俗的喜好与欣赏者文化修养有着直接的关系。“鄙人”，一般的俗人，审美能力不高，听了高雅的《采菱》《阳阿》，认为还不如通俗的《延路》好听。《淮南子》在这里并非指责“鄙人”，而是说出了一个道理，音乐欣赏有“阳春白雪”与“下里巴人”的区别，鄙人认为高雅的《采菱》《阳阿》不如通俗的《延路》，这是因为审美能力的高低造成的，道出了审美能力差异对音乐感知欣赏的不同。审美接受与欣赏如此，审美创作相同。审美创作能力以及有关修养的高低和差异也决定着审美创作需要转化为审美创作动机的程度深浅与性质的差异，没有一定的音乐修养，或者修养很低，则很难产生音乐审美的动机并进行音乐这种高雅的审美创作活动。其他门类的审美创作也是这样。元代揭傒斯说:“王荆公谓杜少陵‘读书破万卷，下笔如有神’，是他自言入神处。韩文公称卢仝‘于书无不读，然止用以资为诗’。山谷谓:‘不读书万卷，不行地千里，不可看杜诗。’‘杜诗无一字无来处。’东坡谓:‘孟浩然如内法酒手，而乏材料。’盖有才无学，如有良将而无精兵，有巧匠而无利器。虽才高如孟浩然，犹不能免讥，况他人乎？”[①]有先天的生理的素质，如果没有后天的学习与实践的熏陶，则是不可能获得很高的审美创作能力的。“有才无学，如有良将而无精兵，有巧匠而无利器”，说明了通过后天学习以培养审美创作能力对产生审美创作动机与进行审美创作活动的重要作用。唐代大诗人杜甫之所以取得“上薄风雅，下该沈宋，言夺苏李，气吞曹刘，掩颜谢之孤高，杂徐庾之流丽，尽得古今之体势，而兼人人之所独专矣”[②]的艺术成就，就是和他“读书破万卷”[③]分不开的。正如刘勰在《神思》篇所指出的:“若学浅而空迟，才疏而徒速；以斯成器，未之前闻。是以临篇缀起，有二患：理郁者苦贫，辞溺者伤乱，然则博见为馈贫之粮。贯一为拯乱之药。”因此，在他看来，文艺创作者既需要先天的禀赋，又需要后天的努力，由此始促成审美

① 《诗学指南》卷一。

② 元稹:《唐检校工部员外郎杜君墓系铭并序》。

③ 杜甫:《奉赠韦左丞丈二十二韵》。

创作动机的形成与审美创作活动的发生和开展。

如前所说，在刘勰看来，人的能力是有差异的。“人之禀才，迟速异分。……相如含笔而腐毫，扬雄辍翰而惊梦，恒谭疾感于苦思，王充气竭于思虑，张衡研《京》以十年，左思练《都》以一纪：虽有巨文，亦思之缓也。淮南崇朝而赋《骚》，枚皋应诏而成赋，子建援牍如口诵，仲宣举笔似宿构，阮瑀据案而制书，祢衡当食而草奏：虽有短篇，亦思之速也。”（《神思》）汉代辞赋家司马相如构思迟缓，而另一位辞赋家枚乘却才思敏捷，行文很快，故文艺美学史上有“枚速马迟”的说法。但枚乘的辞赋却没有司马相如做得好，这一点枚乘自己也承认。每个人的先天禀赋、性情爱好、知识水平和生活环境不同，从而形成先天素质和后天修养的个性差异并影响其能力。

审美心理学所指出的这种能力的个体差异，在审美创作活动中表现得尤为明显。“王粲长于辞赋，徐干时有齐气，然粲之匹也。……琳、瑀之章表书记，今之隽也。应瑒和而不壮，刘桢壮而不密。孔融体气高妙，有过人者，然不能持论，理不胜辞，以至于杂以嘲戏。及其所善，扬、班俦也”[①]。文艺创作者的禀性、气质不同，从而表现出审美创作能力的差异，并形成各自审美创作动机上审美诉求与定向反应的差别，影响及审美创作的专长和特色。

刘勰认为，能力的差异和人的气质有关。这点我们在“文气”说中已经论及。中国古代哲人认为，“气”是万物的本源，人也由“气”所构成，“气”与审美创作。活动的生成有关。人的个性特征是由气造成的，“木气人勇，金气人刚，火气人强而躁，土气人智而宽，水气人急而贼”[②]；又“孔文举金性太多，木性不足，背阴和阳，雄倬孤立”[③]。人的能力也是“气”造成的，“今人之所以眭然能视，瞀然能听，……何也？气为之充，而神为之使也”[④]。并且，“气”又分可养与不可养两种，“气之清浊有体，不可力强而致”[⑤]里的“气”是不可养之气，它指形成人能力的先天方面的心理素质；“纷哉万象，劳矣千想。玄神宜宝，素气资养”（《养气》）与“气之与言犹是也，气盛则言之短长与声之

① 曹丕：《典论·论文》。

② 任嘏：《道论》，见《太平御览》。

③ 《意林》引姚信《士纬》。

④ 《淮南子·原道训》。

⑤ 曹丕：《典论·论文》。

高下者皆宜”[①]里的“气”是可养之气，着重指形成审美创作能力的后天因素，包括学习与审美实践等方面的修养。正由于有先天的“引气不齐”与后天的“气盛”“气衰”，所以造成因于这两方面因素而成的审美创作能力的差异。

“气”决定着人们之间审美创作能力的差异，而能力的差异又必然造成人们选择审美创作活动表达形态与风貌特色的差异。徐干“时有齐气”，善辞赋，为“粲之匹”，“孔璋（陈琳）章表殊健”，“仲宣（王粲）独自善于辞赋，惜其体弱，不足起其文”[②]。他们各自禀气不同，审美创作表达能力也存在着差异，因而，对满足审美需要的审美创作表达活动的选择也不同。这种基于自己能力的所长而进行的审美创作表达形态的选择，实际上决定于创作动机。现代审美心理学表明，审美创作需要、审美创作能力、审美表达形态的选择与审美创作动机之间，存在着一个定向反应，一定的审美创作需要总是向着所具有的审美创作表达能力的方向转化成审美创作动机。因为没有某一方面、某种文体形态的审美创作能力，审美创作需要再强烈，也很难产生这方面的审美创作动机，所以我们说与审美创作需要相适应的审美创作表达形态选择能力是审美创作动机形成的重要条件。正如刘勰所指出的：“文章由学，能在天资。才自内发，学以外成。”（《事类》）这是：“感物吟志”说对于审美创作动机生成的主体方面的条件要求。

（二）与审美创作需要相适宜的环境和活动对象是审美创作动机产生的必要条件。“饥者歌其食，劳者歌其事”[③]。环境的压抑产生审美创作需要，同时，也限制并影响及审美创作动机的形成与审美创作活动的开展。可以说，任何审美创作活动都是在其特定的环境中进行的，因而，人们在选择和开展审美创作活动时，其心理趋向必定受活动环境（物）的左右。

形成审美创作动机的环境，按照“感物吟志”说的基本观点，又分为社会环境和自然环境两种。社会环境包括政治生活和人生际遇。政治生活对审美创作动机的生成非常重要。《毛诗序》云：“王道衰，礼义废，政教失，国异政，家殊俗，而变风变雅作矣。”[④]社会政治生活与审美创作活动关系密切，

---

① 韩愈:《答李翊书》。

②《与吴质书》。

③ 韩婴:《韩诗序》，见《太平御览》卷五百七十三。

④《毛诗序》。

政治清明，民生安定，即产生“正风正雅”这样的“治世之音”：政治腐败，社会动乱，民生怨苦，即产生“变风变雅”一类的“乱世之音”。刘勰说：“身挫凭乎道胜，时屯寄于情泰，莫不渊岳其心，麟凤其采，此立本之大要也。”（《杂文》）在刘勰看来，则或“陈尧舜之耿介，称汤武之只敬”，或“讥桀纣之猖披，伤羿浇之颠陨”；或“标放言之致”，或“寄独往之才”（《辨骚》）；生活环境、人生际遇对审美创作动机的形成影响重大。“屈原执笔忠贞，而被谗邪，忧心烦乱，不知所想，乃作《离骚经》。”[①]李白一生，到处漂泊。他出身低微，与当时的世族毫无瓜葛。从小就“混游鱼商”[②]，以后又“流落楚汉”[③]，因此形成“志不拘检”[④]、落拓不羁的性格。受此影响，他的审美创作动机的生成几乎全凭其“兴”之所至：“三山动逸兴”[⑤]；“感叹以秋兴”[⑥]；“爱此溪水闲，乘流兴无极”[⑦]；“还归布山隐，兴入去天高”[⑧]；“人分千里外，兴在一杯中”[⑨]。并且由此形成他“故其为文章，率皆纵逸”[⑩]的创作特色。

自然环境包括地理风貌和时序变化等因素。地理环境对审美创作动机的生成起着极为重要的作用。“昔古朱襄氏之治天下也，多风而阳气畜积，万物散解，果实不成，故士达作为五弦琴，以来阴气，以定群生”[⑪]。古代的人爱好五弦琴是与当时的地理物候“多风而阳气畜积”分不开的。山川地貌也影响及审美创作动机的形成。“昔陶唐氏之始，阴多滞伏而湛积，水道壅塞，不行其原，民气郁阏而滞著，筋骨瑟缩不达，故作为舞以宣导之”[⑫]。远古的高原穴居生活，使真真民气郁阏而滞著”，因而人们喜爱以舞蹈来愉悦精神，

① 王逸：《离骚经序》。
② 《与贾少公书》。
③ 《与韩荆州书》。
④ 《河岳英灵集》。
⑤ 《与从侄杭州刺史良游天竺寺》。
⑥ 《岘山怀古》。
⑦ 《姑熟溪》。
⑧ 《赠别王山人师布高》。
⑨ 《江夏别宋之悌》。
⑩ 《江夏别宋之悌》。
⑪ 《吕氏春秋·古乐》。
⑫ 《吕氏春秋·古乐》。

健身祛病。人为宇宙之精华，万物之灵长[1]。自然的灵气孕育了人，滋养着人类的文化心理智能结构；自然的风貌则陶冶着人们的审美情趣；云海冰川，秀林苍山，茫茫的草原，浩翰的大漠，滔滔的江流与巍巍的群山都影响并促使着审美创作动机的生成。"是以诗人感物，联类不穷；流连万象之际，沈吟视听之区。写气图貌，既随物以宛转；属采附声，亦与心而徘徊"。就其本质而言，审美创作活动永远是对象性的活动，它必须指向一定的活动对象与环境，才能"感物联类"，触发审美创作动机，从而"流连万象"，通过审美创作活动的对象和环境使审美创作需要获得满足。自然界的万事万物都是审美创作活动的对象，因而，都可能使主体于"流连""沈吟"中触发审美创作动机，都对审美创作动机的形成有着潜在的重要作用。

"日月忽其不淹兮，春与秋其代序。惟草木之零落兮，恐美人之迟暮"(《离骚》)。时序的变化，物色的荣枯对审美创作动机的形成也密切相关。"春秋代序，阴阳惨舒，物色之动，心亦摇焉"。春秋的交替，自然景色的变换，人的心情也受到影响，或"喜柔条于芳春"，或"悲落叶于劲秋"，心意感发，从而形成审美创作动机。人心与四时、宇宙是相通的，"人生有喜怒哀乐之答，春秋冬夏之类也；喜，春之答也；怒，秋之答也；乐，夏之答也；哀，冬之答也。天之副在乎人，人之情性有由天者矣"[2]。故四时代序，物色相召，人谁获安？现代心理学指出，人的心境，情绪与气候变化相关。例如，日照时间越短，雨量越大，气温越低，人的凝虑情绪就越明显；气温越高，人就越困倦。当人的这种内环境生理反应与外环境的气候条件相遇合时，则会产生相应的心境，由此而心物感应，异质同构，从而萌发审美创作动机并引起审美创作活动。

没有一定的环境与对象，则不可能导致人心的感荡，审美创作动机的形成也就没的可能。因此，与审美创作活动相适应的环境与对象是产生审美创作动机必不可少的条件。

一定的环境对于一定的审美创作动机的形成是有益的，但有时则对这一审美创作动机的形成有阻止或压抑的作用。北宋孙光宪《北梦琐言》曾记载

---

① 见《尚书·周书·泰誓》。

② 董仲舒:《春秋繁露》卷十一。

唐代文艺家郑綮的故事：“（綮）虽有诗名，本无廊庙之望。……或曰：‘相国近有新诗否？’对曰：‘诗思在灞桥风雪驴子上，此处何以得之？’”郑綮认为诗歌审美创作动机的生成应来自不幸的人生际遇或野外自然景色之中，而自己当了宰相，环境变了，对审美创作动机的形成不适应，故诗也做不出来了。唐代另外两位著名诗人白居易与刘禹锡的经历也与此相仿。白居易早年关心民生疾苦，对民众生活有所接近，故作了一些好诗。可后来随着地位的变化，虽也写了不少诗，但大多缺乏真实情感，连他自己都不以为然，说“时之所重，仆之所轻”[①]。刘禹锡也如此，官做大了，环境发生变化，诗意的到来勉强，诗味也就索然了。

审美创作动机的生成离不开环境与活动对象，但总的说来，它对环境与对象的要求并不苛刻。无论是环境的心理适宜性，还是环境的生理适宜性，也无论是积极的环境，还是消极的环境，审美活动对象则包括宇宙间的万事万物，都可以促成审美创作动机。“兴在一杯中”也可；“兴酣落笔摇五岳”（李白：《江上吟》），也可“忆在潼关诗兴多”（杜甫：《峡中览物》）。唐肃宗至德二年，杜甫因疏救房琯获罪，第二年六月被贬为华州司空参军，到第三年十月离秦州往同谷，仅一年多时间，却“一岁四行役”（《发同谷县》）。其间诗人风尘仆仆地往返颠沛于华州至洛阳之间，耳闻目见的是一片兵荒马乱、老百姓流离失所的惨象。现实的残酷和大众的苦难刺激着诗人，激发着诗人审美创作动机的生成，使得诗人“诗兴多”，写下了“三吏”“三别”等著名诗篇，留誉后世。“即事会赋诗”（《西阁曝日》），天底下，宇宙间的一切事物都给能引起诗人的审美创作动机：“诗尽人间兴”（《西阁二首》之一），社会生活的各个角落都能触动诗人的“诗兴”，引发审美创作动机。春日“发兴自林泉”（《春日江村五首》之二）；秋日“山林引兴长”（《秋野五首》之三）；夏夜“兴饶行处乐”（《夏夜李尚书筵送宇文石首赴县联句》）；冬野“兴远一萧疏”（《瀼西寒望》），四时景物各异，对诗人审美创作动机的促发却相同。凭高望远，“户牖凭高发兴新”（《题郑县亭子》）；友朋欢会，“云山已发兴，玉佩仍当歌”（《陪李北海历下亭》）；大雨之时，“片云头上黑，应是雨催诗”（《陪贵诸公子丈八沟携妓纳凉晚际遇雨》）；面对雪景，“战哭多新鬼，悉吟独老翁”（《对

---

① 《与元九书》。

雪》)；坐在草地，“忧来藉草坐，浩歌泪盈把”(《玉华宫》)；喜得桐叶，“石栏斜点头，桐叶坐题诗”(《重过何氏五首》之三)；欣赏花木，“花枝照眼句还成”(《酬郭十五判官》)；关心竹子，“更欲题诗满青竹”(《题郑县亭子》)；怜悯病马，“感动一沈吟”(《病马》)；看见茅屋，“可以赋新诗”(《已上人茅斋》)。不同的环境与不同的对象，都可以促成审美创作动机的生成。

尽管环境不同，审美创作动机还是顽强地生成出来，这取决于文艺创作者的心理素质。通常，文艺创作者的心理智能结构具有相对的稳定性和协调性。这种“随物以宛转”，通变自如的心理智能结构，是以文艺创作者深厚的实践经验为基础的，它在文艺创作者的心中形成一种定势，随时准备接受外来信息的感召，一旦有了刺激，处在定势效应中的知觉，就立即“急起从之，振笔直遂，以追其所见，如兔起鹘落，少纵即逝矣”①。“即物起兴”，“应物斯感”，审美创作动机因于“物”的感动，由此而生成。苏轼在《答谢民师书》中说:“求物之妙，如系风捕影，能使物了然于心者。”这里就强调指出，文艺创作者通过认真观察、体会审美对象，清楚、深入地掌握其特征后，自然而然地生成审美动机以进入审美创作活动。当然，这中间还要求作者有熟练的艺术技巧，在创作活动中才能够得心应手，左右逢源。所谓“情以物迁，辞以情发”(《物色》)，“内外相感”，“情以物兴”，“物以情观”“情往似赠，兴来如答”(《物色》)，心物间回旋往复，互感交会，情物交融，进而“情理以设位，文彩行乎其中”(《熔裁》)，“情固先辞”(《定势》)，以完成审美意象的熔铸与呈现。此一过程中，审美需要转化为审美创作动机，应把握住心灵冲动的瞬间。在刘勰看来，须要文艺创作者“禀心养术”“积学储宝”“研阅以穷照”并“率志委和”，投入全部经验和整个身心，使整个审美心理智能结构协调活动。故文艺创作者的审美心理智能结构在审美创作需要与环境对象之间起着决定的作用。

综上所述，可以见到，要使心物感应，变审美创作需要为动机，审美创作活动的主体必须具备相适宜的能力，而相应的环境与对象也缺一不可，三者合而为一，始能促使文艺创作者“感于物而动”，以生成审美创作动机并进入审美创作活动。这就是我们所认为的“感物吟志”说在审美心理学方面的意义。

---

① 苏轼:《文与可画筼筜谷偃竹记》。

第八章 志思蓄愤：审美创作动机生成论之二

所谓审美创作心理动机，即文艺创作者从事审美创作活动的某种推动力。任何一部作品都是文艺创作者在某种动力的作用下进行创作的，而这种动力则被称之为审美创作心理动机，审美创作心理动机是由需要产生的，在文艺创作者心里失衡的情况下形成易感点，由于外部刺激的触动，于是产生了带有极强行动力量并对整个创作过程起支配作用的或隐或显的意图。它基于人的高层次需要即审美需要产生的，激发创作主体进行文学创作，并把创作主体的情感活动、想象活动、意象活动、言语活动等引向特定的审美对象，进而把特定的审美对象熔铸成审美意象的心理原动力。而“志思蓄愤”说则是《文心雕龙》审美心理学思想中关于审美创作心理动机生成的一个重要命题。它体现了刘勰对审美创作心理动力的探求和总结。它源远流长，自《诗经》《楚辞》的审美创作实践始，到孔子、司马迁，再到刘勰从理论上的总结，并经后代两千余年的历史，至今仍在影响着审美创作实践。

一

作为美学意义上的渊源，刘勰“志思蓄愤”说，可以追溯到先秦时期的审美创作实践，如《诗经》中的一些诗句就流露出文艺创作者作诗的动机是“心之忧矣，我歌且谣”[①]，“君子作歌，维以告哀”[②]，“维是褊心，是以

① 《诗经·魏风·园有桃》。

② 《诗经·小雅·四月》

为刺"[1]。从事诗歌审美创作的动机是由于有"忧""哀"与"不平"等情感需要的发泄，故后来孔子在对《诗经》的创作实践进行总结时说："诗可以怨。"(《论语·阳货篇》)屈原对审美创作的动机说得更为直截了当。"惜诵以致愍兮，发愤以抒情。"[2]有"愤"要抒，始有诗歌审美创作的发生。这是先秦时期的作者从审美创作实践中所得到的体会和感悟。审美创作的心理动力是一种忧闷愤郁情感的宣泄和排遣，只有这样，才能使文艺创作者的心理获得和谐与平衡。按照心理学的原理，情感是人对客观事物与人的需要之间的关系的再现，或者说是人对客观事物是否符合人的需要而生的体验。因此，情感与需要是紧密联系在一起的。需要的满足与否可以引起情感的变化。尽管情感多种多样，但总归起来可划分为愉快与不愉快两类。需要得到满足，引起主体愉快的情感；反之，则引起不愉快的情感。管子说："凡人之情，得所欲则乐，逢所恶则忧，此贵贱之所同有也。"(《管子禁藏》)就指出人的本性是只要满足了自己想要满足的需要，就感到愉快，遇上不能满足自己需要的时候，就感到不愉快，产生幽怨的感情。从审美心理学的视角来看，审美情感是通过审美体验来再现客体与人的需要之间的关系。审美体验活动中，由于审美主体的审美心理智能结构的作用，不愉快的情感也能通过审美需要的满足转化为一种审美快感，即经过净化和陶冶所产生的愉悦感受。因而，可以说，人们进行审美创作活动，主要就是追求通过对不愉快情感的发泄以使自己的本性需要和审美需要得到一定的满足。显然，这也就是刘勰"志思蓄愤"说所蕴含的主要美学思想和理论依据。应该说，中国古代文艺创作者，如《诗经》的作者与屈原，从自己的审美创作实践中，直觉地体悟到审美创作的需要乃是一种"愤怨"的不愉快情感的排遣，是人渴望获得审美情感的需要，从而揭示出"志思蓄愤"说的基本思想，这是十分可贵的。但是也应该看到，《诗经》作者的心"忧"而作歌谣以倾吐"哀"情，与屈原的"发愤以抒情"，从而获得心灵的慰藉等对于审美创作心理需要与动机的表述，以及孔子的"诗可以怨"，都仅仅是一般表述而已，涉及了"志思蓄愤"说的基本思想，他们还没有，也不可能对其具体内涵作更深一层的阐述。

---

① 《诗经·魏风·葛屦》。

② 《楚辞·九章·惜诵》。

到了汉代，随着文艺审美创作的发展，司马迁在对历史上的创作实践进行总结的基础上，并通过自己的切身感受，始对“志思蓄愤”说这一审美心理学命题作了比较具体、全面的论述。他在《史记·太史公自序》中说：“夫《诗》《书》隐约者，欲遂其志之思也。昔西伯拘羑里，演《周易》；孔子厄陈、蔡，作《春秋》；屈原放逐，著《离骚》；左丘失明，厥有《国语》；孙子膑脚，而论兵法；不韦迁蜀，世传《吕览》；韩非囚秦，《说难》《孤愤》；《诗》三百篇，大抵贤圣发愤之所为作也。此人皆意有所郁结，不得通其道也，故述往事，思来者。”这里就明确指出，生成审美创作心理动机的心理因素为“愤”，其基本内涵是“意有所郁结”，是压抑的心理状态与一种生命意志的需求。有了“愤”，且需要抒“发”，故有了“述往事，思来者”的审美创作的生成。这也就是说，著书的心理动力是为了使“不得通其道”之“郁结”心理有处发泄、舒展、抒发，从而达成“遂其志之思”的目的。不难看出，司马迁所认为的审美创作需要是文艺创作者通过对现实生活的深刻体验，积累了强烈的难以抑制的情感冲动，产生了发泄需要，渴望把自己所感受到的悲愤感伤之情用审美创作活动表现出来，以获得精神的解脱与心理的平衡，得“遂其志之思”的观点，已经基本上形成“志思蓄愤”说的理论框架。

司马迁提出的“发愤著书”的命题，在汉代就得到支持和继承。如东汉桓谭就借贾谊的遭遇为例，推崇“发愤著书”说。他说：“贾谊不左迁失志，则文采不发。”[①] 在他看来，贾谊所以能写出那样优秀的作品，就是因为有志不得申，心有怨愤的结果。何休也指出：“男女有所怨恨，相从而歌，饥者歌其食，劳者歌其事。”[②] 除了承袭“愤书”说外，他还进一步指出饥饿与劳苦等生活际遇与人带来的痛苦是审美创作需要产生的动力。

魏晋时期，审美心理学思想日趋成熟，并出现了刘勰这位卓越的文艺美学理论家。在他这里，“发愤著书”说又有了新的阐发和论述。他在《文心雕龙·明诗》中说：“人禀七情，应物斯感，感物吟志，莫非自然。”，中国古代，在刘勰之前就有七情说，如《礼记·礼运》说：“何为人情？喜怒哀惧爱恶欲，七者弗学而能。”刘勰继承了前人的观点，肯定喜怒哀乐等情感的生

① 《新论》佚文，钱熙祚《指海辑》。

② 《春秋公羊传·宣公十五年解诂》。

成，有人生理的、心理的、天赋的一面，它以心理定势的形式作为接受审美对象所提供的信息的准备，又以已经形成的审美需要作为一种推动整体的内驱力，使文艺创作者的全身心都处于一种积极的期待状态。这样，一经有了外“物”的刺激，在心理定势效应中的审美知觉，就会“自然”而敏锐地予以捕捉和接受，“应物斯感”，使之与审美需要的内力相撞击，从而将审美动机从心灵的深处唤醒。刘勰这样就从审美心理学的角度对“愤书”说给予了理论上的丰富和肯定。不仅如此，在《情采》篇中，他又强调指出真正能够彪炳千秋的不朽之作，大多是发愤之作，是文艺创作者“志思蓄愤，而吟咏情性”，以通过此恢复遭到破坏的文艺创作者与外环境的和谐关系，保持在强烈的刺激下引起震动的内心平衡状态，从而满足审美创作需要的结果。《杂文》篇也说：“原兹文之设，乃发愤以表志。身挫凭乎道胜，时屯寄于情泰，莫不渊岳其心，麟凤其采，此立本之大要也。”就提出“志思蓄愤”说与“发愤表志”说，强调审美创作活动的发生与开展，是为了抒发主体内心的烦闷与愤怨，宣泄主体自己的思想、情感、理想、愿望，促成自我实现，确证自己的本质力量；是为了使文艺创作者有所失落与求而不得的失衡心理得到一种补偿，从而使其心理得到充实，使之达成平衡。

现代审美心理学的研究也表明，之所以需要审美，是因为人有实现心理平衡的需求。审美心理的平衡主要通过两个途径来实现，一个是心理的空缺得到相应的补偿，使心理由不平衡达成平衡；一个是通过自由创造，在自己创造的精神产品、物质产品中充分展现，宣泄自己的思想、情感、理想、愿望、个性、才能，促成自我实现，确证自己的本质力量，从而使心理得到充实和展现，以实现新的更高层次的心理平衡。“志思蓄愤”说所揭示的这种补偿与自我实现也是审美心理的基本原则之一。所谓补偿原则是指通过接纳外物审美特性和通过自我调节以弥补心灵的空缺，使生理、心理由失衡达成平衡、和谐。故而，刘勰强调所发之“愤”一定要真，只有在发自内心的怨愤心理推动之下，才能产生真正的审美创作需要，创作出来的作品也才能感发人意。如果“心非郁陶”（《楚辞·九辩》云：“岂不郁陶而思君兮。”王逸注：“愤念蓄积盈胸臆也。”），即没有真实的愤怨心理激发，而单是“为文而造情”，则不能使心理定势处于积极的期待状态，以产生强烈的审美创作冲动。因而，即使是写出作品，也必定是无病呻吟、苍白无力的。

同时，刘勰还指出，引起心理失衡的原因是多方面的。《辨骚》篇说：“观其骨鲠所树，肌肤所附，虽取熔经意，亦自铸伟辞。故《骚经》《九章》，朗丽以哀志；《九歌》《九辩》，绮靡以伤情；……《卜居》标放言之致，《渔父》寄独往之才。”又说：“讥桀纣之猖披，伤羿浇之颠陨，规讽之旨也。”又说：“虬龙以喻君子，云蜺以譬谗邪，比兴之义也。”又说：“每一顾而掩涕，叹君门之九重，忠怨之辞也。”又说：“依彭咸之遗则，从子胥以自适，狷狭之志也。”这些地方就指出，从作品所表现的审美意蕴来看，有的“哀志”，有的“伤情”，有的“标放言之致”，有的“寄独往之才”；有的为“规讽之旨’；有的是“比兴之义”；有的则为“忠怨之辞”；有的又是“狷狭之志”，不管怎样，总的来看，不外因“哀”于“志”“伤”于“情”两类，或有所失落或求而不得。就人的天性而言，有所失落与求之不得都是人对于“美”的迫切需求以及这种需求尚未获得满足时的生理、心理的不平衡状态。人人都追求生命的延续、发展、完整、和谐，都有对于“美”的追求和欲望。当这种追求、欲望得不到满足时，便产生失落感、缺失感，乃至空虚感，造成生理的不适和心灵的苦闷彷徨、焦躁不安，乃至感到生活乏味，了无生趣。正如梁启超所说：“我确信‘美’是人类生活的一种要素，或者还是各种要素之中最重要者。倘若生活全部内容中把‘美’的成分抽去，恐怕便活不自在，甚至活不成。”[①] 当人体验到这种心灵的空缺，感受到审美的迫切愿望时，使会自觉或不自觉地去寻求新的刺激，追求美的享受，用以补偿心灵的空白、寂寞、无聊，调节、慰藉自己的心灵，使心理的失衡达于平衡，使精神生活更加和谐、多色调，从而精神焕发，心气和平。

刘勰在对审美心理原则进行表述时，既继承了他之前有关“愤而著书”的思想，同时又进行了深一步的阐发。他在《隐秀》篇中，结合作品举例说：“如欲辨秀，亦惟摘句：‘常恐秋节至，凉飙夺炎热’，意凄而词婉，此匹妇之无聊也。‘临河濯长缨，念子怅悠悠’，志高而言壮，此丈夫之不遂也。‘东西安所之，徘徊以旁皇’，心孤而情惧，此闺房之悲极也。‘朔风动秋草，边马有归心’，气寒而事伤，此羁旅之怨曲也。”这里就提到，“意凄”“无聊”“惆怅”“志高”“不遂”“心孤”“情惧”，以及“闺房之悲”“羁旅之怨”

① 《饮冰室文集》卷三十九《美术与生活》。

等等，都是审美创作动机生成的原因。创作者内心深处的心理失衡，形成易感点，加上外部刺激的触动，于是产生了带有极强行动力量并对整个创作过程起支配作用的或隐或显的意图。这种创作动机基于人的高层次需要即审美需要而产生，进而激发创作主体进行文艺审美创作活动，并把创作主体的情感活动、想象活动、意象活动、言语活动等引向特定的审美对象，进而强化把特定的审美对象熔铸成艺术形象的心理原动力。在《时序》篇，刘勰又说："文变染乎世情，兴废系乎时序。"在他看来，文艺审美创作动机的生成还离不开"世情""时序"的激发。所谓"歌谣文理，与世推移，风动于上，而波震于下者"，正由于此，所以建安文艺美学思潮"雅好慷慨"；其形成原因"良由世积乱离，风衰俗怨，并志深而笔长，故梗概而多气也"（《时序》）。从这些论述中可以看出，刘勰认为，现实生活诸多苦难与不幸际遇，社会文化环境与个人境遇的不济，理想的幻灭所带给人不尽的羞辱、失落，加以伤时感物、忧愁幽思等种种因素所引发人心的感荡、内心的怨恨都是产生失衡心理，渴望从审美创作活动中获得审美补偿的缘由，"壮志不遂""闺房之悲""羁旅之怨""世积乱离，风衰俗怨"，等等，包括了社会生活诸多方面的内容。在他看来，有怨恨悲伤之情，又无处排泄，只好借审美创作活动来进行一种补偿。即如《比兴》篇所指出的："比则蓄愤以斥言，兴则环譬以托讽。"又如《风骨》篇所指出的："怊怅述情，必始乎风。"只有在审美创作中，主体满腔的怨恨悲伤心理才能得到充分的发泄，从而使"哀志""伤情"的心灵有了一定的寄托、慰藉和补偿。于是心理获得暂时的平衡。就像屈原一样，"惊才风逸，壮志烟高，山川无极，情理实劳"，其像奔放的飘风一样惊人的才华，像高远的云烟一样宏大的志向，像山一样高、水一般长，无边无际，渺无际涯的博大胸怀和思想情感，都能通过《离骚》的审美创作得以表现，以补偿现实生活的缺陷与失落。故而，"其叙情怨，则郁伊而易感；述离居，则怆快而难怀；论山水，则循声而得貌；言节候，则披文而见时"（《辨骚》）。在审美创作活动中，文艺创作者寻觅到精神的乐土，在心与物、情与景、主与客、天与人的相感相通中，作为审美对象，千姿百态、气韵生动、吹万不穷的自然万物淡化了文艺创作者出仕济邦的功利心理，治愈其心灵的创伤，增大其超功利的审美情趣，反而给审美创作增添了几多真善美的异情壮采。

当然，需要指出的是，使“愤怨”“哀愁”“郁伊”“怆怏”之心得以“发表”，“哀志”与“伤情”得以“标”“寄”，“身与时舛；志共道申；标心于万古之上，而送怀于千载之下”（《诸子》）的审美创作活动中的审美补偿毕竟只是一种精神性的弥补空缺，是在想象中的虚构的补偿，而不是实际的物质上的补足。但同是精神性的补偿，在内容上却有正与负、积极与消极、真实与虚妄之分。

精神上积极、真实的正补偿通常有三类。一是从精神上补偿生活中实际事物的缺失。如当人丧失心爱之物或追求的事物时，便从审美对象的相关形象中获得补偿。又如当人生活艰辛，郁郁不得志或处于患难之中时，便从小说、电影、戏剧里人物形象的成功、大团圆中寄托自己的理想，并将对象附会于自身，在心理上获得安慰；或将自己的哀愁、愤懑移植于愁苦不幸的对象，从同对象的认识、共鸣中得到慰藉、宽解；为防范自己陷入这种更深的灾难，便在同情和幸运感中使心理获得了补偿。二是从精神上补偿知识的缺失。如通过审美欣赏、审美探究，从对象中获得社会的、自然的知识、经验，使心理智能结构充实起来，从求知欲望的补足中获得心理的愉悦。三是补偿情感的缺失。如当人缺少或追求爱情、友情、亲情时，便同相应的对象同化，以爱人者或被爱者自居，乃至身兼二任，使自己内心洋溢着爱的暖流。这种积极的正补偿虽然依然是精神上的想象中的乃至虚构的满足，并未在物质上、行为上获得实际的补偿，但绝不是阿Q的“精神胜利法”。因为这种精神需求本身具有合理性，甚至有实现的可能性与现实性。而这种精神补偿又是在与相应对象的同化、认同、自居中实现的，所以它具有精神上的真实性和增力的作用，使人在心理上得到充实和鼓舞，从而使心理达成相对的平衡。

精神上的消极、虚妄的负补偿常见的也有三类。一是分明已有缺失感、失落感，却在心理上或言行上完全否认有失落、缺失的事物，否认缺失感、失落感的存在，或蓄意“忘却”那缺失的事物，抑制失落感、缺失感的滋长，从而使实际缺失的事物在想象、虚构中恢复存在，以自欺、自瞒的方式获得虚幻的自我安慰、自我满足。二是当无法排遣失落感、缺失感时，便转而否定已缺失事物本身的价值，就像吃不到葡萄就说葡萄酸的那样，在否定其价值的过程中使心理得到补偿和安慰。三是现时已失落曾经有过或并未得到而又曾追求过的事物，便以过去曾有过该事物或虚构以往曾获得过该事物，来补偿心理的缺失，以期获得心理的安慰和平衡。这便是阿Q式的自欺欺人的“精神胜利法”了。这种消极的负补偿是种失却进取心的可怜而又可耻的弱者的自我安慰，是种虚幻、虚妄、虚伪的“补偿”。它只能起减力的作用。它虽然也能使心理获得暂时的平衡，但却是回避矛盾的精神沉睡者的“平衡”！

补偿在心理运动上通常有三种形态。一是强化、充溢。即通过求同性探究，用与以往审美经验、审美感受同质、同色调的具有强刺激的对象再度刺激感官和大脑，或通过求异性探究寻觅，选择新颖的、未经验过的、富有刺激性的对象，强化对感官和大脑的刺激，使原先平静、平淡乃至慵懒、沉寂、空谟的心灵、情绪再度振奋起来，既可以消除虚空感、失落感、孤寂感，获得审美的满足，又能在探究中获得新知识，以充溢自己的心灵。这种强化刺激虽然提高了能耗，但由于大脑皮层某一部位的兴奋过程又引起周围神经的抑制，所以它由神经过程的负诱导引起了负补偿。这是审美中常见的一种补偿方式，它打破了审美心理原先的消极平衡的状态，由强刺激使心理产生不平衡，使心理通过新的充实、提升、满足，又达成新的平衡。人们之所以对以往喜爱、习惯的东西百听不厌，百读不倦；之所以在审美中往往求新、求异，求强刺激，正是出于这种心理补偿的需要。

另一种是弱化、弃置。即通过弃置强刺激的对象，使大脑皮层的高度兴奋得以抑制，使刺激弱化、淡化、降低高能耗，从而使由亢奋状态引起的心理失衡因刺激弱化而达于新的平衡。例如人们在工作、学习中处于高度紧张状态，或情绪亢奋而自觉无益时，便休息、睡眠或寻求较缓和、淡雅、轻松的审美对象，用以调节自己的紧张心理。由于大脑皮层的这种抑制过程又引起周围神经的兴奋，所以它是神经过程的正诱导所引起的正补偿，是在弱化刺激中所获得的补偿。

还有一种是转换、替代。即通过求异性探究，用与原有心理状态异质乃至相反的对象刺激感官和大脑，改变或替代原先的心理状态，使心理得到补偿，达于平衡。

二

通过以上简略概述，我们可以从中看出，“志思蓄愤”说强调:（1）“怨愤”是推动审美创作生成的心理动力。（2）产生“怨愤”心理的原因是多渠道的，即如刘勰在《谐隐》篇中指出的“心险如山，口壅若川，怨怒之情不一，欢谑之言无方”。有主观的因素，也有客观的因素，有社会的缘由，也有个人的缘由，但归根到底，最根本的原因还是“人禀七情”，再加以各种生活经历与生活感受的作用使之得以激荡，从而产生审美创作的心理冲动，推动其创作活动的开展。

那么，从现代心理学的角度来看，人为什么会有“愤”，以及又是怎样在“愤”的激发下从事审美创作活动的呢？我们认为，（一）生命的需求是“愤”产生的根源。凡是生命都处于永无休止的运动之中，人是生命体，因而也无时无刻不在运动变化中。前面曾经论及，按照中国古代的宇宙观，万事万物都由阴阳化合而成，人体亦然，也有“阴阳二气”。由是，人这个生命体可以分为外宇宙和内宇宙，生命的运动也可以分为外部运动和内部运动。外部运动是人体与环境的相互作用。由于外界的迫使与人体自身的能量需要不断消耗，所以生命的外部运动必须经常地发生，否则就会造成人体器官功能紊乱。此属外宇宙，也即外环境。内部运动是指人体内部的各组织器官，诸如血液循环系统、呼吸系统、消化系统、内分泌系统，以及心理活动所依靠的大脑系统等的活动。此属内宇宙，或谓内环境。内部运动一刻也不能停止，否则生命就会结束。苏珊·朗格曾指出，生命有机体的内部运动的特征是“不断地进行消耗和不断地补充营养的过程”。她说：“细胞、由细胞组成的组织、由组织组成的器官以及由器官组成的整个有机体——这整个组织系统，都处在永不停息的运动中。事实上，有机体内每一秒钟所含的物质原料都不相同，因为它们每分每秒都在更换着，假如这种物质更换稍停止几秒钟，机体就会破裂，整个系统就会毁坏，生命也会随之消失。”[①] 这种人体的内部运动又必须辅以外部运动，由外部运动提供信息，补充能量。人体就是这样阴阳相合，内外相交，内部运动与外部运动相互依存，生生不已。化化不息，由此而不断地展开变化并相互统一着完成生命的整个过程。

另外，生命还有对和谐协调的追求。美国心理学家马斯洛说：“不安的人对秩序和稳定有一种迫切需要，他尽量避免奇怪或不测之事。健康者也寻求

① 《艺术问题》，中国社会科学出版社，1983年版，第44页。

秩序和稳定。”[①] 马斯洛关于生命对和谐的追求的理论同中国古代的“阴阳二气”说有其相似之处。中国古代哲人认为阴阳为万物生命本源。“万物负阴而抱阳，冲气以为和”（《老子》四十二章）；“阴阳者，天地之道也。”天地万物皆由“阴阳二气”化生化合而生成，人也是由“阴阳二气”相交而生成，“阴阳者，血气之男女也”（《黄帝内经・阴阳应象》）；“人生有形，不离天地阴阳合气”（《黄帝内经・宝命全形论》篇）；“人函天地阴阳之气，有喜怒哀乐之情”（《汉书・礼乐志》）。“阴阳二气”调和则四时依序，社会安宁，人体康健。这对自然、社会和人是同一道理。阴阳失调则反。故老子说：“保此道者不欲盈。”（《老子》十五章）《乐记・乐言》也指出：“合生气之和，道五常之行，使之阳而不散，阴而不密，刚气不怒，柔气不慑，四畅交于中而发于外，皆安其位而不相夺也。”“阴阳二气”不和，或阳衰阴盛，或阳盛阴衰，就会因此而生百病。可见中国古代早就意识到健康与和谐协调的心理状况和生理状况的重要关系。又如《黄帝内经・五行运大论》云：“气相得而和，不相得则病……从其气则和，违其气则病。”东汉仲长统也说：“和神气，惩思虑，避风湿，节饮食，适嗜欲，此寿考之方也。”（《群书治要》引）恬淡自然，清心少欲，以保阴阳相合，自我心理平衡，就会健康长寿。和谐对生命是极其重要的。

生命在于不断地运动，“阴阳二气”在不断地相互消长，这点前面我们已经论及，问题是现今生命的形态又需要机体的和谐稳定，这就出现了矛盾：运动破坏协调，协调要求终止运动，二者几乎很难兼得。当然，事实上，这一矛盾在机体内部是解决了的。原因正如上面讲，人体内部具有自我调节的机制，制约着矛盾双方，或让其交替发生，或让其相谐而行。但尽管如此，运动和协调双方还是没有停止斗争，因为既然运动与协调都是生命存在的根本条件，那么它们就都需要自己的实现，并因此生命不息，冲突不已，而人的欲望也就由是而生。这也是人的追求和失败，怨愤与痛苦的根源。“欲不待可得，所受乎天地；……欲不可尽。”（《荀子・正名》）“人的一生实际都处在不断追求之中。”[②]“唯天地之无穷兮，哀人生之长勤”。有追求，就有

① 见弗兰克・戈布尔：《第三思潮・马斯洛心理学》。

② 见弗兰克・戈布尔：《第三思潮・马斯洛心理学》。

失败；有希望，就有失望。有失败、有失望，也及有“悲”、有“愤”。只要人的生命没有结束，人的欲望就不会满足，愤怨之情就不可能清弭。“何处是归程，长亭复短亭”，知道了这点就理解了人生的真谛，也就理解了为什么说“怨愤”心理是人的一种重要的心理活动。

（二）自我实现的需求是“志思蓄愤”说的心理依据。生命的运动，生命体形态的和谐以及它们之间的冲突是“愤怨”产生的心理根源。但为什么“愤”就能推动审美创作活动的发生与开展呢？马斯洛心理学认为，这是人的自我产现的需要。马斯洛由人本主义出发，把人的需要分为五个层次，即生理需要，安全需要，归属和爱的需要，尊重需要，自我实现的需要①。自我实现需要是最高层次的需要，是“一种想要变得越来越象人的本来样子，实现人的全部潜力的欲望”。自我实现的特征是“对天赋、能力、潜力等等的充分开拓和利用。这样的人能够实现自己的愿望，对他们力所能及的事总是尽力去完成。”②对于个人来说，任何人都要求自我实现，即他的心理活动和社会实践活动达成了他力所能及的地步。按照马斯洛的看法，这时，人反而变得没有自我，或者说忘记了自我，忘记了自己的痛苦，自己的外表、自己的烦恼等等③。而由此获得的体验则是一种愉悦的状态。在这种状态中，人会觉得比其他时候更聪明、更敏感、更有才智、更强于人，或更优美。简言之，“自我实现的人广泛地享受生活的各个方面”。

从哲学方面讲，人的本质是自由的。马克思曾经指出：“自由自觉的活动恰恰就是人的类的特征。”④对于人类来讲，生命是自由的前提，而自由则是生命的意义。自我实现作为类的人可以看作是自由的充分获得，故人们认为自我实现是人类文明的主要尺度。

人向往自由，需要获得自由以达成自我实现，然而这又谈何容易。按照马斯洛心理学，要达成充分地自我实现必须具备两个条件：（1）自我与环境处于一种和谐状态；（2）个人的各种相关的本质处于和谐状态。达成这两点，才有可能在较高的水平上得以自我实现。如果两个条件中有一个不充分，实

① 弗兰克·戈布尔：《第三思潮·马斯洛心理学》。

② 弗兰克·戈布尔：《第三思潮·马斯洛心理学》。

③ 参见马斯洛《存在心理学探索》

④《1844年经济学—哲学手稿》。

现都会受到阻力。故马斯洛指出：现实中的绝大多数人在绝大多数的情况下，都是不能充分地达成自我实现的。原因很简单，要具备这两个条件是极为困难的。

首先，环境对于人的自我实现就起着一种极大的限制作用。“屈平正道直行，竭忠尽智以事其君，谗人间之，可谓穷矣。信而见疑，忠而被谤，能无怨乎？”[①]屈原一生正直忠介，然而却为环境所不相容，不得不身处逆境，司马迁“遭李陵之祸，幽于缧绁”，受宫刑之辱，现实的压抑使他大声地疾呼：“是余之罪也夫！是余之罪也夫！”[②]至今读来，还令人深深地感受到作者深受压抑的痛苦。潜藏在心灵深处的生命意识和渴望自由与满足的人的天性，常常使人时刻感受到环境的压抑和限制。不愿为五斗米折腰的陶渊明弃官归隐后过着“采菊东篱下，悠然见南山”的恬淡清心日子，可谓是超脱自得了吧！然而事实并非如此。清人潘德舆指出：“陶公诗虽天机和鬯，静气流溢，而其中曲折激荡处，实有忧愤沉郁、不可一世之慨。不独于易代之际，奋欲图报。如《拟古》之‘枝条始欲茂，忽值山河改。本不植高原，今日复何悔’；《咏荆轲》之‘雄发指危冠，猛气冲长缨。其人虽已殁，千载有余情’；《读山海经》之‘精卫衔微木，将以填沧海。刑天舞干戚，猛志固常在。徒设在昔心，良辰讵可待’也。则平居酬酢间，忧愤亦多矣，不为拈出，何以论其世察其心乎？”（《养一斋诗话》）生活在盛唐时期的李白总能获得心灵的自由与高蹈吧，但他却高吟“金樽美酒斗千千，玉盘珍馐值万线，停杯投箸不能食，拔剑四顾心茫然”与“大道如青天，我独不得出”[③]。由此也可见环境对“人”自我实现需要的限制了。

其次，个人内部诸本质力量也很难和谐。马斯洛说：“自我实现的人的一个特点是很少自我冲突，他不会跟自己过不去。”“他不再在限制自己中、自我战斗中消耗精力；体内不再有力量角斗。”[④]可是，要达成这种内部和谐几乎是不可能的。弗洛伊德说：“外部挫折是物质的匮乏或被剥夺。内部挫折则是内心的抑制。一个人想干某事时，如果有一个外在的障碍阻止他，这是外

---

① 《史记·屈原列传》。

② 《史记·太史公自序》。

③ 《行路难》。

④ 《存在心理学探索》。

部挫折；如果是自我或超我阻拦他，就是内部挫折。”[①] 这里所谓的“内部挫折”会经常让人产生“道德性焦虑”，而道德性焦虑是自我罪恶感和羞耻感的体验，其产生的原因是自我意识到来自良心的危险。而且“道德高尚的人比道德败坏的人更经常体验到羞耻。其原因是，仅仅不好的念头就会使有道德的人感到无地自容。一个严格约束自己的人必定产生大量的本能诱惑性想法，因为他的本能冲动力别无其他出路”。这就是屈原为什么“固知謇謇之为患兮，忍而不能舍也”（《离骚》），“屈心而抑志兮，忍尤而攘诟”的心理缘由，也是《满江红》作者岳飞最终遗恨风波亭的深层心态之一。

两个条件，获得其中一个都很难，更何况“天时、地利、人和”兼而得之！除此之外，人在时空中生活，还要受时空的限制。人在宇宙时空中的存在也是不自由的：“日月忽其不淹兮，春与秋其代序”，天时易逝，人年易老。“人生天地间，忽如远行客”，“生年不满百，常怀千岁忧”。宇宙永恒、无限，人生短促、有限，正如刘勰所指出的：“生也有涯，无涯惟智。”（《序志》）生有涯而知无涯，人的内心深处经常存在着“欲有所为”和“为之无益”的矛盾冲突，经常处于一种“无奈”的境地，并为之苦闷痛苦（参见金圣叹《西厢记·序文》）。在广漠无际的宇宙时空中，人显得那样的渺小孤单，更何况还有社会现实环境的种种束缚，以及人自身的“内部挫折”。

然而，人总是不能够甘心与满足的，人总是不安于守旧与停顿，不安于平庸单调，不安于失败，总是在不息地追求、寻觅并设法改变自己的环境与自己生活的世界。正如马克思和恩格斯所指出的：“已经得到满足的第一个需要本身，满足需要活动和已经获得的为满足需要的工具又引起新的需要。”[②] 人渴求自我实现，并执著地追求着自我实现，但人又受社会环境、人自身的“内部挫折”和宇宙时空的局限，使自我实现的需求不能达成。这就造成理想与现实的矛盾，而人就在这一矛盾冲突中挣扎、困惑，并深深地体验着压抑的愤怨和痛苦。如何来调节这一矛盾，使被压抑的能量得到发泄泥？心理学家列出三种发泄的途径：一种是强有力的转移，它使我们无视自己的痛苦，代替的满足，它减轻我们的痛苦；一种是陶醉的方法，它使我们的痛苦迟钝、

① 见霍尔：《弗洛伊德心理学入门》。

② 《德意志意识形态》，《马克思恩格斯选集》第1卷，人民出版社，1995年版。

麻木；一种是发泄的方法。发泄的对象也有多种，从事审美创作活动是最受欢迎的对象。审美创作的想象特征，可以使被压抑的心理能量得到最大的发泄，从而得到心理上的满足。在现实世界中，人的生理限制，决定了人逃脱不了死亡；社会的种种限制，使人的理想抱负不可能完全实现；现实的伦理纲常束缚着自由人的感情；物质条件的限制，使人不能随心所欲的享受。社会生活中的种种束缚，都使人不得自由，不得自我实现。然而在审美创作活动之中，尤其是审美想象之中，人却能获得“绝对的自由”，可以上天入地，思古索今，想爱就爱，想恨就恨。现实的烦恼、苦闷、彷徨、怅惘、悲哀、愤怒由此得到宣泄，心中的追求、欲望也由此而得到满足。马斯洛说：“诗人和艺术家在创作的狂热的时候，变得忘却了他周围的事物和时间的流逝，当他‘醒’过来要判断过去了多长时间时，简直不能做到，通常他不得不摇摇他的头，仿佛刚刚从茫茫然中苏醒，弄不清自己是在什么地方。”[①] 审美创作不但能使人“宠辱皆忘”，而且还能使人忘记时空的恐惧。

总之，我们认为，正因为审美创作活动能使人的“愤”得到宣泄、排遣，从而使压抑的心灵力量得到自由新中国成立，达成自我实现，故刘勰“志思蓄愤”说才成为流传千古的美学命题。

三

刘勰吸取前人思想，并由此而提出的“志思蓄愤”说，在中国古代审美心理学思想上具有深远的影响。和刘勰同时的钟嵘也推崇“志思蓄愤”说，并且在《诗品序》中对刘勰“志思蓄愤”美学观念作了进一步的阐发。他认为现实生活有诸多险恶，人生有坎坷命运，种种因素致使人心灵感荡，于是产生怨恨，有怨恨而又无处排泄，只有“陈诗”“长歌”。更何况在诗歌审美创作中才能使文艺创作者满腔的怨恨心理得到充分的发泄，从而使“穷贱易安，幽居靡闷”，使激荡的“心灵”有了一定的寄托和慰藉，于是心理获得暂时的平衡。

随着审美创作实践活动的深入，文艺创作蓬勃发展，中国古代审美心理

① 《存在心理学探索》。

学思想也不断深化。到了唐代，韩愈在刘勰“志思蓄愤”说法的基础上又提出“不平则鸣”说。他认为，世间有“不平”事，就有“弗平者”，由是而有歌。强调由“不平”引起的愤怨心理是推动审美创作的动力。而“凡出乎口而为声音，其皆有弗平者”，则把“怨愤”这一审美创作的心理动力的作用推到了一个更高的层次[①]。和韩愈同时的刘禹锡、白居易，对此也有同样见解。刘禹锡说：“悲斯叹，叹斯愤，愤必有泄，故见乎词。”[②]白居易则认为古今诗什八九为愤忧怨伤之作。

宋代欧阳修继承了前人的观点，又进一步生发开去，提出“诗穷而后工”的命题。他说：“内有忧思感愤之郁积，其兴于怨刺，以道羁臣寡妇之所叹，写人情之难言，盖愈穷则愈工。然则非诗之能穷人，殆穷者而后工也。”[③]愤怨愈浓愈深，由此而创作的作品才可能有较高的审美价值。他又说：“至于失志之人穷居隐约，苦心危虑，而极于精思，与其所感激发愤惟无所施于世者，皆一寓于文辞。故曰：‘穷者之言易工也。’”[④]只有感受深且真，怨愤才深，由此而激发的审美创作需要才强烈。“清愁自是诗中料，向使无愁可得诗？”[⑤]在“怨愁”这种审美创作心理动力的强烈作用下，始能开展审美创作活动，主体也始能把自己不得施展的抱负熔铸于诗中，从而收到感人的艺术效果。

这之后，明清两代的文艺美学家对“志思蓄愤”说阐述尤多。如明代诗论家焦竑在其《雅娱阁集序》中说道：“古之称诗者，率羁人怨士，不得志之人，以通其郁结，而抒其不平，盖《离骚》所以来矣。岂诗非在势处显之事，而常与穷愁困悴者直耶！诗非他，人之性灵之所寄也。苟其感不至，则情不深，情不深则无以惊心而动魄，垂世而行远。”这里从诗歌审美创作是抒发“性灵”的角度，对“志思蓄愤”以慰藉主体“郁结”愁怨之心，“以抒其不平”与艺术作品之“动魄”“行远”的关系作了进一论述。指出“怨愤”的情感本身就是一种创作激情，它往往能增强主体的感受性，促进审美创作需

① 见《送孟东野序》。

② 《上杜司徒书》。

③《梅圣俞诗集序》。

④ 《薛简肃公文集序》。

⑤ 陆游:《读唐人愁诗戏作》。

要，并推动审美创作活动的开展。对生活的深刻感受，引起主体心灵的剧烈搏动，增强其倾吐的需要，从而促使审美创作动机的发生更强烈、汹涌。由此创作出的作品始显得"情深"，动人心魄，始能永恒、不朽。李贽对此更讲得干脆利落，痛快淋漓。他说："夫世之真能文者，比其初皆非有意于为文也。其胸中有如许无状可怪之事，其喉间有如许欲吐而不敢吐之物，其口头又时时有许多欲语而莫可所以告语之处，蓄极积久，势不能遏。一旦见景生情，触目兴叹；夺他人之酒杯，浇自己之垒块；诉心中之不平，感数奇于千载，既已愤玉唾珠，昭回云汉，为章于天矣，遂亦自负，发狂大叫，流涕恸哭，不能自止。"[①] 可见，当胸中"蓄极积久，势不可遏"之怨愤大爆发时，就变为推动审美创作的强大心理动力。清代陈子龙云："而诗之本不在是，盖忧时托志者之所作也。"[②] 蒲松龄自言其《聊斋志异》是"孤愤之书"[③]；曹雪芹自云《红楼梦》乃"一把辛酸泪"[④] 等，都表述了"志思蓄愤"说所表明的痛苦和愤怨之情是审美创作需要产生的内驱力，审美创作需要是审美情感需要满足的思想。

综上所述，我们可以看到，刘勰"志思畜愤"说在中国古代审美心理学思想史上是一脉相承、始终一贯的。从审美创作心理功能的角度讲，它是中国古代文人进行审美创作活动的直接动力，并决定着中国古代文艺作品的特有审美风格。它经由代代相继和潜移默化的影响，逐渐形成中国传统的审美创作趋向和审美创作情趣，决定着中国文艺创作和欣赏所特有的审美取向。

---

① 《焚书·杂说》。

② 《六子诗序》。

③ 《聊斋志异自序》。

④ 《红楼梦》第一回。

第九章　情动言形：审美创作构思论之一

促使审美创作体验与构思活动进行与开展的动力是什么？对此，刘勰提出“情动言形”说，认为审美创作构思的动机是主体情感的激动。他在《文心雕龙·体性》篇的开头就强调指出：“夫情动而言形，理发而文见；盖沿隐以至显，因内以符外者也。”在《知音》篇中又强调指出：“夫缀文者情动而辞发，观文者披文以入情，沿波讨源，虽幽必显。”就提出“情动言形”与“情动辞发”说来概括审美创作构思活动的生成以及促使其生成的动力，认为审美创作构思活动的发生是由于情感的作用。

从整个审美构思活动的发生与开展过程来看，刘勰有关“情动言形”和“情动辞发”的审美创作构思论又可以分为“辞以情发”“睹物兴情”“情以物迁”等三个环节。“情动”是审美创作构思的发生与起点；“兴情”是审美创作构思的进行；“情迁”则是审美创作构思的实现。由“情动”到“情兴”，再到“情迁”，表现了刘勰所推崇的审美创作的心灵体验的动态过程，展现出刘勰审美创作构思论的一个重要侧面。

一

刘勰不是偶然提出的“情动言形”说的，而是有其极深的美学渊源。如前所说，中国美学很早就有天人交相感应之说，如《尚书·洪范》，就从“人”为一小宇宙的观点出发，认为天和人同类相通，相互感应。汉代学者董仲舒在《春秋繁露·郊祭》中则明确指出：“天人同类，以类合之，天人一也。”在他看来，天地宇宙唯气化而成，人生活在天地之间阴阳之气的包容中，就像鱼生活在水中，为水所包容含覆一样，只是水有实物可见，而气化之宇宙浩浩然难见而已。因此，天地之间，宇宙之中，虽虚而实，实即谓充满着气，由气化而成。在这一由气化而成的宇宙中，人之气与天地宇宙之气相互流通，相互渗入，因而人之气会影响到整个天地宇宙之气。天人交相感应。同时，在中国美学看来，天人之间不仅存在交相感应的关系，而且天人是一体相存的。《庄子·齐物论》云：“天地与我并生，而万物与我为一。”所谓“天”，即自然万物，“人”本身是自然万物的组成部分，与自然万物“一气相生”，是相同的、一体的，因而与大自然具有同构性、相依性、相存性和同一性。这种同构与相依相存性，应该是人的一种“天性”。据此，中国美学认为，人是自然的一部分，不论是我们的自我意识还是我们的身体，都居于自然之中并在其中从事种种活动；人并不是自然的主宰，自然也不是人从认识上建构出来的；人在体验中感知自然，它们形成一个动态的连续体。所以，自然是一个复杂的混合体，它不是由单纯的原生自然物构成的，而是“一系列感官意识的混合”，是“由一系列体验构成的体验链”[①]。因此，作为生活在自然之中的“人”，必然应该对自然有所作为，而自然也必然对此有所反应。换言之，即处于感受与体验中的自然，从来就不是一个与人相分离的环绕之物，而是与人一体、合一、相依、相存的、浑然整然的生命体。因此，在中国美学看来，重生、乐生，感悟、体征生生，视天地自然为可居可游的心灵家园，以圆融无碍之心于人与自然和谐相处中感应、体悟天地大化生生之意乃是“人”的生命活动与审美活动的最高宗旨。强调天人感应、天人合一。

这种天人感应、天人合一的思想自然会作用于文艺美学。就文艺美学史看，在刘勰之前，早在先秦时期，荀子就曾指出：“乐者，乐也，人情之必不免也。故人不能无乐。乐则必发于声音，形于动静，而人之道，声音动静、性术之变尽是矣。……故乐者，……人情之所以不免也。”[②]这里就认为音乐艺术是人的情感的一种必然表现，离不开人的情感的作用。正是在荀子的这种美学思想的作用下，《礼记·乐记》又着重指出：“凡音者，生人心者也。

① 阿诺德·伯林特：《环境美学》，张敏、周雨译．长沙：湖南科学技术出版社，2006年版，第20页。

② 《荀子·乐论》。

情动于中，故形于声，声成文，谓之音。”后来的《吕氏春秋·大乐》也强调指出：“乐之有情，譬之若肌肤形体之有情性也。”《淮南子·齐俗训》更为明确地指出“且喜怒哀乐，有感而自然者也。”……故强哭者，虽病不哀，强亲者，虽笑不和，情发于中而声应于外。”《毛诗序》则把这种美学思想引入诗歌审美创作，说：“诗者，志之所之也。在心为志，发言为诗。情动于中而形于言，言之不足故嗟叹之，嗟叹之不足故永歌之，永歌之不足，不如手之舞之，足之蹈之也。”从这些论述中我们可以看出，中国古代早期的美学思想就已经注意到了“情”在审美创作体验与构思活动生成与开展过程中的重要作用，并且已经提出了“情动”说，来揭示并表述审美创作动机的生成。而情感的引发又离不开“物”。“情”因“物”的感发而生。

著名现代科技史学家李约瑟博士指出：“感应是中国自然主义的根本观念。”[①]“感应”“感物”之所谓的“感”,《易经》六十四别卦的第三十一卦名为《咸》,“咸”，训为“感”。“感”即感应、感会、感动、感物。《易·咸·彖》云：“咸，感也，柔上而刚下，二气感应以相与，是以‘亨利贞’。天地感，而万物化生。圣人感人心，而天下和平，观其所感，而天地万物之情可见亦。”“相与”即相处，也就是阴阳二气相感相应以共处而万物亨通，男女两性相感而后成家，是以亨通。这里的柔与刚，上与下，阳与阴，天与地都是相互对立的东西，但他们又异中有同，相互感应，而且就是阴阳的这种对立性和同一性才使宇宙万物得以形成和发展，才使生命得以延续，才使天下得以和平。所以，孔颖达说：“‘咸’道之广，大则包天地，小则该万物。感物而动，谓之‘情’也。天地万物皆以气类共相感应，故‘观其所感，而天地万物之情可见亦’”[②]。所谓“易以何为体”[③]。解释《易经》基本思想的《易传》和解释《易经》卦象的《象传》，都有“感物”思想的表述。老庄、孔子和《易经》也许没有直接使用过“感物”一词，但道家思想、儒家思想和易学都建立在“感物”说的基础之上。《周易·乾文言》云：“夫大人者，与天地合其德，与日月合其明，与四时合其序，与鬼神合其吉凶。”这里就涉及“人”对天地、

---

① 李约瑟著：《中国古代科学思想史》，陈立夫主译，江西人民出版社，1990年版，第407页。

② 《周易正义》。

③ 《世说新语·文学第四》有以下一段论述：“殷荆州曾问远公曰：‘易以何为体？’答曰：‘易以感为体。’殷曰：‘钟山西崩，灵钟东应，便是易耶？’远公笑而不答。”

对日月、对四季等“物”的感受和体验。而孔子的“逝者如斯夫！”，则是因“感物”而发。孟子说：“万物皆备于我。”[①]强调天地万物对“人”的感发，并且，因这种感发而上升到了与万物合一的审美域。

审美创作动机的引发既离不开“物”的激发，更离不开情感的推动和作用。可以说，刘勰关于审美创作动机生成的“情动”说，其基本美学思想就是建立在这些理论基础之上的。

刘勰非常强调审美情感在创作动机的生成与审美创作体验与构思活动的开展中的作用，在论及审美创作与情感的关系时，除了《体性》篇提出“情动而言形”外，《物色》篇还提出“辞以情发”，《风骨》篇则提出“怊怅述情，必始于风”的审美创作要求；《定势》篇又提出：“因情立体，即体成势”的审美创作规律；《情采》篇更是直接指出：“情者文之经，辞者理之纬。”《熔裁》篇则强调指出：“情周而不繁，辞运而不滥。”应该说，无论是“情发”“情周”，还是“持情”“禀情”“述情”“因情”都可以看作是“情动”说的充实、提升和丰富，都从不同的方面和不同的层次，强调了审美情感活动对于审美体验活动的作用。

刘勰认为，“笔区云谲，文苑波诡”。就审美创作冲动的类别而言，“情动”的样式也是多种多样的，受“才”“气”“学”“习”四种心理素质的影响，每一个审美主体有不同的情感冲动，每一部作品的完成也受不同情感冲动的影响。如屈原：“其叙情怨，则郁伊而易感，述离居，则怆快而难怀，论山水，则循声而得貌，言节候，则披文而见时。”（《辨骚》），由于“叙情怨”“述离居”“论山水”“言节候”等作品的审美意旨与情感冲动各不相同，故而表现出的审美动机与审美情趣也各有差别，有的因“易感”，有的因“难怀”，有的因“得貌”，有的则因“见时”。所谓“声与心纷”（《声律》），“情动”的具体体验的确难以分类，但是，大体上我们还是可以从《文心雕龙》审美心理学思想所表述的审美创作实践中文艺创作者各种多样的冲动体验来概括出几种主要的类别。

首先，在刘勰看来，从产生时间的长短来区别，可以划分为“感兴”“瞬间触发”式与“吐纳”“蓄积催生”式两种冲动。《才略》篇说：“子建思捷而才俊，诗丽而表逸；子桓虑详而力缓，故不竞于先鸣。”这里刘勰就以曹植

---

① 《孟子·尽心上》。

和曹丕两人为例，指出审美创作冲动有两种类别，一种如曹植，文思敏捷，感受敏锐，善于捕捉生活印象，创作冲动的来临常常表现为瞬间突发；一种则如曹丕，审美创作构思周密，审美创作冲动来得迟缓，审美构思有一个印象积累和情绪积累的过程，创作冲动的形成需要一个酝酿，蓄积的过程。其他如刘勰表述的“贾谊才颖，陵轶飞兔”，“子云属意，辞人最深，……竭才以钻思，故能理赡而辞坚”，“仲宣溢才，捷而能密”，“左思奇才，业深覃思”等，都表现出冲动产生时间的长短差异。

其次，从引发创作冲动的因素来看，刘勰认为，又可分为由外部世界的激发“应物斯感”，和由内部世界“情性所铄”等两种类别。在刘勰看来，触景兴情，“应物斯感”，“睹物兴情”就是一种常见的创作冲动产生的现象。刘勰之前，陆机《文赋》曾说：“遵四时以叹逝，瞻万物而思纷，悲落叶于劲秋，喜柔条以芳春。”继承这一美学思想，刘勰《文心雕龙·物色》中指出：“春秋代序，阴阳惨舒。物色之动，心亦摇焉。”审美主体深入到丰富多彩的自然山水之中，受万象罗立、生生不已的自然景物的感动，而激发起心旌摇荡和情感活动，引发审美创作冲动。这类审美创作冲动的发生，总是伴随着主体对作为审美对象的自然万物的直观感悟。

刘勰认为，还有一种“情动”则是来自主体的内部世界的絪蕴激荡，如因观念、思想、情绪、情感等的激越动荡而生成与开展的审美创作活动，是“为情造文”（《情采》）；是“师心独见”（《体性》）、“各依成心”而“情往感物者”，从而引发审美冲动，而产生深入、细致的审美创作体验与构思活动。正如刘永济在《文心雕龙校释》中所指出的：“盖神物交触，亦有分别，有物来动情者焉，有情往感物者焉。物来动情者，情随物迁，彼物象之惨舒，即吾心之忧虑也，故曰‘随物宛转’；情往感物者，物因情变，以内心之悲乐，为外境之欢戚也，故曰‘与心徘徊’。前者文家谓之无我之境，或曰写境；后者文家谓之有我之境，或曰造境。前者为我被动，后者我为主动。被动者，一心澄然，因物而动，故但写物之妙境，而吾心闲适之趣，亦在其中，虽曰无我，实亦有我。主动者，万物自如，缘情而异，故虽抒人之幽情，而万物声采之物，亦由以见，虽曰造境，实同写境。”当然，如仅就《物色》篇而言，刘勰在这里主要是谈的“物来动情”“清以物迁”，而没有分什么物来动情和情往感物。但就整个《文心雕龙》的审美心理学思想体系来看，刘勰还是认为引发审美创作冲动有外部世界和内部世界之分的，不然为什么说审美体验的发生与开展是“为情造文”“师心独见”“各依成心”，是“物以情观”（《诠赋》）呢？应该指出，在《文心雕龙》审美心理学思想中，“心”往往是指包括“情”“志”“理”“意”等心理因素在内的主体审美心理智能结构，但有时也与“情”同意，如“物色之动，心也摇焉”“虫声有足引心”等处的“心摇”“引心”就主要是指伴随着对审美对象的直观感悟而产生的情绪和情感活动。故而“师心”“各依成心”“物以情观”这种审美冲动的产生是指主体先前曾经被一定的审美对象引起过一定的情绪和情感，因而在自己的审美心理智能结构中形成一定的心理定势和情感模式，当这个主体在游历自然山水时因类似的自然景物或相关条件的激发，引起条件反射，开通过去有关的情感记忆闸门，这时，则会形成强烈的情感冲动。此即《神思》篇所谓的“登山则情满于山，观海则意溢于海”。这时，主观之情感与客观之景物相互交融、相互沟通，心物一体，主体的内心在自然的作用下打破原有平稳，使心灵处于某种动势，因而兴发感动。

二

刘勰认为生成审美体验与构思活动的契机是“情动言形”，“体物写志”，故而要求审美主体应该走进自然去感物而生情，触物以兴感，以当下的观物作为审美体验活动的起点，走向自然，去感物起兴。他在《诠赋》篇中说：“原夫登高之旨，盖睹物兴情。”就提出“登高之旨，睹物兴情”的命题，来强调审美创作体验与构思活动的引发离不开外物的感召。在刘勰看来，诱发与推动审美创作体验与构思活动生成与开展的是自然万物的感召与激动。所谓“春秋代序，阴阳惨舒；物色之动，心亦摇焉”。春和景明，鸟语花香，令人心情悦愉展畅；秋风凄厉，万木凋零，则使人心情沉郁忧戚。四时迭运，人的心理活动也随时节的不同而变化。自然景物不但能激我情思，洗我灵府，还能愉我情志，更能引发深层的生命冲动。并且，在审美体验活动中，主体的心境和审美情趣，会因眼下景观而产生特定的定势效应，以乐观之心观物，物皆呈乐观之色，以悲观之心观之，物皆现悲观之色，由是而“情以物迁”“心物感应”“天人相合”“天人合发”，从而于情与景、物与我、主体与客体的相通相应中感悟到支配“物色之动”的天地万物之精神和造化生命之玄妙。

可以说，由对景感物而激发情感，使当下之“景物”与主体之“情”相应相合，而达成的情迁感会、情景相融、意象相兼，既是刘勰所推崇的，也是《文心雕龙》审美心理学所努力追求的一种审美极致境域。它既体现于审美主体进行心灵化加工的精神活动中，呈现出“情曈昽而弥鲜，物昭晰而互进”[①]，“心”“随物以宛转”，“物”“与心而徘徊”这种双向异质同构的特征；同时，又规定着主体审美心境的构筑与审美意象的熔铸必须要以当下之景、眼中之物触发情志，直观外物，自然兴发，瞬间即悟，以进入情迁感会、“因变取会”（《诠赋》）的审美境域。

因为在刘勰看来，审美体验活动的产生及其开展都必须是主客体的合一与情景的交融，无论是“应物斯感”，还是“情以物迁”，都必须要有主客体的互参，都是主客体的相互沟通与相互参合。因而刘勰在《文心雕龙》中一贯主张审美主体应走向生活，走向自然，去以目观眼见为感发审美创作体验与构思活动的重要契机，并通过“睹物”所见之外景、物色，以抒发、表现自己的审美情趣和审美意绪。宇宙大化中，一切有生命的自然物象，甚至无生物性生命的客观事物，都处在生生不息的创造与运动状态之中，“岁有其物，物有其容”，自然山水是审美创作感性材料聚集的渊薮，“山林皋壤，实文思之奥府”，也是审美创作体验与构思活动开展的生命力、表现力驰骋的场所，故而，在刘勰看来，审美构思活动的生成首先须得文艺创作者亲身游历山川林木，登高临水，身入其境，去触景生情，睹物起兴，在“目既往还，心亦吐纳”、在“睹物兴情”这种审美直观感悟式体验活动中，把审美感知与审美情趣结合起来，从“睹物”到“兴情”。由对万象罗列的大千世界的“流连”“沉吟”之中，蓦然间发现某一事物的审美意味，以及其中所蕴藏着的人生哲理。如萧统在《答晋安王书》中所指出的：“炎凉始贸，触兴自高，睹物兴情，更向篇什。”又如萧纲在《答张缵谢示集书》中所指出的：“至如春庭落景，转蕙承风，秋雨且晴，檐梧初下，浮云生野，明月入楼。时令亲宾，乍动严驾。车渠屡酌，鹦鹉骤倾，伊昔三边，久留四战。胡雾连天，征旗拂日。时闻坞笛，遥听塞笳。或乡思凄然，或雄心愤薄，是以沉冷短翰，补缀庸音，寓目写心，因事

① 陆机：《文赋》。

而作。”再如萧绎在《金楼子·立言》中所指出的:“捣衣清而彻，有悲人者，此是秋士悲于心，捣衣感于外，内外相感，愁情结悲，然后哀怨生焉。”这里所提出的无论是“睹物兴情”，还是“寓目写心，因事而作”“内外相感”，都是把审美体验活动归结于感物兴情，其整个审美体验与构思活动过程都是由眼前景物激发情思，萌发创作冲动，进而在更深一层的审美观照中体悟到眼前目下自然景物中所传达出的丰富的审美意蕴与生命真谛，获得兴会的到来。

刘勰所强调的这种借眼前景以睹物兴情、因物兴感是其《文心雕龙》审美心理学思想所推崇的一种主要的审美创作体验方式。这种审美创作体验方式极为重视“睹物”与“寓目”在审美体验活动展开过程中的作用，把依附于审美对象，依附于视听感知的直接经验看作审美创作体验的先决条件，认为促成审美创作体验的“情”，以及所要表现的“文思”都离不开“睹物”“寓目”这种直观方式。审美创作体验与构思活动的发生离不开情感的推动。刘勰说:“人禀七情，应物斯感，感物吟志，莫非自然。”审美创作体验与构思活动的肇动是由非常饱满、非常强烈的情感所触发的，审美创作体验与构思活动的开展则是“情往似赠，兴来如答”。同时，“凡音之起，由人心生也”。“心”是进入审美体验时的模糊意念，由此产生使自在之物成为审美对象的审美注意、审美感知、审美想象等心理功能。但“心”的悠游与飞跃又离不开目之所见，“心先注于目，而后目往交于彼，不然则锦、绮之炫煌，施、嫱之冶丽，亦物自物而已自己”[①]。钟嵘在《诗品序》中说:“兴多才高，寓目辄书。”宗炳在《画山水序》中亦说:“夫以应目会心为理者，类之成功，则目亦同应，心亦俱会，应会感神，神超理得。”显而易见，这里所谓的“寓目”和“应目”，和刘勰所提出的“睹物”相同，都是指审美体验与构思活动的发生与开展离不开主体的眼观目见；同时，“寓目”“应目”和“睹物”作为美学命题，实际上还指审美直觉体验活动的一种基本方式，即直观感悟式审美体验活动。这种审美体验活动强调直观与感悟、心灵同物的自由交往和自然契合。这里有两个要点：即一方面，它表明，包括情感在内的“心”对于审美直觉体验活动的开展具有重要的推动作用，客观自然物象在目观眼见之下能够成为审美对象的关键还在于“心”与“情”动，所以刘勰在《物色》

---

① 王夫之:《尚书引义·大禹谟二》。

篇中说:“写气图貌，既随物以宛转，属采附声，亦与心而徘徊。”在《诠赋》篇中亦说:“情以物兴，故义必明雅；物以情观，故词必巧丽。”“情以物兴”，“物以情观”就是直观感悟式审美体验活动中物与我、情与景的交契与流动。

审美主体要在“睹物”“寓目”的瞬间直观地感悟到对象的深层生命意蕴“直观事物的内核”，离不开心与物之间情感的联系。中国古代哲人认为，人在宇宙自然中，时时刻刻都在同周围的一切发生联系。这种联系有两种，一种是物质性的，如生产、生活实践；一种则是精神性的。精神性的联系具体分来，又可分为两种，即认识活动和体验活动。在审美体验活动中，主客之间那种认识的对立格局不存在了，物不再是冷漠的对象，人也不再是严厉的主体，物我之间成了亲密无间的朋友。在审美体验中，人不再置身物外，而是进入物中，亲身体悟物的勃勃生机；在体验中，人也不再以理性的头脑，对物实施无情的分析、解剖，在刘勰看来，而是以自由、感性的心灵，与物进行一“往”一“来”，一“赠”一“答”的绵绵不绝的情感交流。审美体验改变了人与宇宙万物的关系，从而也就在人的面前呈现出一个新的宇宙。在这一新的宇宙万物中，物对于人来说已经不是异己的、疏离的存在了，而有了人的情感，成了人的生命和心灵的载体；而人的生命和心灵也因此而在这一新的宇宙自然中实现了自由与高蹈。刘勰之前，陆机在《文赋》中谈到这种审美体验的生成过程时说:“伫中区以玄览，颐情志于典故。遵四时以叹逝，瞻万物而思纷；悲落叶于劲秋，喜柔条于芳春。心懔懔以怀霜，志眇眇而临云；咏世德之骏烈，诵先人之清芬；游文章之林府，嘉丽藻之彬彬。慨投篇而援笔，聊宣之乎斯文。”作为审美对象，无论是四时的自然景物，还是前代的事迹辞章；也无论是秋之落叶，还是春之柔条；无论是冬霜还是夏云，在与主体“寓目”“应目”时，都会与主体产生一种情感与志趣的交流，以及情感与志趣的激荡。

三

刘勰的“睹物兴情”说深深地扎根于中国传统文化的土壤之中，与中国古代哲学的“天人合一”思想分不开。

从上面的阐释中，不难看出，刘勰“睹物兴情”说所显示出的《文心雕龙》审美心理学推崇的审美体验流程并非是一个平面，而是阶梯式的，经由了物我相亲，物我同一，到物我两忘等三个层次。就物我相亲的观念来看，首先，它是和中国人“天人合一”的传统文化意识分不开的，它建构在中国人“物我异质同构”的深层文化心理智能结构之上。我们在前面曾经提及，中国人对于世界本体的看法和西方是不同的。因此，中国人与外在世界的关系，以及人通过何种审美方式来把握对象，也存在着和西方不同的看法。在中国古典美学中，人与自然存在着一种亲和关系。中国古代哲人对宇宙、世界的看法是对应的，在天与人、理与气、心与物、体与用、知与行诸方面的关系上，中国人不是把它们相互割裂开来对待，而是习惯于从整体上加以融会贯通地把握。因此，在中国人看来，人与自然，物与我、情与景、本质与现象、主体与客体都是浑然合一、不可分裂的。天地万物与人的生命可以直接沟通，人与自然是一个有机的统一体。在天地人的浑然一体之中，人是天地的中介，处于核心地位。正是在这种“天人合一”的传统美学思想影响下，《文心雕龙》审美心理学思想认为创作体验与构思活动中，心与物是相互沟通的，文艺创作者是自然的一部分，物与我、自然与人是没有界限，都是有生命元气的，以至可以相亲相近，相交相游。

其次，《文心雕龙》审美心理学物我相亲，物我同一的思想还与中国古代审美心理学思想的主客体观分不开。在“天人合一”的根本思想观念的支配之下，以《文心雕龙》审美心理学为代表的中国古代，审美心理学思想的主客体观也与西方不同。在西方，审美创作本体论中的客体，诸如现实事件、社会人生、自然现象等等，都被认为是审美创作作品实体内容的本源。作品中所展现的世界也被认为是客观世界的一种形式框架的位移。例如，古希腊美学就视模仿为普遍原则。被称为“辩证法的奠基人之一”的赫拉克利特认为“艺术模仿自然”[①]。雄霸欧洲几千年,（车尔尼雪夫斯基语）的亚里斯多德的《诗学》体系也是建立在模仿说的基础之上；基至连音乐这种最富于表现的艺术也被他视为模仿之作。后来的莎士比亚把艺术视作“镜子”；巴尔扎克则要作历史的“书记”。从其逻辑命意来看，“模仿”这一概念的内涵实质上就是“位移”。而在中国，“感物吟志”说却是最古老的观点。中国古代的文艺美学家们从来就不把审美创作作品的实体内容看作是客体的位移。在他们看来，山

① 《苏格拉底哲学残篇》。

川景物、人情世态所以能够成为审美创作的表现对象，乃是因为它们能够感发文艺创作者的情志，也就是说，客体对于主体的审美创作中的情感活动具有一种引发的作用。与刘勰同时的钟嵘在《诗品序》中说："气之动物，物之感人，故摇荡性情，形诸舞咏。"刘勰在《物色》篇中亦说："物色之动，心亦摇焉。""物色相召，人谁获安。"在刘勰看来，客观自然本身具有一种灵性，存在着一种"摇荡"文艺创作者"性情"的作用，客观的"物"并不是和人相衡对峙的异己对象，而是与人息息相通的生命本体。梁简文帝萧纲云："觉鸟兽禽鱼，自来亲人。"[①]客体和主体可以相亲相交而达到主客不分，而"情往以赠，兴来如答"。元气氤氲的自然万物是有人格形态和生命灵性的，它与充满生命活力、具有秉道之心的文艺创作者之间有着一种微妙的共同感应交合的关系。

就审美创作的主体意识来看，西方美学热衷于探讨的是主体在创作中的功能和作用。如西方历来就流传着"诗人天生而非造就"的说法。德谟克利特最早指出："荷马由于生来就得到神的才能，所以创造出丰富多彩的伟大的诗篇。"[②]柏拉图也说："优秀的诗歌本质上不是人的而是神的，不是人的制作而是神的诏语。诗人只是神的代言人，由神凭附着。"[③]黑格尔也强调审美创作的才能是"自然的资禀"，是"天生的"，是"体现绝对理念于感性形象的能力。"[④]由此可见，西方哲人这种着重突出主体在审美创作活动中的作用，是和他们为寻求世界的本源，总想以人的智力来把握宇宙现象的重心，并给它安排某种秩序的观念是一致的。和西方不同，中国古代的文艺美学家从"实体位移"的视角来建构起自己的主体思辨模式。中国古代哲人所强调的不是主体的功能，而是主体因素在审美创作活动中的外向挪移，以刘勰为首的中国古代文艺美学家兴味最浓的话题是审美创作的言志缘情作用。"感物吟志""志思蓄愤""借景抒情""托物言志""写物附意"，既是《文心雕龙》审美心理学所推崇的，也是中国古代审美创作所尊奉的传统信条。《文心雕龙》审美心理学创作构思论所表述的这种主客体的相互统一、相互对应、相互交叉的审美观念，使中国人对宇宙时空与自然万物感到信赖和亲近。而中国古代文艺家则将自己看作

---

① 见《世说新语》。

② 参见朱光潜《西方美学史》上卷，人民文学出版社，1963年版。

③ 《伊安篇》。

④ 《美学》第一卷。

是宇宙自然中理所当然的成员，要求“齐物顺性”，“物我同一”。“我见青山多妩媚，料青山见我应如是”[①]。万物亲近人，人也亲近万物。李白浪迹于山水，云：“闲云随舒卷，安识身有无”；石涛画山水，曰：“山川使予代山川而言也”，“山川与予神遇而迹化也”[②]。文艺创作者在凭借心灵去体悟自然万物的生命旋律的同时，失落自己于造化的中心，物我同一，物我两忘，沉冥入神，继而从沉深的体验感悟之中升华而出，“发乎咏叹”，物化为审美作品。

“盈天地间唯万物”，宇宙万物是大化流衍，“其往无穷”，一息不停的。生气灌注的宇宙自然是审美创作的生命之根、生化之源，是文艺创作者可以亲近、可以交游、可以于中俯仰自得的亲和对象。在“天人合一”的思想熏陶之下，中国人可以顾念万有，拥抱自然，跃身大化，把整个自然界作为自己的至爱亲朋。刘勰之后，唐代的白居易说：“山树为盖，岩石为屏，云从栋生，水与阶平，坐而玩之者可濯足于床下，卧而狎之者可垂钓于枕上。”[③]这可以说是对刘勰“情往似赠、兴来如答”“情以物迁、辞以情发”“物以貌求，心以理应”“触物兴情，因变取会”的最生动形象的说明；自然亲近人，愉悦人，是文艺创作者的密友知音。文艺创作者在自然山水之中舒坦自在、优游闲适、俯仰如意、游目骋怀的情景于此也可见一般。

总之，在刘勰看来，自然既然是人的“直接群体”、亲密无间的朋友，那么，走向自然，“窥情风景之上，钻貌草木之中”，以纯粹的自然物象作为审美对象，陶醉于自然万物之中，把自然山水景色中取之不尽的宇宙元气作为自己抒情奇意的创作材料，感物起兴、借景寄怀、“触物兴情”“寓目辄书”，“志在山水，琴表其情”（《知音》）从而使躁动不安的心灵得到宁静和慰藉，情感得到升华。也正是如此，遂形成《文心雕龙》审美心理学所主张的直观体悟式“应物斯感”“睹物兴情”审美体验与构思方式。

四

刘勰认为，情感活动既是审美体验与构思的动力，也是审美体验与构

① 辛弃疾：《贺新郎》。

② 《石涛画语录》。

③ 《冷泉亭记》。

思的核心。强烈的情感体验是审美活动区别于科学、伦理道德活动的一个最为显著的特点。在他看来，审美体验与构思中的情感活动和审美感兴的发生与开展是一致的。他在《文心雕龙·物色》篇中说："春秋代序，阴阳惨舒；物色之动，心亦摇焉。盖阳气萌而玄驹步，阴律疑而丹鸟羞；微虫犹或入感，四时之动物深矣。若夫珪璋挺其惠心，英华秀其清气；物色相召，人谁获安？是以献岁发春，悦豫之情畅；滔滔孟夏，郁陶之心凝；天高气清，阴沈之志远；霰雪无垠，矜肃之虑深。岁有其物，物有其容；情以物迁，辞以情发。一叶且或迎意，虫声有足引心，况清风与明月同夜，白日与春林共朝哉！"就提出"情以物迁，辞以情发"的命题，来强调审美创作体验的发生离不开情感活动的激发，审美体验的开展总是伴随着强烈的情感活动。

首先，在刘勰看来，审美创作体验与构思活动的发生是由物兴情，情动思生的。应该指出，"情以物迁"中的"物"意指"物色"。范文澜《文心雕龙注》云："《文选》赋有物色类。李善注曰：'四时所观之物色而为之赋。'又曰：'有物有文曰色，风虽无正色，然亦有声。'"可见，所谓的"物"，主要是指自然景物，而"物色"，则是指自然景物的形色状貌、音容姿色。作为审美对象的各种自然物象，是激发主体情感的外在因素。受主宰宇宙自然的"气"这种生命力的作用，大地山河、草木鸟兽、风花水月、烟霞暮霭等等自然界的万千景象在感召、呼唤着主体，促使其心中跃踊着一种冲动，推荡、鼓舞着他，使其心旌摇荡、激荡感动、躁动不安，产生以审美创作活动来让自己"悦豫"之情舒畅的审美冲动，并进入审美创作活动。"岁有其物，物有其容"，春夏秋冬，四季景物不同，朝阳的喷薄而出，与一轮明月的朗照，景色各异，由此而触发的审美情感也有区别，或"悦豫"，或"郁陶"，或"阴沉"，或"矜肃"，但是所促成的审美创作体验的动机却是一致的。不同的自然物象与各异的自然风光形成相同的审美创作动机。可见，审美创作体验动机的生成离不开自然景物的引发，"窥情风景之上，铅貌草木之中"，去借眼前景以触动情怀，引发意兴，既是刘勰，也是传统美学所推崇的激发审美体验的一种极为重要的方式和途径。刘勰认为，"情以物迁"的第一个步骤是"物以情观"。现代审美心理学的研究告诉我们，情感是人类机体在生命运动中形之于内而又以不同方式表露于外的反应。它是人对于万物客观事物是否符合自己需要而产生的一种冲动，同时又是一种行为；是一种体验，又是一种反响。正如荀子在《荀子·正名》中所指出的：“性者，天之就也；情者，性之质也，欲者，情之应也。以所欲为可得而求之，情之所必不免也。”应该指出，情感虽然也是人对客观现实的一种再现形式，但不同于认识过程。认识过程再现客观现实本身；情感不再现客观现实本身，而是再现客观现实与人的需要之间的关系，所以荀子说“欲者，情之应也”。认识是通过概念来再现客观事物，情感则是通过体验来再现客观现实与人的需要之间的关系，所以说“欲为可得而求之，情之所必不免也”。主体的需要，即“欲”是多层次多方面的，表现为层次性动态发展状态。各种需要不同程度的满足与否，就会产生不同的情感体验。从总的方面看，主体的需要大致又可以分为三个层次，与此相对应，需要层次不同情感亦有所不同。主体低层次的需要是自然生理物质欲望的满足；中层次的需要是科学认识中的理智感与伦理实践中道德感的满足；高层次的需要则是审美活动中的审美体验的满足。刘勰所谓“情以物迁”的情感，就是指的这种建立在主体高层次需要上的情感。

当一定的相应的审美对象直觉地激起审美主体的感官愉悦，使“悦豫之情杨”“郁陶之心凝”“阴沈之志远”“矜肃之虑深”，引起审美主体浓厚的兴趣，产生强烈的情感活动，于是，审美需要即转化为审美动机，并从而引起审美体验活动，故而刘勰说：“圣人之情，见乎文辞。”又说：“夫缀文者情动而辞发。”

其次，刘勰认为，审美创作体验与构思活动的开展始终伴随着强烈的情感活动。“情以物迁”的“迁”是迁移、变化，同时也是交流、交通的意思。在刘勰看来，审美创作应以情感体验为主，是表现主体的情志的。他说：“人禀七情，应物斯感，感物吟志，莫非自然。”又说：“诗者，持也，持人情性。”在审美创作流程中，情是统贯的主轴，持情运思，才能熔铸心物，妙含情景。作为审美对象，自然万物蓄蕴着勃郁之生机，生化不已，具有无穷之灵趣，在召唤着主体。而审美主体在审美体验中，则通过“疏瀹五藏，澡雪精神”，排除杂念而获得心灵的自由和新中国成立，从而产生一种外在的映照生命的态势。当某一作为审美对象的特定自然景物在一种“无心的偶合”中触发主体的情感时，就标志着主客体之间、情与景之间已经建立起联系，客体外在的动势也已随着主体的心势流转起来。反之也是如此，故而，刘勰说，审美构思活动是“心”“既随物以宛转”，“物”“亦与心而徘徊”；又说，审美构思活动中的心物互动是“情往似赠，兴来如答”。

所以，我们认为“情以物迁”命题实际上已经揭示了审美体验的开展过程。“情以物迁”，也就是指主体之心“既随物以宛转”，客体之景“亦与心而徘徊”，与“情往似赠，兴来如答”的审美体验活动的情感性特征。在这一审美体验活动中，文艺创作者通过情感与心灵观照，即通过对自然景物的众多的属性及其表现形式的情感与心灵把握，从而使客观的、本来只具有自然物质属性的山川景象，转化成为人化的审美意象。陈嗣初说：“情与景会，景与情合，始可言诗矣。”（见都穆《南濠诗活》引）王夫之亦说：“夫景以情合，情以景生，初不相离，惟意所适。”（《姜斋诗话》）这里相互会合、相互生发的“情景”，就显然是指在刘勰所谓的“情以物迁，辞以情发”审美体验中，文艺创作者通过审美的眼光和心胸，吸取作为审美对象的自然景象中那些最能体现其内在本质的形象特征，并深入到审美对象的深层结构，感悟到其中蕴含的生命意蕴的同时，调动自己潜意识中的情感积累与记忆表象加以催化、融汇以重新组合而生成的审美意象的心理活动流程。自然景象在这一流程中，经过心灵化，从而由实走向虚，从自然的限制走向自由的想象，成为客观与主观、物质与精神、景象与情感相互联系、相互统一的契机。刘勰提出的，作为一个美学命题的“情以物迁”贯穿整个审美创作流程。故范曦文指出，山水诗审美创作体验与构思活动中，“情景相融而莫分也”（《对床夜话》卷二），情与景相互依存，相互生发，缺一不可。

刘勰所推崇的“情以物迁”的审美体验活动须以客观的自然景物为依据，同时“情以物兴”“物色之动，心亦摇焉”“物色相召，人谁获安”“触物兴情，因变取会”“婉转附物，怊怅切情”（《明诗》）、“引心”“迎意”的情感活动，“心摇”“入感”等审美创作活动的发生与开展都离不开文艺创作者；客观景物审美特征的发现与重构离不开文艺创作者“引心”“迎意”。只有同文艺创作者独特的审美情感心理智能结构应合同构，为主体所赏爱，自然景物才可能转化为审美对象之“景”。“凡物之美者，盈天地间皆是也，然必待人之神明才慧而见”。“天地之生是山水也，其幽远奇险，天地亦不能一一自剖其妙，自有此人耳目手足一历之，而山水之妙始泄”。“景无情不发”，客观之自然景象离不开主观之审美情感的生发，同时，审美创作活动又必须以对自然景物的感觉为基础，以胸中之景为运思中介。只有通过审美感知，把握住作为审美对象的自然景物的各种感情状貌，并以之为构思的凭借，才能重建出心物交融的审美意象。归庄说："情与景合而有诗。廊庙有廊庙之情景，江湖有江湖之情景……情真景真，从而形之歌，其词必工；如舍现在之情景，而别取目之所未尝接、意之所不相关者，以为能脱本色，是相率而用伪也。"（《眉照上人诗庐》）许学夷亦说："欲悉离景象，悉发真意，故其诗卑鄙至是。""情无景不生"，审美情感的激发与表现离不开自然景象。

刘勰认为，审美创作的整个运思流程都需要情与景的结合和相互生发。《通变》篇说："凭情以会通，负气以适变。"《情采》篇说："情者文之经，辞者理之纬。"《熔裁》篇说："情周而不繁。"《宗经》篇说："一则情深而不诡。"袁中道说："天地间之景，与慧人才士之情，历千百年来，互竭其心力之所至，以呈工角巧意，其余无蕴矣。"就指出这种情景的相互生合是"互竭其心力之所至"。从现代审美心理学来看，这种"情景"的相互发明、相互作用是因为自然景物的内部结构中有一种合于主体心灵的张力，因此可以成为主体心灵的"同构"。同时，作为审美对象的自然景物之所以能够引起文艺创作者的兴趣，并激发起主体的情兴，主体自身还必须具备一定的审美经验结构和情感模式。只有这样，才能够"观则同于外，感则异于内。当自用其力，使内外如一，出入此心无间"[①]。这种审美经验结构是由主体的大脑信息仓库中储藏的，从大量的审美实践中积累的知识经验与情感体验所形成的。在创作构思的心灵观照中，它往往作为内因，形成情感反应模式与心理冲动趋向，以促使文艺创作者对自然景象进行感知体认、直观感悟、想象联想等审美心理活动。因此可以说，审美经验结构和情感模式是推动文艺创作者的心灵与自然景象相互契合，进而萌生审美意象的关键。主体的审美经验结构和情感模式又可以归纳为两大系列：表象信息系列与意向信息系列。所谓表象信息系列，是指人们在感知觉基础上积累的映象，在大脑中的储存，是以记忆的形式留存下来的"胸中之景"。它们是主体的内在参照物。只有具备这种"胸中之景"，主体才可能对特定的作为审美对象的自然景物中所包容的生命意蕴产生一种熟识感、亲近感。而意向信息系列，则是建立在一定文化水准之上的，受制约于思想观念与情感趣味的意向、期望和需要，以及与相适应的情感反应模式。在整个审美经验结构中，情感处于中枢地位，

---

① 谢榛:《四溟诗话》。

它推动感知、直觉、想象、理解等心理因素自由的运动，和它们组成一个和谐的整体，以帮助主体在接触到特定的自然景物的刹那，就迅速地作出意念领悟，并神奇般地直接感悟到潜藏于其中的深层生命意蕴。故而，我们认为，这种经过长期审美实践而形成的审美经验结构和情感模式，本身就是一种“情”与“景”（表象）的结合体。只有在此基础上，通过对自然景物内在审美意蕴的进一步拓开和扩展，审美创作活动才能朝着创新的意象形态的境地进发。王夫之说：“言情则于往来动止缥缈有无之中得灵蚃而执之有象；取景则于击目经心丝分缕合之际，貌固有而言之不欺。而且情不虚情，情皆可景，景非滞景，景总含情。神理流于两间，天地供其一目，大无外而细无垠，落笔之先，匠意之始，有不可知者存焉。”[①] 审美创作活动离不开“往来动止缥缈有无之中”的“情”，同时，情感的作用又必须借助“景”，离开了“景”，情感的功能与效用则无从发挥，故必须“执之有象（景）”。有“情”，始能给作品带来气韵“灵蚃”，有“象”（景），情感才有物质载体。情不能没有景，也不能没有情。创作活动中的，“取景”虽然只是“击目”之顷刻，然而却也是“经心”“丝分缕合”而成。可见，要达成“情景一合，自得妙语”[②]，文艺创作者则必须具备特定的“一目”，即完整的审美经验结构和情感模式，使自己内心“有不可知者存焉”，从而才能使“天地供其一目”，在“击目”的刹那，主体的情兴亦才能和作为特定对象的自然景物相互因依、相互含吐、相互包孕，使情渗透于景，景也被情所化，“情不虚情，情皆可景；景非滞景，景总含情”，“以景结情”，“情在景中”，这也就是刘勰所说的：“目既往还，心亦吐纳，情往以赠，兴来如答。”使主客体交融，情景合一，“则自有灵通之句”[③]，创作出情景融合的杰作。

正如刘勰“情以物迁”命题所规定的，只有达成情迁感会审美境域的作品，才可能传之不朽。例如李杜之诗：“孤帆远影碧空尽，惟见长江天际流”；“窗含西岭千秋雪，门泊东吴万里船”等，则是寓情于景、情景相融之作。又如李白的“暮从碧山下，山月随人归”（《下终南山过斛斯山人置酒》），明月可以伴人归家；“举杯邀明月，对影成三人”（《月下独酌》），明月可以

---

① 《古诗评选》卷五。

② 王夫之：《明诗评选》卷五。

③ 《姜斋诗话》。

伴人饮酒；“湖月照我影，送我至剡溪”（《梦游天姥吟留别》），明月可以送人远行；“我寄愁心与明月，随君直到夜郎西”（《闻王昌龄左迁龙标遥有此寄》），明月可以带着人的心送朋友到远方等，则更是物我两忘，主客一体，情景交融的名句佳作了。

在刘勰“情迁感会”审美境域的创构流程中，“情”具有极为重要的作用。纪昀说：“诗本性情者也。……日星河岳，草秀珍舒，鸟啼花放，有触乎情，即可以宕其性灵。”[①] 情感推动着主体的审美经验结构，并与之组合成一种情感反应模式沟通主观意会与自然景物间的联系；同时，在感物之初，帮助主体进行审美选择、定向，迅速作出意念领悟。故刘勰在《物色》篇中指出：“触类而长，物貌难尽。”审美创作应“一言穷理”“两字穷形”“并以少总多，情貌无遗”。刘勰之后，清代的李渔说：“善咏物者，妙在即景生情，……舍情言景，不过图有省力，殊不知眼前景物繁多，当从何处说起？咏花既愁遗鸟，赋月又想兼风。若使逐件铺张，则虑事多曲少，欲以数言包括，又防事短情长。展转推敲，已费心思几许，何如只就本人生发，自有欲为之事，自有待说之情，念不旁分，妙理自出。”[②] 大千世界，不但万象罗列，既有花鸟虫鱼，松柏兰竹，又有高山大川、穷漠大荒，浩瀚沧海，而且，各种景物还有自己独特的外形，松之雪干霜根，柏之苍髯黛色，竹之虚心贞节，冷艳傲霜的梅花，映日临风的芙蕖，冰肌玉蕊的水仙，秀质清幽的兰花，巉岩磊磊的奇石，如此等等，不一而足。创作构思中绝无可能巨细不遗，“逐件铺张”，“事多情长”，而只能“天地供其一目”“就本人生发”，选择特定的自然景象作为审美对象，“念不旁分”，让意念的潜流自由运动，有如饶有情趣的爱克斯光射线，无形地渗透到特定自然景物的深层结构之中，摄取其隐秘的生命意蕴，并在大脑的相应部位飞快地加以辨析体认，进而使得文艺创作者的胸臆涌现出兴会潮的波动。而这种种的选择、意念、领悟、体认、兴会，包括整个的创作运思，都离不开“情”的作用。“外有其物，内可有其情矣；内有其情，外必有其物矣”[③]。有景才有情，有情必有景，离开作为审美对象的自然景物，则不会有审美情感，但如果没有审美情感的推动与导向，也绝不

① 《冰瓯草序》。
② 《闲情偶寄·戒浮泛》。
③ 王夫之：《诗广传》卷一。

会生成审美创作活动。只有情景相融，“含情而能达，会景而生心，体物而得神”[①]从而始能“即物达情”，事短曲多，数言情长，“妙理自出”。

“情迁感会”审美境域的创构既要于情景不其然而然的偶合中，“化景物为情思”；同时，又必须使“情”隐于“景”中，“语不及情而情自无限”，达成情景“妙合无垠”。刘勰说：“心术之动远矣，文情之变深矣，……隐之为体，义主文外，秘响傍通，伏采潜发，譬爻象之变互体，川渎之韫珠玉也。故互体变爻，而化成四象；珠玉潜水，而澜表方圆。始正而末奇，内明而外润，使玩之者无穷，味之者不厌矣。”（《隐秀》）谢榛说：“诗乃模写情景之具，情融乎内而深且长，景耀乎外而远且大。”[②]沈雄说：“情以景幽，卓情则露；景以情妍，独景则滞。”[③]王夫之亦说：“情景名为二，而实不可离。神于诗者，妙合无垠。巧者则有情中景，景中情。”[④]他们都要求藏“情”于“景”，以构筑出冲淡高远、含蓄蕴藉的意境。王夫之还具体提出“情中景”与“景中情”两种“妙合”的表现方式。其中“情中景尤难曲写”。应该说，正如刘勰所说的审美创作构思是“情以物迁，辞以情发”，其流程中“情”“婉转附物”，“物”“怊怅切情”，创作者“登山则情满于山，观海则意溢于海”。文艺创作者审美情感的抒发必须凭借于一定景物的描写，“寓情于景”，其作品中的艺术境域才能情真意切、生气流动，而不流于浮泛，故“善述情者，多寓诸景”（沈雄）。王夫之举杜甫《和贾至舍人早朝大明宫》中“诗成珠玉在挥毫”为例句，认为此诗句写出了抒情主人公早朝归来“才人翰墨淋漓，自心欣赏之景”，情语中包容着丰富生动、能充分表现情兴的富有特征性的审美意象系列，并由此而增强了作品的感染力。“景中情”是文艺创作者“以写景之心理言情，则身心中独喻之微，轻安拈出”[⑤]（王夫之）。这种能够表现文艺创作者心中“独喻之微”、难言之情的“景”，最精练最富于启发力，往往在凝练的景物描写中，蕴含着巨大的信息容量，能使作品的意境产生强大的张力，使鉴赏者从有限的景物描写中体味到“广远”的景外之景和“微至”的意外之旨，味之无极，玩索无穷。

---

① 王夫之：《姜斋诗话》。

② 谢榛：《四溟诗话》。

③ 《古今词话 · 词品》。

④ 《姜斋诗话》。

⑤ 王夫之《姜斋诗话》。

第十章　贵在虚静：审美创作构思论之二

在审美创作构思论中，刘勰极为注重审美体验活动中主体审美心境的营构，提倡一种超越心态，主张超越俗我。要求在审美体验活动中必须营构“虚静”心境，以空明澄澈的心灵去辉映万有。提倡“静以体道”，由“虚静”以达“道”、合“道”，达成缘在构成、触目道成、“与道合一”之境域。在审美活动之初审美者必须雪涤凡响、澄清净化心怀和心灵空间、洗涤心胸，澡雪灵府，进入“虚静”之境，以获得心灵的澄清和心怀的宁静。他所主张的“虚静”就是一种空明雅洁心怀与构成态势的形成，或者说是造成一种审美心胸的构成态势，其实质是通过“虚静”，清除世俗杂念，以虚廓心胸，涤荡情怀，让心灵超然于物外，达成一种和谐平静、冲淡清远的审美心境状态，造成无利无欲、无物无我的静态的超越心态，以能够于审美体验中“遍览物性”，能够沉潜到特定的审美对象的生命内核，体悟到蕴藏于其深处的生命意义。在他看来，“思接千载”，“视通万里”，弥于六合，敛于方寸，吞吐烟云，腾踔万象的审美体验活动的开展，离不开“疏瀹五藏，澡雪精神”，收神涤心，浣濯肺腑，疏瀹尘垢，而营构出的寂然悄焉、虚静空明、心和气平、洞然无物的审美心境。

一

应该指出，《文心雕龙》审美心理学思想中的整个创作构思论都洋溢着一种强烈的超越意识。超越俗我，使自我清淡、飘逸、空灵、洒脱之心与自然本真浑融合一是刘勰所推崇的中国古代艺术家在审美创作中应追求和向往的至高审美境域。而寂然凝虑，悄焉动容，平居淡泊，以默为守，通过明净澄澈的心灵去神合宇宙万物，以吞饮阴阳会合的冲和之气，“与风云并驱”，则是刘勰所强调的“率志委和，理融情畅”“疏瀹五藏，澡雪精神”这种贯穿于整个审美创作构思的特殊审美心理状态，或谓审美心境。也正是由此，遂熔铸成《文心雕龙》审美心理学思想有关审美境域构筑的“陶钧文心，贵在虚静”“四序纷回，入兴贵闲”“率志委和，理融情畅”等美学命题。

刘勰“陶钧文思，贵在虚静”命题的提出见于《神思》篇：“是以陶钧文思，贵在虚静，疏瀹五藏，澡雪精神。”“陶钧文思”的“陶”本义为瓦器；“钧”则是指制造瓦器的转轮。“陶钧”就是制造瓦器。这里刘勰用来指审美创作构思活动中意象和意境的熔铸。“虚静”的“虚”，《庄子・人间世》说：“唯道集虚，虚者，心斋也。”郭象注云：“虚其心则至道集于怀也。”可见，在庄子看来，人只要达成无情无欲的虚寂空明的心境，作为生命本原的“道”就能够从心里呈现出来。后来荀子则据此提出“虚壹而静”[①]的命题，强调人们在认识事物时，不能以见他物而分心，应虚心、专一而真确地观察事物，才能获得宇宙生命的真谛，使自己进入“大清明”的心理状态，使天地万物“莫形而不见，莫见而不论，莫论而失位”[②]。引用到审美心理学上，“虚静”则意为澄清净化心怀和心灵空间。作为营构审美心境的一种心理活动，“虚静”主要是指进入审美创作构思之初，文艺创作者必须洗涤心胸，澡雪灵府，以获得心灵的澄清和心怀的宁静。这也就是刘勰所强调指出的：“疏瀹五藏，澡雪精神。”《庄子・天道》篇云：“以虚静推于天地，通以万物。”《庄子・知北游》又云：“老聃曰：‘汝齐（斋）戒疏瀹而（你）心，澡雪而（你）精神。”故而，可以说，“虚静”就是一种空明澄澈审美心怀的构筑，或者说是造成一种审美态势。其实质是通过“疏瀹五藏，澡雪精神”以虚郭心胸，涤荡情怀，让主体的心灵超然于物外，进入一种和谐平静冲淡清远的审美心境，造成无利无欲无物无我的静态的超越心态，以能够使主体于审美体验中，“通以万物”，使“物无隐貌”，能够清晰地印现出特定的审美对象，体悟到蕴藏

① 《荀子・解蔽篇》。

② 《荀子・解蔽篇》。

于其深处的生命意义。

在《神思》篇中，刘勰还强调指出："文之思也，其神远矣。故寂然凝虑，思接千载；悄焉动容，视通万里。"这里所谓的"寂然""悄焉"，也就是指通过"虚静"而达成的虚明空静的审美心境；而"凝虑"则是指集中心意，摆正心思，用志不分，用心不杂。"凝虑"又谓"凝神""专一""专志""端思"。明代唐顺之就认为审美创作构思活动以"解衣盘礴为上"，因为"若此者，凝神而不分其志也"[①]。王梦简在《诗学指南》中也指出："夫初学诗者，先须澄心端思，然后遍览物情。"通过"凝虑""端思""凝神"，可以使主体心神凝聚，意识集中。黄庭坚说："神澄意定，……用心不杂，乃是入神要路。"[②]又说："得之于心也，故无不妙；用智不分也，故能入于神。夫心能不牵于外物，则其天守全，万物森然，出于一境。"[③]和刘勰一样，他们都强调"凝虑""端思""神澄意定""用智不分"是审美创作构思的关键。

从现代审美心理学思想来看，刘勰所主张的文艺创作者在进入审美创作构思之初必须"贵在虚静"的观念，对于审美创作活动的开展的确是极为重要的。就其审美心理活动的实际而言，"寂然疑虑"，即排除外在干扰，中止其他意念活动，使意念思绪集中到一点，进入一种虚静空明、心澄神充、聚精会神的心理状态，获得"内心的解脱"，确实是审美创作活动得以顺利进行的首要条件。没有构筑起这种虚灵清静、神充气盈的审美心理态势，则不可能有真正的审美创作活动。气和心定、虚明空静的审美态势的意义，在于它能使文艺创作者的各种审美能力都集中到审美构思上来。停止或淡弱主体意念中的其他活动，使其服务于即将开始的审美构思活动，通过澄怀静虑、安定心神以创构出一个适宜进入审美活动的心灵空间，集中审美能力，准备审美活动的开展，这就是"寂然疑虑"与"虚静"审美心境在审美创作活动之初的主要作用。进行审美创作构思活动需要主体"心""思""神""想"的整体投入。《文心雕龙》审美心理学所主张的审美体验活动是主体心灵的自由与契合，这不仅需要主体必须具备独特的审美能力，还需要主体必须营构出一个特定的审美心境。这同审美创作所追求的目的分不开。在《文心雕龙》

---

① 唐顺之:《荆川先生文集·与田巨山提学》。

② 《书赠福州陈继同》

③ 《道臻师画墨竹序》。

审美心理学看来，“文之思也，其神远矣”。所谓“文之思”，即审美构思，构思是审美创作活动的重要环节，是创作主体在孕育作品过程中所进行的一系列定向的、创造性的思维活动。其流程包括触思、运思、定思。构思的开始，创作动机唤起了大脑皮层的工作状态，为构思的发生提供了可能性。但这种可能性能否实现需要一定的条件。从现象上看，最初的构思往往得之于“物”的触发。它常以灵感的形式出现，外物的触发是引起作者构思的契机。审美创作构思的目的是获“江山之助”，“使味飘飘而轻举，情晔晔而更新”，是“登山则情满于山，观海则意溢于海”“欲令众山皆响”，是要在物我的同感共通和情景的相交互融中铸造审美意象和审美意境。而客体的多方面的特性和主体纷繁杂乱的思绪必然会影响这种审美构思活动的深入，因此，文艺创作者在进入审美构思活动之初必须去物、去我，使纷杂定于专一，澄神安志，意念守中，在高度入静中达成万念俱泯、一灵独存的心境，以保证审美创作构思活动中心灵的自由。即如恽南田在《南田画跋》中所指出的：“川濑氤氲之气，林岚苍翠之色，正须澄怀观道，静以求之。若徒索于毫末者，离也。”欲臻于“一灵独存”，其内在因素就是“澄怀”“静心”。所谓“非宁静无以致远”。恽南田说：“意贵乎远，不静不远也。”这个“静”，不是冷冰冰的寂静，而是那种山鸟间关泉水叮咚天机活泼的自然之静，没有尘嚣，只有天籁。

应该说，刘勰所主张的“物无隐貌”与“万途竞萌”审美创作活动离不开心灵的活力与心灵的能动。心灵自由是审美创作活动取得成功的保证，而寂然凝虑、澄怀静虑、忘知虚中、抱一守中，以构筑出空明虚静的心理空间则是对心灵的新中国成立。故而，在刘勰看来，只有达成虚明澄静的审美心境，文艺创作者才能在审美创作中充分调动其审美能力，最大限度地发挥心灵的主动性，去“神与物游”，以领悟宇宙人生的妙谛。即如宗炳所指出的，通过“澄怀”才能“味象”“观道”①。要体味到宇宙自然间所蕴藉着的“象”与“道”这种真美、大美、就要求审美主体进入清澄浩渺、虚寂无涯的审美心境，这就需要“澄怀”，需要如刘勰所说的“疏瀹五藏，澡雪精神”。这是“味象”与“观道”“独照之匠，窥意象而运斤”的先决条件。如此，方能去

① 《画山水序》；又见《宋书·隐逸》载宗炳语。

“思接千载”“视通方里”“与风云而并驱”，去“心游万仞，虑入无穷”[①]，让心灵尽性遨游，任意驰骋，以“情满于山”，“意溢于海”。

刘勰所强调的通过“疏瀹五藏，澡雪精神”，实现心灵的自由，开通“关键”，以使“独照之匠，窥意象而运斤”，对于审美构思活动的重要意义及其在审美创作中的作用的体现，我们可以从明代文艺美学家吴宽分析唐代诗人兼画家王维的创作的一段精彩评论中得到进一步说明。他说：“至今读右丞诗者则曰有声画，观画者则曰无声诗。以余论之，右丞胸次洒脱，中无障碍，如冰壶澄澈，水镜渊停，洞鉴肌理，细现毫发，故落笔无尘俗之气，孰谓画诗非后辙也。”又说“穷神尽变，自非天真烂发，牢笼物态，安能运心独妙耶？”[②]这里所谓的“胸次洒脱，中无障碍”，就是指心灵的自由与精神的超越；而“冰壶澄澈，水镜渊停”，则是指经过疏理五藏，澡雪精神，中断理性思维，扬弃非我，以达成的心如止水、空明灵透、不将不迎的审美心境。如此，在审美创作构思中主体就能够“洞鉴肌理，细现毫发”，“物以貌求，心以理应”，心物如一，使玲珑澄澈的心灵突破“物”与“我”的界限，与幽深远阔的宇宙意识和生命情调相互契合，“万途竞萌”，妙悟人生奥秘。故而刘勰要在《神思》篇中说：“秉心养术，无务苦虑，含章司契，不必劳情也。”

究其哲学根源和美学根源，刘勰“贵在虚静”“寂然凝虑”命题所强调的主体使心中尘埃涤尽，烦忧洗却，以创构出一个明净澄澈、虚灵不昧的心理空间和审美心境，则能使自己的自由心灵与宇宙之心寂然咸通，周流贯彻，其根本就在于宇宙自然中的万事万物万象的本身是无目的性的。花开草长，鸢飞鱼跃，月落星移，春秋代序等等一切自然现象的自身都是无意识、无目的、无计划、无思虑的。世间万物，生息相续，大至世界，小至微尘，都时时刻刻的在变化中，生生不已、化化不息，人生真相就是如此的无始无终而又流行不息，永久相续。用中国古代哲人的话来说，则它们都是“无心”的。但是在这种“无心”与无目的性之中，却又实实在在地存在着那种使这一切所以然的“大心”与大目的性，或谓“道”“象”，也即刘勰所谓的“自然之道”，使“日月叠璧”“山川焕绮”的“道”。这亦就是我们所谓的“宇宙之

① 辛文房:《唐才子传》。

② 《广川画跋》。

心”。大象无形，大美无言，它似有似无，若恍若惚，既决定和支配着宇宙万物、人类生命的存在，又将人的生命同社会自然的存在沟通、联系起来，使人心和道心相互作用、相互交通，以形成一个同源同构的整体。而一切有心、有目的、有意识、有计划的事物、作为、思念等等，比起这种作为“宇宙之心”的大道、大象、大美来，都相形见绌，微不足道，只会妨碍它的充分展露。显然，作为文艺创作者的个人，其深心要能“体合宇宙内部的生命节奏”，要实现“与宇宙的心的同一”，以“遍览物情”，那么就只有保持一种“无心”、无目的的审美态势，在一种静寂空明的审美心态和审美心境中，依靠心灵感悟，从而始能体验到这种宇宙的真谛生命的意味。因而，老子主张“抱一”“守中”“涤除玄鉴”，庄子则提出“心斋”“坐忘”，和刘勰一样，他们都要求审美体验中主体必须解脱外在的束缚，清净心地，使精神专一，心不旁骛，“致虚极，守静笃”，清除心中的杂念，排除外部感觉世界的多种干扰，保持心灵的洁净无尘，表里清澈，内外透莹，以构筑起一种自由宁定的心境。只有这种，才能在审美体验中发挥心灵的能动，如空潭映月，以映照万物，直观宇宙自然、天地万物的本心。

二

在对万物自然的审美观照上，《文心雕龙》审美心理学思想强调整体直观，追求“应物斯感”“睹物兴情”。《诠赋》篇说：“至于草区禽族、庶品杂类，则触兴致情，因变取会。”宇宙自然中的草区禽族、庶品杂类是感发艺术灵感的渊薮，触发兴会，以升华意象，获得灵感的契机。据载，北宋人宋迪曾创构过八种山水画的审美意境：平沙落雁、远浦归帆、山市晴岚、江山暮雪、洞庭秋月、潇湘夜雨、烟市晚钟、渔村落照。应该说，这八大景就是审美主体通过整体直观如刘勰所说的“触兴致情，因变取会”，所达成的梵我同一、物我两忘、宇宙与心灵融合一体而体验到“道”的空寂、宁静审美境域的物态化成果。后来的诗人、画家特别喜欢在自己的审美创作中追求这几种审美意境。葛兆光在《禅宗与中国文化》一书中评论这几种审美意境说：“这里没有令人惊悸的海浪波涛，没有感天动地的人的抗争，有的是宁静、幽远、朦胧、恬美。它给人的感受不是那种神圣的崇高，也不是那种奇异的神秘，也不是对人的命运的悲叹，也不是对大自然的抗争，而是和谐，人的命运与大自然的和谐，大自然一山一水一草一木之间的和谐。”从《文心雕龙》中，我们可以看到，在刘勰看来，审美创作中要达成这种“和谐”，要创构出淡远清幽的审美意境，表现出空灵清雅的审美意趣，文艺创作者则必须忘知虚中，疏瀹五藏，澡雪精神，物我皆忘，通过审美直观，以“触兴致情，因变取会”，进而达成“上下与天地同流”，“浑然与万物同体”的自由高蹈的审美境域。他在《物色》篇中说：“是以四序纷徊，而入兴贵闲。”这里所提出的“入兴贵闲”的美学命题就极为精妙地揭示了这种“触兴致情，因变取会”审美直观所必需的审美态势与审美心境。

所谓“入兴贵闲”，实际上也就是保持心灵的自由、专一、空灵。“入兴贵闲”的“兴”，又称“感兴”，“触兴”是指审美创作活动中，文艺创作者受“物色相召”，走到自然景物中，以感性的形式，通过偶然间即目的景物所“赠答”的信息的激发，于无意的瞬间的“同形同构”中，“触兴致情，因变取会”，直接、整体地领悟到客体所隐含的意蕴，获得灵感，以及由此而达成的一种审美境域。董逌说：“登临探索，遇物兴怀，胸中磊落，自成邱壑。”①葛立方说：“观物有感，则有兴。”②张实居说：“触物兴怀，情来神会。”③《文心雕龙》中关于审美创作构思活动中这种审美感兴现象的描述也有很多：如《物色》篇说：“情往以赠，兴来如答。”《诠赋》篇说：“登高之旨，盖睹物兴情。”“情以物兴”，“物以情观”。《宗经》篇说：“擒风裁兴，藻辞谲喻。”《明诗》篇说：“兴发皇世，风流二南。”等等，这些地方的“兴”即是指感物兴怀，感物起兴，其心理活动的状态正如《神思》篇所谓的，是“神思方运，万途竞萌，规距虚位，刻镂无形。登山则情满于山，观海则意溢于海”，为审美创作构思活动中所达成的最高审美境域。

“入兴贵闲”的“闲”，则意为闲静、闲旷。如陶渊明《与子俨等疏》云：“少学琴书，偶爱闲静。”《五柳先生传》云：“闲静少言，不慕荣利。”“闲”又可以解释为“静”。《文选》中《楚辞·招魂》“待君之闲些”与《登徒子好色赋》“体貌闲丽”两处，李善注皆云：“闲，静也。”就审美心理而言，“闲”

---

① 《广川画跋》。

② 《韵语阳秋》。

③ 《清诗话·师友诗传录》。

也就是“虚静”的审美心理状态。刘永济认为“‘闲’者,《神思》篇所谓‘虚静’也,‘虚静’之极，自生明妙。”可见，“入兴贵闲”应和《神思》篇提出的“陶钧文思，贵在虚静”命题结合起来理解。刘勰强调“贵闲”，即以虚空明静的心境为审美创作体验与构思的最佳审美心态。

“物有恒姿，而思无定检”。刘勰提出的审美创作体验心境的构筑“贵在虚静”，强调“入兴贵闲”。从这两个命题所规定的内容看，就是要求文艺创作者应努力营构出适合审美创作心灵体验的最佳心境，从而始可能让自己的心灵保持一种空灵澄澈的状态，以整个身心沉浸到宇宙万物的深层生命结构之中，去追求主客体关系的融合。世间万事万物并无固性或常住不变的个体。世上无一样事物是有永恒性的，万象都依照着因缘的迁流演变而变化和发展。万象只不过是因缘聚合之产品，整个世界也只是有一股相续不断的自然界推动力，互相演变和流行不绝地变化。要“入兴”，以于“心”“既随物以宛转”，“物”“亦与心而徘徊”的“物我交融”，物我一体，“天人浑一”之中整体全面地把握物象，必须排除杂念，心无杂念以保持一种清静的心境，超越感官，超越“四序纷回”、万象罗立、变幻纷繁的物象，透过万象直接感悟到那种深邃幽远的生命真谛，把握到天地万物的“恒姿”，即生命之源“道”(气)，以获得“兴到神会”。即如黄侃在《文心雕龙札记》中所指出的，这是“以闲旷之兴领略自然之美”。所以黄侃认为:“为文之本，首在治心。迟速纵殊，而心未尝不静，大小或异，而气未尝不虚。”又如刘永济《文心雕龙校释·神思》所指出的:“舍人虚静二义，尽取老聃‘守静致虚’之语。唯虚则能纳，唯静则能照。能纳之喻，如大虚之涵万象；能照之喻，若明鉴之显众形。”文艺创作者经过“疏瀹五藏，澡雪精神”，而达成“空灵”(刘永济语)的审美心态。在这种空灵澄澈的心里状态中，会促使审美客体的静态唤情结构与主体自己的心理智能结构同构，从而唤起蕴藏于自己心里底层的某种意识和情感，并推动那些潜藏在意识深层结构中的印象不自觉地涌现出来，从而构成意象之“象”，让人去“意会。其中隐含的生命哲理。同时，在刘勰看来，文艺创作者在进行审美创作构思时，应注意主观体验，着重心灵解悟，应进行一种“登山则情满于山，观海则意溢于海”的“触兴致情，因变取会”直观式的感兴体验，在一种宁静空明的心理状态中直观人生的妙谛。由此可见，审美创作构思的心境构筑确如刘勰所提出的“贵在虚静”，“入兴贵闲”。

要使自己进入“虚静”与“闲静”的审美心境，文艺创作者必须要宝养元神，资养素气，所以刘勰在《养气》篇中指出：“纷哉万象，劳矣千想。元神宜宝，素气资养。”主体能够进入“虚静”，全在于养气，气得到保养，自然神志清新，无躁馁之弊。故刘勰强调“元神宜宝，素气资养”。“素气”“元神”都是指文艺创作者的元气、血气，是生成审美心理的生理基础，“精神本以血气为主”。血气、元神旺盛，心灵就活跃。《养气》篇说：“思有利钝，时有通塞，吐纳文艺，务在节宣，清和其心，调畅其气。”又说：“率志委和，则理融而情畅，钻砺过分，则神疲而气衰。”“率志委和”，杨明照《校注拾遗》云：“按《庄子·知北游》：‘生非汝有，是天地之委和也。’《释文》引司马云：‘委，积也，’”《庄子·知北游》云：“舜曰：‘吾身非吾有也，孰有之哉？’曰：‘是天地之委形也。生非汝有，是天地之委和也。性命非汝有，是天地之委顺也。’”注：“若身是汝有者，则善恶死生，当制之由汝，今气聚而生，汝不能禁也。气散而死，汝不能止也。明其委结而自成耳，非汝有也。”刘文典《补正》云：“愈樾曰：司马云：‘委，积也。’于义未合。《国策·齐策》‘愿委之于子。’高注曰：‘委，付也。’成二年《左传》：‘王使委于三吏。’杜注曰：‘委，属也。’‘天地之委形’，谓天地所付属之形也。下三‘委’字并用。”由此可见，庄子所谓的“委形”，乃是指人的形体是天地所委付的；“委顺”，则是指人的性命不是自己所保有的，而是天地所委付的自然；以此类推，所谓“委和”，则是指人的生命不是自己所保有的，而是天地所委付的和气；也就是说人是由天地交感，“阴阳合气”而生。总之，正如冯春田在《文心雕龙释义》中所指出的：“‘委和’便是阴阳交感所付与和谐之气，人的生长是天地或阴阳之气交感和谐的结果。”刘勰“率志委和”中的“委和”，就是采用的这个意思。所以，我们可以将“率志委和”的“委和”理解为“天地自然所委付文艺创作者的阴阳和谐之气”，也即生命之气，或谓元气、素气、血气。

“率志委和”的“率”，意为循，即遵循、顺从。可见，刘勰所谓的“率志委和”，也就是要遵循情志的自然，调畅其气，使“志静气正”“心正气和”，排除杂念，使心灵莹然开朗，气养神颐。在刘勰看来，只要做到此，在审美创作构思活动中，就会“理融情畅”。因此纪昀说：“非惟养气，实亦涵养文机，《神思》虚静之说可以参观。彼疲困躁扰之余，乌有清思逸至哉！”可见，文艺创作者要进入“虚静”与“闲旷”的审美心境，首先必须要“清和其心，调畅其气”“率志委和”，以资养素气，使志正气和，心宁气静，心气和平，为“寂然凝虑”、凝神观照提供心理基础。不然，疲困躁扰，哪里会有“清思逸至”呢？

其次，刘勰人为，文艺创作者要使自己进入“虚静”与“闲旷”的审美心境，还必须要“秉心养术”；应“清和其心，调畅其气，烦而即舍，勿使壅滞”，以获得心灵的自由与新中国成立。这就要求文艺创作者排除杂念，如《养气》篇所说的“无扰文虑，郁此精爽”。因为“水停以鉴，火静而朗”。杨明照《校注拾遗》云：“按《庄子·德充符》篇：‘仲尼曰：人莫鉴于流水，而鉴于止水。’成疏：‘鉴，照也。夫止水所以留鉴者，为其澄清故也。’又‘平者，水停之盛也。’成疏：‘停，止也。’”“鉴”，本义为“镜”，引申为照、察的意思。《广雅·释诂》三云：“鉴，照也。”《吕氏春秋·适音》：“溪极则不鉴。”注曰：“鉴，察也。”可见，刘勰“水停以鉴”说，其意思是水静止不动、清澈明静，才能够像镜子一样清晰地映照事物。而“火静而朗”，则是说静止不动的火才得光亮明朗。运用到审美构思活动中心境的构筑上，则强调主体应保持心灵空间的宁静澄澈，以映照天地自然中活泼泼的生命情调。刘勰之后，唐代司空图在《诗品》中说得好：“空潭泻春，古镜照神。”浓郁盎然的春光泻落在一渊幽深澄澈的潭水之上，风采流动的神情映照在古雅锃亮的明镜之中。这正是“水停以鉴，火静而朗”，也即“虚静”“闲旷”审美心境的最生动的写照。空潭古镜就是“寂然”“悄焉”的心灵空间，而春意神情则是瞬间生命的传达。所以说刘勰强调“入兴贵闲”，就是要求文艺创作者在审美心境构筑中，应“外遗于形，内忘于智，则隳体黜聪，虚怀任物”[①]，内外俱寂，使审美主体处于虚静无为、玲珑澄澈的审美心境。如前所说，《文心雕龙》审美心理学思想所要求达成的审美目的和所要追求的最高审美境域是“触兴致情，因变取会”“心境相得，见相交融”，是“天人合一”“情以物迁，辞以情发”“情往似赠，兴来如答”，是人与自然万物的和谐统一，是心灵的自由高蹈。正如陶渊明在《自祭文》中所说：“茫茫大块，

---

① 见《庄子·大宗师》成玄英疏。

悠悠高曼，是生万物，余得为人。”人来自自然，“人但物中之一物耳”，自然万物与人同样具有性灵和生命，所以，刘勰认为，文艺创作者必须保持恬淡自然，物我两志，透明澄澈，超然旷达的心境，超越现实尘世的束缚，澄清杂念，回归到纯然本心本性，回到自然之中，让“心随物以宛转”，“物与心而徘徊”，与自然万物相亲相和，与宇宙生命共节奏，直观整体地去体悟宇宙自然活泼泼的生命韵律，从而始能获得精神与心灵的完全自由。

通过“秉心养术”而“离形去智”以构筑审美心境的要领源于庄子的“坐忘”说。《庄子·大宗师》说:“堕肢体，黜聪明，离形去知，同于大通，此谓坐忘。”这里就提出“坐忘”说。所谓“坐”，应该是静坐、打坐、假坐、安坐，意指一种心理状态和境界，就是忘却自身形体，抛弃聪明才智，与大道相化为一,一种排除世事、进入静寂、物我两忘的境界。所谓“离形”“堕肢体”则是通过“坐忘”而达成的解脱物欲的束缚，使精神进入自由无羁的最高境域;“忘”“去智”“黜聪明”则是离开对自然万象的具体辨识，超越经验事实的限制，使心灵归于清静虚明，无思无虑的审美境域。可见，刘勰提出的“秉心养术”，“凋畅其气”实际上是虚以待物、以静制动的审美心态。这种审美心理状态相似于禅宗所谓的“无非”“无痴”“无乱”“无我”“无他”“安静闲适，虚融澹泊”而致使的“自性”“本心”呈现，也是老子所说的“如婴儿之未孩”“比于赤子”的归复本初，犹初生婴儿时的心理状态。只有达成这种心理境域，或谓审美心态、审美心胸，文艺创作者才能“用心不杂”“其天守全”，克服其主观随意性，“不牵于外物”，不为外物所动不为外物所实，心无旁骛，心如止水，顺任宇宙大化的客观规律，在自然的徜徉中，逍遥遨游，物我两忘，从而与造化融汇合一，直达道的本体，以获得最真确的生命真谛。对此，庄子曾举例说明。《庄子·大宗师》云:“南伯子葵问乎女偊曰:‘子之年长矣，而色若孺子，何也？’曰:‘吾闻道矣。’南伯子葵曰:‘道可得学邪？’曰:‘恶！恶可！子非其人也。夫卜梁倚有圣人之才而无圣人之道，我有圣人之道而无圣人之才，吾欲以教之，庶几其果为圣人乎！不然，以圣人之道告圣人之才，亦易矣。吾犹守而告之，参日而后能外天下；已外天下矣，吾又守之，七日而后能外物；已外物矣，吾又守之，九日而后能外生；已外生矣，而后能朝彻；朝彻，而后能见独；见独，而后能无古今；无古今，而后能入于不死不生。杀生者不死，生生者不生。其为物，无不将也，无不迎也；无不毁也，无不成也。其名为撄宁。撄宁也者，撄而后成者也。'”这里就提到，女偶教南伯子葵闻道，就要求达成“外天下”“外物”“外生”而“朝彻”“见独”“不死不生”“不将不迎”的心理状态。“外天下”即忘却世故，也即超越经验事实，“外物”即“忘物”，“外生”即“忘我”。“朝彻”则是通过物我两忘达成的宁静和谐的心理境域，也即心灵的自由与新中国成立。只有这样，主体始能与天地万物生化不已的生命之气融为一体，去“以天合天”，以心映心，主客合一，物我一体。只有通过此才能“见独”“得道”，“同于大通”，达成“天地与我并生，而万物与我为一”的最高审美境域。由此，主体的精神与作为审美对象的宇宙大化的精神相合，主体自己的心灵也就自由活动，独与天地往来，以获得与自然的认同。可见，正如刘勰“入兴贵闲”命题所规定的，要“入兴”，以“思接千载”“视通万里”“吐纳珠玉”“卷舒风云”，以“不限于身观，或感物而造端，或凭心而构象，无有幽深远近，皆思理之所行也”①，看到千里之外的不同风光，进入与自然天地合一周流贯彻的审美境域，主体则必须超脱于纷纷扰扰的世事，摆脱与功名利禄相关的物的诱惑，超越经验事实的束缚，中断理性思维，“率志委和”“秉心养术”，使自己与现实社会保持一定的心理距离，“独照之匠”，才能“窥意象而运斤”，才能对宇宙万物进行美的心灵的观照。只有超越自我情欲，去除人的生理所带来的欲望，中止理性思维，“疏瀹五藏，澡雪精神”，像庄子所说的“外物”“外生”“外天下”、忘欲忘知、忘形忘世忘我忘物，才能进入精一凝神，视而不见，听而不闻，“寂然”“悄焉”的自由自在的审美心境，于心物交融、物我合一中获得审美的高蹈。此即所谓虚则能一、静以体道。由此以创作出来的作品，始平淡高远，气韵生动，意境浑成。

应该说，刘勰所推崇与追求的审美创作构思活动是不滞于形，心随笔走、神由形成，一切似在控制之中，但又都成于偶然之外：不滞于物，不凝于色，整个作品意象宏大、开合自如，力也懿肆、意也纵横，以表现出自然万物的生命意旨，审美创作的目的则是赋予审美对象以内在不息的生命和外在飘逸的神韵，是寂静处闻惊雷，朦胧中见闪电，若隐若现中显人生。同时，在《文心雕龙》审美心理美学看来，审美主体所观照的对象，也不是线

---

① 黄侃:《文心雕龙札记》，中华书局，2006年版。

条色彩的简单组合，而是浑融主体生命形态的生生不息的世界。因此，“入兴贵闲”，要真正进入到最高的审美境域，文艺创作者就必须“秉心养术”，“清和其心，调畅其气”，忘怀物我，“离形去智”，以虚空明静之心去体悟宇宙万物的生命微旨，从而方能在静穆的观照中达成与自然生命律动的妙然契合。

现代心理学的研究表明，刘勰所提出的“入兴贵闲”命题所规定的这种通过“秉心养术”，“清和其心，调畅其气”，虚静空明，“离形去智”而达成的“闲”的心理状态正是人的无意识活动极为活跃的时候，并往往能够促使人于无意识的表象活动中产生惊心动魄的创造。按照美国当代著名心理学家阿瑞提的说法，人的心灵具有一种不能用形象、语词、思维或任何动作表达出来的非表现的认识。他把这种人的特殊机能称为“内觉”（endocept）。认为他们是“对过去的事物与运动所产生的经验、知觉、记忆和意象的一种原始的组织”[①]。这种心灵中的无声、无形的属于无意识或潜意识的“内觉”，常常处于一种朦胧的、不可言喻的状态，因此，对它的体验也只有是“言有尽”而“意无穷”，也即刘勰所谓的“思表纤旨，文外曲致，言所不追”，“伊挚不能言鼎，轮扁不能语斤”（《神思》）。只有当主体进入“寂然”“悄焉”、虚空明净的心理状态时，由于外界干扰的排除、理性思维的中止，从而使主体自己从外在的，侵犯个人内心生活的一切羁绊中解脱出来，才能获得心灵的新中国成立与“内觉”水平的回复。由此，才能达成宇宙内在和谐与生命真谛的审美意义的追求，得到心灵的自由以及对宇宙生命与人生哲理的真确领悟，并取得审美创作的极高成就。

三

的确，《文心雕龙》审美心理学认为，审美创作是心灵的活动，是心灵的审美体验，需要充分实现主体的精神自由，使其率性遨游，于电光石火、稍纵即逝的瞬间，超越时空、物我，以获得思想的升华和生命意旨的感悟。《养气》篇说：“志于文也，则申写郁滞，故宜从容率情，优柔适会。若销铄精胆，蹙迫和气，秉牍以驱龄，洒翰以伐性，岂圣贤之素心，会文之直理

---

① 《创造的秘密》，辽宁人民出版社1987年版，第68、69页。

哉！”这里提出的“从容率情，优柔适会”，就是这种灵心独运、开通物我的先决条件。即如谭友夏《汪子戊巳诗序》所说：“夫作诗者一情独往，万象俱开，口忽然吟，手忽然书，即手口原听我胸中之所流。”这里所谓的“一情”，也就是刘勰所谓的“率情”，主要是指审美构思中心境的构筑应一心一意、一门心思，就是“必须注精以一之”[①]，必须“神志专一，不杂不乱”[②]。通过“率情”，“一情”“注精”使“神思专一”，才能突破物象的局限，达成“物在灵府。不在耳目”[③]的心灵澄静虚明的审美境域。故周济说：“赋情独深，逐境必寤。”[④]可见“率情”“一情”“注精”，实质上是讲审美注意。现代审美心理学指出，作为一种审美心态，审美注意是进入审美体验的中间环节。而审美态度则是主体进行审美活动所特有的不同于实用功利和科学认识的态度。或者说，是主体观照审美对象时所必须具有的一种特殊的审美心态。

理一分殊，归同途异。同是对世界的掌握，但依照其认识方式的不同则分别具有科学的、伦理的和审美的认识。就认识的方式而言，审美认识更多的带有主体参与色彩，所谓“心生言立，言立文明”“美不自美，因人而彰”（柳宗元语），因而“润色取美”的审美创作活动往往在行为上表现为一种诗意的、审美的态度。诗意化的审美态度区别于科学认识态度和理论认识态度最显著的特点，是它的无价值的价值性和无目的的合目的性。换句话说，审美态度并不表现为对象对主体是否有用，它不是一种价值判断。主体在观照作为审美对象的万事万物时并不首先觉得其对自己有利与否，而是“烦而即舍，勿使壅滞”（《养气》），是“秉心养术，无务苦虑；含章司契，不必劳情”，“不与不取，不爱不嗔”[⑤]，“初不用意”，“无所用意”，“外清眼境，内净心尘，不染不取，不爱不嗔。如玉有润，如竹有筠。如芙蓉之在池，若芳兰之生春。淤泥不能污其体，重昏不能覆其真”，由此，才能“雾露集而珠流，光风动而生芬”[⑥]。

---

① 郭熙：《林泉高致·山水训》。

② 李衎：《竹谱》。

③ 符载：《观张员外画松石序》。

④ 周济：《宋四家词选目录序》。

⑤ 萧衍：《净业赋》。

⑥ 萧衍：《净业赋》，《释藏》策七，《广弘明集》二十九上。

当然，审美态度也是有价值的。它的价值主要表现在主体的审美体验中所包含的美育功能，在于“感耳入心，移风易俗”，“惝荡人意”，故这种价值又称潜在价值。所以，我们说，审美主体在感受审美对象时既是无心的，无目的的，同时是有心、有目的的。并且，审美活动本身就是目的。在接受和体验美的瞬时也就达成了目的。鲁迅在《诗歌之敌》中曾对此作过精妙的分析。他指出:“诗歌不能凭仗了哲学和智力来认识，所以感情已经冰结的思想家，即对于诗人往往有谬误的判断和隔膜的揶揄。……倘我们认识美的事物，而以伦理学的眼光来论动机，必求其‘无所为’，则第一先得与生物隔绝。柳荫下听黄鹂鸣，我们感得天地间春气横溢，见流萤明火于草丛里，使人顿怀秋心。然而莺歌萤照是‘为’为什么呢?毫无客气，那就是所谓‘不道德’的，都正在‘大出风头’，希图觅得配偶。至于一切花，则简直是植物的生植机关了。虽然有许多披着美丽的外衣，而目的则专在受精，比人们的讲神圣恋爱尤为露骨。即使清高如梅菊，也逃不出例外——而可怜的陶潜、林逋，却都不明白那些动机。”[①] 照现今的审美心理学理论看，陶渊明、林逋对待菊花、梅花的态度则正是一种超越功利干扰的审美态度。如以科学的认识态度来看，则即如鲁迅所指出的，花的开落只不过是一种自然规律;如从伦理态度出发，则花的开落是“不道德”的。

故而，我们认为，审美态度是一种特殊的心理状态，而审美注意则是由审美态度进入审美体验，也是由审美心境进入审美创作活动的一个必要条件，或者说是必要心态。它是审美态度的具体化，是审美态度遇到具体的审美对象，将注意力集中到对象上，用心不杂，“从容率情，优柔适会”，一情独往，注精以一，去尽心尽兴地吮吸宇宙生命的泉浆。所以，依照刘勰“从容率情，优柔适会”命题所规定的内容，主体必须于一片空虚明净的心境中，心灵与万象合一，“率志委和”、一往情深地潜入万物的生命内核，让自己的生命意识与审美对象的内在生命相遭相融。只有这样，才能够熔铸出情景融彻的艺术意象与艺术意境。

依据现代心理学的解释，注意是心理活动对一定事物的指向和集中。由于这种指向和集中，人才能够清晰地再现周围现实中的一定事物，而离开某

① 鲁迅:《鲁迅全集·集外集拾遗·诗歌之敌》，人民文学出版社，2005年版。

余事物。注意可分为不随意注意与随意注意。其重要特征，就是指向性。我们认为，正是因为审美注意的这种有选择的指向特征，所以，在“不期而遇”的瞬间，主体的审美活动就只能指向一定的审美对象，“从容率情”，专心一情，“率志委和”，灵心独往，而离开其余的不相干的事物。也正是因为审美注意的指向性特征的作用，从而才能够使主体于物我合一中洞悉审美对象的肌理，细现毫发，使“万途竞萌”，万象为之“俱开”。

还需说明的是，审美注意是一种特殊的情感指向，故而审美注意力与一般注意力是不完全一样的。审美注意是刘勰说的“从容率情”“率志委和”，是“一情独往”，灵心独运。它不是把注意力指向和集中于主体的实用功利和科学认识等有关的问题上，而是把注意力集中在审美对象的形式结构与生命内核本身，包括线条、形象、声音、时空、节奏、韵律、变化、发展、平衡、统一、和谐与不和谐，等等，使审美心灵去充分体会审美对象的这些从外部到内部的东西，并把主观方面的多种审美心理要素，诸如情感、想象、意念等也灌注其中，以加强主体对特定的审美对象的整体感受。例如，面对古松，引起植物学家兴趣的是科学研究态度，而引起商人兴趣的则是实用功利的态度，激发画家艺术灵感的始是审美的态度。这里，对于画家来说，就有个审美注意的问题，正是他倾注自己的深情厚意，把注意力专一、集中地指向审美对象的生命内核，而离开实用功利和科学属性，从而所获得的始是不同于科学与功利的审美感悟。

应该说，在刘勰看来，文艺创作者在进行审美构思时，只有将全部注意力集中到作为审美对象的特定事物之上，以澄澈空灵之心去“从容率情”，静观默想，“凭情会通”，“情以物兴”，“物以情观”，以心接物，遗怀入象，去体悟其中所蕴藏的最广远的宇宙精神与大自然最精深的生命韵律，始能达成万途竞萌，臻万物于浑融一体，与自然万物同致的审美境域，而获得最真确的审美感受与生命真谛的感悟，由此才能创造出一片生命的世界。

四

应该指出，审美活动实质上是一个动态的心理流程。在这个动态流程中，各种审美心理要素并不是孤立地发挥其作用，而是相互补充、相互参融、彼此制约、整合协同地发挥作用，以完成审美创作体验与构思活动。所不同的仅是在审美创作体验与构思活动的各个阶段，其特点、影响各有侧重而已。因此，《文心雕龙》审美心理学思想所强调的“寂然”“悄焉”“凝虑”“秉心”，似保持的这种虚明澄静的审美心境，实际上是贯穿并存在于审美创作活动的始终的。《神思》篇中所提出的“寂然凝虑，思接千载；悄焉动容，视通万里”，就极为准确地描述了审美创作构思活动中的这一心理现象。

我们在前面已经多次论及，受强烈的天人合一宇宙意识的作用，中国古代艺术家总是认为自己的心灵可以直接领悟到宇宙大化中的精魂节律与物态天趣，通过凝神静观，冥思遐想，则能够洞穿宇宙，透越人生，可以使心与物相融，造化之神气与自我之精神相合。因而，在中国古代艺术家眼中，一朵花就是整个世界，一粒沙就是二个天堂。此即所谓“天地一东篱，万古一重九”。东边之篱能够容纳整个天地，而透过重阳之菊又可以感受到永恒万古、无穷无尽的宇宙生命意味。所以刘勰说：“言之秀矣，万虑一交。”又说：“乘一总万，举要治繁。思无定契，理有恒存。”（《总术》）同时，应该说，《文心雕龙》审美心理学所揭示的这种中国古代艺术家在审美创作追求中所展现出的自我生命与宇宙生命的交融契会过程，正表现出中国古代艺术家强烈的生命意识、宇宙意识和审美超越意识在其审美创作构思中的支配作用。

在刘勰看来，“凝虑”“率志委和”“从容率情”、气和心定、闲静介洁的心境是“思接”“视通”，“吟咏之间，吐纳珠玉之声；眉睫之前，卷舒风云之色”（《神思》），使“物无隐貌”的心理基础，亦是心灵观照这种审美构思的心理保证。具体说来，其心态在审美创作活动中表现可以分为以下几个层次。

首先，构思初始“凝虑”，才能使审美创作中的心灵观照具有一定的指向性和集中性，以保证审美构思活动的专一，使主体大脑的兴奋中心稳定地指向特定的审美对象，从而在心理空间形成对注意中心以外事物的排除和抑制。创作构思之初，进入审美观照之先，得通过“凝虑”，使意念守一，消除天人、物我的界限，才能激发文艺创作者的深层生命意识或潜意识，以自致广大，自达无穷。即如张彦远所指出的：“守其神，专其一，合造化之功，假吴生之笔，向所谓意存笔先，画尽意在也。凡事之臻妙者，皆如是乎，岂止画也！与乎庖丁发硎，郢匠运斤，效颦者徒劳捧心，代斫者必伤其手。意旨乱矣，外物役焉，岂能左手划圆，右手划方乎？夫用界笔直尺，界笔，是死画也；守其神，专其一，是真画也。”[1]“寂然凝虑”，凝神专志，澄观一心，“守其神，专其一”，从而始能够使万象浮露，“万途竞萌”，激活其深居心理智能结构中所储存的意象。此即所谓“神愈静，则泉愈喧”。胡应麟在《诗薮》中就曾生动地描述过审美创作构思中的这种心理现象：“神动天随，寝食咸废，精凝思极，耳目都融，奇语玄言，恍惚呈露，如游龙惊电，掎角稍迟，便欲飞也。”要感悟到宇宙大化的内在精神，就必须构筑出空明虚静的心境，“精凝思极”，让心灵回复“神明”，于静穆之中孕育人与自然融合无间的和谐，以冥会宇宙生命精神，“则义味腾跃而生，辞气丛杂而至”，“亦飘飘而凌云矣”（《才略》），使深层心理智能结构以至潜意识结构中的意象，“如游龙惊电”，“恍惚呈露”。

其次，在刘勰看来，“寂然凝虑”，“悄焉动容”进入审美静观，可以通过“物感”而应会通神与“内游”而神应思彻等两种途径。也就是或“睹物兴情”，目想心会，由即目即景以感发志意，“触物兴情，因变取会”，使心灵沉浸于自然万物的天机之中，获得宇宙精魂；或“率志委和”，游心内运，由反观内心，以激发潜意识中储存的表象信息系列，使神合心会，以领悟人生的真谛。尽管两种观照方式各有差别，但应该说，却都离不开凝神聚志，只有使心神凝聚，意志集中，使自己的心境达到空明虚灵，“神澄意定”，始能“入神”，以洞照天地上下，人身内外，深入宇宙万物的底蕴，直观生命的本原，从而回归到混融滋蔓的生命之原初域，以神彻思应。因此，刘勰认为，“凝虑”是“入神”的必要心理条件。它是一种高度平稳的心理状态。这种心理状态相似于道教养生学所谓的通过“抱一”“守中”“心斋”“坐忘”“冥心守一”“系心守窍”以达到的“安静闲适，虚融澹泊”的“自性”“本心”；也就是老子所说的“如婴儿之未孩”[2]，“比之赤子”[3]的归复本初，犹如初生婴儿，时的心理状态。在刘勰看来，无论是“胎息之迈术”，还是“卫气之一方”（《养气》），无论是炼养身心。还是审美创作体验与构思活动的“清和其心，调畅其气”，都只有达到这种神澄体安，意念集中，万念俱息，而灵光独存的心理境域，“用心不杂”，“其天守全”，克服其主观随意性，“不牵于

① 《历代名画记》。

② 《老子》二十章。

③ 《老子》四十九章。

外物”，才能顺应宇宙万化的客观规律，在自然的徜徉中，逍遥无为，物我两忘，从而与造化融汇为一，直达生命的本体，以获得最真确的生命存在，迎来物我合一、物我两忘的灵感体验高峰，使“物无隐貌”，“万途竞萌”，主客之“神”圆融冥会。

刘勰认为，文艺创作者要在审美创作构思活动中达到“应会感神”的审美极境，则必须通过“凝虑”“凝神”“澄神”以积极调动那种属于自身、推动其心灵活动不受时空限制之“神思”。应该说，刘勰所标举的这种“神思”既是人类历史的积淀，又是个人通过长期生活实践与审美实践所生成的特定的审美需要、审美意向、审美取向和审美期望所组合而成的一种意念系统。它往往不受意识的控制，活动自由，能直接、神迅地领悟到审美对象的深层意蕴。正如《易·系辞上》所指出的：“唯神也，故不疾而速，不行而至。”孔颖达疏云：“以无思无为，寂然不动，感而遂通，故不须急疾而事速成，不须行动而理自至也。”①就指出了主体之“神”寂然无为、感而遂通与运动自由、能超越时空限制的特点。现代审美心理学的研究也给我们指出，人的大脑的相应部位，系列地储存着大量的被多次知觉过的“刺激模式”所构成的表象，即人们对过去经验的记忆。它在人的脑海中形成一种审美心理定势，当遇到适当的刺激，同构共感，则唤起这种表象，以组合并创造出带有新特点的意象。故胡应麟说：“荡思八荒，游神万古，功深百炼，才具千钧，不易语也。”②就指出的主体之“神”所以能够具有时空的无限性，荡游“八荒”“万古”，是与其“功深百炼，才具千钧”分不开的，强调平时“积学”“研阅”“养气”等审美实践活动对主体之“神”的培育作用。故而，我们认为，刘勰所谓的这种属于文艺创作者的“神思”也可以看作是其所特有的一种合理的审美心理智能结构。虞世南说：“禀阴阳而动静，体万物以成形，达性通变，其常不主。故知书道玄妙，必资神遇，不可以力求也。”③“神遇”之“神”，也就是主体之“神思”。刘勰认为，“神思”居于主体之“胸臆”，能使文艺创作者在审美创作构思中，于凝神聚精的心境中，虽“形在江海之上，而心存

① （魏）王弼、（晋）韩康伯注，（唐）孔颖达正义：《周易正义·系辞传上》（十三经注疏），中华书局，1980年版。

② 《诗薮》。

③ 《笔髓论·契妙》。

魏阙之下”（《神思》）。的确，由于审美构思中的性灵作用，所以，文艺创作者尽管“身处江海之中”，却能够“神游魏阙之下”[①]；“虽迹在尘壤，而志出云霄。灵变无常，务于飞动。或若擒豹，有强梁拿攫之形；执蛟螭，见蚴蟉盘旋之势。探彼意象，如此规模”[②]。它不但能让文艺创作者透过审美对象的外表物象以体验到其深层生命结构中的意蕴，而且还能激发并启迪其潜意识活动；以增强其心灵的“内窥力”，从而“规矩虚位，刻镂无形”，“登山则情满于山，观海则意溢于海”，“神驰八极”“心怀四漠”，获得透彻入神的心解“妙悟”，使“枢机方通，则物无隐貌”。

同时，要深刻地感悟到审美对象之“神”，还必须通过文艺创作者的“神”与体现着宇宙大化生命奥秘之“神”的相互融合，也即庄子所谓的“与天地精神相往来”，也就是刘勰所谓的“独照之匠，窥意象而运斤”。我们多次提到，在“天人同构共感”的深层宇宙生命感、自然感的支配下，中国人认为天地精神与人的生命意志息息相通，自然与人具有共同的本源与共同的结构。因而，刘勰认为，在审美静观中，可以化自然万物之生命意旨入主体自我之生命，并融生命于自然万物，使文艺创作者的生命意识与宇宙生命意识相通相合。创作构思欲求天地之风神气韵，则必须“率志委和”“从容率情”“凝神一志”“遗物而观物”（晁补之语），使心物契合、主客一体，让自己的生命纳入宇宙自然，从而才能超越宇宙自然的物象，以体悟到宇宙自然的生命精神，进而“妙悟自然”，并获得自己精神与心灵的新中国成立，达成“神与物游”“思应神彻”的审美境域。只有如此，才能使“天地入胸臆，吁嗟生风雷。文章得其微，物象由我裁”（孟郊诗）；应该说，所谓“物有恒姿，而思无定检”；要使自然万物任自己心灵裁定，以为宇宙生命意旨传神写情，则必须首先获得心灵的自由，这样才能创构出形神统一、意象整合的艺术佳作。

---

① 《淮南子·俶真训》。

② 张怀瓘：《文字论》。

第十一章　神与物游：审美创作构思论之三

《文心雕龙·比兴》篇云："物虽胡越，合则肝胆。"在刘勰看来，人与自然万物都以"道（气）"为生命本原，人与自然万物的关系是一体的，人来自自然，"实天地之心"，为"性灵所钟""五行之秀"；同时，刘勰认为，人又是远远胜过"无识之物"的"有心之器"，是宇宙的生命精神与智慧的最集中的体现。应该指出，既然能够"鉴周日月""写天地之辉光"的人与自然万物都同原共本，所以在中国人的思想意识深处，自来就存在着一种天人一源、物我一类、形神一统、情景一如的审美观念。自觉地追求天人的契合、心物的相交、情景的融合与形神的相彻，这不但是《文心雕龙》审美心理学所要求审美境域营构中必须达成的终极目的，也是刘勰所推崇的在审美活动中应该努力构筑与营造的最高审美境域。文艺创作者"体物写志"的创作构思活动，是通过"情以物兴"，"心"既"随物以宛转"，"物以情观"，"物""亦与心而徘徊"的"神与物游"而达成的。我们说过，《文心雕龙》审美心理学思想的内容为强烈的天人合一宇宙意识所渗透，故而，在刘勰看来，审美创作的目的并非为个人得失，而是要"写天地之辉光""鼓天地之动"（《原道》），是"鉴周日月，妙极机神"（《征圣》），是要通过对宇宙自然生命的传达与对审美主体内宇宙奥秘的揭示，以表现审美主体于审美体验中所领悟到的人生哲理、历史意识、生命意旨和宇宙真谛。如《宗经》篇就认为，古代圣人的经典著作是"象天地，效鬼神，参物序，制人纪，洞性灵之奥区，极文章之骨髓者也"。在刘勰看来，审美创作的要旨乃是以"文明"表"天地之心"。《神思》篇认为，审美创作活动应该达成"吟咏之间，吐纳珠玉之声，眉睫之前，卷舒风云之色”之心域，熔铸使“物无隐貌”的审美境域。故而，刘勰在《征圣》篇中“赞”曰：“妙极生知，睿哲惟宰。精理为文，秀气成采。鉴悬日月，辞富山海。百龄影徂，千载心在。”我们认为，审美创作活动中这种“妙极生知”“鉴悬日月”“吐纳珠玉”“卷舒风云”“鉴悬日月”“千载心在”审美境域的获得与“意象”的生成过程，也就是主体对宇宙生命精神的体悟和表现，以及主体自我实现的过程。目的是一个，然而要达成这一审美境域的方式和途径却有多种，其中，刘勰所强调指出的“思理为妙，神与物游”与“神用象通，情变所孕”是两条最为主要的途径。这里先就前者来进行一些阐释和透视。

一

刘勰“理理为妙，神与物游”命题的提出见于《神思》篇：“文之思也，其神远矣。故寂然凝虑，思接千载；情焉动容，视通万里。吟咏之间，吐纳珠玉之声，眉睫之前，卷舒风云之色：其思理之致乎！故思理为妙，神与物游。”这就是说，在刘勰看来，审美创作构思活动的极致是“思理为妙，神与物游”。

所谓，“神与物游”应该说又可以分成两个层面：一是“与物游”，一是“神游”。应该指出，中国美学与古代哲学分不开，中国美学的许多范畴都是从哲学中引进的。刘勰提出的“思理为妙，神与物游”说也不例外，追溯起来，“神与物游”，的“神”，其源头主要有两个：一是和古代哲学的宇宙意识有联系；二是和古代哲人对人的身心关系的认识有联系。

我们先来看刘勰“神与物游”之“神”的第一个源头。作为内涵极为丰富的美学范畴，“神”最初来源于中国古代哲人对宇宙世界本原及其变化发展原因的解释。在中国古代哲人看来，“道”“气”，是宇宙间万事万物所共有的生命本原与生命元素，决定着万物自然的著变渐化与往来不穷，而“神”“妙”则是这种生命本原与生命元素在个体的事物中存在的体现。《易·系辞上》云：“知变化之道者，其中神之所为乎。”[1]《荀子·天论》亦云：

① （魏）王弼、（晋）韩康伯注，（唐）孔颖达正义：《周易正义》（十三经注疏），中华书局，1980年版。

“列星随旋，日月递照，四时代御，其阳大化，风雨博施，万物各得其和以生，各得其养以成，不见是事而见其功，夫是之谓神。”[①]自然万物的发展变化，日月星辰的运转周行，四时晦明的变更交替，烟雨晨暮，阴阳氤氲，和实化合，都是由于鸿蒙微茫的“神”之幻化。故而三国时韩康伯解释《易传·系辞上》“阴阳不测之谓神”一句，说：“神也者，变化之极，妙万物而为言，不可以形诸者也，故曰‘阴阳不测’。”[②]天地间的万事万物既相互对立又相互转化，其发展变化莫可形容，难以言传，皆神用无方，“神之所为”。“神”是宇宙的灵迹、天地的心源，因而也是渴望“通天尽人”“参天地之化育”（石涛语），以冥合自然、畅我神思的中国艺术家所努力追求的审美境域。如刘勰之前的宗炳就认为审美创作构思的最高境域是“目亦同应，心亦俱会，应会感神，神超理得”[③]；刘勰则认为审美创作构思应追求“神思方运”之际“登山则情满于山，观海则意于海”，要“目既往还；心亦吐纳”。在这种境域中，作为审美客体的自然万物中所蕴藉的“五常之精，万象之灵”、天地精神、神理奥秘、美的意蕴与主体的审美情感、审美理想、生命意识相渗互应，完美融汇，从而形成梵我一如、物我一体、神应兴会似的“高峰体验”审美域。应该说，这也就是刘勰所谓的“将与风云而并驱”（《神思》），即审美创作构思中所谓的“控引天地，错综古今”，忽然如睡，焕然如兴，如癫如狂，如痴如醉，“云蒸龙变，春交树花，造化在我”的天机骏利、意象纷呈的审美发现与审美创造境域。

再让我们来看刘勰“神与物游”之“神”的第二个源头。中国美学之“神”还和古代心理学思想中的“形神”论的影响分不开。“神”，在中国古代心理学看来，就是人所具有的精神、灵魂。远古时代，人们普遍是有一种灵魂不死的观念，认为身体是形，灵魂是神，人死则神存形消。古代中国也不无例外。一直到战国期宋尹学派提出“精气”说，认为“精气”可以小到看不见、摸不着，但存在于任何地方，聚集起来即可成万物，并且指出，“精也者，气之精者也”；“凡人之生也，天出其精，地出其形”，“和乃生，不和

① （战国）荀况著，（清）王先谦集解：《荀子集解》，中华书局，1988年版。

② （魏）王弼、（晋）韩康伯注，（唐）孔颖达正义：《周易正义·系辞传上》（十三经注疏）卷七，中华书局，1980年版。

③ 《画山水序》。

不生"[①]。这种"精气"，极其细微而分散，用肉眼看不见，其活动力很强，而且不断地运动，乃气中之精粹，是生命产生的本原，因此，用"神"来进行描述。强调"形神"相生相合，才具有人与自然万物的生命，明确指出"神"必须依赖于"形"，"形"是"神"的一种呈现态，随"形"谢而消亡，始形成一种"形神"观，并给中国古代美学思想带来深远的影响。

庄子就是基于这种美学思想的形神论，本着"道""气"为天地万物的生命本原的思想，认为"神"，即"精神"，生成于道，而"形"则产生于精神，自然万物则依靠"形"得以相生、存在。精神决定并统帅着"形"，"抱神以静，形将自足"，"神将守形，形乃长生"[②]。由此，庄子进一步提出神重于形、神贵形轻的美学思想。而荀子则提出"形具而神生"的观念，认为"形"与"神"是相互依存、相互作用、不可分离的，它们之间存在着辩证统一的关系，"形"是"神"得以具体存在的物质基础，"神"则是"形"的生命和灵魂。它们中间不存在谁重谁轻、谁主谁次的关系。

汉代《淮南子》的作者继承了庄荀的思想，指出："形神气志，各居其宜，以随天地之所为。"[③]并且，在不否认"形"的作用的基础上，《淮南子》的作者进一步指出，没有精神的主宰与制约仅具形体躯壳，毫无气息，无异于丧失生命，故精神支配并决定着形体，但同时精神又依赖着形体。不但如此，在《淮南子》的作者看来，受制于形体和物质器官的精神，即"神"，还具有巨大的能动作用。他说："神则以视无不见也，以听无不闻也，以为无不成也。"[④]在"神"的作用下，人可"视无不见""听无不闻"，"为无不成"。

应该说，刘勰显然继承并汲取了他之前有关"形神"论的思想，其"神与物游"命题中的"神"，正是指这种具有极大能动作用的精神；而所谓"神游"就是指审美创作构思中，那种自由自在、洒脱超然、神奇飘逸和变化莫测、高标脱俗的精神与心灵构思活动，或谓审美想象活动。这乃是审美创作活动的第二层面。它是在"睹物""感物"的基础上打破了主体心灵结构原有的平衡，感物起情，因情起兴，而神思飞越，所展开的一种自由适意、超

---

① 《管子·内业》。

② 《庄子·在宥篇》。

③ 《淮南子·原道训》。

④ 《淮南子·原道训》。

然拔俗的心灵遨游。“神与物游”中的“物”，则和“物以貌求”中的“物”一样，是指“物象”，或谓自然客观事物的外貌形象通过观象审美活动在主体头脑中存在的意中之象。郑板桥在谈到画竹的审美构思与体验活动时，曾提出著名的创作构思三过程，即“眼中之竹”，“胸中之竹”，“手中之竹”[①]。由“眼中之竹”到“胸中之竹”的转换，就是“物以貌求”与“神与物游”中“以貌求”到“与物游”的转换过程。换句话说，就是“与物游”。而所谓“神与物游”，则既是指审美境域营构活动中主体“体道”而后寄形骸之外，“游神”然后穷变化之端的超然自由的审美心理状态；同时也指主体由眼前景以为诱发审美想象的契机，由自己所观察到的万象罗立、纷纭复杂的景象“联类不穷”，而生发出无数新奇独特的构想，感召无象，“纷哉万象，劳矣千想”，变化不穷，进而达成总括古今，包揽宇宙的“神游”，而“神应思彻”的最高灵感境域的审美活动流程。

二

具体分析起来，首先，“理想为妙，神与物游”说规定了审美活动的开展必须从“物”出发。在刘勰看来，审美心理活动的开展必须“窥意象而运斤”，应既保持“物沿耳目”，同时又表现为“思接千载”，“神通万里”，“思无定位”，“思无定契”的审美心态。在《文心雕龙》审美心理学所推举的超然旷逸、“神应思彻”审美境域的创构活动中，受审美主体深层生命意念涌动所鼓荡的神思逸想离不开耳闻目睹的观象，即“睹物”活动中物我之间“心境相得，见相交融”审美关系的确立。应该说，在刘勰看来，审美境域的构建、熔铸，在本质上是一种心灵自由的活动。整个审美境域创构过程，则是“物色之动，心亦摇焉”“物色相召、人谁获安”“诗人感物，联类不穷”“目既往还，心亦吐纳”“情往似赠，兴来如答”，是在物我、主客之间发生审美关系后，审美主体与审美对象在互联互动，互往互还，互吐互纳，互赠互答，感应沟通中所实现的双向审美变形、变化与整合、融合的过程。这之中既包含着审美对象的审美变形，也包含着审美主体心灵境域中的情趣、想象

① 《郑板桥集·题画》。

和联想等审美变形以及这两种变形的整合。所以，万途竞萌，规矩虚位，刻镂无形审美境域的构筑，主要表现为感性具象的心灵化和审美化。其中，审美主体穷形尽相，“窥情风景之上，钻貌草木之中”，察微辩幽的“睹物”“窥情”“钻貌”起着极为重要的作用。

的确，刘勰所推崇的由外在观照而使意有所触、心有所感并天机骏发、应会感神所营构而成的“万途竞萌”“物无隐貌”“鉴周日月，妙极机神”“神道阐幽，天命微显”审美境域是一种超越之境。它是主体自我生命意识与客体生命意旨的契合。这种审美域的创构需要心灵的跌宕徘徊、自由遨游，同时又离不开仰观俯察、观物取象。刘勰《原道》篇所说的“仰观吐擢，俯察含章”，以及中国美学所谓的“仰则观象于天，俯则观法于地”[①]，“仰观宇宙之大，俯察品类之盛”[②]，“仰视碧天际，俯瞰绿水滨”，“俯仰天地间”，“一俯一仰之际，几与为通，而勃然兴矣”[③]，等等，都是描述的“诗人感物，联类不穷”“神思方运，万途竞萌，规矩虚位，刻镂无形”这种审美境域营构中的观照方式和想象活动。它一方面展示出自由想象、心灵飞跃的广阔天地；另一方面又揭示出它总是审美主体自身的生活经验和审美经验积累的产物，是审美主体长期审美实践的结晶。同时，正如我们所指出的，由于刘勰所推崇的这种审美境域的营构活动主要是主体的生命意识与天地自然生命意旨之间的优游，是生命力的升腾与想象力的勃发，所以，它又是超现实、超时空的，具有强烈的超越性审美特征。

在刘勰看来，“联类不穷”“万途竞萌”审美境域创构活动中的第一阶段是“流连万象之际，沈吟视听之区”，是“登山则情满于山，观海则意溢于海”，是“窥情风景之上，钻草木之中”的审美直观。刘勰认为，只有通过这种审美直观，方图实现心灵与物象之间生命的共通，使外在的审美观照转化为心灵的飞跃与洞见。在《文心雕龙》审美心理学看来，宇宙自然中的万有实象都不是色彩迹线等所组成的无机物质实体，而是流转不居的有机生命形态。并且，当其在“以心求境”“取境赴心”中建立审美关系并进行审美构思与体验活动，则其“境”、其“物”、其“景”已不是外在于人的物质

---

① 《周易·系辞下》。

② 王羲之:《兰序集序》。

③ 王夫子:《诗广传》卷二。

实体和物理实象，而是被灌注了人的生命意义的晶莹的、大化流衍的审美对象。即如黄侃在《文心雕龙札记》中所指出的："以心求镜，境足以役心，取境赴心，心难于照境，必令心境相得，见相交融，斯则成连所以移情，庖丁所以满志也。"[①] 在"流连""沉吟""窥情""钻貌""睹物"审美活动中，大自然和社会生活的万有形态，宇宙天地中无穷的自然物象和不息的生命活力，氤氲勃动，撞击着审美主体宁静空明的心灵，促使主体心灵中涌起深层的活力，在专一凝神中动员起自己的审美经验、审美情趣、审美理想等，通过"登山""观海"，经由"仰观""俯察"，去体察、印证、感受、领悟对象的内在审美意蕴和外在审美形态，透过其表象去攫取美的生命底蕴。与此同时，在此基础上运用审美想象与自由心灵去洞见最精深的生命隐微和进行新的审美意象与境域的构创。在《文心雕龙》审美心理学看来，对于审美境域的构创，外在观照作用于神思逸想至少有两种以上的功能：第一，胸备万物。刘勰说："博见为馈贫之粮。"又说："山林皋壤，实文思之奥府。"登临探索，饱游饫看，使宇宙自然中的千景万象"历历罗列于胸中"，以获得对社会和芸芸万物的深切感受、体察和体验、感悟，从而能使审美主体胸中磊落，自成丘壑。王夫之说："身之所历，目之所见，是铁门限。即极写大景，如'阴晴众壑殊'，'乾坤日夜浮'，亦不逾此限。"[②] 应该说，身所盘桓、仰观俯察、目所绸缪能加深审美主体对生活底蕴和生命意旨的体认，增强主体对生活与自身的独特感受和发现能力，进而能于感物兴怀的审美活动中促进主体生命力与创造力的升腾洋溢和心灵的活跃充实。第二，摇荡心旌。心灵空间的拓展与审美想象的展开离不开感物动心。所谓"睹物兴情""感物吟志"。只有"感物"，才能"兴怀"，进而"吟志"。即如《乐记》所指出的："人心之动，物使之然也。"又如王士祯在《诗友诗传录》中所指出的："当其触物兴怀，情来神会，要括跃如。"刘勰则在《物色》篇指出："诗人感物，联类不穷。"

---

① 成连：春秋时期琴艺超群的琴师，伯牙从其学琴，三年而成。据《乐府解题》记载：伯牙学琴于成连先生，三年不成，至于精神寂寞，情之专一，尚未能也。成连云："吾师方子春今在东海中，能移人情。"乃与伯牙俱往。至蓬莱山，留宿伯牙曰："子居习之，吾将迎师。"划船而去，旬日不返。伯牙近望无人，但闻海水洞滑崩澌之声，山林寂寞，群鸟悲号，怆然而叹曰："先生将移我情！"乃援琴而歌。曲终，成连回，划船迎之而返。伯牙遂为天下妙矣。

② 《姜斋诗话》。

驰骛跃如、联类无穷的神思逸想离不开情感的推动，而情感的产生又离不开观物、感物活动中“物”的触发。由“睹物”“感物”而兴发的激情是“神游”的主要推动力。“联类不穷”“万途竞萌”审美境域的创构活动是以“睹物”“观物”“感物”为出发点和基础，引发与风云并驰的神思，与鼓起超然飘逸审美想象的风帆的是睹物兴怀、观物有感、感物心动而激荡于审美心胸中的真挚、强烈、深沉的情感运动。正如《乐记》所指出的，审美活动的生成“本在人心之感于物也”。陆机在《文赋》中也指出，审美活动的开展是“遵四时以叹逝，瞻万物而思纷”。所谓“挥毫当得江山助，不到潇湘岂有诗”①。“神应思彻”“应会感神，神超理得”② 审美境域创构活动中的浩荡之思、奇逸之想必须借助触目、寓目、感事、触物、即景为诱发契机。审美想象的飞翔总是与主体心灵深处波涛起伏的情感紧密相关，离开情感功能，审美想象则无法正常展开，审美境域创构中的心灵驰骋也会因此而受阻。所谓“神用象通，情变所孕”。康有为在《南海先生诗集自序》中指出：“凡人情志郁于中，境遇交于外，境遇之交压也瑰异，则情志之郁积也深厚。情者阴也，境者阳也；情幽幽而相袭，境嫮嫮而相发。阴阳愈交迫，则愈变化而磅礴……。又有礼俗文例以节奏之，故积极而发：泻如江河，舒如行云，奔如卷潮，怒如惊雷，咽如溜滩，折如引泉，飞如骤雨。其或因境而移情，乐喜不同，哀怒异时，则又玉磬铿铿，和管锵锵，铁笛裂裂，琴丝愔愔，皆自然而不可以已者矣。”③ 审美境域创构活动中，情数诡杂，浮想联翩，物态纷呈的时候，也是审美激情达成白热化的时候。情感炽烈，会促使创作者审美情致高涨、兴致勃勃；在郁积深厚的审美激情推动下，其构思活动才能进入“神思方运，万途竞萌”“纷哉万象，芳矣千想”的审美极境，一心洞开，万象毕现，使自我的内在生命在“神游”中获得拓展。的确，“神游”是“睹物”的必然，“睹物”是“神游”的基础。“睹物”的结果必然会在主体的心灵空间引起震荡，使天地万物内核的生命意旨与主体心灵结构相感同应，物我、主客之间同条共贯，互参共照，相互契合，并在此基础上通过审美视觉联想和神思活动，以激情去融汇自然物象，陶染大千世界，从而于“妙悟自然，物我两忘”

① 《陆游集·剑南诗稿》卷六十。

② 《陆游集·剑南诗稿》卷六十。

③ 康保延编整:《南海先生诗集自序》(卷一)，台北：中国丘海学会印行社，1995年版。

中使精神升华到无限的审美时空中去。

"神与物游"审美境域的创构活动，体现了《文心雕龙》审美心理学体验与构思论对天地自然生命精神的体悟特征。它要求审美主体依据"神游"这种心灵体验活动去领悟审美对象中的生命意蕴，以创造新的审美意象。它是以审美为人生的最高祈求，由物出发，由外在的即景即目激发情感升腾，开展神思逸想的。这种审美境域的创构既是立足于心灵与万象浑化、物我同一、时空混整、表里贯通的"天人合一"这种审美本体观念的体现；同时又指向思绪万千、想象飞舞、自由驰骋、意象纷呈的生命运动。因而这一审美境域创构的特点是在感性自身中获得超越，既超越又不离感性。

其次，刘勰提出的"神与物游"命题规定了超然旷逸、"万途竞萌""应会感神，神超理得"审美境域的营构必须借助想象彩翼的飞腾。中国美学重"写意"、重"神似"，注重心灵想象。所谓"状情不状物，记意不记事，形容出造化，想象成天地"[①]。如前所说,《文心雕龙》审美心理学所追求的审美境域的创构是要开通心灵与物象之间的生命通道，是要"与天地精神往来"（庄子），使"神与物游"，让主体的生命意识与宇宙生命意旨同构。因此，审美活动中，主体观照万物，其目的是为了组织万物，超越万物的表象、外相，在飘逸神奇的用思中创构出寄永恒于刹那，寓深厚于片断，以个别表现一般，用局部显示全体，于有限中见无限的情与景合、意与象混的心灵境域。这种审美境域的创构，其本质仍归于想象。即如王夫之在《古诗评选》中所指出的："想象空灵，故有实际。"而实际的审美境域的创构，又离不开"思接千载，视通万里"的空灵飘逸的审美神思。

刘勰的"神与物游"命题规定了审美体验的活动必须在"睹物""与物""物沿耳目"的基础上展开"神游""神交""心会""感神"，以达成"神思畅通""万途竞萌""应会感神"的审美境域。这种审美观念是有其美学思想根源的。如前所说，中国美学认为，"道""气"是宇宙间万事万物所共有的生命本源与生命原初域，也是美的精义，决定着万物自然的著变渐化与往来不穷，而"神思畅通""万途竞萌"中所谓的"神"则是这种生命本原在个体事物中存在的体现。即如朱景玄《唐朝名画录》所指出的，审美活动是

---

① 邵雍:《伊川击壤集》卷十八。

“妙将入神，灵则通圣”。张彦远《历代名画记》也认为，审美活动应该“穷神变，测幽微”，应该“穷玄妙于意表，合神变乎天机”。和刘勰一样，他们认为，只有入神通圣，以穷尽宇宙大化的神变幽微，获得生命的奥秘，才能借审美境域的创构以表现人的心灵，传达宇宙的精神。故而，刘勰所标举的通过“神与物游”以“应会感神”，并以美的形式呈露冥冥中的超妙神韵的审美体验与构思方式遂成为历代文艺家的审美理想，并形成深层民族的审美心理智能结构，汇合成民族审美心理源远流长的潜流，影响中国人的审美趣味。

同时，我们说过，在中国古人看来，“神”又是人的精神。这种精神活动不受时间和空间的局限，无往而不至，可以认识和把握感觉所不能感知的事物。扬雄《法言·问神》云:“或问神。曰:‘心’。请问之。曰:‘潜天而天，潜地而地。天地，神明而不测者也，心之潜也，犹将测之，况于人乎，况于事伦乎！’人心其神矣乎！”这里就将“心”和“神”对举，认为“心”即“神”，也就是一种精神活力。引入《文心雕龙》审美心理学，“神”就是“思”、就是“心”、就是“情”、就是“意”、就是“想”，是“思”“心”“情”“意”“想”的结合体，即指包括审美想象在内的审美体验与构思流程。如《文心雕龙》篇就指出:“心虑言辞，神之用也。”“心虑”就是指一种审美心理活动，它主要是受“神”的作用。作为以审美想象为主的审美活动，它又被刘勰等美学家称作“神思”。宗炳《画山水序》就认为绘画这种审美创作活动应当“万趣融其神思”。

刘勰为了强调“神思”在审美体验中的重要作用，在《文心雕龙》中专列《神思》篇。他说:“形在江海之上，心存魏阙之下，神思之谓也。文之思也，其神远也。故寂然凝虑，思接千载，悄然动容，视通万里。……故思理为妙，神与物游。”在刘勰看来，“神思”这种审美体验活动是超越时空限制的，具有空间和时间的无限性。萧子显《南齐书·文学传论》也说:“属文之道，事出神思，感召无象，变化不穷。”在“神思”这种结合“思”“心”“情”“意”“想”，以审美想象为呈现态的构思活动中，主体自由的心灵可以上天下地，周流四极，可以吞纳山川，俯仰古今，在远近数万里，上下几千年间遨游。故而，刘勰认为，在“万途竞萌”“物沿耳目”审美境域创构活动中，主体要深入到宇宙自然的底蕴，去体验其内在之“神”，以体物感神、神超理得，就必须借助神思逸想，以放之六合，敛之方寸的

"乾坤万里眼，时序百年心"（杜甫）去神游于永恒中、宇宙生命里，以容纳万物、吞吐万物、融汇万物。进而经由"投刃皆虚，目中无全"的神应意会，将客观物象转化为主观意象，"浑万象以冥观，兀同体于自然"，以达成物我一体，形越神超，应会感神，"登山则情满于山，观海则意溢于海，我才知多少，将与风云而并驱矣"的最高审美境域。杜甫诗云："精微穿溟涬，飞动摧霹雳"[①]。"溟涬"为天地初起之"气"；"精微"则为鼓舞于天地之间，使其变化动静之"神"。宗白华解释说："前句写沉溟中的探索，透进造化的精微机缄；后句是指大气盘旋的创造，具象而成飞舞。深沉的静照是飞动的活力的源泉。"[②]是的，要创造出气韵生动，具有飞动的活力的审美境域，离不开"神远""视通"的神思逸想，必须通过"沉溟中的探索"，通过"神思"这种自由的、不受时空限制的创造性审美想象活动，以超脱有限的现实，"透进造化的精微机缄"，深刻地领悟到作为审美对象的自然万物内部蕴藏的"精致"之"神"。只有这样，才能达成"大气盘旋"，"万途竞萌"，具象而成飞舞的心应神合审美境域。

《文心雕龙》审美心理学认为，"思理为妙，神与物游"审美境域创构活动中，要达成"万途竞萌""应会感神""物无隐貌"，审美主体必须积极调动属于自身的、推动其精思逸想不受时空限制之"神"。这种"神"既是人类历史的积淀，又是作为审美主体的个体通过长期生活实践与审美实践所生成的特定的由审美需要、审美意趣、审美取向和审美理想所组合而成的一种意念系统，它往往超越意识的控制，不受时空的限制，活动自由，神奇莫测，能使主体"身在江海之上，心居乎魏阙之下"[③]，"居于室而见四海，处于今而论久远"[④]。即如《淮南子·览冥训》所描绘的："夫目视鸿鹄之飞，耳听琴瑟之声，而心在雁门之间，一身之中，神之分离剖判，六合之内，一举千万里。""分离剖判"的"神"，可以使主体身在此而意在彼，可以超越主体自身所处的具体时空的局限，俯仰千载，纵横万里，弥于六合，还可以周流四极，超越物象，"六合之内，一举千万里"，直接、神迅地领悟到审美对

① 杜甫:《夜听许十一颂诗爱而有作》。

② 宗白华:《艺境》，第159页。

③《庄子·让王》。

④《荀子·解蔽》。

象的深层生命意蕴。如前所说，现代审美心理学的研究表明，人的大脑的相应部位，系统地储存着大量的被多次知觉过的“刺激模式”所构成的表象，它在人的脑海中形成一种审美心理模式。也即刘勰所谓的“成心”。当遇到一定的刺激，相应相感，则能从“成心”中唤起这种表象，通过神思逸想以组合并创造出带有新特点的审美意象。胡应麟说：“荡思八荒，游神万古，功深百炼，才具千钧，不易语也。”[①]就指出审美主体的“神思”所以能够超越有限的时空，荡游“八荒”“万古”，在广袤深远的历史与宇宙天地、自然万物中作永恒遨游，是与其平时积累分不开的。刘勰十分强调以往“积学”“研阅”“养气”等审美实践所形成的审美能力和创造能力对主体之“神”的培育作用。故而，他提出的“神与物游”命题中这种属于审美主体的“神”，也可以看作是其所特有的一种合理的审美心理智能结构，即“成心”，或谓心灵空间。庄子说：“臣以神遇而不以目视，官知止而神欲行。”[②]虞世南说：“禀阴阳以动静，体万物以成形，达性通变，其常不主。故知书道玄妙，必资神遇，不可以力求也。”[③]应该说，这里所谓的“神遇”之“神”，也就是刘勰所标举的“神与物游”“万途竞萌”“物无隐貌”，中属于主体的“神”。它居于主体之“胸臆”，能使主体在审美境域的创构中，“思接千载”“视通万里”“神驰八极”“心怀四溟”，获得透彻入神的心解“妙悟”。

再次，刘勰提出的“思理为妙，神与物游”的命题体现了《文心雕龙》审美心理学以心为主，从物出发，心物交融，体物得神，天人合一的心灵体验美学特点。应该指出，刘勰所标举的最高审美境域是造化和心灵的凝合。他曾经指出：审美创作体验与构思活动中是“心”“既随物以宛转”，“物”“亦与心而徘徊”，是“情满于山”“意溢于海”“以心求境”“取境赴心”，并以此来揭示“万途竞萌”“思应神合”这种审美境域创构中的主客体关系。应该说，刘勰这个著名的美学命题至少包含有三层意思，第一，所谓“既随以物宛转”与“以心求境”中的“物”与“境”的一个层面是就宇宙天地、万物自然而言。审美境域的构筑，从根本上说，毕竟是现实生活的折射和再现。五光十色的社会生活和自然景观，是一切形式的审美活动的源泉：只有

---

① 《诗薮》内篇卷五。

② 《庄子·养生主》。

③ 《笔髓论·契妙》。

心灵与物象、妙观与逸想、自然万物之神和审美主体生命之神的相摩相荡、交感互生才能最终实现人与宇宙的共通，达到“神应思彻”、天人合一的璀璨的最高审美境域。“物”是创构审美境域必不可少的客观条件。第二，“亦与心而徘徊”与“以心求境”中的“心”则是就审美主体的心理智能结构而言。它包括审美主体心灵合力方面的观察感受力、直观体悟力、想象创造力、理解分析力等心理要素。“情满于山”“意溢于海”“以心求境”“取境赴心”中所谓的“情”“意”“心”是生成与开展审美活动不可或缺少的主观条件。“万途竞萌”“神应思彻”的审美境域只能诞生于最自由，最充沛的“心源”之中。第三，“求境”和“取境”“随物”和“与心”强调了审美境域创构活动中主体的能动性和主导作用。应该说，刘勰认为，“求境”“取境”“随物”“与心”的根本目的并不在于把握自然万物的外在形态美，而在于通过神思逸想与自由的心灵去深得宇宙“妙机”之“微”，去直接领悟其中的物态天趣，去体悟其中的“道”，即宇宙自然的本体和生命原初域。故而这种“万途竞萌”“物无隐貌”审美境域的创构实际上是心灵与作为生命原初域的“道”的契合，而不是“物”与“心”的简单相加，是主体使造化之秘与心匠所运，沆瀣融汇，息息相通，最终心融于物，物融进心，心物一体，形神整合，浑然而入大化之境。唐人张璪曾经用“外师造化，中得心源”对这种审美创作构思与体验活动中的主客体关系作了一个精炼的概括。宗白华吸收了这一审美观念，在《中国艺术意境之诞生》中进一步发挥说：“意境是艺术家的独创，是从他最深的‘心源’和‘造化’接触时突然的领悟和震动中产生的，它不是一味客观的描绘，像一架照像机的摄影。所以艺术家要能拿特创的‘秩序的网幕’来把住那真理的闪光。音乐和建筑的秩序结构，尤能直接启示宇宙真体的内部和谐与节奏，所以一切艺术趋向音乐的状态、建筑的意匠。”“中国画家……直接在这一片虚白上挥毫运墨，用各式皴文表出物的生命节奏。同时借取书法中的草情篆意或隶体来表达自己心中的韵律，所绘出的是心灵所直接领悟的物态天趣，造化和心灵的凝合。”我们认为，“造化与心灵的凝合”，也就是“心灵所直接领悟的物态天趣”，因此，在刘勰看来，“物”与“心”“造化”与“心源”的地位并不是完全平等的。作为审美境域物化形态的艺术意境不是别的，可以说，它正是通过主体的“求”和“取”“随物”和“与心”，经过主体的“神与物游”，由“心源”所熔裁、熔铸和重新组合而成的“造化”。即如孟郊诗所云:“天地入胸臆,吁嗟生风雷。文章得其微,物象由我裁。”

就《文心雕龙》审美心理美学思想而言,审美境域的创构活动是主体自我心灵的升华和飞跃,所要达成的是向宇宙自然的生命原初域“道”与其呈现态“神”的投入和与自然万象契合无间自由感兴。《文心雕龙》审美心理学思想所追求的“物无隐貌”“万途竞萌”的审美境域不是一片死寂的虚空,而是全幅生气流衍、鸢飞鱼跃的生命真境。因此,通过“睹物兴情”“神与物游”“神思方运”所熔铸的“物”不是“见山是山,见水是水”的杂陈物象,而是“洗尽尘滓,独存孤迥”,在表里俱澄澈的一片空明中作虚灵化的、诗意化的呈现。它是主体所深刻地感悟到的审美对象之“神”与主体自我之“神”的相互融合。我们曾经提及,在“天人同构共感“的深层宇宙观、自然观的支配之下,《文心雕龙》审美心理学认为,天地之精神与人的生命意识是息息相通的,自然与人具有共同的本源与共同的结构。因而,刘勰认为,在审美静观中,主体可以化自然万物为生命,为“道”、为“气”,并融自身之生命意识于自然万物之生命意旨,使文艺创作者的生命意识与宇宙万物生命意旨相通相合。而审美境域创构中欲求天地万物中的风神气韵,则必须进一步“物以貌求,心以理应”“遗物而观物”,通过超然飘逸的“神思”,使“神与物游”,并在“凝虑”“悄焉”的心境中超越有限的现实,超越物象,在百虑腾飞,万象毕呈的兴会飙举中,使心物契合、主客相融,让主体自我的生命纳入宇宙,从而才能洞见宇宙自然的生命底蕴,直视古今,体悟到宇宙的精神,并获得自己精神的自由,达成“物无隐貌”“万途竞萌”的审美境域。

第十二章　神用象通：审美创作构思论之四

受传统文化心理的影响，《文心雕龙》审美心理学思想极为注重主观体验，强调心灵感悟，要求审美主体应在一种空明澄澈的审美心境中直观人生的真谛，在一种永恒修远的时空结构中“思接千载”，“视通万里”，以穷极宇宙的生命微旨。正是这种虚静空灵的审美态势，使《文心雕龙》审美心理学思想在审美创作构思方面形成“思想为妙，神与物游”与“神用象通，情变所孕”等两种主要的、极具民族特色的审美心灵体验方式。前者强调“应物斯感”“联类无穷”，要求，“睹物兴情”，重视所见，认为文艺创作者必须走向自然，以当下的观物为审美创作构思的契机，并由此以生发审美直观体验与构思活动。对此，我们在上一章已经作过专门阐释和论述。而后者则偏重于“形在江海之上，心存魏阙之下”，虽然生在当世，却可以悬想千载，洞古察今，尽管身居斗室，却可以臆测宇宙，上天入地，“凭虚构象”，“心生言立”，“穷于有数，追于无形”，“我才知多少，将与风云而并驱矣”，要求从心灵出发，而起浩荡之思，生奇逸之趣，是一种偏重于心灵体悟的审美体验方式。

一

刘勰推崇的“神用象通”审美体验方式要求在飘逸的用思中创造“意”与“象”融的“金相玉式，艳溢锱毫”的杰作。它要求在不思不想、“寂然”“悄焉”中，以“虚静”空明的心境洞见宇宙生命真谛，在精骛八极，心游万仞，神思方运中直视古今，达成无所不想其极的审美境域。“通”不是思绪的具体展开，而是心灵的自由飞跃，自致广大，自达无穷；也是深层生命意识的涌动，“枢机”方通，“关键”敞开，在无意识中让自我情愫飘逸到最渺远的所在，在追光蹑影，蹈虚逐无，“规矩虚位，刻镂无形”中完成审美创作构思活动。

“神用象通”的“象”与“神与物游”的“物”是有区别的：“象”虚而“物”实，“象”偏重于心灵的表现，而“物”则偏向于形象的显现。《老子》说：“大音希声，大象无形。”这里的“象”就是虚灵的。所谓“无状之状，无物之象”，“惟恍惟惚”。即“神”是通过“象”呈现出来的。这里的“象”应该是意象。“象”不等于“物”，也不等于“形”。《周易·系辞上》云：“见乃谓之象，形乃谓之器。”这里的“象”则是“人”“意”中的“象”，为一种既形上又形上、既具象又抽象，既实又虚的意象。在中国美学，“象”又是“无形”的，“虚无”“空有”的。《淮南子·天文训》说：“古未有天地之时，唯象无形。”有“象”但是却没有“形”，可见“象”实际上是没有其物，没有其形的，而是“心意”突破景象域限所再造的虚灵、空灵境域。正因为它是虚灵的，所以通于审美境域。庄子就继老子“大象无形”说而提出“象罔”这个哲学概念。庄子认为仅凭借视觉、言辩和理智是得不到“道”的玄奥境域的，必须“象罔”才能得之。所谓“乃使象罔，象罔得之”（《庄子·天地》）。庄子标举的“象罔”境域在有形无形、虚与实之际。郭象注云：“明得真者非用心也，象罔然即得真也。”《释文》云：“象罔者，若有形，若無形。”成玄英疏云：“象罔，无心之谓。”“象则非无，罔则非有，不皦不昧，玄珠（道）之所以得也。”[①]宗白华进一步加以阐释说：“非无非有，不皦不昧，这正是艺术形相的象征作用。‘象’是境相，‘罔’是虚幻，艺术家创造虚幻的境相以象征宇宙人生的真际。真理闪耀于艺术形相里，玄珠的皪于象罔里。”[②]“虚幻的境相”可以说正好是“神用象通”中“象”的最恰当的解释。和“神与物游”不同；“神与物游”是依附于视听等感知觉的直观体验，是自然天地给文艺创作者提供一个“联类不穷”的场所，一个“文思之奥府”，文艺创作者在此“寂然凝虑”，向“物沿耳目”“物无隐貌”、物我陶然相融、

① 《庄子·天地疏》。

② 《中国艺术意境之诞生》。宗白华：《艺境》，北京大学出版社，1987年版。

氤氲满怀的审美境域升腾；而“神用象通”则已经超越了这种境域，是创作构思活动中，创作者通过内心情感的变化，酝酿出一连串贯通的意象。在心物交互作用而产生意象的过程中，其相貌取自外物，同时又与内心的情意相融合。在“神用象通”的审美构思活动中，“神”与“意”可以使“象”变成有生命的东西，而“象”可以使“意”与“神”变成形象的东西。所谓“独照之匠，窥意象而运斤”，就是“神用象通”，也就是审美构思活动中创作者将头脑中的意象物化、呈现为作品。“神用象通”，创作者在“气志”激荡中心灵自由飞跃，向更高层次上的升华，是心与象通，心灵与意象融贯，意中之象与象外之象凝聚，生命意蕴与宇宙自然间的生命意旨相融相通。庄子把这种审美境域创构活动称做“独与天地精神往来”；刘勰则称此为“独照之匠，窥意象而运斤”。“独”是就心而言，它是指一种超越概念因果欲望束缚，忘知、忘我、忘欲、忘物，“物我两忘，离形去智”，“胸中廓然无一物”，以“遗物而观物”的纯粹观照之审美心态。进入这种心态，则“心”与“天地精神”、自然“意象”相通。就“象”而言，乃是指心物交融，或者说是“窥意象而运斤”活动中的“意象”。而所谓“天地精神”则是超越一般客观物象的永恒生命本体，是包括“人”在内的自然万物所具有的共通的自然之“道（气）”。“万物一气”，“人”与自然万物都生成于生命原初域“道”，都由“气”所生，具有共有共通的生命本原“气”与共生于生命原初域“道”，深层生命相与融通，生命意识与万物生命意旨相通互根。这种关系在审美构思活动中通过“象”以呈现出来，则刘勰所谓的“神用象通”。换言之，可以说，“神用象通”，也就是“窥意象而运斤”。也正因为“人”生命意识与万物生命意旨相通互根，这样，才促使了审美构思活动中物我互观互照的“神用象通”“窥意象而运斤”的共感运动和心灵飞跃。

由此可见，具体说来，刘勰所谓的“神用象通”，就是指文艺创作者“疏瀹五藏，澡雪精神”，通过“驰神运思”的心灵体验，神游默会以“窥意象而运斤”，通过“独照”以体悟宇宙万物间的生命内涵与幽微哲理的审美创作构思活动。《神思》篇说：“夫神思方运，万途竞萌，规矩虚位，刻镂无形。登山则情满于山，观海则意溢于海；我才之多少，将与风云而并驱矣。”《隐秀》篇说：“夫心术之动远矣，文情之变深矣，源奥而派生，根盛而颖峻。”《养气》篇说：“纷哉万象，劳矣千思。”从这些论述中也可以看出，刘勰“神用象通”的“神”是指一种自由的精神。有时他也用“神思”，或者用“神理”“神道”“神明”“神气”“千思”“心术之动”“独照之匠”等来表述。而所谓“神用象通”，就是指文艺创作者于“从容率情，优柔适会”的空明虚静的心境中，一任自由平和之心灵跃入宇宙大化的节奏里，以“穷变化之端”，去“穷于有数，追于无形”“源奥而派生”，“神道阐幽，天命微显”。也就是说，在刘勰看来，“神用象通”，是通过既虚又实、既形上又形下的“象”，以之为中介，去体悟“道（气）”这种自然万物的生命本原，领悟宇宙天地间最为神圣、最为微妙的“大音”“大象”也即“大美”，从而表现为达成“万物为我用”“众机为我运”“寄形骸之外”“俯仰自得”“理通情畅”的审美境域的一种心灵体验方式。这种心灵体验方式的最大特色是“规矩虚位，刻镂无形”，追虚捕微，抟虚为实。即如桓谭《新论》所指出的：“夫体道者圣，游神者哲，体道而后寄形骸之外，游神然后穷变化之端。故寂然不动，万物为我用，块然之默，而众机为我运。”又如嵇康《赠秀才参军》诗所云的：“目送归鸿，手挥五弦，俯仰自得，游心太玄。”应该说，所谓“游神”“游心”，也就是：“神用象通”的“神通”。

在刘勰看来，作为宇宙万物生命本原的“道”，是不可能通过感知觉以把握到的。《征圣》篇说：“天道难闻，犹或钻仰。”《夸饰》篇说：“神道难摹，精言不能追其极。”文艺创作者要在创作构思活动中把握并领悟到深藏于自然万物深层内核的“道”这种生命真谛，则必须借助于心灵与“神用象通”之所谓“神”。《知音》篇说：“心之照理，譬目之照形，目了则形无不分，心敏则理无不达。”人凭借感知觉能把握客观事物的形状。而对蕴藉于形状之内的“理”也即生命本原“道”的把握，则只有依靠心灵之光的映照。“心敏则理达”，“神用则象通”。佛教教义云：“神道无方，触象而寄。”佛教所揭示的人生真谛就有如道家所谓的“天地有大美而不言”“可得而不可见”“可传而不可受”。“神道无方”，“神道”，也就是“道”，是宇宙自然生命节奏和旋律的表现，故不许道破，不落言诠，而是将这种“神道”，即“道”，也就是人生真谛、宇宙之美，也即佛教之所谓佛理，即“神道”，与“象”浑融一体，借助“象”以表现佛理，即“神道”的庄严、崇高，及其生命奥秘，从而把佛理、“神道”具象化、生动化，以产生其巨大的感染人的力量。因此，这种佛教效应并不仅仅限于对佛教塑像的敬畏，以及由此而来的顶礼膜拜；也不仅仅限于对佛理的图解。就佛理所揭示的人生真谛与宇宙之美来说，它还要指向更高处，即取“象”外之义。这是因为，佛家以超脱为旨归，不执着于物象，而认为“四大皆空，一切惟识”，故贵悟不贵解，以“求理于象外”。这种象外之理，能启人深悟，但不易为言语所表述，人们只有凭借心灵的俯仰去追寻与体悟，于空虚明净的心态中让自己的“神”与“神道”的象外之理汇合感应，从而始能心悟到“神道”这种象外之理，也即宇宙间无言无象的“大美”。相传当年佛祖释迦牟尼在灵山聚众说法，曾拈花示众，是时众皆默然，唯迦叶尊者破颜而笑，默然神会。此即佛在心内，不在心外，故不假外求，不立文字，世尊拈花，迦叶微笑，只可意会，不可言传的“求理于象外”、假象以通神的典型事例。这种假象以通神，而神余象外的审美观念，在六朝绘画美学思想中有不少。如宗炳强调“神超理得”“澄怀味象”“澄怀观道”“应会感神”“万趣融其神思”“畅神”，所谓“理绝于中古之上者，可意求于千载之下。旨微于言象之外者，可心取于书策之内”等；谢赫则提出“取之象外”。刘勰则吸收这种思想到文艺审美创作中，提倡“思表纤旨，文外曲致”“文外之重旨”“义主文外”“情在辞外”(《隐秀》)，并提出审美创作体验应“神用象通”，凭虚构象。正是受此影响，遂形成后来唐代诗歌美学思想中的“象外”说。如贾岛的“神游象外”、皎然的“采奇于象外”、司空图的“象外之象”“超以象外，得其环中”，等等。可以说，刘勰所提出的“神用象通”说是中国审美心理学史上最早从审美创作的角度来对“神”“象”关系加以论述的命题。

二

具体分析起来，刘勰所标举的“神用象通”说所规定的基本内容又可以分为“驰心于玄默之表，”与“神游象外”等两个层次：

“神用象通”式审美心灵体验的第一个层次是“驰心于玄默之表”(《隐秀》)。所谓“玄默之表”，指极为沉静地深思、体验；玄默：深沉静默；表，意为末端，形容思考、体验的深入。故而“驰心于玄默之表”，又可以看作是“使玄解之宰，寻声律而定墨”(《神思》)。“玄解之宰”，意指懂得深奥的生命真谛的心灵。它要求文艺创作者“游心内运”，在“寂然凝虑”“悄焉功容”中“驰心”于自己内心世界的深处，去沉思冥想，以参悟本心。《情采》篇说："心术既形，英华乃瞻。"《隐秀》篇说："心术之动远矣，文情之亦深矣。"又说："夫立意之士，务欲造奇，每驰心于玄默之表。"这些地方所谓的"心术""心术之动""驰心于玄默之表"，应该说，也就是"游心内运"。萧子显说："蕴思含毫，游心内运，放言落纸，气韵天成。"[①]李世民说："收视反听，绝虑凝神。心正气和，则契于妙。"[②]他们都指出，文艺创作者在进行审美体验与构思时，必须脱身而出，"绝虑凝神"，在空灵明静的心境中体察、体验自己心中的意绪和情感。"心以求境"，"万途竞萌"；"收视反听"，"以意授于思"，"言授于意"，反身内求，通过心灵的内运以反观无意中记忆下来的、潜移默化在"玄解之宰""玄默之表"，即心底深处的意识，使那些处于朦朦胧胧先前有了的、在心中活动的表象，以及"被长期保存在灵魂中，长期潜伏着"的意识"脱离睡眠状态"[③]，也即刘勰所谓的"锐思于几神之区"（《论说》），"驱万途于同归，贞百虑于一致"（《附会》），从而在意识深层获得一种无上的喜悦和美感，进而"我才之多少，将与风云而并驱矣"，以体悟到一种平日苦思不得的人生哲理与生命意旨，使审美创作构思"枢机方通，则物无隐貌"，达成"众物之表里精粗无不到，而吾心之全体大用无不明矣"[④]的最高审美境域。在刘勰看来，通过此，文艺创作者则可以"规矩虚位，刻镂无形"，从无而得有，因虚而见实，虚构出现实中不存在而又能表现现实的新颖独特的意象。可以"图状山川，影写云物"（《比兴》），"高谈宫馆，壮语畋猎"（《杂文》）。不但能够创作出"腴辞云构，夸丽风骇"（《杂文》）的传世之作，还能够以"虬龙喻君子，云霓譬谗邪"，创作出"惊采绝艳，难与并能"（《离骚》）的杰作和"移山跨海之语""倾天折地之说"（《诸子》）的隽永不朽的神话。也就是说，通过"驰心于玄默之表"这样的心灵体验活动，促使自由心灵飞跃，文艺创作者就可以超越具体时空的束缚，上下千百载，纵横千万里，大至整个宇宙，小至草木鱼虫，实则拟于万物，虚则悬测鬼神，显即雕镂山川，隐则洞烛幽微，任意驰骋，无比活跃，珠玉吐纳，风云卷舒，抟虚成实。

所谓"入兴贵闲"，刘勰认为，"驰心于玄默之表""锐思于几神之区"，

---

① 萧子显:《南齐书·文学传论》。

② 《唐太宗论笔法》。

③ 参见伍蠡甫《现代西方文论选》，上海译文出版社1983年版，第185、186页。

④ 朱熹:《大学章句》第五章。

让主体之“神”内“通”之先，文艺创作者必须“秉心养术”“率志委和”，以保证心灵的自由专一。即主体应该放松紧张的心理，清心静虑，“清和其心，调畅其气”，使内心得到真正的轻松。这样，在刘勰看来，则能够使文艺创作者“无务苦虑”“不必劳情”，既为主体敏锐地捕捉自己心理的细微变化创造条件，又能够为心灵积极主动、兴奋活跃构筑出必要的心境。故而他在《神思》篇中说：“神居胸臆，而志气统其关键；物沿耳目，而辞令管其枢机。枢机方通，则物无隐貌；关键将塞，则神有遁心。是以陶钧文思，贵在虚静，疏瀹五藏，澡雪精神。”这种“贵在虚静”的审美心理势态，即使在创作构思的进程中也极为重要。《神思》篇说：“方其搦翰，气倍辞前；暨乎篇成，半折心始。何则？意翻空而易奇，言征实而难巧也。是以意授于思，言授于意；密则无际，疏则千里。或理在方寸，而求之域表；或义在咫尺，而思隔山河。是以秉心养术，无务苦虑，含章司契，不必劳情也。”就强调指出“秉心养术”，保持宁静的构思态势在审美创作构思活动的重要作用。王昌龄说得好：“夫作文章，但多立意。令左穿右穴，苦心竭智，必须忘身，不可拘束。思若不来，即须放情却宽之，令境生。然后以境照之，思则便来，来即作文。”[①]现代审美心理学认为，在紧张的审美构思活动中，由于神经过程负诱导规律的作用，使构思兴奋中心周围的神经活动受到抑制，从而导致主体思路的狭窄，并且在现时的思路之内又并没有问题的答案，因此，这时就应该放松紧张的构思，让周围处于抑制状态的神经区域恢复兴奋，这样一来，就可以保证有更多的相关记忆表象在无意识中活动，为“兴会”的到来提供信息。所谓“人闲桂花落，夜静春山空”。没有“人闲”，就不可能体验到“桂花落”这种空灵静寂的审美意趣。同时，如果没有心境的静谧澄澈，也不可能体悟到似“春山”一样空灵透彻、精微神妙的意境。因此，要“驰心”到“玄默之表”，沉潜到意识的底蕴，灵心内运，精思入神，以洞达天机，就得忘形忘骸，以进入无物无我的空明澄清的审美心境，从而才能在“虚静”的反观内求中，促使潜意识活动，以再度唤起过去储存的种种带有内心情感的表象，获得妙悟心解。

因此，要实现“驰心于玄默之表’、“锐思于几神之区”还离不开“寂然凝虑”，“悄焉动容”，疏通“枢机”，开理“关键”。在《文心雕龙》审美心

① 王昌龄:《诗格》。

理学思想中这种“寂然”“悄焉”，沉寂宁静，思考专一，疏理开通支配心灵自己飞跃的关键，使内心通畅，精神净化的心理活动，又称之为“秉心”“率志”，保养“玄神”，资养“素气”，“清和其心”。在中国美学，“驰心于玄默之表”或谓“收视反听”又称“内视反听”。董仲舒说：“故聪明圣神，内视反听，言为明圣；内视反听，故独明圣者，知其本心者皆在此耳。”[①]《史记·商君列传》云：“反听谓聪，内视之谓明。”所谓“纷哉万象，劳矣千想”，天地间万事万物是纷纭复杂的，千百度思考这些现象十分劳神，只有通过“秉心率志”，即“内视反听”，才能“知其本心”。刘勰在《神思》篇说：“秉心养术，无务苦虑。”在《总术》篇又说：“……因时顺机，动不失正。数逢其极，机入其巧，则义味腾跃而生，辞气丛杂而至。”由此可见，“收视反听”也就是“秉心养术”或“秉心率志”，就是把外向的耳目等视听感官转化为内向，“秉心”以听自己的心声，观自己的心象，“数逢其极，机入其巧”，“因时顺机，动不失正”，这样，“则义味腾跃而生”，意象纷至沓来，“辞气丛杂而至”。从现代审美心理学理论的视角来看，“驰心于玄默之表”或谓“收视反听”，则是要求主体通过心气平和的心境，使“理融而情畅”“从容率情，优柔适合”，以让自己的构思指向内心深处，注意接收来自潜意识的信息，让那些潜在的或半潜在于“玄解之宰”的意识在主体“率志委和”，“清和其心”，进而“使刃发如新，腠理无滞”，气脉畅行无阻，意象从“无扰文虑，郁此清爽”的细微精密的内省中涌现出来，于“义味腾跃而生”，“才英秀发，驭飞龙于天衢，驾骐骥于万里”（《时序》）的“兴会”心理中，以帮助文艺创作者更加深入地认识自己幽邃的心灵。同时，主体亦只有通过“秉心养术”“收视反听”，深入感悟生命奥秘，始可能在进一步的审美创作构思中，以更强烈的烙印着主体生命意识的情感渗透于客体之中，进而使客体幻化为主体，再由主体转变为客体，与道合一，物我一如。如金圣叹所描述的：“人看花，花看人，人看花人到花里去，花看人花到人里来。”[②]虚中也说：“心合造化，言含万象。且天地日月草木烟云，皆随我用，合我晦明。”[③]从而促成文艺创作者之“神”与审美对象之“神”经过“写气图貌，既随物以宛

① 《春秋繁露·山川颂》。

② 《鱼庭闻贯》，见《金圣叹全集》（四），台北长安出版社1986年版。

③ 《诗学指南·流类手鉴》。

转；属采附声，亦与心而徘徊”的相互作用与相互融汇，以达成“神应思彻”的审美境域。刘勰之前陆机在《文赋》中曾对这一审美心灵体验过程作过生动形象的描述。他说：“其始也，皆收视反听，耽思傍讯，精骛八极，心游万仞。其致也，情曈昽而弥鲜，物昭晰而互进，倾群言之沥液，漱六艺之芳润，浮天渊以安流，濯下泉而潜浸。于是沉辞怫悦，若游鱼衔钩而出重渊之深；浮藻联翩，若翰鸟缨缴，而坠曾云之峻。收百世之阙文，采千载之遗韵。谢朝花于已披，启夕秀于未振。观古今于须臾，抚四海于一瞬。”显然，陆机也推崇心灵体验，并且在这里，可以说陆机的这段话是对刘勰“神用象通”式审美体验的生动说明，他把审美创作构思活动中的“神用象通”“驰心于玄默之表”“秉心养术”式心灵体验分为相对的三个阶段：第一，“其始也”，放松意识活动。“耽思傍讯”，增强心灵的“穿透力”，静思默会、“收视反听”“秉心养术”“率志委和”“万虑一交”，以促使主体精神的自由往来和心神的悠游驰骋。第二，“其致也”，则是“枢机方通”，心灵摆脱常规思想的束缚，自由搏击，在空明的心境中“秉心”“游心”，进行自我体验，并发现心灵的扩射，原来潜沉着的表象交互重叠，渐趋明晰，纷至沓来。最后，“沉辞怫悦”，以形象的语言，把在审美体验中的独特感受用物态化形式表现出来。从这段话中，我们也可以看到刘勰所推崇的“神用象通”这种审美体验的重要特点：即在保持澄明、虚静的心态中，让心灵超越现实时空，“寂然凝虑，思接千载，悄焉动容，视通万里”，超越显在意识而进行的以“神”“心”为主的遨游和自我体验。其中“驰心于玄默之表”与“秉心养术”对自我体验的实现起着极为重要的作用。

刘勰所标举的“神用象通”式审美体验是由主体的内在生命之力所释放的积极的艺术意绪，受自我“志气”的支配，有着强烈的自我意识。《神思》篇说：“神居胸臆，而志气统其关键；物沿耳目，而辞令管其枢机。”这里的“志气”，就是文艺创作者的审美理想与审美情趣，是主体自我心灵的内质。刘勰之后，符载说：“遗去机巧，意冥玄化，而物在灵府，不在耳目。”[①] 郭若虚也认为：“气韵本乎游心。”[②] 审美体验中通过“情往似赠，兴来如答”所体悟到的审美对象的内在生命，实际上是由主体灌注进去的，并由此而使对象

① 《观张员外画松石序》。

② 《图画见闻志》卷一。

具有一种灵趣和生命。此即所谓“登山则情满于山，观海则意溢于海”。因此，在“神用象通”，式审美体验中，万有大千、自然山水、一花一石、一草一木都能进入到创作者的“心”中，成为审美主体心中之“意象”，通过审美构思活动中的“物以貌求，理以心应”“澄怀味象”“游心极目”“陶钧文思”，经过“象”的中介，以熔铸出心物相通、情景相融的审美域。普洛丁说：“美是由一种专为审美而设的心灵的功能去领会的。”[①]又说：“只要一件事物还外在于我们，我们就观照不到它，然而当它进入内在时，就会影响我们，但它只能是作为形式的内在才得以通过眼睛，否则怎能通过眼睛的窗口？”[②]这里所谓的“眼睛”则是指存在于文艺创作者心中的“内在的眼睛”和“内在感官”，或阿瑞提所说有“内觉”。心理学的研究表明。人的大脑两半球可以产生“回忆表象”。在人们感知事物的过程中，在关事物的刺激作用在人们的第一信号系统内形成一定的暂时神经联系，因而，以后在条件刺激的影响下，特别是在词的直接影响下，人们的第一信号系统就可以把这种当时并未影响人们的任何分析器的事物形象创作出来。这就是“想象表象”。张载说：“若以闻见为心，则止是感得所闻见。亦有不闻不见自然静生感者，亦缘自昔闻见，无有勿事空感者。”[③]这里所谓的“昔闻见”就是“回忆表象”；而“不闻不见自然静生感者”，则是在“回忆表象”上所产生的“想象表象”，或称“内在的眼睛”与“内在感官”。刘勰则称之为“玄解之宰”“玄默之表”。人们往往凭借它采弥补见闻之知的不足。故张载说：“天下不御莫大其心，故思尽其心者，必知心所从来而后能。”[④]这也就是《文心雕龙》审美心理学在强调“神与物游”式审美体验的同时，还提倡“神用象通”式审美心灵体验的理论基础。

既然“神用象通”式审美体验是以主体为主，是主体将自然生命渗透到对象之中，去体悟审美对象的气足神完，“体物写志”“宛转附物，怊怅切情”，在灌注自我生命中发现对象的生命，“以心求境，取境赴心”，从而达成主客一体的心灵活动，以表现“文外曲致”“言外重旨”“超以象外”、色尽情余的审美境域。那么，注重自我观照，通过自我观照以探求内心蕴藏

---

① 见《西方美学家论美和美感》，商务印书馆，1980年版。

② 引自CH·L·H·Nibbrig编《美学史料读本》，西德Suhrkamp出版社1978年第44页。

③ 《语录上》。

④ 《正蒙·大心篇》。

的“真宰”，使“博而通一，亦有助乎心力”，以“综述性灵，敷写器象”，强调主体应该对自己的心灵有一种“内窥力”，“驰心于玄默之表”“秉心养术”“收视反听”“游心内运”，就显得极为重要。只有依赖于无意识或“玄解之宰”中的表象，即“当时没有作用于感觉器官的对象和现象在头脑里产生的映象”，它“是对过去的知觉进行加工和概括的结果”，它的“生理基础是留在大脑两半球皮层上的过去兴奋的痕迹，在刺激物的影响下在大脑皮层上的神经联系恢复起来产生的映象”①。通过反身内求，“秉心率志”，使这些潜藏在脑海或“玄解之宰”中的回忆表象，经过重叠而形成心理智能结构的再结合，不但了解它们的层次、侧面和方位等表层关系，而且进而窥见其中的“潜在项”，由此才能达成对生命意蕴的真正领悟。对这一心灵体验过程，刘勰以后的中国古代美学家又称之为“妙悟”“心悟”和“入神”。王世懋说：“使事之妙，在有而若无，实而若虚，可意悟，不可言传。”②徐渭则说：“填词如作唐诗，文既不可，俗又不可，自有一种妙处，要在人领解妙悟，未可言传。”③项穆也说：“是知书之欲变化也，至诚其志，不息其功，将形著名，动一以贯万，变而化焉，圣且神矣。噫，此由心悟，不可言传。”④王士祯则运用禅宗所主张的“道由心悟”⑤，佛在心内，不在心外，因而应不假外求，不立文字，完全靠心解神领、顿悟成佛的思想来解释这种自我体验、自得自成、自明自悟的审美活动。他说：“其妙谛微合，与世尊拈花，迦叶微笑，等无差别，通其解者，可语上乘。”⑥这些见解和刘勰《神思》篇所说的“至于思表纤旨，文外曲致；言所不追，笔固知止。至精而后阐其妙，至变而后通其数。伊挚不解言鼎，轮扁不能语斤，其微矣乎”的观点一样，他们都认为“神用象通”“驰心于玄默之表”“秉心养术”“游心内运”“心视反听”这种“内窥力”在审美创作构思活动中具有极为重要的作用。

总之，在刘勰看来，文艺创作者通过“积学储宝”“研阅穷照”等生活

① 波果斯洛夫斯基等编《普通心理学》，人民教育出版社，1980年版，第235页。

② 《艺圃撷余》。

③ 《南词叙录》。

④ 《书法雅言・神化》。

⑤ 《坛经・宣召品》。

⑥ 《带经堂诗话》卷三。

的孕育和学识的积累，经过审美的追求和审美心理智能结构的强化，经过多次审美实践，会使储存在内心深处的回忆表象不断积累和化分、化合，成为“嵯峨之类聚，葳蕤之群积”“意态情性之所聚，天机之所寓，悠然不可探索者”[①]，这样，则会致使审美创作构思呈现出一种“神用象通”的心灵体验活动。则在审美创作构思中，作为个体的文艺创作者，通过“秉心养术”，而“收视反听”，进而“锐思于几神之区”“驰心于玄默之表”“游心内运”，于内心深处反视内探，以使“味飘飘而轻举”“驭飞龙于天衢，驾骐骥于万里”，让内心深处掀起并涌现出“异代接武”“古今合力”的表象波澜，通过此，“参伍以相变，因革以为功”，以引发那种既是种族进化的沉积物，又是成为整合心理素质的遗传和延伸的“虽旧弥新”，属于主体个体的“潜能”。如谢徽所指出的：“冥默觏思，神与趣融，景与心会，鱼龙出没巨海中，殆难以测度。”[②]刘勰在《总术》篇中则说：“因时顺机，动不失正。数逢其极，机入其巧，则义味腾跃而生，辞气丛杂而至，视之则锦绘，听之则丝簧，味之则甘腴，佩之则芬芳，断章之功，于斯盛矣。”“心海”或“玄解之宰”里这种“鱼龙出没”“义味腾跃”“辞气丛杂”，有的是清晰意识，有的是潜意识，有的则是明而未融的半潜在意识。当这些被压抑、被埋没的“绵绘”“丝簧”“甘腴”“芬芳”，即潜意识或前意识，在“秉心”“游心”中，被此时文艺创作者新的刺激模式激活过来，就会排着队，像开了闸的水一样涌出来，而“规矩虚位，刻镂无形”，“方其搦翰”，“暨乎成篇”；而“吟思俊发，涌若源泉，捷如风雨，顷刻间数百言，落笔弗能休”[③]。此时此刻，主体“我才知多少，将与风云而并驱矣”，以达成“神用象通”式审美体验发展到最高潮时的豁然开朗的审美境域。

当然，所谓“神与象通”，也并非是脱离现实的不着边际的虚玄想象，它需要“玄解之宰”中的回忆表象与自然物象为领悟生命真谛的源泉和起点。此即所谓“物以貌求，心以理应”“拟容取心，断辞必敢”。但与此同时，“神用象通”说更强调“神游象外”，或谓“神思”，要求传神写意，讲求超越感官，依靠心灵体悟，“使玄解之宰，寻声律而定墨，独照之匠，窥意象而运斤”，去体验审美对象中所蕴藏的深厚隽永的审美情趣，进而“规矩虚位，

---

① 练安：《金川玉屑集》。
② 《缶鸣集序》。
③ 《缶鸣集序》。

刻镂无形”，即把那些尚属单薄，模糊，甚至还欠确定的形象、意念加以雕刻，施以规矩，从而使它们确定成形，鲜明生动。正由于此，遂形成刘勰“神用象通”说的第二个层次的内容。宗炳说：“应会感神，神超理得。”[①]司空图说：“超以象外，得其环中。”[②]徐祯卿说：“神越而心游”[③]。他们都注意到了“神用象通”说的这一特点。

我们曾经说过，“神用象通”的“神”，在先秦典籍中就已经出现了。《易·系辞》说：“知机其神乎。”《荀子·天论》也说：“不见其事而见其功，夫是之谓神。”由此可见，凡是“不见其事而见其功”，即看不见，摸不着，却能确实知道其作用的一切自然的、社会的、思维的微妙深奥的活动，都可以称之为“神”。而后来的刘勰就正是这个意义上使用“神”这个概念来描述审美创作构思中那种微妙奇特的“神用象通”式心灵体验活动。《神思》篇说：“文之思也，其神远矣！……吟咏之间，吐纳珠玉之声；眉睫之前，卷舒风云之色，其思理之致乎！”就指出了主体通过“神”这种自由的精神所进行的心灵体验活动，是一种激荡、高妙的审美体验过程。“其神远矣”！它可以身在此而心在彼，由表及里。它能使主体不受身观限制，超越现实时空，停止感官知觉，凝神妙思，悠游于心灵所独创的时空之中。在时间上，主体的思绪可以一无阻碍地飘逸到最渺远的所在，悠游到过去、未来，在追光蹑影、踏虚逐无中完成审美创作体验与构思活动；在空间上，主体的心神可以迥出天机，随大化氤氲游荡，窥见四荒八极，而意象纷呈。刘勰之前，“驱万涂于同归，贞百虑于一致”。宗炳曾提出“万趣融其神思”的命题来概括表述审美创作构思活动中心灵体验的特征。刘勰在《文心雕龙》中则立专篇来论述这一审美构思现象，把“神思”作为审美创作思想中的重要范畴来加以发挥和运用。所谓“神思”，实际上就是“神与物游”“神用象通”“神游象外”。这在审美构思中极为重要。作为“神游”的审美对象是宇宙天地、自然万物、万有大千，这是一个繁复多样、扑朔迷离、深邃广漠、奥秘混沌的世界。即如《诠赋》所指出的：“草区禽族，庶品杂类。”

同时，中国古代哲人认为，生成这一大化世界的生命原初域是“道”，

---

① 《画山水序》。

② 《二十四诗品》。

③ 《谈艺录》。

而“道”即先天地而生的混沌的“元气”。人们必须凭借心灵的体验通过“心斋”“坐忘”，以整个身心沉潜到宇宙万物的深层结构之中，始可能超越包罗万象、复杂丰富的外界自然物象，体悟到那种灌注万物而不滞于物，成就万物而不集于物，是宇宙旋律及其生命节奏秘密的、深邃幽远的生命之“气”(道)，“触兴致情，因变取会”，揭示这一统摄万事万物的宇宙生命精神。并且，从《文心雕龙》审美心理学所推崇的这种审美体验的目的来看，就是要通过此以领会宇宙间“自然之道”的深刻生命意蕴，以描绘出自然万物在“阴阳二气”盛衰消长下生成、发展、转化、和谐的宇宙图式。这当然只能由心灵感悟，“神游象外”，即前面我们提到的刘勰在《神思》篇所谓的“思表纤旨，文外曲致，言所不追，笔固知止。至精而后阐其妙，至变而后通其数，伊挚不能言鼎，轮扁不能语斤，其微矣乎！”故而只能采用所谓世尊拈花，迦叶微笑，不假外求，不立文字，只可意会，不可言传的“神游”“秉心”“驰心”式审美体验，从而才能体悟宇宙生命的本原，以达成“触兴致情，因变取会”的审美境域。

如上所述，刘勰所提倡的这种超越感官的“神游象外”式审美体验是一种心象活动，是《神思》篇所说的“规矩虚位，刻镂无形”。通过这种凭虚构造、传虚成实而熔铸成的形象，刘勰又称之为“意象”。《神思》篇说：“使玄解之宰，寻声律而定墨；独照之匠，窥意象而运斤。”这里所提出的“意象”和上面所提到的“思理为妙，神与物游”中的“物”不同，它属于心灵虚象，是“胸中之竹”到“手中之竹”的过渡，起着将胸中之象化为手中之象的桥梁作用。意象的活跃能使抽象的精神获得生命的形式，即“象”；同时又能够使客观现实成为心灵化的审美意蕴，即“神”。在情感的制约和心灵飞跃的作用下，“驱万涂于同归，贞百虑于一致”，达成“神”与“象”的融汇贯通，使“博而能一”，“以少总多，情貌无遗”；这就是“神用象通”。在这一心灵化体验过程中，刘勰所谓的“规矩虚位”中的“虚位”指“神”；“刻镂无形”中的“无形”即是指“大象”。“神用象通”审美创作构思中的“意象”，经过文艺创作者心灵的“独照”，成为包含主体自我意识和审美情趣的审美意象。这种审美意象的生成可能受某一事物的激发，也可能是心灵的综合。它是在某种情感和情绪的激荡之下，从“神与物游”与“神用象通”中铸造出来的，故而，它既是意中之象，又是象外之意；它的象能通神，而又神余象外。从中透射出来的是一片明净洞澈的审美心境。这就是“文外曲致”“言所不追”的“象外之旨”。可见“神用象通”的“通”，就是融汇贯通。“神用象通”，也就是“神”与“象”融汇贯通，密合无间。神融汇于意象之中，意就是神的显现。而神熔化了象，给象以灵魂，使其生气潇注；象显现着神，神象浑融，是《文心雕龙》审美所推崇的审美构思体验的极致。

同时，凭虚构象，还离不并情感的灌注。在刘勰看来，“神用象通”还得“情变所孕”。“神居胸臆，而志气统其关键”，“关键将塞，则神有遁心”。所谓“志气”是指属于主体的性气情志。审美创作体验是主体情志的自然流露，受其才力情志的支配。“神用象通”之“神”为主体心灵的表现，而情感则是人的心灵的内质，神的表现是由情感变化所造成的，主体的审美构思活动，包括感知、想象、理解，无不受情感的制约，故而主体的情志是审美创作构思中“神思方运”的“关键”。《附会》篇也强调指出，审美创作构思“必以情志为神明”。

应该说，即如刘勰所说：“神用象通，情变所孕”。所谓“情以物迁，辞以情发”，“情往以赠，兴来如答”，“谈欢则字与笑并，论戚则声与泣偕”。尽管“神用象通”是“规矩虚位，刻镂无形”，是“夸饰在用，文岂循检”“言必鹏运，气靡鸿渐”（《夸饰》），是“酌奇而不失其贞，玩华而不坠其志”。（《辨骚》），但它也需要情感的伴随，需要“情变所孕”。在“神用象通”“神游象外”式审美体验与构思活动中，主体要让自己进入纯精神领域，“秉心率志”“驰心于玄默之表”，去“游心于淡，合气于漠”，就应当创造出一个平和宁静的心境，才能够让自己在“神游”中进入洞见宇宙生命奥秘，直视古今，游心于无穷，并达成无所不致其极的审美境域。这种超旷的态度，也是一种旷达之情。它是一种“寂然”“悄焉”“迹在尘壤，而志出云霄”的自由超脱情感。它来源于审美主体高尚的人格和对宇宙、社会、人生的深切理解，故也可以说是由此而采取的乐观豁达的人生态度。既然“神游象外”式审美体验与构思活动是一种心灵体验，如朱自清所指出的：“所谓神思，所谓玄想之兴味，所谓潜思，我以为只是三位一体，只是大规模的心的旅行。”[①] 那么，要促成“大规模的心的旅行”，促成这种心灵体验的进行，就须得文艺创作者对现实人生具有一种乐观、超旷的情感态度，使形成特定的心境，以便心灵的自由往来。袁枚说：“诗如鼓琴，声声见心。心为天籁，诚中形

① 《朱自清文集》，中央编译出版社，2010年版，第247页。

外。我心清妥，语无烟火。我心缠绵，读者泫然。禅机非佛，理障非儒。心之孔嘉，其言蔼如。”[①] 有什么样的情感，就有什么样的心境，并由此决定所应采取的审美体验与构思方式。只有超越世俗物欲与生死痛苦的羁绊，在精神上与现实物质世界保持一种距离感，不粘不脱，不即不离，才能增强心灵的穿透力，通过“神游象外”，使主体在精神上缩短与自然万物的距离，进而接触到宇宙大化的生命意蕴，最终使心灵的脉动与自然的生命律动和谐一致。

此外，《文心雕龙》审美心理学还指出，这种“神用象通”“神游象外”式心灵体验具有超越时空的无限广阔性。《神思》篇说：“形在江海之上，心存魏阙之下。”又说：“寂然凝虑，思接千载，悄焉动容，视通万里。”马荣祖说：“神游无端”[②]。都表明“神游象外”有时空上的无限性。通过“神游象外”，主体可以在审美构思活动中“想入云霄之外，作者神魂飞越，如在梦中”[③]，“其境界皆开辟古今之所未有，天地万物，嬉笑怒骂，无不鼓舞于笔端，而适如其意之所欲出”[④]。它可以超出“常情”“常理”之外，可以“神游”于象外，以俯仰古今，上天入地，周流四极，而空灵超隽。杜甫诗云：“乾坤万里眼，时序百年心。”[⑤] 就形象地表明了“神游”式审美体验，“超以象外”、变化开阖、出奇无穷的无限广阔性的特点。

但是，《文心雕龙》审美心理学又指出，这种“神用象通”式心灵体验虽然微妙难测，无所不思，无所不想，可是由于进行这活动的主体是人，因而“神游象外”“神游无端”也必然受人的生理、心理以及生活逻辑的制约。心理学认为，人具有社会属性，人的生理的机能，生理的需求，是社会人的机能和需求，与人的社会属性相关联。人的心理也是在不断的劳动实践中进行而成的，是人的内在的社会规定性，它必然影响并规定着人的生理机能和需要。审美活动是人自我实现的需要，当然也离不开社会的制约与规定。在审美创作构思中，主体的“神用象通”与“神游象外”既超越生活，又扎根于生活。“精骛八极，心游万仞”的始动力是“应物斯感”。通过此，主体能动地创造着另一种生活，

---

① 《小包山房诗集》卷二十。

② 《文颂·神思》。

③ 李渔:《闲情偶寄》。

④ 叶燮:《原诗》内篇。

⑤ 《春日江村》五首之一。

即“第二自然”。同时，它又受动于生活，必须遵从生活的逻辑。“神与物游”，在“志气”的作用下，超越感官，去体悟生活的真谛与宇宙大化中所隐合的、内在的生命意义。这是“神用象通”说的又一个重要的、根本的特性。

三

“神用象通”与“神游象外”式审美体验的哲学依据主要是先秦道家的人生论，同时，它也受传统思维方式的制约。

“神游”“秉心”就是庄子所谓的“游”与“逍遥”。“逍遥”一词，在先秦的其他典籍中也曾出现。例如，《诗经·郑风·清人》云：“二矛重乔，河上乎逍遥。”《离骚》云：“折若木以指日兮，聊逍遥以相羊。”但这些地方的“逍遥”都是安闲自得的意思，与形体的彷徨徘徊相关。而庄子的“逍遥”与“游”则是指超越感官与形体的纯精神的逍遥，常与“心”字连用，属于心灵的逍遥与遨游。如《应帝王》说：“予方将与造物者为人，厌，则又乘夫莽眇之鸟，以出六极之外，而游无何有之乡，以处圹埌之野。”《逍遥游》说：“乘云气，御飞龙，而游乎四海之外。”《人间世》说：“且夫乘物以游心，托不得已以养中，至矣。”《德充符》说：“不知耳目之宜，而游心乎德之和。”所“逍遥”与“游”，的地方是“四海之外”“无何有之乡，圹埌之野”“德之和”，都是超脱于世俗、个人没有束缚的自由的精神境域。可见，庄子所谓“逍遥”与“游”的实质就是让精神在玄远旷渺、无穷无尽的宇宙大化中飘逸遨游，以获得心灵的慰藉。不难看出，属于中国古代美学的庄子这种游心于无穷，与天地同流，与万物同化，以返回生命之根，偕道而行的思想，正是“神用象通”与“神游象外”说的美学依据。同时，刘勰所推崇的这种通过“神用象通”与“神游象外”，以锲入审美对象深层的生命结构和自我内心深处的潜在意识，从而深切地体验到审美对象之“神”的心灵体验方式还建立在中国古代“天人合一”，的思想之上。最高、最广意义的‘天人合一’，就是主体融入客体，或者客体融入主体，坚持根本同一，泯除一切显著差别，从而达成个人与宇宙不二的状态”[①]。人与天都是“气”化所生，以“气”为生命根本，“有人，天也。有天，亦天也”[②]。自然万

① 金岳霖：《中国哲学》，载《哲学研究》1985年第9期。

② 《庄子·山木》。

物不是人以外的外在世界，而是人在其中的宇宙整体，人与自然之间的关系是融合统一、异质同构的，因此，可以相交相游。在审美创作构思中，则可以通过“神用象通”与“神游象外”，以主体之生气去体合万物之神气，在“神合气完”中，达成主客体的浑然合一。如张怀瓘所指出的：“幽思入于毫间，逸气弥于宇内，鬼出神入，追虚捕微，则非言象筌蹄，所能存亡也。”①汤显祖也认为：“心灵则能飞动，能飞动则下上天地，来去古今，可以屈伸长短生灭如意，如意则可以无所不如。”②在“神用象通”与“神游象外”式心灵体验中，文艺创作者精神的自由活动可以来无踪去无影，上天入地，茹古孕今，能打破时空限制，其“飞动”“无所不如”，“生灭如意”，似“鬼出神入”，使思绪纵横驰骋，意象纷至沓来。显而易见，这一切活动的思想基础是和“天人合一”的审美意识分不开的。

刘勰所推崇的这种极具中华特色的心灵体验方式还与中国人传统的审美构思方式分不开。应该指出，按照传统的审美观念，天地之间存在着一种无形的“大象”、希声的“大音”和无言的“大美”，它“得之于手，而应于心，口不能言”③，是一种最高的抽象的存在，只能意会，不可言传。审美主体只有“听之以气”，需“乘天地之正，御六气之辩”④，在无古无今、无死无生、无形无迹、无穷无尽、无失无得、无喜无忧的心理状态中，摆脱时空限制，摒绝尘世的一切矛盾纠纷，通过“神与象通”和“神游象外”，去与“造物者为人，而游乎天地之一气”⑤，始能进入一片虚廓、静谧的审美境域，体验到“大象”“大音”与“大美”，获得和谐、恬悦的审美感受。《庄子·田子方》中“解衣盘礴”的故事里对画家顺应自然，一任心灵自由飞升的审美活动的具体描述，实际上就是审美创作中通过“神与象通”和“神游象外”，以获得宇宙生命与艺术真谛所应保持的精神态势。因此，我们认为，正是这种对“象”外之“意”的审美追求形成中国人传统的审美情趣，并规定着中国人传统的审美构思方式，从而对刘勰“神用象通”“神游象外”说的产生与形成给以直接影响。

---

① 张怀瓘：《书断》。
② 汤显祖：《序丘毛伯稿》。
③ 《庄子·天道》。
④ 《庄子·逍遥游》。
⑤ 《庄子·大宗师》。

第四编

审 美 接 受

第十三章　知音见异：审美接受心理论

创作离不开审美接受与欣赏，因而，《文心雕龙》审美心理学思想体系的构建，离不开接受心理效应。具有极高审美价值的文艺作品，往往能够提高接受主体的审美素质和审美趣味；同时，接受主体的审美兴趣与审美心理智能结构的构成也促进了审美创作的发展。在《文心雕龙》审美心理学中对这种审美接受思想有比较多的阐述，已经形成一套独特的审美接受思想。我们在其各种阐述中选出两个主要的审美范畴，即知音与见异，从现代审美心理学的角度来进行一些审视和剖析。知音，涉及接受主体的心理智能结构、心理能力与情感反应模式等方面的内容；见异，则包括审美接受的心理过程和心理要素，属审美接受心理效应方面的内容。《文心雕龙》的审美接受心理思想强调接受主体的积极参与和审美再创造的实现。刘勰认为，审美接受不但应该达成文艺创作者审美心理的还原，而且还应当在此基础上有新的发现和创造，由此则构成“见异”说两个层次的具体内涵。而“知音”与“见异”又组合成《文心雕龙》审美接受心理学思想体系。要使自己成为文艺创作者的知音，必须能够见异，要实现“见异”则必须要有知音的审美心理智能结构。

一

《文心雕龙》审美心理思想中所谓的“知音”，最早源于《吕氏春秋·体味》篇中所载钟子期善于领悟伯牙高妙琴音的故事，后来刘勰则以之作为《文心雕龙》的篇名。具体而论，其基本含义有三种：第一，作为动宾词组，意指懂得音乐，也即能正确地理解和鉴赏音乐、欣赏和接受艺术美；第二，作为一个名词性词组，指高明的接受主体；第三，作为一个具有普遍性的美学命题，则泛指审美接受活动中主体的心理条件，诸如接受主体的审美心理能力、接受态度、接受心理智能结构构成等方面的规定性内容。

音为知者赏。刘勰在《知音》篇一开头就感叹说："知音其难哉！音实难知，知实难逢。逢其知音，千载其一乎。"进行真正的审美接受是极不容易的事，一方面是作品所蕴藉的旨趣不易发掘，另一方面，具有极高的审美接受能力，能够正确地审美地理解作品，作出艺术的再创造的"知音"也难以遇上。像伯牙鼓琴，知音善赏的钟子期听琴音而知雅意，领会到伯牙巍巍乎志在高山，洋洋乎志在流水，与作者心心相印、默契无间的审美接受主体，恐怕是"千载其一乎"！可见，审美接受活动的生成是有条件的，必须要有审美接受主体与作为审美接受对象的作品之间的美妙和谐。这种和谐首先表现在接受的心理动机与审美创作的兴起之意的同步。

与审美创作的心理动机相同，对艺术的审美接受也是人们精神生活的必然需求。刘勰指出，审美接受是"觇文辄见其心"，是心之照理""披文入情"。我们认为，这里所谓的"见心""入情""照理"，不但指通过审美接受可以体会和识别文艺创作者进行审美创作构思时的心情，而且还指通过审美接受，可以使作为个体的接受主体从艺术世界中确证自己心中所萌动着的情感，从而获得一种"欢然内怿"般自我肯定的满足。故孔子指出"诗可以兴"(《论语·阳货》)。刘勰在《比兴》篇中析"兴"说："感物曰兴，兴者情也；谓外感于物，内动于情，情不可遏，故曰兴。"这就是说，在刘勰看来，"兴"，就是感发与兴起的意思，因"物"而激发感情，是"感物起兴""感物兴情""情不可遏"。《乐记·乐化》说："夫乐者，乐也，人情所不能免也。"王弼也说："美者，人心之所乐进也；恶者，人心之所恶疾也。"[①]对艺术的审美需要是生成接受活动的心理动机。审美接受的过程，表现为由感受而感动，即如《辨骚》中所说的"循声而得貌"，"披文而见时"；《物色》中所说的，"瞻言而见貌，即字而知时"。接受主体则在与艺术作品的"情感反应"

① 见《老子》二章注，朱谦之:《老子校释》，中华书局，1984年版。本书所引《老子》均见该书。

和“情感交流”中获得对纷纭复杂的活动现象的超越，以深入作品的底蕴，从对作品所揭示的人生与宇宙生命奥秘的理解中，增强自己对社会生活的透视力，并在美的艺术意境的潜移默化作用下，得到精神上的满足与情感上的升华。刘勰在《乐府》篇中指出，纯正的音乐，可以“情感七始”“化动八风”。所谓“七始”，古人把十二律中的七律说成七始，以黄钟、林钟、太簇为天地人之始，姑洗、蕤宾、南吕、应钟为春夏秋冬之始。也就是说，音乐艺术能够感染、渗入到人的心灵深处，“响浃肌髓”，故而能感动天地人与春秋四季，感化所及能达四方八面。

在现实生活中，作为个体的人受制于各种自然力量与社会力量的束缚。自然限制、制约着人们，复杂的社会关系，‘彼此冲突、互相矛盾”的“预期目的”[①]，都使人随时感受到若干限制，“心存郁陶”，“志思蓄愤”(《情采》)，不得自由。人要生存，要满足自己的欲望，就得不断地以自己的主体性去战胜受动性，“范围天地之化而不过，曲成万物而不遗”[②]，对“天地之化”加以“范围”、掌握，与自然和与自己对立的异己力量作斗争；同时，人又不可能挣脱其受动性，在实践中，人总是受自然和社会的制约，对万物委曲成就，“曲成万物”。这一事实证明，在现实生活中，人只能获得有限的自由。而在审美接受活动中，人却能超越这种现实意识，全面占有自己自由的情感，使人获得“忘晦明，废饥寒，穷九州，越八荒，穿金石，动天地，率百物，生可以生，死可以死，死可以生，生可以死，死又可以不死，生又可以忘生，远远近近，悠悠漾漾，杳弗知其所之”[③]的审美感受。人在现实生活中因理想与现实矛盾而生的种种困惑、痛苦，都可以“借诗书以摄之，笔墨磬泻之，歌咏条畅之，按拍行迟之，律吕镇定之”[④]。即如金圣叹所说。优秀的文艺作品是“天地妙文”，是“天下万世人人心里公共之宝”，是文艺创作者“向天下人心里偷取出来”[⑤]，因此，其中融汇了人类自己对生活真谛的观照和领悟，把人的生命感，人类生活中蕴藏着的生命哲理的意蕴，生动地揭示出来，给

① 《马克思恩格斯选集》第4卷，人民出版社1972年版，第243页。

② 《周易·系辞上》。

③ 张琦:《衡曲麈谭》。

④ 张琦:《衡曲麈谭》。

⑤ 金圣叹:《西厢·读法》。

人类的精神生活提供了一种超越时空的象征形式，因而能使那些具有相同或类似经历的人为之感动。刘勰所谓的先贤著作“可谓泰山遍雨，河润千里”，是“性灵熔匠”（《文心雕龙·宗经》），就是这个意思。也正是这个缘故，人们才需要进行审美接受活动。刘勰在《知音》篇中指出：“夫唯深识鉴奥，心欢然内怿；譬春台之熙众人，乐饵之止过客。盖闻兰为国香，服媚弥芳；书亦国华；玩绎方美。知音君子，其垂意焉。”在接受活动中，通过“深识鉴奥”，深刻地体会作为审美对象的作品中所包容的生命意旨，获得宇宙人生的奥秘，进入一种情感的交流，构成心灵与心灵之间的感应，就必然会使心灵境域向美的高度提升，从审美接受中得到“欢然内怿”的审美愉悦。有如春日登台，那种春意盎然的景色带给众人的欢悦，和音乐与美味能够留住过客一样。优秀的文艺作品如像“服媚弥芬”的兰花，亦为“国华”，故刘勰说，“知音君子”，请更多地注意它们吧！

应该说，审美接受活动与审美创作活动相似，也是一种“人”的“自我实现”的过程。现代审美心理学指出，在审美接受中，接受主体对作品的感知、想象、联想和再创造的过程，也就是接受主体将自己的本质力量对象化，使自己的审美能力、审美经验、审美理想在作为审美对象的作品中得到体现的过程。如刘勰所指出的，审美接受活动不但应该“振叶以寻根，观澜而索源”，对作品“傲岸泉石，咀嚼文义”（《序志》），而且更应该“入情”“见异”。谭献说：“作者之心未必然，而读者之心何必不然。”[①] 章学诚亦说：“但文字之佳胜，正贵读者之自得。”[②] 在审美接受中的“自我实现”过程，也就是一种“入情”“见异”“自得”过程，即在审美接受中进入作品中的艺术情感境域，沉浸于一种深沉的历史感受与现实感受之中，来体味为作品奇妙境域所激起的兴奋、愉悦的情感，通过情感协调和契合，以印证自己的情感，在美的对象中观照到自己，寻找到自己，并且与审美对象发生心理对位的效应，“目既往还，心亦吐纳”，“情往似赠，兴来如答”。刘永济在《文心雕龙校释·知音》中说得好：“文学之事，作者以外，有读者焉。假使作者之性情学术，才能识略，高矣美矣，其辞令华采，已尽工矣，而读者识鉴之精

① 谭献：《复堂祠录叙》。

② 章学诚：《文史通义》内篇二。

粗，赏会之深浅，其间差异，有同天壤。此舍人所以‘惆怅于知音’也。盖作者往矣，其所述造，犹能不绝者，实赖精识之士，能默契于寸心，神遇于千古也。作者虽无求名身后之心，而其学术情性，才能识略，胥托其文以见。易词言之，一民族，一国家已往文化所托命，未来文化所孕育，端赖文学。然则识鉴之精粗，赏会之深浅，所关于作者一身者少，而系于民族国家多矣。”审美接受活动的正常开展，在很大程度上依赖接受主体“默契于寸心，神遇于千古也”；之所以会出现“所关于作者一身者少，而系于国家民族者多”的现象，一方面固然是作品中所蕴藉的历史意识与现实意识使然，另一方面则是接受主体在感知审美对象时，主要依据的是自己的审美心理智能结构，在感觉的世界中寻找着自我。《淮南子》说：“夫荣启期一弹，而孔子三日乐，感于和；邹忌一徽，而威王终日想，感于忧。”这里所说的“一徽”，当指“急徽”而由楚调花音转变为侧调伤音。乐音使人愉悦，伤音、哀音则使人忧伤、忧虑、忧愁。曹植亦说：“观画者，见三皇五帝，莫不仰戴；见三季暴主，莫不悲惋；见篡臣贼嗣，莫不切齿；见高节妙士，莫不忘食；见忠节死难，莫不抗首；见忠臣孝子，莫不叹息，……是知存乎鉴者何如也。”（《曹子建集》）应该说，通过审美接受活动所获得审美感受与审美效应，必须依靠“存乎鉴者何如”。接受主体有一种特殊心态，在对一件艺术作品进行审美观照的时候，他总是运用自己潜在的审美经验与当前的审美心境，有选择地领会、玩味作品的某个方面或某些方面。并且，他总是想在审美对象中发现自己的本质。并把自己与作品中的人物、事件、情节对应起来，产生共鸣，故孔子由于听荣启期演奏音乐，心里感到一种熙和、愉悦，而“三日乐”；威王则从邹忌的演奏中产生忧愁怨恨之情，而“终日悲”！观画的人则因所鉴赏的对象的不同，而或“仰戴”、或“悲惋”、或“切齿”、或“忘食”、或“抗首”、或“叹息”，被审美对象强烈打动，并引起感情上的回肠荡气，心灵上的振动反响。

现代审美心理学的研究表明，人的确存在着一种渴望自我实现、在对象中观照自我本质力量的本能。黑格尔曾以小孩在水中抛了一块石子为例，说明人的主体性本质的对象化问题。抛石子的小孩在涟漪中看到的是自我力量的显示，他的欢呼雀跃是体悟到自我力量对象化后的必然结果。马克思批判地利用了黑格尔对人的实践性主体本质研究的合理内核，将劳动这一中介引入到有关人的本质力量对象的论述之中，指出，人在劳动实践过程中，一方面使自己的本质力量、智慧、热情、意志、性格等心理因素所组成的创造性，外化在自然界中，使自然界打上了自己的烙印。在烙印中，主体认识到自己的潜能，坚固了自己的理想[①]。在这个过程中，主体本身的自然属性，或者如马斯洛所说的人的潜能，也得到一次冲击和锻炼，进展到高一层次的自然属性又推动人的实践性活动的开展。我们认为，就精神范围而言，审美接受也是一种实践主体的创造性活动。审美接受活动中之所以发生如刘勰所说的“观风似面，听辞如泣”(《诔碑》)，“饰穷其要，则心声锋起”(《夸饰》)等心理效应，是因为接受主体“会已则嗟讽，异我则沮弃”(《知音》)，“各得其物之情而肆于心”的缘故。这里的“肆于心”就是一种审美再创造。从现代审美心理学来看，审美接受活动中，接受主体在对象中看到的不仅是对象本身的审美属性，接收的也并非只是对象的审美信息，就在接受主体以参与者身份进入到对象中去时，他本人也就成了一个创造者——在作品基础上的再创造。同时，他的作为创造性主体的本质，也就是在这个过程中得到展现和认可。

必须指出，正因为审美接受只是一种精神的自由与满足，因而它在促成实践主体的自由方面，即“肆于心”方面，是有局限的：不是每一部作品都能使人通过“肆于心”而获得精神上的满足。在刘勰看来，同是屈、宋的作品，“才高者菀其鸿裁，中巧者猎其艳辞，吟讽者衔其山川，童蒙者拾其香草”(《辨骚》)。仁者见仁，智者见智，接受者本人的审美趣味与接受能力在能否通过审美观照以获得自我实现中，也起着重要作用。同时，正如马克思所指出的，人的自我实现必须是“占有自己的全面的本质”，既包括实践主体的自由，又包括精神主体的自由。显然这种自由单靠审美接受是不可能完全实现的。

二

刘勰认为，接受主体的审美心理智能结构及其审美趣味，对于审美接受活动的开展与实现，也具有极为重要的作用。

---

① 马克思：《1844年经济学——哲学手稿》。

面对具有“万端之变”、风格繁多的文艺作品，无论是谁，都会有所偏爱，有所选择的。即如《知音》篇所说：“知多偏好，人莫圆该”。由于先天的生理素质和后天的文化修养的影响，促成接受主体的人格结构与心理智能结构存在着差异性，并形成其审美趣味的不同，各有偏爱。在刘勰看来，这也意味着，审美接受是具有主观差异性的。即使是对同一作品的审美欣赏，不同的接受主体，或者是同一接受主体在不同的年龄与心境下，其审美观照中的心理美感状态也是不同的，也会表现出不同的审美兴趣与审美偏受，而“各照隅隙。鲜观衢路”（《序志》）。故他要说：“音实难知，知实难逢。”现代审美心理学指出，这种审美欣赏中的主观差异现象是由于接受主体的审美心理智能结构的认同与调节功能功能使然，不同的审美心理智能结构对作品的审美选择与最好的心理效应是极不相同的。这之中“有知而好者，有好而不知者，有不好而不知者，有不好而能知者”[①]，因此，其审美心理智能结构又是可以调节，可以通过生活知识的积累和审美经验的积累，不断调整原有的审美心理智能结构，以协调“好”与“知”的关系。这种审美心理智能结构构成中的认同与调节，也就是皮亚杰所谓的“双向建构”。审美接受活动中，接受主体的审美心理智能结构具有极为重要的作用。正如有人所指出的，如果把作品比作一张具有多层结构的网络，那么接受主体的审美心理智能结构同样也是一张自成其格局的网络。刘知几在《史通·鉴识》篇中说：“夫人识有通塞，神有晦明，毁誉以之不同，爱憎由其各异。……物有恒准，而鉴无定识，欲求诠核得中，其惟千载一遇乎？”“铨核得中”，刘勰称此为“照辞如镜”，指对作品的准确理解和入微感受。在他看来，由于接受主体“才有天资”，“识有通塞、神有晦明”，所以存在审美能力和知识结构的差异。如果缺乏应有的审美的素质，不具备审美的慧眼灵心，那么，在进行审美欣赏时，则难以达成“照辞如镜”“铨核得中”。可见，要成为作者的知音，在审美接受中“谈欢则字与笑并，论戚则声共泣偕”（《夸饰》），做一个高明的审美接受主体，则不仅要有纯正的审美欣赏动机，而且还必须要有较高水准的审美心理智能结构与高尚的审美情趣。

应该说，即如葛洪在《抱朴子·喻蔽》中所指出的：“音为知者珍，书为

---

① 欧阳修：《唐薛稷书》。

识者传。”文艺作品审美价值的最终实现，需要“知音君子”的“垂意”，有赖于接受主体的积极合作与审美的慧眼。审美接受活动的生成与深入，要求接受主体必须是“知音”“识者”，必须具有一定的审美欣赏能力。这里所谓的“知”与“识”，实际上就是指接受主体进入审美欣赏活动时的一种先在的、比较稳定的审美心理智能结构。对于不同的人，审美心理智能结构的构成是各有不同的，但是对于任何个人来说、审美心理智能结构一经形成，它便具有一种相对的稳定性。

生理结构是接受主体审美心理智能结构构成的基础。《知音》篇说：“故心之照理，譬目之照形；目瞭则形无不分，心敏则理无不达。”欣赏艺术作品的形式美，只需“目瞭”，即眼目明亮就行了；要进一步领悟艺术作品的意蕴美，“心之照理”，则需要“心敏”，即内心的聪慧。这里所说的“目瞭”“心敏”，就与先天禀赋的生理素质分不开。即如刘勰所说：“人之禀才。迟速异分。”“才有庸俊，气有刚柔。”葛洪说：“瞽者仰视而不见星。”（《知止》）对“无赏解之客，”即缺乏健全的审美生理结构的人来说，无论多么美妙的音乐与传神的绘画，也丝毫不能使其产生审美快感，“何异奏雅乐于木梗之侧，陈玄黄于土偶之前哉”①。

必须指出，在刘勰看来，审美心理智能结构之所以能形成的重要的、决定的因素，乃是审美实践。他在《知音》篇中论及此时，说：“凡操千曲而后晓声，观千剑而后识器。故圆照之象，务先博观。阅乔岳以形培塿，酌沧波以喻畎浍，无私于轻重，不偏于憎爱，然后能平理若衡，照辞如镜矣。”审美接受是一个逐步探寻文艺创作者的构思意图与为文之心，通过已定形的审美结构以深入领会文艺创作者的感受、思想和情感，追求“见时”“见貌”“见情”“见心”，以“欢然内怿”的流程。要达成此，接受主体必须“博观”“操千曲”“观千剑”，通过大量的审美实践，以建构起相应的“晓声”“识器”的审美心理智能结构，从而始能够“阅乔岳以形培塿，酌沧波以喻畎浍”，以深刻体会到作品的美的意蕴，进入妙境。否则，不但不能对作品产生兴趣，而且还会在接受中发生“以常情览巨异，以褊量测无涯”的现象，甚至会因审美判断失误而“毁之以恶”。即如葛洪《抱朴子·广譬》篇所指出

① 《抱朴子·外篇·重言》。

的："不睹琼琨之熠烁，则不觉瓦砾之可贱，不觌虎豹之或蔚，则不知犬羊之质漫。聆白雪之九成，然后悟巴人之极鄙。"只有善于从众多的作品中加以比较、鉴别，如刘勰说的："博览以精阅。"(《通变》) 以积累丰富的审美实践经验，不断丰富，扩充自己的审美心理智能结构，才能进入真正的审美欣赏，获得美的享受。

刘勰认为，审美趣味也是构成接受主体心理智能结构的重要因素。作为个体，接受主体的审美趣味是有差异的。早在刘勰之前，曹植在《与杨德祖书》中就曾指出："人各有好尚：兰茝荪蕙之芳，众人所好，而海畔有逐臭之夫。咸池六茎之发，众人所共乐。而墨翟有非之之论，岂可同哉！"每个人的个性修养、性情爱好、知识水平，以及生活环境是不同的，并从而形成"好尚"的不同，因此，在审美接受活动中总要表现出强烈的差异现象。

在刘勰看来，审美趣味往往因人的性格，气质与年龄的不同而显现出千差万别的现象。性格气质不同，对于艺术的敏感度和趋向度也就不同，从而形成不同的多样的审美爱好。《知音》篇说："知多偏好，人莫圆该。慷慨者逆声而击节，蕴藉者见密而高蹈，浮慧者观绮而跃心，爱奇者闻诡而惊听。"他认为，人的气质情性、好尚憎爱是各有所偏，不可能面面俱到的。性格慷慨的人喜爱击节激越、具有阳刚之美的作品；性格内向、涵养深厚的个则偏爱含蓄细腻、具有阴柔之美的作品；浮巧聪慧的人见到绮丽明快之作就欢欣；爱搜奇问怪的人听到怪诞诡异之说就惊叹。趣味多种，爱好各样，不一而足。现代心理学的研究表明；人的性格、气质，密切地相关着审美知觉的敏感性和情感特征，并且会在情绪的强度、稳定性、持久性，主导心境，以及感知、想象、翠维等心理因素中表现出来，从而影响人们的审美接受趣味。刘攽在《中山诗话》中曾引欧阳修所说的一段话来描述审美接受中的趣味差异："知圣俞诗者莫如某，然圣俞平生所自负者，皆某所不好；圣俞所卑下者，皆某所称赞。"欧阳修自认为是梅尧臣（圣俞）的知晋，但梅自己认为得意的诗作，欧却不喜爱，而梅不以为然的，欧却极赞其好。我们认为，欧梅审美欣赏中所表现的这种差异性，显然与他们各自的性格修养，以及由此所形成的审美趣味有关。需要指出，接受主体的审美趣味能够促成其某种欣赏趋向的形成，通过审美经验的丰富，使其形成对某些艺术的高明的审美接受能力，并成为某一作者的知音；但同时，这种审美趣味也会导致审美接受活动的狭隘性和排他性；如刘勰所说的，使接受丰体“私于轻重”“偏于憎爱”，对自己爱好的作品就赞不绝口，不合自己口味的则嗤之以鼻，从而妨碍审美接受视野的拓宽。故刘攽在转引欧阳修的话后感叹说：“知心赏音之难如是，其评古人之诗，得毋似之乎！”像欧阳修那样高明的接受主体，作为梅尧臣的知音，也不免出现一种偏嗜，那么，作为一般的接受主体就更应该不断调节自己的审美趣味，增加“识照”，使自己摆脱如刘勰所批评的“深废浅售”的“俗监之迷者”的局限，增强其审美探求心理，以建构新的审美心理智能结构，开拓审美接受的视野了。

刘勰认为，接受主体的审美趣味还与其年龄有关。他在《养气》篇中说：“凡童少者鉴浅而志盛，长艾者识坚而气衰，志盛者思锐以胜劳，气衰者虑密以伤神，斯实中人之常资，岁时之大较也。”年少者与年老者因其“志盛”与“气衰”的缘由，从而形成其审美接受的差异。年少者鉴识浅，志气旺盛，思路敏捷；年老者则因其审美经验积累丰富，能识深鉴奥，这样，当他们面对同一审美对象时，则会产生迥然不同的审美态度，各自从中获得的审美感受也不尽相同。刘勰的这一看法是极有见地的。年龄、气质的不同，在审美接受能力与趣味上必然会存在着差异现象。我们还可以以李白为例，同是一个月亮，在幼小的李白心灵中，明月是光明皎洁的象征，“小时不识月，呼作白玉盘。又疑瑶台镜，飞在青云端”①；在成年的李白眼中，明月既是理想的象征，“欲上青天揽明月”②，又是友谊的化身：“我寄愁心与明月，随君直到夜郎西”③；也可以看作是思念故乡的一办心香，“举头望明月，低头思故乡”④。年龄大了。随着阅历的丰富，月亮的审美意蕴也增多起来。又如辛弃疾《丑奴儿》词云：“少年不识愁滋味，爱上层楼；爱上层楼，为赋新词强说愁。而今识尽愁滋味，欲说还休；欲说还休，却道天凉好个秋。”少年时阅世不深，“不识愁滋味”，喜爱登楼“强说愁”；随着年龄的增长，对人世坎坷的体验日深，情感积淀益厚，人变得深沉起来，“识尽愁滋味”，看透了人情世故，从哲理意味极浓的沉思中超脱出来，“欲说还休”，反而与艺术增添了几多温

① 《古朗月行》。

② 《宣州谢朓楼饯别校书叔云》。

③ 《闻王昌龄左迁龙标遥有此寄》。

④ 《静夜思》。

厚、惆怅与凄凉。

在刘勰看来，接受主体的情感模式也影响着审美心理智能结构的构成。审美接受是情感的对流和宣泄，在审美欣赏中，需要接受主体“凭情以会通，负气以适变”（《通变》），以充分调动自己的情感因素，用全部情感去体验、品味，在情感上引起伺作品中所表现的情感接近或相同的心理感受，从而始可能在艺术情感的交流过程中获得美的享受。刘勰说：“夫缀文者情动而辞发，观文者披文以入情；沿波讨源，虽幽必显。”（《知音》）文艺创作者“情动而辞发”，即遵循情感表现、情感结构的原则，将情感灌注于极富审美意蕴的艺术形象中、使生活情感升华为审美情感；而接受主体则“披文以入情”，即通过阅读、欣赏，进入作品中的情感世界，以体味为作品璀璨的审美意境所激发的、特殊的、愉悦的情感，“沿波讨源”，从总体上、复合印象上与一种特殊愉悦中去把握作为审美对象的作品所含蕴的不确定性和确定性、近似值和精确值、偶然性和必然性、稳定性和变化性、固定性和随机性等意旨，从而与文艺创作者的心灵达成默契神交，使蕴藏于作品深层结构中的心曲与幽情，得到显现。同时，这也意味着，接受主体的情感模式与作为审美对象的作品中表现出的情感结构必须相互协调和契合。审美接受就是情感的触发和感兴，是作者以其一致之思，而不同的接受主体；却凭借自己的情感模式去进行领会，以得兴观群怨之感。

三

“见异”说是刘勰提出的有关审美接受心理效应与心理因素的一个命题。在刘勰看来，审美接受心理效应的实现必须正确地理解作家作品，体悟作者的创作心态、情感特点，领会文艺创作者“为文之用心”才能实现。他认为文艺创作者的思想、情感、性格、气质、学识、阅历，是各不相同的，同时，文体也有多种，“文术多门，各适所好”（《风骨》），由此而形成的文艺作品的风格也多彩多姿。这就需要接受主体凭借自己高妙的审美能力，去“深识鉴奥”，以发现文艺创作者及其作品的那种与众不同的特异“文心”，体会那种熔铸着作者灵魂的、如同马克思所说的有着更鲜明的“精神个体性”的印记。刘勰在《文心雕龙·知音》篇中指出：“昔屈平有言：‘文质疏内，众不知余之异采。’见异，唯知音耳。”这里就以屈原感叹无人发现自己诗作的与众不同的“异采”为例，认为要做文艺创作者的“知音”，进行真正的审美接受活动，必须善于见出渗透到作品的意象、结构诸方面的属文艺创作者个人的那种独创性和独特性。在他看来，审美接受不是消极被动地接受作品内容，而是对作品进行一种再创作，是“披文以入情”，“必得于心而会以意”，应当包括审美再创造中所渗入进去的接受主体的情感与独到见解。一般说来，贯穿整个审美接受活动的主要心理要素是感知、体味、感悟、领悟、把玩、想象与情感。对此，刘勰有很多的表述与描述。这里，先看刘勰有关“玩绎”而“见异”的思想：

审美接受“见异”活动中，最重要的步骤是对作品的体味观照。接受主体在具体的审美欣赏流程中，首先应了解文艺创作者的写作意图，把握其情感迸发的内在契机。他认为，审美接受是“披文入情”“觇文见心”。吕东莱在《诗说拾遗》中亦说：“诗者，人之性情而已，必先得诗人之心，然后玩之易入。”在刘勰看来，文艺作品是主体情感的艺术外化，是心灵深处迸发出来的美的浪花，“必以情志为神明，事义为骨髓，辞采为肌肤，宫商为声气”（《附会》），因而，接受主体对文艺作品作出正确的理解。就得透过作品的审美结构、领会其中所注入的生命意旨和情趣，体会其审美意蕴，以“觇文见心”，“先得诗人之心”。在此基础上，始可能进一步发现作品的“异采”，揭示出属于文艺创作者个人的独创性和独特性风貌，领会到熔铸在作品意境中的文艺创作者独特的、新颖的个性化情感。

在如何接受“古人之精英”，以见心、见异的问题上，刘勰是主张“味”的。老子曾提出“味无味”的命题。所谓“味无味”的“无味”，是指那种“无言”“希声”“无形”的“大美”“大音”“大象”所呈现出来的、能引起人们深永的心灵感受的最高的美。现代心理学表明，味觉比之视听觉是最迟钝的，因为它是化学分析流程。由此可以推知：从受刺激时间的维持来说，味觉是最长的。同时，现代心理学还告诉我们，味觉是一种复合感觉，它不仅包括酸，咸、甜、苦四种感觉，而且联系着嗅觉、温度觉和对于食物质地的触觉。中国古代审美心理学思想借“味”来表达审美欣赏中的体会、领会那种象外之象、味外之旨，把玩、体悟那种具有含蓄、复义和富于联想等艺术境域的生命意旨的心理活动，可以说是一大发明。刘勰是主张审美创作应表现那种“与天地并生”之美的。由此，他认为艺术作品构筑的审美意境应当含蓄、有“余味”。他在《隐秀》篇中曾提出“余味曲包”的命题，并指出：“隐也者，文外之重旨也；秀也者，篇中之独拔者也。”张戒《岁寒堂诗话》引《文心雕龙·隐秀》云：“情在词外曰隐，状溢目前曰秀。”刘永济《文心雕龙校释·隐秀》篇“释义”云：“《隐秀》之义，张戒《岁寒堂诗话》所引二语，最为明晰。……与梅圣俞所谓‘含不尽之意见于言外、状难写之景如在目前’，语意相合。”可见，刘勰所强调的“余味”“文外之旨”“词外之情”，就是指文艺作品中所熔铸之意境，及其所具有的强烈的艺术感染力。刘勰认为，文艺创作者在构造审美意境时，应该做到“物色尽而情有余”(《物色》)。在审美构思中，文艺创作者应使万千景象，了然于心，应悉心追求、捕捉与选取自然景物中最富神韵的刹那，与放射异彩的点面，而意象熔铸与审美域构筑中则应融入创作者从审美体验中所感悟到的人生真谛。这样熔炼、铸就、冶炼而成的艺术意境，必然是“味飘飘而轻举，情烨烨而更新”，具有耐人寻味的艺术魅力。并且，在刘勰看来，由于文艺创作者的审美理想和审美情趣不同，在审美构思中，总是“各师成心”(《体性》)，有着自己独特的感受，所以，经过此所构筑出的艺术境域总是渗透着不同于他人的文艺创作者的独特情感和独特感受。这种倾注了文艺创作者激情的、情景交融的艺术境域，必然能引起接受主体的浮想联翩、情思激荡，所谓“物色尽而情有余”，就是文艺创作者要给接受主体留下广阔的联想空间，留下充分的思考和回味的余地，让接受主体从作品的意境中，体味到无穷的文外之旨，获得强烈的审美享受。在刘勰看来，“物色尽”与“情有余”是密切联系而不可分割的两个方面，要做到“情在词外”，首先必须做到情在景中，创作必须塑造出真实的“情貌无遗”的艺术形象，开拓出情景渗透的、富有文艺创作者独特个性的艺术境域。同时，刘勰也主张接受主体对作品的欣赏，要精心体察，反复玩味，要“玩之无穷”“味之不尽”。

刘勰所主张的审美接受活动中的披文入情与体味可以分为四个环节。

一要虚静其心。披文与体味之前，接受主体必须保持特定的审美心境。审美鉴赏与体味的目的，是要在主客共参的游目骋怀的观赏中，以鉴别、品味作品的意蕴，饱餐秀色，作美的领略，美的享受，因此，必须排除内心的一切杂念，使纷繁复杂之心定于一，烦躁意乱之意归于静，以促使注意力高度集中。刘勰在论述进入审美创造前应构筑的审美心境时，说：“是以四序纷回，而入兴贵闲。”（《物色》）又说：“陶钧文思，贵在虚静，疏瀹五藏，澡雪精神。”（《神思》）应该说，“入兴贵闲”“贵在虚静”也可以说是对开展审美鉴赏活动与接受活动的要求。审美活动是俗的、无功利目的，应摆脱衣食住行等种种烦恼和焦虑。如果在审美活动中掺入某种世俗杂念，则势必影响审美心境的形成，进而影响审美活动的开展。宋代画论家刘道醇就指出：“观画”，“要当澄神静虑，纵目观之”。他还指出傅文用“每见禽鸟飞立，必须凝神详观，都忘他好，遂精于画”。所谓“澄神静虑”“凝神详观”，就是指审美活动中，主体在鉴赏与领悟艺术作品的深层生命意蕴时的一种静态的心理定势。总之，虚静的心理状态促使接受主体一门心思地指向一定的审美对象，以集中精力去对作品所表现的人生精义进行“参悟”。关于这种特定的审美心态，金圣叹在《西厢·读法》、沈德潜在《唐诗别裁·凡例中》中都有类似的看法，这里就不再一一陈述了。

二是详味其言。即通过对作品的语言、韵律、节奏、形态等外部结构的咀嚼，以知觉表象的心理形态，获得某种直接性的审美感受。刘勰认为，一部成功的作品，其审美意蕴往往并非浅尝即得，而是要接受主体超脱窠臼，细致地去体味深层结构中的意蕴。他在《序志》篇中指出，要“咀嚼文义”，才能“深极骨髓”。杨载说：“观汉魏古诗，蔼然有感动人处。如《古诗十九首》，皆当熟读玩味，自见其趣。”[①]魏泰也说：“咀之而味愈长。”[②]他们都指出审美接受只有“熟读玩味”，细细咀嚼，才可能体味到作品的真味。可见，审美接受的披文入情与玩味体悟步骤，是一个逐步探寻文艺创作者的为文之心，抽丝剥笋，以“见异”“知音”的流程。故刘勰主张审美接受应通过“披文”“熟读”“精阅”。《通变》篇说：“是以规略文统，宜宏大体。先博览以精阅，总纲纪而摄契；然后拓衢路，置关键，长辔远驭，从容按节。凭情以会通，负气以适变；采如宛虹之奋鬐，光若长离之振翼，乃颖脱之文矣。”刘勰认为，和审美创作相同，审美接受活动中，主体也应该抓住艺术作品的大体，既要广泛浏览，也要精细阅读，以体贴入微地欣赏，领会到作品深层结

① 《诗法家数》。

② 《临汉隐居诗话》。

构中的审美情感和意蕴。中国传统文艺审美，在很大程度上都表现为驾驭语言的技巧，文艺作品的创作要“附辞会义”，由辞而明义，辞和义是不能分开的，只有通过反复熟读、“精阅”，才能领会其中细微的妙处。中国古代汉字是形音义统一的表语文字，内在的积淀着先前表现过的形象和情感，因而，其表达功能丰富，极具心理空间的玩味意蕴。闻一多在《诗在格律》一文中就曾指出：“在我们中国文学里，尤其不当忽略视觉一层，因为我们的文字是象形的，我们中国人鉴赏文艺的时候，至少有一半印象是要靠眼睛来传达的。”他着重强调指出的是审美接受中对负载文艺创作者意旨的语言符号“含英咀华”的重要性。

刘勰还指出，在对作品的外部结构进行玩味咀嚼时，除应咬准字词的含义，避免望文生义之外，还必须对作品的篇、章、字、句作整体的观照和把握。《章句》篇说：“夫人之立言，因字而生句，积句而成章，积章而成篇。篇之彪炳，章无疵也；章之明靡，句无玷也；句之清英，字不妄也。振本而末从，知一而万毕矣。”欧阳修说：“修在三峡赋诗云：‘春风疑不到天涯，二月山城未见花。’若无下句，则上句不见佳处，并读之，便觉精神顿出。文章难评如此，要当着意详味之耳。”[①] 只有对作品进入整体观照，如刘勰所指出的，通过“博观”而“宏大体”，经过精心体察，反复玩味，咀嚼熟读，才能由表及里，由浅入深地捕捉，领悟和把握作品的审美特征，揭示其更深的审美意蕴。

三要玩味其意。即要求深入文艺作品的内部结构，以体会，品味其深沉的精神意旨。刘勰在《知音》篇中说：“夫唯深识鉴奥，必欢然内怿”，只有能够领略到作品的精微奥秘的人，才能在审美接受中得到审美愉悦与快感。而要获得这种审美享受，除了“深识鉴奥”，必须具备一定的审美能力外，还必须“玩绎”，仔细体会玩味其意蕴。欧阳修评价梅尧臣诗作，亦说：“近诗尤古硬，咀嚼苦难嘬，又如食橄榄，真味久愈在。”[②] 审美接受不能停留在作品的外部结构，而要深入体会、咀嚼，不但要览其“华”，而目要食其“实”，即如刘勰在《诸子》篇中所说：“鉴华而食实，弃邪而采正。”只有深味，才能把握其“真珠”。

---

① 见胡仔《苕溪渔隐丛话》前集卷三十。

② 欧阳修：《六一诗话》。

之所以深入体会才能生成审美接受效应，其要领是由文艺创作者在作品中所给予的审美信息量所决定的。如前所说，刘勰是主张文艺作品应具有“重旨”“复意”的含蓄之美的，他认为优秀的审美作品不但要把自然物象与生活情景描绘得历历如在目前，而且还要含蓄有味，要有“韵外之致”和“味外之旨”，要“情在词外”，“义在象外”，以引起接受主体的联想和充实、提升。故而，他要求杰出隽永之作必须要有“言外之重旨”“文外曲致”与“物色尽情有余”（《物色》）。刘永济《文心雕龙校释·隐秀》篇说得好：“然言外之意，必由意得，目前之景，乃凭情显；言失其当，则意浮漂而不定，情长其用，则景虚设而无功。言当者，作者之情怀虽未尽宣，而读者之心思已足领会，……于是言外之旨遂为文字所不能阙，赏会之士，亦以得幽旨为可乐，故意逆之功，以求志为极则也。……文家言外之旨，往往即在文中警策处，读者逆志，亦即从此处而入。”审美接受应超越有限的具象描写，以揭示其内在结构中蕴藉着的神秘深奥的宇宙生命意旨和人生真谛，要通过玩味，“以得其幽旨”、领会、充实、提升文艺创作者“未尽宣”之“情怀”。中国美学所推崇的传统文艺创作历来就不注重纯客观地、机械地描摹自然物象，而是追求对人生与宇宙自然生命意蕴的表现，讲求情与景、意与象的有机统一，追求神似。只有达成神似，有不尽之意见于言外的作品才能称之为隽永杰出之作。而杰出隽永之作的这种审美特征自然规定着审美接受不能为作品的外部结构限制，而应超越外部结构、超越感性又不脱离外部结构与感性，“披文以入情”，透过作品的外在形式，深入到艺术生命的核心，合其生命节奏与韵律，去“咀嚼其味”，领会其包蕴的深层生命意味，体味其深远的情趣和意旨。

四要悟其余味。这是审美体味心理活动所达成的最高境域，是在间接的心灵感受中追求蕴藉的深永。所谓“余味”，是指那种弥漫于作品审美结构之外的“言外之旨”与“词外之情”。它包括审美欣赏结束后，那种留存在接受主体心中的回味，因而其内涵既有感知表象，又有记忆表象。刘勰是主张文艺作品应有“余味”的，他在《隐秀》篇中说：“夫隐之为体，义主文外，秘响傍通，伏采潜发，譬爻象之变互体，川渎之韫珠玉也。故互体变爻，而化成四象；珠玉潜水，而澜表方圆，始正而末奇，内明而外润，使玩之者无穷，味之者无厌矣。”就指出“隐”的审美特征，是审美意旨产生在文辞之外，含蓄蕴藉的意蕴能够使人触类旁通，联想不尽，潜藏中的艺术魅力在无影无形中生发。陆时雍《诗镜总论》亦说:“少陵七言律，蕴藉最深，有余地，有余情，情中有景，景外含情，一咏三叹，味之不尽。”所以成功的艺术作品，如刘勰所说，往往“境玄思澹”“词怨旨深”“义主文外”，总是要在艺术符号之外，给人一种“余味”“余意”“余情”，如水中蜜，无痕有味，性质虽存而形体隐匿。而审美接受要逼近这个核心，需要接受主体以自己的心灵去对艺术心灵的这种最诱人处，去“玩绎”、领悟那种无言的生命乐趣，以获得一种难以用语言来表达的微妙的心理感受。《文心雕龙》审美心理学所提出的“余味”说，在中国古代文艺美学和审美心理学思想史上，是占有重要位置的，并且对后代的审美接受思想发生过重要影响。

总之，审美接受中深识鉴奥、见异知音的体味步骤是一个呈纵向的逐步深化流程。文艺创作者“情动而辞发”，即遵循情感表现、情感结构原则，将情感灌注于极富审美意蕴的艺术形象中，使生活情感深化为审美情感；而接受主体则是“披文以入情”，即通过阅读，以进入作品中的情感世界，沉浸于一种深沉的历史感受与现实感受中，以体味为作品奇妙境域所激起的兴奋、愉悦的感情;“沿波讨源”，从总体上、在愉悦中把握审美对象——作品所含蕴的、具有文艺创作者独特个性的不确定性和确定性、近似值和精确值、偶然性和必然性、稳定性和变化性、固定性和随机性等审美特性，从而与文艺创作者心灵达成默契神交，使蕴藏于作品深层结构中的心曲与幽情，得以显现。这之中，从“披文”“沿波”到“入情”“讨源”再到“显幽”“见心”就是一个体味、接受流程。宋代画论家郭若虚的《图画见闻志》和画论家董逌的《广川画跋·阎立本渭桥图》都曾记载唐代画家阎立本欣赏著名画家张僧繇和绘画那种由浅入深，反复咀嚼，从而把握其审美意蕴，获得心灵感情的故事:“立本世以画显。当在荆州时，得张僧繇画，初犹未解，曰:‘定虚得名耳。’明日又往，曰:‘犹是近代妙手。’明日又往，曰:‘名下定无虚士。’十日不能去，寝卧其下对之。”阎氏对张僧繇绘画的欣赏，经历了由浅入深的变化，为张氏高妙的绘画艺术深深吸引，把玩不去，可以看作是刘勰由“玩绎”而“见异”接受美学思想的生动说明。优秀的作品只有通过反复咀嚼、玩味，才能使审美接受逐渐深入，最终达成一种心领神解，赏心悦神的“见异”境域。

附录一　我国四十年来审美心理学研究概观

王元化说："文学创作过程是作家的心理活动过程，如果不揭示创作过程中的心理活动，就永远无法揭示文学创作的秘密，从而就会导有害于创作的种种机械论继续在文艺领域内驰骋。"[①] 这简明的道理，对于美学研究也同样适用。可以说，正是从这一观念出发，用心理学的理论、方法来研究人们在美的欣赏与美的创造中的心理活动规律，审视包括审美经验在内的，有关审美个体的审美心理智能结构、审美能力，以及在审美体验的基础上形成的审美情趣、审美观念、审美理想等方面的内容，使美学研究不断地向人们的内心世界深入，是当代美学研究发展的必然趋向，也是美学研究在新的历史条件下蓬勃发展的主潮流。事实上也正如皮朝纲在其《审美心理学导引·引言》中所指出的："近几年来，随着美学研究的深入发展，审美心理学也越来越受到美学界和文艺界的广泛注意。"[②] 应该说，随着人们的研究视野与研究领域的拓展，美学理论正在大步地向心理研究转移。至今，据粗略统计，审美心理学[③] 与文艺心理学研究的专著已出版30多部，论文发表700多篇。其数量质量，研究的深度与广度，无不有了巨大的发展。如果前几年还有人认为我国审美心理学与文艺心理学的研究比较薄弱的话，那么，我们现在可以说一句毫不过分的话：那已经成为历史。同时，这也表明我国审美心理学研究的

---

① 见鲁枢元《文艺心理阐释·序》，上海文艺出版社1989年版。

② 皮朝纲，钟仕伦:《审美心理学导引》，成都电讯工程学院出版社1988年版。

③ 有学者认为，审美心理学也就是文艺心理学或艺术心理学。我们认为，广义的审美心理学是一门研究人们在美的创造与美的欣赏中的心理活动规律的科学，其内涵大于文艺心理学，外延则小于文艺心理学。

发展有个历史过程。根据这一事实，为了概述方便，我们将这一发展史大体上分为审美心理学研究的潜伏停滞、复苏发展和繁荣兴盛等三个时期。每个时期都有其自身的特点，再现出不同的历史层面，同时又总的构成我国审美心理学研究的整体面貌。这里只是述其梗概，以观其大要。

一

由于特定历史条件的限制，我国审美心理学与文艺心理学的研究发端较晚，并且，在起步后的很长时期都一直处于停滞状态。新中国成立前，只有朱光潜出版过一本《文艺心理学》(1936)[①](在此之前，朱光潜在法留学期间还用英文写作出版了《悲剧心理学》一书，但直到1983年才由北大张隆溪翻译成中文出版[②]。在这部书中，朱光潜把文艺的审美创作和欣赏当作心理的事实来加以研究，从“形相的直觉”“心理的距离”“移情作用”“内模仿”等不同层面，对文艺审美现象的核心——“审美经验”，进行了比较详尽的考察，从事实中归纳出一些可适用于文艺审美创作的理论。书中引用了许多西方美学大家，如谷鲁斯、李普斯、浮龙·李等人的学说，“补苴罅漏，张皇幽渺”，以比较各家学说之同异短长。这本书是“从心理学观点研究出来的美学”，其研究对象是文艺审美创作与欣赏，其观点、方法大致是心理学的，故定名为《文艺心理学》。朱自清在该书《序言》中说:“读此书如入宝山，你绝不会空手回去的。”充分肯定这本书的价值。总的说来，朱光潜的这部著作取得的成就较高，影响也较大，理所当然的应是我国审美心理学研究的基石。这之外，鲁迅与丰子恺还先后翻译出版过日本学者厨川白村的《苦闷的象征》[③]一书，该书涉及的文艺心理学内容对我国审美心理学研究也有一定影响。

但是，新中国成立以后的一段较长时期，由朱光潜等人开创的审美心理学研究却未能得到及时发展。由于众所周知的原因，新中国成立初期我国在文艺审美创作和欣赏方面的理论建设基本上屏弃了心理学的研究。在美学界，尽管对美感，即审美感觉和审美情感等方面的问题展开过讨论，但大多数人都

① 《文艺心理学》，开明书店1936年版，见《朱光潜美学文集》第1卷。

② 《悲剧心理学》，人民文学出版社1983年版。

③ 《苦闷的象征》，见《鲁迅全集》第13卷，人民文艺审美出版社1973年版。

是从认识论入手来探讨美感本质和特征的，因此，从1949年到1965年的15年间，可以说是审美心理学研究的停滞潜伏期。当然，这中间对审美心理学的研究也并不是绝对空白，事实上也有一些对美感进行考察的论文可以归属于审美心理学研究的范围。例如朱光潜的《关于美感问题》[①]、李泽厚的《论美感、美和艺术》[②]、施昌东的《论审美过程中的移情作用》[③]、钱锺书的《通感》[④]等论文，就采用了心理学的观点来研究审美活动所产生的经验和心理活动的规律。

朱光潜的《关于美感问题》是对当时批评他的《谈美》和《文艺心理学》两本著作的答辩。文中指出这两本著作的美学看法"大体上是欧洲从希腊以来的一个传统的而且相当普遍的看法"。强调指出，所谓美感，"从康德以来多数哲学家和心理学家们所得的答案是：美感经验中的心理活动是直觉（直觉是先于思考的活动），……说得简单一点，美感是聚精会神去观照一个对象时的感觉。"重申其《文艺心理学》将"直觉"本身看作美感的起点的观点。这之后，1956年始，我国文艺界、学术界和美学界曾开展过一场美学大讨论，参加讨论的近百人，发表论文300多篇，朱光潜处于被批判的地位。1962年他曾写《美感问题》（文章发表于1982年），其目的之一"是对批判讨论中所引起的一些基本问题我个人作一次小结"。文中认为对美感的研究应从审美能力和审美感情等两个方面着手。这也是他历来所主张并实行的以审美经验的心理描述为活的血肉，从而使哲学美学落实到具体审美心理现象的层次，以减少其形而上的抽象性的空疏性，也使心理学研究在理论上有所归依的观点与方法的具体体现。他说：有没有审美能力或是一种决定人爱好什么和不爱好什么的是否总是心理智能结构或心理倾向？假若有，它是怎样形成的？它包括哪些组成部分？对审美感情，他提问说：审美的快感与一般感官的快感，有何区别？审美的快感在不同场合本身还有什么区别？等等。给他自己，也给我们留下了许多有待探究和解决的问题。总之，在当年的美学大讨论中，对朱光潜的《文艺心理学》曾有过种种误解和曲解，把它作为唯心主义美感经验研究代表而简单否定。在审美心理学研究取得较大发展的今天，回顾这段历史，平心而论，朱光潜在我国审美心理学与文艺心理学研究发展

① 《关于美感问题》，载《文艺报》第1卷8期。

② 《论美感、美和艺术》，载《哲学研究》1956年5期。

③ 《论审美过程中移情作用》，载《江海学刊》1963年1期。

④ 《通感》，载《文学评论》1962年1期。

史上当之无愧的是一个窃火者，“一个探索者的形象，一个为美学的真理而辛勤献身的形象”。他对我国审美心理学研究所作出的贡献是不能磨灭的。

在当时那种历史氛围中，李泽厚的《论美感、美和艺术》也主要采用的哲学的思辨的方法，但也论述了一些涉及心理学研究的理论。文中指出：“美感的矛盾二重性，简单说来，就是美感的个人心理的主观直觉性和社会生活的客观功利性质，即主观直觉性和客观功利性。”正是受这种二重性的作用，故美感具有四个内涵：直觉性和逻辑性，功利性与非功利性。李泽厚认为，审美直觉是比一般直觉“远为高级复杂的东西。它不是简单的生理学或心理学上的概念，而是人类文化发展历史和个人文化修养的精神标志”。他学习青年马克思，《巴黎手稿》“五官感觉的形成是以往全部世界历史的产物”的思想，在此基础上，提出：“人类的审美感是世界历史的成果，是人类文化和精神面貌的标志。”这显然是他后来提出的“积淀”说的最初萌芽。关于审美移情，他认为这“是心理学所承认的一种合乎科学规律的人类心理现象，这就是人们不自觉地把自己的情感、意志、思想赋予外物，结果好象外物也真正具有这种情感、意志、思想似的”。移情作用“不是一种简单的主观直觉的外射，不是什么神秘的‘物我同一，‘天人合一’，它具有极为复杂细致须要深入研究的社会功利内容”。后来，李泽厚在《论美感、美和艺术》一文的“补记”中说：“由于客观条件的限制，本文论证非常粗陋简单，美感也未谈其构成诸因素（知觉、想象、理解），艺术部分更为简单化。”当然，他在此后的《试论形象思维》（1959）[①]一文中曾着重探讨了审美活动中的情感和理解等心理因素；在《审美意识与创作方法》（1963）[②]一文中又讲述到审美意识与审美感受，认为“审美意识是人们反映现实认识现实的一种方式”，“审美感受是知觉（或表象）、想象、情感、思维（理解）几种心理功能的复杂的动力结合”。显然，他已经论及美感的几种心理要素，但是却没有充分展开。

此外，在数千年的悠久文化历史中，我国虽然没有建立审美心理学这门学科，但却存在着丰富的审美心理学思想。我国另一美学大师宗白华在新中国成立前写的若干论文，如《中国艺术的精神》《中国艺术意境之诞生》《论

① 李泽原：《试论形象思维》[J]，《文学评论》1959年2期。

② 李泽原：《审美意识与创作方法》[J]，《学术研究》1963年6期。

〈世说新语〉和晋人的美》《中国诗画中所表现的空间意识》[①] 等，其中就已经涉及中国古代审美心理学思想，如他认为“于静观寂照中，求返于自己深心的心灵节奏，以体合宇宙内部的生命节奏”是中国人审美意识的核心内容，就揭示出中国的一种审美心态。新中国成立后，钱锺书的《通感》[②]（1962）则是采用比较研究方法，运用西方审美心理学理论对我国古代文艺审美创作中的通感现象进行研究的一篇论文。这对后来的中国古代审美心理学研究的开展，有一定的启发作用。

但是，总的说来，这段时期对于审美心理学与文艺心理学的研究还是相当薄弱的，有关审美心理学研究的专著一本也没有，故我们认为这是审美心理学研究的潜伏停滞期。

“文革”十年，如蒋孔阳所指出的：“林彪、‘四人帮’为了篡党夺权，大搞现代迷信。他们疯狂地推行文化专制主义，摧残整个社会主义的文化。热气腾腾的美学讨论也被他们半途窒息的。十年来，我们再看不到美学文章。”[③] 这样，本来就十分羸弱的审美心理学研究当然就更是无人敢问津了。

二

1978年至1985年的7年，可以看作审美心理学研究的复苏发展期。这段时期，美学界首先展开了马克思青年的《巴黎手稿》美学思想的大讨论，通过讨论，使美学研究者提高了思想认识水平和理解分析能力，并且对美感实质和审美能力等有关审美心理学方面的重大问题也有了比较深入的探讨；在此同时，还进行了科学美的讨论与技术美学的引进，随之而来的是对传统观念束缚的突破与国外审美心理学理论的进一步介绍，从而促使国内美学研究向心理学美学转移，推进了审美心理学与文化心理学研究的发展。这种发展主要表现在三个方面：一是有大量的论文和著作发表与出版。这段时期出版的著作有金开诚的《文艺心理学论稿》[④]（1982）、庄志民的《审美心理奥

---

① 宗白华《美学散步》[M]，上海：上海人民出版社1981年版；《艺境》[M]，北京：北京大学出版社1987年版。

② 钱锺书：《通感》[J]，《文学评论》1962年第1期。

③ 蒋孔阳语，见《复旦学报》1979年5期。

④《文艺心理学论稿》，北京大学出版社1982年版。

秘》[①]（1983）、鲁枢元的《创作心理研究》[②]（1985）、滕守尧的《审美心理描述》[③]（1985）、彭立勋的《美感心理研究》[④]（1985）、陆一帆的《艺术心理学》[⑤]（1985）和郭振华的《文艺心理学探新》[⑥]（1985）等。涉及我国古代审美心理学思想的则有王元化的《文心雕龙创作论》[⑦]（1979）、张少康的《中国古代文学创作论》[⑧]（1983）和皮朝纲的《中国古典美学探索》[⑨]（1985）。此外，还发表有400多篇论文。二是审美心理学研究的内容广泛。这段时期思想比较活跃，审美心理学讨论的问题较铺开得比较宽，提到的如审美心理智能结构、审美知觉、审美想象、审美情感、审美理解、审美探求、审美距离、审美移情、审美趣味等属于审美心理要素与形态的多方面的内容。同时，有关我国传统审美心理学理想，以及东西方再现美学与表现美学的差异比较等等，都有所论及。三是观念与方法的更新。审美心理学的发展与现代心理学的渗透分不开，某些现代心理学理论被批判地引用来阐释审美创作和欣赏活动中的心理活动规律，从而形成不同的审美心理学流派。其中较有影响的如分析心理学派（荣格心理学）、格式塔心理学派和马斯洛的人本心理学派。这些学派理论成果的大胆引进，使这段时期的后期形成一种新方法新观念研究热渐。1982年曾永成在《四川师院学报》（第4期）发表《运用系统原理进行审美研究试探》一文，对采用系统方法研究审美心理学具有推进意义。黄海澄在《文艺理论研究》（1985年第4期）。发表的《控制论的美感论》，则把控制论引入审美心理研究。凡此种种，都表明这一时期的审美心理学研究在以心理分析为中心向多方面发展。

此时期比较重要的论文，如蒋孔阳的《美与无意识》[⑩]、滕守尧的《无意

---

① 《审美心理学奥秘》，上海人民出版社1983年版。

② 《创作心理研究》，黄河文艺出版社1985年版。

③ 《审美心理描述》，中国社会科学出版社1985年版。

④ 《美感心理研究》，湖南人民出版社1985年版。

⑤ 《文艺心理学》，江苏人民出版社1985年版。

⑥ 《文艺心理学探新》，内蒙古人民出版社1985年版。

⑦ 《文心雕龙创作论》，上海古籍出版社1979年版。

⑧ 《中国古代文学创作论》，北京大学出版社1983年版。

⑨ 《中国古典美学探索》，《四川师范大学学报丛刊》第二辑。

⑩ 《美与无意识》，《美育》1984年2、3期。

识与艺术》[①]等是采用分析心理学与无意识的理论以描述审美心理现象的；张隆溪的《诗无达诂》[②]与《仁者见仁，智者见智——关于阐述学与接受美学》[③]则是从介绍接受美学来研究审美欣赏心理活动的；朱立元、张玉能的《浅谈共同美的生理心理基础》[④]、钱荫愉的《审美意识上的性别差异》[⑤]、任范松的《美感心理的民族特征》[⑥]、郜润科的《试论审美注意》[⑦]等论文，都涉及审美心理智能结构；吴调公的《古代文论研究要兼顾社会思潮史和心灵史》[⑧]与张文勋的《我国古代文论中的审美心理智能结构》[⑨]，是就传统审美心理学思想中有关审美主体的审美心理智能结构建构而发；皮朝纲的《论"悟"——中国古典美学札记》[⑩]则是就传统审美方式而论。它如王元化70年代后期写《文心雕龙创作论》的附录时，就曾从心理学角度探讨了创作行为的自觉性和不自觉性，论文发表在复刊不久的《上海文学》上，引起过热烈讨论。此外，如周谷城的《再论"无差别的境域"》[⑪]、金开诚的《艺术通感的心理内容》[⑫]、周来祥的《审美情感与艺术本质》[⑬]、钱学森的《关于形象思维的一封信》[⑭]、王世德的《美感是多种心理功能综合运动过程》[⑮]、孙绍振的《论诗的想象》[⑯]、王一川的《中国书法的审美心理根源》[⑰]，等等，都从不同层面、不同角度，参加了审美心理学的讨论，开辟了新的研究领域。

下面我们对几部较有影响的著作作一些扫描似的概述。

---

① 《无意识与艺术》，《美学》6期。
② 《诗无达诂》，《文艺研究》，1985年4期。
③ 《仁者见仁，智者见智》，《读书》1984年3期。
④ 《浅谈共同美的生理心理基础》，《复旦学报》1981年2期。
⑤ 《审美意识上的性别差异》，《文艺研究》1985年3期。
⑥ 《美感心理的民族特征》，《文艺研究》1985年3期。
⑦ 《试论审美注意》，《山西师大学报》1985年2期。
⑧ 《古代文论研究要兼顾社会思潮史和心灵史》，《文艺报》1984年11期。
⑨ 《我国古代文论中的审美心理智能结构》，《文学评论》1985年3期。
⑩ 《论"悟"——中国古典美学札记》，《美学新潮》1期。
⑪ 《再论"无差别境域"》，《复旦学报》1979年4期。
⑫ 《艺术通感的心理内容》，《社会科学》1980年6期。
⑬ 《审美情感与艺术本质》，《文史哲》1981年3期。
⑭ 《关于形象思维的一封信》，《中国社会科学》1980年2期。
⑮ 《美感是多种心理功能综合运动过程》，《北京师院学报》1985年4期。
⑯ 《论诗的想象》，《文学评论》1983年1期。
⑰ 《中国书法的审美心理根源》，《书法研究》1983年4期。

金开诚的《文艺心理学论稿》是新中国成立后出版的第一部审美心理学与文艺心理学研究的专著。这本书主要阐述文艺审美中的自觉表象运动、抽象思维与自觉表象运动的关系和文艺审美创作中的情感活动等三个问题；以此为主干，该书还论及“职业敏感”“艺术通感”等方面的内容。作者从认知心理学引进“表象说”，认为文艺创作的心理活动不同于一般的创造活动，“特点就在于文艺创作中的‘自觉表象活动’占有突出的地位，它在自觉性、深广性和普遍性上都远远超过了其他创造活动所可能出现的表象活动”。同时文艺创作中的“自觉表象运动”又决非孤立的心理活动，“它是始终和抽象思维、情感活动融铸在一起的”。在当时那种特殊的历史条件下，这本书的出版，其本身就表现出一种开拓和进步。当然，正如人们所指出的，由于作者很依重曹日昌心理学的理论，过于强调自觉性，认为情感必须服从理性的支配与制约，轻视文艺侧作中的情感作用，并且缺乏对文艺创作者“潜意识”“意识流”等深层心理因素的研究，从而给本书带来一些局限。

这一时期的另一部较为重要的著作是彭立勋的《美感心理研究》。该书属蔡仪主编的《美学丛书》之一种，主要论述美的欣赏和美的创造中的美感经验，研究美感心理活动的特殊规律。如美感的性质和特点，美感中的各种心理因素的作用和特殊性，美感心理的不同形态，美感的差异性和共同性，鉴赏和创作中美感心理的比较等等。作者认为:“美感是由客观对象的美所引起的，并且密切地联系着艺术的创作和欣赏，所以，要揭示美感的心理活动的特殊规律，仅仅依靠心理学是不行的，还需要根据美学并参照文艺学。同时，美感用为一种社会意识现象，是由人们的社会存在所决定的。因此对于美感还必须作社会的、历史的分析。”在此基础上，作者在《后记》中着重表明，自己努力的目标，是试图以辩证唯物主义和历史唯物主义作指导，紧密结合审美和艺术创作的实际，从美学、心理学、认识论、文艺学、社会学等角度，对美感心理智能结构和功能进行多层次的分析，以阐明美感的整体特性，揭示，美的欣赏和创作中美感心理活动的规律。

有关我国传统审美心理学思想研究的著作，如王元化的《文心雕龙创作论》。据书后记，该书初稿完成于1966年初，延至1979年出版时，只增写《释〈体性篇〉才性说》一章和近10篇附录。此外，作者为了“保持原来的面目”，文字上也很少改动。因此，实际上该书的许多重要观点，都是早在

60年代就提出来了。作者以“根底无易其固，而裁断必出于已”的严肃态度来研究《文心雕龙》，从《文心雕龙》中“选出那些至今尚有现实意义的有关艺术规律和艺术方法方面的问题来加以剖析”，提出了许多论证严实，阐发准确的独到见解。对我国古代传统审美，心理学思想研究的开展具有首倡意义并有较大影响。张少康的《中国古代文学创作论》是一本试图“全面地系统地探讨我国古代文艺理论的体系和特点”的著作。该书对我国古代文艺理论中的有关艺术构思、艺术形象、创作方法、艺术表现的辩证法、艺术风格等方面的理论思想进行了宏观性的探讨，其中有关艺术构思的阐述揭示我国古代审美心理学思想提出了可贵的经验。皮朝纲的《中国古典美学探索》是作者自己几年间所发表的一系列研究中国古典美学思想的论文集子。其中《“味”——具有我国民族特色的审美范畴》《中国古典美学关于审美体验的探讨》《论“悟”——中国古典美学札记》《“意象”与审美》等都涉及大量的中国古代审美心理学思想内容，对中国古代审美心理学思想中有关审美主体的审美活动的民族意蕴有深入揭示，接触到民族审美心理学思想的深层内核，为我国古代审美心理学思想研究开阔了视野。

此外。本时期值得注意的还有钱锺书发表的《诗可以怨》①，以及李泽厚《美的历程》②中从探讨民族文化心理智能结构中，所提出的民族审美心理智能结构的“历史积淀说”等，都是这一时期的重要成果，对中国古代审美心理学思想的研究很有意义。

总的看来，本时期的审美心理学与文艺心理学研究虽然有了较为全面的发展，突出了审美心理学研究在美学研究中的地位，但更深入、广泛的研究还有待更进一步的开展。

三

1985年至1989年是我国审美心理学与文艺心理学研究的兴盛繁荣期。这段时期论著多，其数量上大大超过以往任何时期。和上一个时期相比，有几个最突出的变化：一是随着审美方法研究的扩展和关于方法论的讨论热潮的

---

① 《诗可以怨》，《文学评论》1981年1期。

② 《美的历程》[M]，文物出版社1981年版。

冲击，本时期大多数论著都能运用新的观点、新的方法来进行研究、阐释；二是加深了理论研究，扩大了研究范围；三是对中国传统审美心理学思想的研究有了较大的发展。

这一时期出版的专著可分四类：第一是广义的审美心理学，即以研究审美经验为核心，描述人们在欣赏美和创造美的过程中的心理活动规律的科学的那种审美心理学。如林同华的《美学心理学》[①]，劳承万的《审美中介论》[②]，与皮朝纲，钟世伦的《审美心理学导引》[③]。第二是只研究文艺创作和欣赏中的审美心理活动的规律的，为狭义的审美心理学。如高楠的《文艺心理探索》[④]与《艺术心理学》[⑤]，吕俊华的《艺术创作与变态心理》[⑥]，金开诚的《文艺心理学概论》[⑦]，周文柏的《文艺心理研究》[⑧]，鲁枢元的《文艺心理阐释》[⑨]。第三是只研究某一学科的创作和欣赏中的审美活动的规律的。如钱谷融、鲁枢元主编的《文学心理学教程》[⑩]，王先霈的《文学心理学概论》[⑪]，尹在勤的《诗人心理构架》[⑫]，余秋明的《戏剧审美心理学》[⑬]，王振明的《摄影审美心理学》[⑭]，柯汉章的《日常审美心理》[⑮]，黄鸣奋、李明欢的《故事里的艺术心理学》[⑯]，高庆年的《造型艺术心理学》[⑰]，成立的《鉴赏心理探奥》[⑱]等。第四是研究我国

---

① 《美学心理学》[M]，浙江人民出版社1987年版。
② 《审美中介论》[M]，上海文艺出版社1985年版。
③ 《审美心理学导引》[M]，成都电讯工程学院出版社1988年版。
④ 《文艺心理探索》[M]，辽宁大学出版社1987年版。
⑤ 《艺术心理学》[M]，辽宁人民出版社1988年版。
⑥ 《艺术创作与变态心理》[M]，三联书店1987年版。
⑦ 《文艺心理学概论》[M]，人民文学出版社1987年版。
⑧ 《文艺心理研究》[M]，中国人民大学出版社1988年版。
⑨ 《文艺心理阅释》[M]，上海文艺出版社1989年版。
⑩ 《文学心理学教程》[M]，华东师范大学出版社1988年版。
⑪ 《文学心理学概论》[M]，华东师范大学1986年版。
⑫ 《诗人心理构架》[M]，北岳出版社1988年版。
⑬ 《戏剧审美心理学》[M]，四川人民出版社1985年版。
⑭ 《摄影审美心理学》[M]，山东文艺出版社1987年版。
⑮ 《日常审美心理》[M]，海南人民出版社1987年版。
⑯ 《故事里的艺术心理学》[M]，鹭江出版社1987年版。
⑰ 《造型艺术心理学》[M]，知识出版社1988年版。
⑱ 《鉴赏心理探奥》[M]，希望出版社1988年版。

传统审美心理学思想的。如刘伟林的《中国文艺心理学史》[①]，皮朝纲、李天道的《中国古代审美心理学论纲》[②]，张法的《中国文化与悲剧意识》[③]，成复旺的《神与物游——论中国传统审美方式》[④]等。

高楠的《艺术心理学》本着“用心理学的研究成果去解释、探索、揭示各种艺术规律及艺术活动中的心理规律”的原则，力求成一家之言，致力于学科体系的确立。对艺术的心理动力、艺术的心理要素、创作心理和欣赏心理、艺术要素的心理依据、意境与形神的艺术心理探索等五个方面的问题进行了多角度、多侧面、多层次的阐释。作者以人为母题，以情感为核心，以定势为枢纽，以潜意识为重点，以艺术实践为依据，以性格特征为主干，进而形成自己学科体系的框架。王先霈的《文学心理学概论》是以苏联心理学的社会文化历史学派的观点为参照，吸收了西方现代心理学的研究成果，也利用了我国古代文学心理学的丰富资料，综合中外的创作经验，对文学心理学基本理论作了较为全面的阐述。作为“新时期中第一代研究心理学的理论家”（王元化语），鲁枢元的《文艺心理阐释》是继其《创作心理研究》与《文学心理学教程》后所出版的一部力作。作者以外国现代心理学为参照系以观照文学。力图从心理底层的土壤中挖出文学札下的根须，从心理学的屏幕上观照文艺审美的本质意蕴。周文析的《文艺心理研究》从现代心理学与文艺心理学建设的关系、艺术创造心理和艺术接受主理等三个部分对艺术创造的心理活动及其规律与艺术欣赏的心理活动及其规律进行了阐释。作者认为，心理是主体在与现实世界的联系中对现实所作的反映，但心理又毕竟发生在主体内部，显示了主体的能动性。因此，作者在论述艺术创造与艺术欣赏的心理时，始终立足于主体与客体的相互联系，而又着重于分析主体对客体的心理反映的能动性。

审美创作中，由于情感的作用，主体的心理活动往往发生一种变态现象，出现“音可以观，林木可闻，天可问，风可雌雄，云可养，日月沐浴”[⑤]等不合常规的审美心理现象，因此，引进变态心理学，是审美心理学研究深化过程中的必然趋势。吕俊华的《艺术创作与变态心理》就是一部把变态心理

① 《中国文艺心理学史》[M]，三环出版社1988年版。

② 《中国古代审美心理学论纲》[M]，成都科技大学出版社1989年版。

③ 《中国文化与悲剧意识》[M]，中国人民大学出版社1989年版。

④ 《神与物游——论中国传统审美方式》[M]，中国人民大学出版社1989年版。

⑤ 恽敬：《听云楼诗钞序》。

学与文艺心理学结合起来，注意从变态心理的角度以阐释文艺现象的专著。作者认为：“多年来，我们比较重视和强调理性，强调意识和自觉性，而以较忽略情感，忽略非自觉性，忽略甚至否定潜意识。”（《余论》）正是针对这一现象，该书极为重视情感在文艺创作中的作用，强调指出激情，只有激情，才是导致人的日常心理“变态”或文艺创作者构思的心理“变态”中的动力和中介。

本时期的另一引人注目的著作是皮朝纲、钟仕伦的《审美心理学导引》。正如国内学者所指出的，该书“是一部以马克思主义实践唯物主义的美学思想为主要依据，跳出门户之见，大胆吸收各审美心理学派的研究成果，并结合中国传统的审美心理学著作”[①]。作者将审美心理学研究扩大到艺术领域之外，认为审美心理学要研究一切审美活动所产生的经验和心理活动的规律。本着这一基本观点，作者以审美心理的动态过程为经，静态分析为纬，以审美活动的心理基础和必要条件，都从其内涵、原因、特征、类型等多方面加以描述，既侧重于向读者介绍心理学的理论知识，以加深读者对心理学的基本理论和基本知识的理解，又力求通过大量的审美现象，结合审美心理学理论，使理论研究与审美实践熔为一炉，让读者从中获得启发，以丰富其理论知识。

这段时期对我国传统审美心理学思想的研究也成绩突出。发表论文近百篇，出版的专著有刘伟林的《中国文艺心理学史》、张法的《中国文化与悲剧意识》、成复旺的《神与物游——论中国传统审美方式》、皮朝纲、李天道的《中国古代审美心理学论纲》。刘著既顾及到文艺心理学史上值得一提的著作，系统地梳理出艺术心理学思想发展的历史线索，又从史的角度，重点评析了某一历史发展阶段有代表性的理论家或理论流派的观点，把理论家传统的线索同范畴发展的线索结合起来，论述严谨，线索分明。张著从人类的悲剧性和悲剧意识的一般理论和中国文化不同于西方文化的特殊性与中国哲学思想的特点，以分析中国悲剧意识的特色。成著则从“神与物游”的命题入手，把中国传统审美方式分解为缘心感物、由形入神、以人合天、从观到悟等四个环节，全面阐述了中国传统审美活动的独特方式。

皮著是本时期研究传统审美心理学思想的重要收获。作者认为中国古代审美心理学思想主要体现在若干审美范畴和命题之内，其中一些固有范围和命

---

① 李钟霖、刘应全：《筑室之基，操舟之楫——〈审美心理导引〉评介》[J]，载《青海师范大学学报》1989年4期。

题贯穿于整个中国古代审美心理学思想发展史，以马克思主义实践观作为指导思想和主要依据，用现代审美心理学理论作为新的坐标参照系和透视点，系统地分析、审视中国古代审美心理学思想，挖掘、整理这一既属于中国文化，也属于世界文化的精神财富，揭示中国传统审美心理的奥秘，对于更好地研究和把握整个中国古典美学思想体系，建立具有民族特色的马克思主义美学体系与文艺学体系，都是有益的和必要的。基于以上两点认识，作者从中国古代审美心理学思想的众多命题与范畴中选出二十一个最具代表性的，大体上分为五个部分：第一部分为审美心理智能结构建构方面的，包括“文气”“才力”“个性”“养气”“积学”“研阅”等范畴及相关命题；第二部分属审美心理需要方面的，包括“物感”“愤发”等范畴及有关命题；第三部分为审美创作心理过程方面的，包括“澄心”“寓目”“心游”“兴会”等4个环节与相关的范围；第四部分为审美作品心理分析方面的，包括“风骨”“兴象”“形神”“意境”“情景交融”“愈小而大”与“不即不离”等范畴与命题；第五部分为审美鉴赏心理法则方面的，包括“知音”“见异”等命题，既抉择旨归，搜寻底蕴，分条析理，广为论述，同时又尽量地显示各审美心理范畴间的承接关系，以把握并揭示整个中国古代审美心理学思想体系。作为本期值得注意的成果，作者所作出的努力与尝试为研究我国传统审美心理学思想做出了可贵的贡献。

如上述，这一时期有一种值得注意的现象，学术界对西方的各种学术流派产生一种盲目引进的现象，在少数研究者中产生的某种躁动情绪，他们轻视甚至否定理性主义和新老儒学，标举直觉论和生命本能论，表现出一种片面和偏激，从而给繁荣的审美心理学研究带来一种浮躁之声。

审美心理学研究40年来的发展历程已如上述，总其规律与经验而言，可以发现，审美心理学研究从潜伏、复苏、发展到兴盛的过程是与整个国家经济的发展与政治生活的民主化分不开的。经济上的改革开放与搞活，政治思想和学术研究的自由民主，双百方针的真正贯彻，是审美心理学研究兴盛繁荣的根本。同时，对西方一些健康的学术流派有选择地引进、交流、学习，吸取其思想理论的精华，也是审美心理学研究获得较大发展的重要原因。因此，我们认为，今后审美心理学的研究与发展，只有坚持马克思主义实践论，使现代审美心理学理论与我国传统审美心理学思想相结合，才能推动整个研究向更高水平发展。

——载《西北师大学报》1990年第6期

附录二 《文心雕龙》论“文”的构成论意义

就现象学“构成识度”而言，“现象本身”或“事情本身”一定是构成着的或被构成着的，与人认识它们的方式，尤其是人在某个具体形势或境域中的生存方式息息相关。换言之，任何“存在”从根本上都与境域中的“生成”“生活”“体验”或“构成”不可分离，实际上就是一种构成域，或谓生成。这一点与中国美学所认为的自然万物皆由“道”所生成的思想非常接近。中国美学认为，天地间的万事万物尽皆“生”于“道”，所谓“道生一,一生二,二生三,三生万物”。刘勰吸收了中国美学所提出的“道生万物”的思想，指出，“文”也是“生”成的，“文”与天地“并生”。换句话说，“文”是构成的，其发生构成是自然而然的，基于“天道”“自然之道”。这类自然而然、发生构成的“文”，即他所谓的“天文”“地文”“人文”“万物之文”，也即“道之文”，作为“道”之构成的“文”，是变化无穷的，此即所谓“时运交移，质文代变”。基于此，在《文心雕龙》中，他从“文”的本体、文体、风格、创作方法、发展史及文与道、文与德、文与质、文与思、文与意、文与旨、文与心、文与气、文与骨、文与风、文与美、文与理、文与志、文与情、文与术、文与采、文与神、文与形、文与藻、文与辞、文与体、文与变等方面对其进行了全方位的研究。他认为，“文”是与与天地同构并生的。也就是说，“文”不是预成的，而是构成的，其发生构成是天然自然、然其所然的，基于“天道”，顺其自然，遵循自然之道的。这种自然而成、发生构成的“文”，即他所谓的“天文”“地文”“人文”“万物之文”，也即“道之文”是变化无穷的，此即所谓“时运交移，质文代变”。也正由于此，所以，刘勰指出，在事物方面，“文”的构成体现为“道原为始”，在人方面，则体现为“道沿圣以垂文”（《文心雕龙·明诗》）。同时，从意义给予出发，作为存在者，“文”又是会通、变异的，所谓“文律运周，日新其业”。不难看出，刘勰研究“文”的思维方式与研究方法极具民族特色，体现出中国哲人所主张的“道”论、“道法自然”、阴阳生化论中的构成思想。下面试分析之。

一

要考察清楚刘勰研究“文”的思维方式与研究方法，首先必须辨析清楚其所“原”之“道”。据刘勰自己说，他之所以写作《文心雕龙》，就在于为文学“索源”“寻根本”，而在他看来，“文”之本，在“道”。他在《文心雕龙·序志》篇中说：“详观近代之论文者多矣：至于魏文述典，陈思序书，应瑒文论，陆机《文赋》，仲洽《流别》、宏范《翰林》，各照隅隙，鲜观衢路；臧否当时之才，或铨品前修之文，或泛举雅俗之旨，或撮题篇章之意。魏《典》密而不周，陈《书》辩而无当，应《论》华疏略，陆《赋》巧而碎乱，《流别》精而少巧，《翰林》浅而寡要。又君山、公之徒，吉甫、士龙之辈，泛议文意，往往间出，并未能振叶寻根，观澜而索源。”这里就表明他要论文，其目的就在于要为“文”开拓“衢路”，要为“文”“振叶寻根，观澜而索源”。同时，刘勰在《文心雕龙·序志》篇中还指出：“盖文心之作也，本乎道。”以确认“道”是“文”之本。故而，他首先原道，以追索生成“文”终极本源，并把天之文、地之文，以及为天地之心的人“心生”而“言立”的，“言立”而“文明”之“文”，即所谓的“人文”，都看作是“道”之文。指出“文”构成于“道”，并与“天地共生”。刘勰这里所谓的“道”，乃道家之“道”。因此，刘勰这种认为“文”构成于“道”，并与“天地共生”的观点体现了道家哲人所提出的“道”论，即万物都是由“道”所化生化合、发生构成的思想。

所谓“道”论，是先秦时代的中国哲人，特别是以老子为首的道家哲人提出的一种思想。“道”先于自然万物，为自然万物纯构成的本源域，是“道”论中最重要、最基本的含义。老子说，有一个浑然一体的东西，它先天而存在。可以称之为天下万物的母体。这就是“道”，再勉强给它起名叫做“大”。道之所以被命名为“大”，是因为其无边无涯。道不止于大，又能不分昼夜地运行不息，故又可谓之“逝”。其愈逝愈远，无法穷尽其源，故又可谓之“远”。但虽远至六合之外，无穷无尽，却始终未尝离“道”，仍然依“道”不断发生构成，故又可谓“反”。“反”表明境域的构成绝不依靠任何现有的存在者。这是老子对“道”这种构成域的全面描述，它构成天地万物，具有时间和空间的无限性。作为万物构成本原的道，它生成宇宙自身所固有的生命力和创造力。张祥龙指出：“对……老庄而言，这最终的根源都不是任何一种‘什么’或现成的东西，而是最根本的纯境域构成。”“老庄的‘道’也同样不是任何一种能被现成化的东西，而是一种根本意义上的‘湍流’，总在造成新的可能，开出新的道路。”[①]换言之，“道”是一切生命的总源泉总生机，万物发生构成于“道”，又内含着“道”而得其生命之常。所以老子以最崇敬的心情讴歌大道，指出“道”是生命能量的总体与万物的本原，世界上最伟大的力量莫过于“道”，它就是大自然的造化之力。

在老子看来，作为万物发生构成本原域的“道”，不能说它有，因为所谓境域就是在终极处的发生构成，所有的现成存在性都不能达到本源域。“道”不是现成的物，无形无象；又不能说它无，不能说它可以独立于万事万物而“生出”万事万物，因为它缘于有而成就有，所以老子指出“有”与“无”“同出而异名”以构成异彩纷呈的动态世界。所以“道”体是无，“道”用是有，“道”是无与有的统一，两者同出而异名。他说：“无，是天地的原始；有，是万物的根本。”所以，应当从无形无象处去认识道的微妙，应当从有形象处去认识万物的终极构成境域。所以说，作为大道本体的“无”，也就是“道”，是宇宙最原始的构成域，此原始之构成域并非绝对的空无，它朦朦胧胧、浑然一体，其中包孕着生成天地万物的基因，这就是“精”。西汉时期的道家学者曾经比喻说，老子之“道”就像一个鸿卵一样。鸿卵看上去什么也没有，既没有头又没有尾，既没有翅又没有腿，可是包孕着鸿的一切；“道”看上去什么也没有，既没有天又没有地，既没有人又没有物，可是却包孕着天地人物的一切。老子认为，“道”这种东西虽然恍惚不清，好

---

① 张祥龙：《从现象学到孔夫子》[M]，北京：商务印书馆，2001年版。

像什么也没有，但实际上有“形”、有“象”、有“精”。这个“精”就是构成天地万物的基因。正因为内蕴着构成天地万物的基因，所以“道”才可以生成天地万物。当然，这个生成宇宙万物之“道”并非我们现实生活中的事物，而是纯粹境域之“道”，它超越了人类一切感官的知觉作用，这就是老子说的“不可致诘”。作为原初构成域，“道”看起来什么也没有，所以可称为无。说它是无，不是说它不存在，而是说它是一种无形无象、无分无界、朦胧不清、浑然一体的。正由于“道”无分无界，浑然一体，所以又可称其为“一”。这样一来，“一”就从“无”中生发了出来。老子把这个发生构成的过程称为“道生一”。这个“一”，具象地表征了阴阳未分之前混沌一体的宇宙，体现了“道”的这种纯境域性。这个混沌未分的宇宙，“其中有精”，在自我的构成之中，逐渐生成为阴阳二气，老子把这个过程称为“一生二”。“二”就是阴阳。阴阳间的对话交流，犹如强大的动力，激活并构成了宇宙间的“精”，从而生成天地，生成了人类，他们与道并存，老子把这个过程称为“二生三”，所谓“三”，即指天、地、人三才。宇宙间有了这三种东西，万物得以发生构成，即通过阴阳运动生成新的统一体后，生化出世界万物，老子把这个构成式称为“三生万物”。在对道生化天地万物的构成式做了描述之后，老子总结说：“万物负阴而抱阳，冲气以为和。”他明确指出，天地万物皆内涵阴阳，阴阳二气又在冲和之气中相构相成，相互召唤，万物亦在冲和之气中氤氲摩荡、化生化合，从“道”这一无形无象最原始域，生化构成气态宇宙，生化构成固态天地，乃至形形色色的物体；其发生构成的根本缘便是阴阳两种元素的相激相荡。在整个宇宙发生构成生成的各个层次上，阴阳间的交流对话是万物生成、生命构成的活力，“道”则是先于任何现成状态的最本源构成、通达万有的终结本源，其构成与最原初的“道”域是密不可分的，因此，老子把它形容为“玄妙之门”。

概括而言，作为天地万物原构成域，“道”是生成万物的总根源，“道”具有能生而又不被生的永恒不息动力。同时，“道”的构成态势又表征为“通”字，正由于此，所以由“道”所发生构成的宇宙万物相互依存，“自身的缘构发生”的境域就是道，万物最终构成于道，道虽然无形无象，却是万物存在的普遍根据，因为它无所不在，无所不通。《庄子·渔夫》曰：“道者，万物之所由也。”扬雄说：“道也者通也，无不通也。”王弼亦曰：“道者，无之称也。无不通也，无不由也，况之曰道，寂然无体，不可为象。”宇宙间一切物象皆有滞而成，道通而无滞，故可以为物象之本，它不是“迹”，而是所以“迹”；它“无象”“无为”，故可以“摄有”，可以称为“虚变”“无为”。

也就是说，在道家哲人看来，“道”是天地万物的纯粹构成域，天地万物都是由“道”发生构成的，都从“道”那里构成自己的形体和性能，所以它们的本性和“道”是一致的，它们的行为都以“道”的自身缘构为构成式。应该说，正是受道家学说中这种以“道”为原发生构成境域思路的影响，刘勰指出，“道”也是“文”发生构成与存在的方式及其内在的缘由。他在《文心雕龙·序志》篇中讲述到研究“文”的方法时，认为“本乎道，师乎圣，体乎经，酌乎纬，变乎《骚》”，那么，“文之枢纽，亦云极矣”，故而，他在《文心雕龙》中首先《原道》，接着才《征圣》《宗经》等。之所以开始要《原道》，就是因为在他看来，“文”原于“道”。刘勰所谓的这个“道”，即“自然之道”，也即先秦道家之“道”。纪昀说：“文原于道，明于本然。”黄侃说：“此与后世言文以载道者截然不同。”“《文心雕龙·序志》篇云：‘《文心》之作也，本乎道。’案：彦和之意，以为文章本由自然生，故篇中数言‘自然’：一则曰‘心生而言立，言立而文明，自然之道也’；再则曰‘夫岂外饰？盖自然耳’；三则曰‘谁其尸之？亦神理而已’。寻绎其旨，甚为平易。盖人有思心，即有言语；既有言语即有文章。言语以表思心，文章以代言语，惟圣人为能尽文之妙。所谓‘道’者，如此而已。”（《文心雕龙札记》）范文谰也说：“按彦和于篇中屡言‘心生而言立，言立而文明，自然之道也’；‘夫启外饰盖自然耳’；‘故知道沿圣以垂文，圣因文而明道’。综此以观，所谓‘道’者，即自然之道。”[①]（《文心雕龙注》）杨明照也说：“刘勰所原之道，则为自然之‘道’。”杨明照还强调指出：“文原于道，是刘勰对文学的根本看法，也是全书的要旨所在。”（《从文心雕龙·原道·序志两篇看刘勰的思想》）道家哲人认为，大化流衍，旁通弥贯，但是追究其终结构成境域，则只能是“道”本身。“道”本身是有无相生、动静相成、阴阳相合的发生构成，是永恒的实在和无限的生命本体。它融化在天地万物的构成存在、生化流行之中，规定着社会和人生的一切发生构成；大化迁易，莫不是“道”的造化伟

① ［梁］刘勰著．范文澜注：《文心雕龙注》，范文澜注．北京：人民文学出版社，1960年版。

力所致。万物万化，只是一道。道是天地自然的原构成境域，主宰着一切存在事态的构成与存在，道虽无形、无名、惟恍惟惚、虚无空廓，而存在事态的最终构成却来自它，天下一切事理情尽皆由此而生成。显而易见，刘勰所采用的"原道"以探究"文"发生构成的本源，并由此而得出"文"是生成的，而不是预成的洞见和识度，"文"发生构成于"道"的这一观点就是受中国道家哲人所主张的"道"论、"道法自然"、阴阳生化论中的构成思想的影响。"道"既然是宇宙万物发生构成的终极域，那么，推而广之，道则自然为"文"发生构成与存在的方式及其内在的缘由。刘勰认为，"文"是与天地同时发生构成的。《文心雕龙·原道》篇说："文之为德也大矣，与天地并生者何哉！""夫玄黄色杂，方圆体分，日月叠璧，以垂丽天之象，山川焕绮，以铺理地之形，此盖道之文也。""辞之所以能鼓天下之动者，乃道之文也。"自开天辟地以来，天上有日月，这是天的"文"；地上有山川，这是地之"文"；人生长在天地之间，是万物之灵，自然有人之"文"；自然宇宙中的一切，包括龙、凤、虎、豹和云霞、草木，以及林籁、泉石等等，都可以看作是"文"的一种存在事态。在刘勰看来，所有一切之"文"，包括"天文""地文""人文"，都是"道之文"，其发生构成的原初境域都是"道"。"道"是"文"之"本然"。由"道"所生成的"文"，千差万别，各不相同。

二

同时，刘勰认为，"文"的发生构成，乃是"自然之道"。即"文"不是预成的，而是原发构成的，其构成态势与构成存在之道是自然而然的。

刘勰在《文心雕龙》中所谓的"文"，含义非常丰富，日月叠璧，以垂丽天之象，是天之文；山川焕绮，以铺理地之形，是地之文；"龙凤以藻绘呈瑞，虎豹以炳蔚凝姿"，"云霞雕色"，"草木贲花"，则是万物之文。如果称以上的文为"形文"的话，那么"林籁结响，调如竽瑟；泉石激韵，和若球锽"等自然界的"天籁之鸣"则可以称为"声文"：而作为"有心之器"的人，将其独具的灵秀之气，通过审美创作活动，外化而成的"文"，则可以称之为"情文""心文"，但无论是天上的"日月叠璧"还是地上的"山川焕绮"，无论是"龙凤以藻绘呈瑞，虎豹以炳蔚凝姿"，"云霞雕色"，"草木贲花”，还是“心生而言立”之文，无论是“形文”“声文”，还是“情文”“心文”，“傍及万物，动植皆文”[①]，即天之文、地之文、物之文、人之文，都是“道”之文。

如前所说，刘勰所说的“自然之道”的“自然”，并不是一个实体，如后世将自然作为天地的代称，而是一种自由自在、自然无为的构成状态。这里所谓“自然”，在刘勰之前，最先出现在《老子》中，为道家首创。即如陈鼓应所指出的，“自然”的观念是“老子哲学的基本精神。”对《老子》中所提出的“自然”，朱谦之解释说：“黄、老宗自然，《论衡》引《击壤歌》：‘日出而作，日入而息，凿井而饮，耕田而食，帝力何有于我哉！’此即自然之谓也，而老子宗之。”[②]他认为《老子》的“自然”，就是“帝力”无作用于我的自由状态。蒋锡昌则解释说：“《广雅·释诂》：然，成也。‘自然’指‘自成’而言。”[③]即自然就是自己如此，自然的状态就是本然、天然、自然而然。可见，“道”的构成态势为本然、天然、自然而然。这在老子“道法自然”的表述中体现得最为充分。对老子所谓的“道法自然”，汉代河上公解释说：“‘道’性自然，无所法也。”[④]吴澄也解释说：“‘道’之所以大，以其自然，故曰‘法自然’。非道之外别有自然也。”[⑤]意思很清楚，他们认为，作为万事万物生成本身的境域所在，“道”的构成式与构成状态，都是“自然”。这就是说，“自然”是对“道”发生构成状态的描述，这也就是说“道”的构成状态是“自身的缘构发生”，即所谓道任天势。而“天势”，其本身就鲜活“自然”。对此，王弼解释得好：“道不违自然，方得其性。法自然者，在方而法方，在圆而法圆，于自然无所违也。”[⑥]宋吕惠卿也解释得好：“道则自本自根，未有天地，自古以固存，而以无法为法者也。无法也者，自然而已，故曰道法自然。”（《道德真经传》）也就是说，在道之上并不是还有一个实实在在的主宰，而只是强调道作为纯粹构成境域，不是缘境之外的实体或

① 以上引文均见《文心雕龙·原道》。
② 朱谦之：《老子校释》[M]，北京：中华书局，1984年版。
③ 陈鼓应：《老子注译及评价》[M]，北京：中华书局，1984年版，132页。
④ 陈鼓应：《老子注译及评价》[M]，北京：中华书局，1984年版，168页。
⑤ 陈鼓应：《老子注译及评价》[M]，北京：中华书局，1984年版，168页。
⑥ 楼宇烈：《王弼集校释》[M]，北京：中华书局，1980年版。

意义单位，而是在境域中构成自身，必然表现出自然而然的构成态，从而突出了道的自然无为的本来状态。这一强调和突出，展示了老子学说的终极目的，这就是通过对万事万物生成本身的境域所在，与“道”的构成式与构成状态都是“自然”的探寻，以揭示“道”的构成是“自身的缘构发生”，天地万物的发生构成总的缘在“道”，总的构成态则是自然。既然如此，域内一切事物的发生构成都是自然而然，便成了无可异议的事情，因为道是纯粹构成境域，而天、地、人、物则都是由“道”生成。万事万物的构成态为自然，其构成式则表征为自然。因此，可以说，法自然，宗无为，是老子思想的核心。

老子道法自然的思想，突出地强调了“道”的构成态势。后来的学人大多依循其旨，去探究事物发生构成的态势。显然，刘勰就吸取了道家哲人“道法自然”的思想，标举“自然之道”，把一切“文”，包括“天文”“地文”“人文”，都认为是“道之文”，即“道”的构成的表征与表显、外化。

在刘勰之前，提出“天文、地文、人文”观念的是《周易》。《周易》最先创立天、地、人三材之说，认为“立天之道曰阴与阳，立地之道曰柔与刚，立人之道曰人与义”，天道、地道、人道相融相合、相交相流、相互统一，因此，天文、地文、人文也是相互融合、相互交流、相互统一的。《周易·系辞》云：“物相杂故曰文。”《国语》也云：“物一无文。”强调“文”是杂多的统一。所谓“物相杂”就是“天文、地文、人文”的杂多统一。单一的事物，是不可能构成“文”的。而在《周易》看来，众多的事物的最基本构成要素是乾与坤，即天与地，宇宙万事万物及其各种属性，包括阴阳、刚柔、动静、仁义等等，都是由乾坤天地所构成的。因此，韩康伯解释说：“乾，阳物也；坤，阴物也。”“刚柔相错，玄黄错杂。”《周易·贲卦·彖辞》云：“刚柔交错，天文也；文明以止，人文也。”就是以天文、地文、人文相互融合、相互交流、相互统一、相互构成的观点来解释“文”的发生构成的。“贲”的本身就是“文”。所谓贲卦，离下艮上，离代表火，属柔，艮代表山，属刚。“文明”指“离”，“止”指“艮”，所谓“文明以止”也就是“刚柔交错”。可见，无论是“天文”，还是“人文”，都是由“刚柔交错”而相构相成的。天文、地文、人文是相互融合、相互交流、相互统一的，即如天道、地道、人道的相融相合、相交相流、相互统一，都是自然而然、遵从天势的。汉代王充也曾运用天文、地文、人文是相互融合、相互交流、相互统一、相构相成的观点来论述人不能无文的。在他看来，“人文”的构成也是自然而然的。他在《论衡·书解》中说：“山无文则为土山，地无毛则为泻土，人无文则为仆人。土山无麋鹿，泻土无五谷，人无文德不为圣贤。上天多文而后土多理。二气协和，圣贤禀受，法象本类，故多文采。”刘勰正是在这种认识的基础上，强调指出“文”发生构成的自然状态。

为了说明“文”的发生构成乃是“自然之道”，刘勰从两个方面作了进一步表述。首先，他通过“文”的发生与发展来加以证明。他指出，“文”的发生构成最早“肇自太极”，外化、表显为八卦。他这一思想来自《周易》。《周易·系辞》云：“古者包牺式之王天下也，仰则观象于天，俯则观法于地，观鸟兽之文与地之宜，近取诸身，远取诸物，于是始作八卦，以通神明之德，以类万物之情。”“八卦”是最初的“文”，因此，刘勰说：“人文之元，肇自太极，幽赞神明，易象惟先。庖牺画其始，仲尼翼其终；而《乾》《坤》两位，独制《文言》。言之文也，天地之心哉！”又说：“爰自风姓，暨于孔氏，玄圣创典，素王述训；莫不原道心以敷章，研神理而设教。取象乎河洛，问数乎蓍龟，观天文以极变，察人文以成化；然后能经纬区宇，弥纶彝宪，发挥事业，彪炳辞义。”所谓“风姓”，就是庖牺的姓。可见这里的“太极”，即指《周易》中的“太极”，也即“道”。而“原道心以敷章，研神理而设教”中的“道心”“神理”也就是“自然之道”。“道心”在《文心雕龙》中出现三次，都是指“自然之道”；“神理”在《原道》篇中就出现三次，另外在《正纬》《明诗》《情采》《丽辞》等篇中也多次提到。所谓“神理”之“神”，韩康伯《周易·系辞注》解释“阴阳不测之谓神”云：“神也者，变化之极，妙万物而为言，不可以形诘者也。”“造之非我，理自玄应，化之无主，数自冥运，故不知所以然而况之神。”“至虚而善应，则以道为称；不思而玄览，则以神为名。”解释“子曰：知变化之道者，其知神之所为乎”云：“夫变化之道，不为而自然，故知变化者，则知神之所为。”《周易·说卦注》解释“神也者，变化之极，妙万物而为言”云：“于此言神者，明八卦运动、变化、推移，莫有使之然者。神则无物，妙万物而为言也。则雷疾风行，火灾水润，莫不自然相与为变化，故能万物既成也。”都认为所谓“神”就是“变化之极”“造之非我，理自玄应，化之无主，数自冥运”“不知所以然”“以道为称”“不思而玄览”“不为而自然”“莫有使之然”，也就是天然、本然、自然而然。王弼《周易注》解释《观卦·彖卦》“观天之神道，而四时不忒，圣人以神道设教，而天下服矣”云：“神则无形也。不见天之使四时，而四时不忒；不见圣人使百姓，而百姓自服也。”这里也把“神”看作是“道”的构成状态，即天然、本然、自然。可见，刘勰《文心雕龙·原道》篇中所谓的“神理”就是“自然之道”；“神理”之“神”也就是“自然”；“道心”与“神理”互文见义，意义相同，“原道心”“研神理”，都是讲“文”的发生构成状态是自然而然、造之非我、理自玄应、化之无主、数自冥运的。

通过对“文”发生构成态势的揭示，明确了“文”是“与天地共生”，发生构成于终极的构成域“道”，其自身的缘发构成态表征为“自然”，同时，刘勰还从“文”的创构过程来对此作了进一步说明。他指出：“作者曰圣。”“道沿圣以垂文，圣因文而明道。”圣人得“道”，与“道”同体，与“道”合一；自然之道通过圣人以构筑于“文”之中，圣人通过“文”以表显自然之道，故而“〈易〉曰：鼓天下之动者，存乎辞。辞之所以能动天下者，乃道之文也”圣人创构的文，是“道之文”，是作为构成境域“道”的外化和表显。因此，“文”的构成，为“道”所贯通。以其终极构成境域而言，是谓之“道”，其在作者而言，则谓之“圣”，以其在“文”而言，则谓之“道之文”，而“道之文”的构成态则为“自然”。

总之，即如刘勰所指出的，在中国古代，“文”是与天地同构并生的，其发生构成是自然而然的，基于“天道”“自然之道”。这类自然而然、发生构成的“文”，即他所谓的“天文”“地文”“人文”“万物之文”，也即“道之文”。正由于“文”是构成的，所以“文”是开放、杂多的，具有极大的包容性。《系辞》云：“〈易〉之为书也，广悉备，有天道焉。……道有变动，故曰爻，爻有等，故曰物，物相杂，故曰文。”又云：“参伍之变，错综其数，通其变，遂成天下之文。”“文”是杂多的构成，是“道”的会通、变动的表征，是“道之文”，故兼容天文、地文、人文。所以说中国文学观念的开端即终点，终点即开端，文、史、哲相通圆融、相互构成、会通变化、与世推移，是中国文学的民族特色，也是中国文学的独特走向。

——载《云南师范大学学报》，2006年第2期。

附录三　中国古代“文”符论

中国古代的“文”是一种符号形式，体现了人的符号活动功能，展示了人的创造本性。在中国古代，作为一种符号形式与符号系统，“文”的含义极为丰富，是采色交错，是杂多的统一，是纹理、花纹，是文章、文辞、文字、文词、文采，是鼓乐，是表现形式、是法令条文，是社会与自然界的现象，是人文、天文、地文、水文，是美，是善，是文德。同时，中国古人认为，“文”不是现成的，“文”是“与天地共生”，发生构成于终极的构成境域“道”，其自身的缘发构成态表征为“自然”，可以说“文”就是一种符号形式，体现了人的符号活动功能，展示了人的创造本性，即在中国古代“文”的这种符号形式中，体现了符号学家卡西尔所谓的人是符号的动物，“人所做的不过是建造他自己的宇宙——符号的宇宙”[①]的思想。因此，从当代西方人类文化符号学的语境出发，来考察中国古代有关“文”符与论述“文”符的方法，对我们今天考察与认识中国文学观念，理解其民族特色与其深层意义，无疑是大有裨益的。

一

中国古代自然没有符号学，但在中国古代对“文”符的论述中却能发现丰富的符号学思想。首先，在中国古代，“文”就是标示“人”的一种符号形式。最早，作为符号形式本身，“文”就是指人，指文身（画身、礼服）的

---

① 卡西尔:《人论》[M]，甘阳译，上海译文出版社，1985年版，第279页。

行礼之人。这可以通过古文字和岩画的比较来看。同时，从“文”的字源义来看，《说文》云：“文，错画也，象交文。”徐中舒所主编的《甲骨字典》则认为，“文”“象正立之人形，胸部有刻画之纹饰，故以纹身之纹以文”。朱芳圃《殷周文字丛》说：“文，即文身之文，象人正立形，胸前……即刻画之文饰也。……文训错画，引申之义也。”也就是说，最早，甲骨文中的“文”字只是对纹身实体的一种形象描摹，显然，这和《说文》对“文”字的解释是一致的，即“文”字具有人类讲求对自身的装饰和美化的意义。换言之，即“文”的本义是指文身、文饰与文采。《庄子・逍遥游》云：“越人断发文身。”[①]《谷梁传・哀公十三年》云：“祝发文身。”范宁注云：“文身，刻画其身以为文也。”从发生构成论的观点来看，文身现象，是人将自己的自然之躯，依照社会、祭祀等意识的要求和规定加以改变，以体现野蛮人与自然人向文明人与社会人生成的一种标志。并且，文身尽管是从一般人的肌肤的文饰开始，但最终又超越了个别的肉体形象，而体现出一种理想。它通过文饰过的人自身的形体，既增加了作为“人”的骄傲，达到了人对自己身份的认同，也标志作为文明人与社会的、民族的、文化的人的完成。可以说，在原始文化中对人自身形体的文饰，在有意无意中又再现了人。故而，文身的结果，是把人引进到一个超越现实的世界，而获得一种超功利的潜意识的满足，它实际上已经升华为一种审美的快适。

就“文”的本义来看，除了指在人身上文饰，即文身外，还指正人之身，以使人心、人的情感符合宗教的要求，符合祭祀礼仪的规定。可以说，在远古文化中，文身就是一种符号活动，意味着按照社会生活、宗教观念的规定与要求将人的自然身躯加以改变，体现了自然人向社会人，或谓文化人、民族人的生成。只有通过文身，人才能获得自我身份的认同，因为文身是作为社会人、民族人的完成。远古时期，氏族社会举行祭祀活动，其宗教仪式都是由文身的人来进行的，从原始社会中的文身活动来看，它主要是祭祀的需要。在祭祀中，主持活动的祭师需要文身，然后才能领舞。参加舞蹈的人也应文身，边舞边助之乐。整个祭祀活动中，文身之人都处于核心地位。同时，按照规定，祭祀活动中，人身上所文饰的花纹符号与形象符号，都必须

① 郭庆藩:《庄子集释》，中华书局，1961年版。

与祭器上的符号一致，其深层意旨也必须与祭祀之乐同质。这样，“文”符号意义，实际上也就体现了整个祭祀活动。故“文”即礼。礼，是从祭器方面来象征祭祀活动的性质，而“文”则是从祭师，即人的方面来象征祭祀活动的性质。主持祭祀活动的是祭师，即人；人即“文”，所以说“文”在原始祭祀中占着中心地位。

“文”标示着整个祭祀，“文”就是礼。古代的中国被称为礼仪之邦，“礼”是中国传统文化，尤其是上古“文”的核心。可以说，上古时期整个民族社会的文化性构成，包括祭坛、宫庙、祭器、职官、礼乐、服饰、车舆、旗帜、礼器、玉帛、神殿、明堂、墓地和部落建筑布局等等，其符号形式都是“文”。而作为整个民族社会的符号系统，“文”的符合意义就是标示自然的人化和人的文化化。这样，从狭义来看，“文”就是人，人也就是“文”，后来则专指文人、士人、仁人、雅士；从广义来看，“文”就是礼，并引申为文物、文饰、文章。所谓“文章者，礼乐之殊称也”，就是由此而来的。“文”与祭祀之礼有关，“文”即“礼”，还可以从西周典籍记载中得到证明。如《尚书·洛诰》所载“王肇称殷礼，祀于新邑，咸秩无文”。与“宗将礼，称秩元祀，咸秩无文”来看，这里的“文”已经与祭祀之礼相联系。同时“文”即意指人，也可以从中获得证明。如据《尚书·文侯之命》所载，“汝肇于文武，用会绍乃辟，追孝于前文人”，即要求晋文侯效法文武之道，以文武之道来引导自己行德积善，以追赶与效法于先前的文德之人。显而易见，这里的“文”已不仅是对纹身之人的形象描摹，而且是对有道德修养和施行仁政、“敬德俊民”之人的颂扬与赞美，其人文价值内涵已经得到进一步增强。故而，《国语·周语下》云：“夫敬，文之恭也。”韦昭“注”云：“文者，德之总名。”又据《论语·子罕》云：“文王既没，文不在兹乎！”[①]朱熹注云：“道之显者谓之文，盖礼乐制度之谓。”也就是说，“文”就是“德”，就是“道之显者”，是“道”发生构成的外化、表显。把一切“文”，包括“天文”“地文”“人文”，都认为是“道之文”，即“道”的构成的表征与表显、外化与符号化。在整个氏族社会，“文”就是自然的人化和人的文化的符号象征。的确，从现代人类文化符号学的视点来看，人是符号的动物而不是理性的动

① 程树德:《论语集释》，北京：中华书局，1990年版。

物。在语言、神话、宗教、艺术、历史科学等文化形式中，人所做的一切，都是在建造自己的宇宙，即“符号的宇宙”，而这种符号活动的核心意义，就在于其“创造性”，“它是人的最高力量，同时也标示了我们人类世界与自然界的天然分界线”。语言、神话、宗教、艺术、历史科学等，“所有这些文化形式都是符号形式”，都是人类符号活动的产物和成果。卡西尔在其《人论》中指出：“除了在一切动物属性中都可看到的感受系统和效应系统外，在人那里还可以发现称之为符号系统的存在环节，它存在于这两个系统之间。这个新的获得物改变了整个的人类生活。”① 符号活动使人对外界的应对能力远远超过了动物的反应功能，并使人根本上脱离了动物界，而进入到一个精神文化的世界，因此，卡西尔认为，符号化的思维和符号化的行为是人类生活中最富于代表性的特征，并且人类文化的全部发展都依赖于这些条件。根据这一思想，卡西尔提出：“我们应当把人定义为符号的动物来取代把人定义为理性的动物。只有这样，我们才能指明人的独特之处，也才能理解对人开放的新路——通向文化之路。”② 这样，在卡西尔的人类文化学中，符号自然超越了理性的地位成为哲学首先应当关注的对象。文化就是一整套符号体系，以文化人类学来看，人所面对的世界，人不是生活在一个单纯的物理世界之中，而是生活在一个符号世界之中。由此出发，卡西尔在《人论》一书中指出：“语言、神话艺术和宗教则是这个符号宇宙的各部分，它们是织成符号之网的不同丝线，是人类经验的交织之网。人类在思想和经验之中取得的一切进步都使这符号之网更为精巧和牢固。人不再能直接地面对实在，他不可能仿佛是面对面地直观实在了。人的符号活动能力进展多少，物理实在似乎也就相应地退却多少。在某种意义上说，人是在不断地与自身打交道而不是在应付事物人身，他是如此地使自己被包围在语言的形式、艺术的想象、神话的符号以及宗教的仪式之中，以致除非凭借这些人为媒介物的中介，他就不可能看见或认识任何东西。人在理论领域中的这种状况同样也表现在实践领域中。即使在实践领域，人也并不生活在一个铁板事实的世界之中，并不是根据他的直接需要和意愿而生活，而是生活在想象的激情之中，生

---

① 卡西尔：《人论》[M]，甘阳译，上海译文出版社，1985年版，第32页。

② 卡西尔：《人论》[M]，甘阳译，上海译文出版社，1985年版，第33页。

活在希望与恐惧、幻觉与醒悟、空想与梦境之中。”[①] 社会越发展，人的创造物——符号的作用就愈被人所认识，人通过符号认识世界，人生活在符号之中就愈显得突出。因创造符号，自然人成为文化人；凭符号人与自然相对立，文化即符号，对人的研究，首要的是对符号的研究。神话、宗教、语言、艺术、历史科学是人类文化符号的各个主要扇面。通过对这各种符号形式的认识，人就能完全地认识自身。这样，卡西尔开创了从文化整体的角度，把艺术作为一种符号，一种不同于神话、宗教、语言、历史、科学的符号来研究的新路。

显然，中国古代用“文”这种符号系统与符号形式来标示、象征整个民族社会的文化性构成，即突出地体现了这一思想。

二

中国古人认为，作为符号形式，“文”不是某种现成的东西，而是建构生成的，是在天地人之间互动、生成与建构而成的。刘勰在《文心雕龙·原道》篇中指出：“文之为德也大矣，与天地并生者何哉！”“夫玄黄色杂，方圆体分，日月叠璧，以垂丽天之象，山川焕绮，以铺理地之形，此盖道之文也。”“辞之所以能鼓天下之动者，乃道之文也。”[②] 自开天辟地以来，天上有日月，这是天的“文”；地上有山川，这是地之“文”；人生长在天地之间，是万物之灵，自然有人之“文”；自然宇宙中的一切，包括龙、凤、虎、豹和云霞、草木，以及林籁、泉石等等，都可以看作是“文”的一种存在事态。在刘勰看来，所有一切之“文”，包括“天文”“地文”“人文”，都是“道之文”，其生成与建构的原初境域都是“道”。“道”是“文”之“本然”。由“道”所生成的“文”，千差万别，各不相同。

并且，“文”这种符号形式的生成与建构乃是“自然之道”。刘勰指出，“文”的发生构成最早“肇自太极”，外化、表显为八卦。《系辞》云：“古者包牺式之王天下也，仰则观象于天，俯则观法于地，观鸟兽之文与地之宜，近取诸身，远取诸物，于是始作八卦，以通神明之德，以类万物之情。”“八

① 卡西尔：《人论》[M]，甘阳译，上海译文出版社，1985年版，第33页。

② （梁）刘勰著．范文澜注：《文心雕龙注》[M]，北京：人民文学出版社，1960年版。

卦”是最初的“文”，因此，刘勰说：“人文之元，肇自太极，幽赞神明，易象惟先。庖牺画其始，仲尼翼其终；而《乾》《坤》两位，独制《文言》。言之文也，天地之心哉！”又说：“爰自风姓，暨于孔氏，玄圣创典，素王述训；莫不原道心以敷章，研神理而设教。取象乎河洛，问数乎蓍龟，观天文以极变，察人文以成化；然后能经纬区宇，弥纶彝宪，发挥事业，彪炳辞义。”所谓“风姓”，就是庖牺的姓。可见这里的“太极”，即指《周易》中的“太极”，也即“道”。而“原道心以敷章，研神理而设教”中的“道心”“神理”也就是“自然之道”。“道心”在《文心雕龙》中出现三次，都是指“自然之道”；“神理”在《原道》篇中就出现三次，另外在《正纬》《明诗》《情采》《丽辞》等篇中也多次提到。所谓“神理”之“神”，韩康伯《系辞注》解释“阴阳不测之谓神”云：“神也者，变化之极，妙万物而为言，不可以形诘者也。”“造之非我，理自玄应，化之无主，数自冥运，故不知所以然而况之神。”“至虚而善应，则以道为称；不思而玄览，则以神为名。”解释“子曰：知变化之道者，其知神之所为乎”云：“夫变化之道，不为而自然，故知变化者，则知神之所为。”《说卦注》解释“神也者，变化之极，妙万物而为言”云：“于此言神者，明八卦运动、变化、推移，莫有使之然者。神则无物，妙万物而为言也。则雷疾风行，火灾水润，莫不自然相与为变化，故能万物既成也。”都认为所谓“神”就是“变化之极”“造之非我，理自玄应，化之无主，数自冥运”“不知所以然”“以道为称”“不思而玄览”“不为而自然”“莫有使之然”，也就是天然、本然、自然而然。王弼《周易注》解释《观卦·彖卦》“观天之神道，而四时不忒，圣人以神道设教，而天下服矣”云：“神则无形也。不见天之使四时，而四时不忒；不见圣人使百姓，而百姓自服也。”这里也把“神”看作是“道”的构成状态，即天然、本然、自然。可见，刘勰《原道》篇中所谓的“神理”就是“自然之道”；“神理”之“神”也就是“自然”；“道心”与“神理”互文见义，意义相同，“原道心”“研神理”，都是讲“文”的发生构成状态是自然而然、造之非我、理自玄应、化之无主、数自冥运的。

所以说，“文”这种符号形式是“与天地共生”的，是在天、地、人三才间，通过其相互作用、互交互动而建构生成的。其生成与建构过程展示了具有符号功能的人的本性不断完善、丰富的历程，显示了人的本质力量的丰富性。从更深层面看，“文”这种符号形式发生构成于终极的构成境域“道”，其自身的缘发构成态表征则为“自然”。从“文”的建构创生过程来看，“作者曰圣”，“道沿圣以垂文，圣因文而明道。”圣人得“道”，与“道”同体，与“道”合一；自然之道通过圣人以构筑于“文”之中，圣人通过“文”以表显自然之道，故而“《易》曰：鼓天下之动者，存乎辞。辞之所以能动天下者，乃道之文也”圣人创构的文，是“道之文”，是作为构成境域“道”的外化和表显。因此，“文”的构成，为“道”所贯通。以其终极构成境域而言，是谓之“道”，其在作者而言，则谓之“圣”，以其在“文”而言，则谓之“道之文”，而“道之文”的构成态则为“自然”。

中国古代，提出“天文、地文、人文”观念的是《易传》。《易传》最先创立天、地、人三才之说，认为“立天之道曰阴与阳，立地之道曰柔与刚，立人之道曰人与义”，天道、地道、人道相融相合、相交相流、相互统一，因此，天文、地文、人文也是相互融合、相互交流、相互统一的。《系辞》云：“物相杂故曰文。”《国语》也云：“物一无文。”强调“文”是杂多的统一。所谓“物相杂”就是“天文、地文、人文”的杂多统一。单一的事物，是不可能构成“文”的。而在《易传》看来，众多的事物的最基本构成要素是乾与坤，即天与地，宇宙万事万物及其各种属性，包括阴阳、刚柔、动静、仁义等等，都是由乾坤天地所构成的。因此，韩康伯解释说：“乾，阳物也；坤，阴物也。”“刚柔相错，玄黄错杂。”《贲卦·彖辞》云：“刚柔交错，天文也；文明以止，人文也。”就是以天文、地文、人文相互融合、相互交流、相互统一、相互构成的观点来解释“文”的发生构成的。“贲”的本身就是“文”。所谓贲卦，离下艮上，离代表火，属柔，艮代表山，属刚。“文明”指“离”，“止”指“艮”，所谓“文明以止”也就是“刚柔交错”。可见，无论是“天文”，还是“人文”，都是由“刚柔交错”而相构相成的。天文、地文、人文是相互融合、相互交流、相互统一的，即如天道、地道、人道的相融相合、相交相流、相互统一，都是自然而然、遵从天势的。汉代王充也曾运用天文、地文、人文是相互融合、相互交流、相互统一、相构相成的观点来论述人不能无文的。在他看来，“人文”的构成也是自然而然的。他在《论衡·书解》中说：“山无文则为土山，地无毛则为泻土，人无文则为仆人。土山无麋鹿，泻土无五谷，人无文德不为圣贤。上天多文而后土多理。二气协和，圣贤禀受，法象本类，故多文采。”正是在这种认识的基础上，中国古人强调指出，“文”是生成与建构而成的。

三

“文”这种符号系统的生成与建构体现了人类文化形式的多样统一。可以说，正是由于“文”这种符号形式是建构而成的，所以其符号意义具有多重性，并表现为一种符号系统。在中国古代，“文”一指文辞、文章；二指和谐，如《毛传》云：“声成文者、宫商上下相应。”三指美德，所谓“文者，德之总名。”四指美、善，如所谓“文犹美也善也。”（见《礼记·乐记》郑玄注）此外，和“质”相对，即指华丽；在温文尔雅中又指柔和。孔子曾经对“文”的人文价值及其文化内涵进行了比较全面、系统的表述。在孔子看来，“文”既指文学、文辞等人类所发明创造的意义符号，同时也指记录人类社会活动和文化创造的典籍。如《论语·雍也》说：“君子博学于文，约之以礼，亦可以弗畔矣夫。”“文”又与“质”对举，以表示文采或有文采。如《论语·雍也》说：“质胜文则野，文胜质则史，文质彬彬，然后君子。”“文”与“武”对举，则指伦理道德，如《论语·季氏》说：“夫如是，故远人不服，则修文德以来之。”由此引申开去，“文”又指个人的道德人格修养，如《论语·公冶长》所记载的，孔子说孔文子“敏而好学，不耻下问，是以谓之文也”。

“文”又指社会礼乐制度的完善，如《论语·八佾》说：“周监于二代，郁郁采文哉，吾从周。”[①]正是基于这种对“文”的认识，因此，可以说，在先秦儒家看来，“文”就是礼乐本身的一部分。即如荀子所说：“凡礼，始乎棁，成乎文，终乎悦校。故至备，情文俱尽；其次，情文代胜；其下，复情以归大一也。天地以合，日月以明，四时以序，星辰以行，江河以流，万物以昌；好恶以节，喜怒以当，以为下则顺，以为上则明，万变不乱，贰之则丧也。礼岂不至矣哉！”[②]（《荀子·礼论》）“故礼者，养也。刍豢稻粱，五味调香，所以养口也；椒兰芳苾，所以养鼻也；雕琢刻镂黼黻文章，所以养目也；钟鼓管磬琴琴竽笙，所以养耳也。”（同上）在荀子看来，所有的礼都是

① 程树德：《论语集释》[M]，北京，中华书局，1990年版。

② [先秦]荀子著，王先谦集释，沈啸寰、王星贤点校：《荀子集释》，诸子集成本．北京：中华书局，1988年版。

从简单开始，然后逐渐发展为“文”，即祭祀礼仪，最后达到完备的，所以最完备的礼就是把感情和祭祀礼仪都完善地表现出来。次一等的是这两方面都不相适应，一方胜过另一方；最下等的是只讲表述质朴的情感，从而回复到太古时期的简陋样子。有了礼，天地调和，日月明亮，四季按顺序交替，星辰按规律运行，江河畅流，万物兴盛，欲望有所节制，感情表达得适当。故荀子认为礼乐之文是实践孝悌忠恕之道，修养自身道德的最佳手段，日常起居按“礼义文理”，则可以“养情”。因为礼是万事万物的规律和法则，对于情感来说，礼能调节性情，礼能使人“好恶以节，喜怒以当”；所以说“礼然而然则是情安礼也”。故而，孔子教学生，就把“文”作为基本的教学内容，分“文、行、忠、信”四种程序。照刘宝楠《论语正义》“子以四教”章正义所解释:“文，谓诗书礼乐，凡博学、审问、慎思、明辨，皆文之教也。行，谓躬行也。中以尽心曰忠；恒有诸己曰信。人必忠信，而后可致知力行。故曰：忠信之人，可以学礼。此四者，皆教成人之法，与教弟子先行而后学文不同。”可见“文”，就是学习《诗》《书》《礼》《乐》为主的作为“士”与“成人”所必需的各种专门知识。

并且，在此之外，孔子还清除了长期以来控制学校教育的原始宗教天命鬼神意识，“不语怪、力、乱、神”。四科之中，以文德居首，学成之后，足令君子文质彬彬，温文尔雅，不致流于粗野。孔子所教学生之“文”，不仅是指“先王之遗文”，即西周以前所承继下来的传统文化、典籍文献，而且也指经过孔子选择整理与重新解释了的包含在这些典籍文献中的礼乐教化思想与人文精神。据《论语・宪问》记载，子路曾问孔子，什么样的人才称得上“成人”，即美善合一的人，孔子回答说:“若臧武仲之知、公绰之不欲，卞庄子之勇，冉求之艺，文之以礼乐，亦可以成人矣。”作为一个“成人”，即君子，必须在具有知识、仁义、勇敢、多才多艺等素质基础上，再加以“文”。可见，这里的“文”，就是指一种涉及精神情操、品德修养方面的教化思想和人文精神。这点我们还可以从孔子自己的理性追求中得到进一步说明。

孔子一贯主张，必须以“礼乐之文”实践孝悌忠恕之道，走至善的人生道路，修养自己的人格，以达到至善至美的儒家君子境界。因此，他立志以“齐一变，至于鲁，鲁一变，至于道”；据《史记・孔子世家》记载，他年轻时就曾表述其理想抱负，说:“如用我，其为东周乎！”这里的“东周”

与“道”就是指西周以来的传统礼乐文化，即礼乐之文。继承并发扬光大这种礼乐之文，克己复礼，是孔子的终生奋斗的目标。即如吕思勉所指出的：“《论语》：‘子所雅言，《诗》《书》执礼。’言《礼》以该乐。又曰：‘兴于《诗》，立于《礼》，成于《乐》。’专就品性言，不主知识，故不及《书》。子谓伯鱼曰：‘学《诗》乎。学《礼》乎？’则不举《书》而又以《礼》该《乐》。虽皆偏举之辞，要可互相钩考，而知其设科一循大学之旧也。”（《读书札记》）杨树达在《论语疏论》中疏证“子所雅言，《诗》《书》执礼，皆雅言也”一句时，说：“夫子生长于鲁，不能不鲁语。惟诵《诗》读《书》执礼必正言其言，所以重先王之训典，谨末学之流失也。”为了复兴“郁郁乎文哉”的周礼，孔子曾经对前代所遗留下的文献典籍进行过整理、选择与解释，作了大量繁复的工作。即如《论语·为政》所说：“殷因于夏礼，所损益可知也；周因于殷礼，所损益，可知也”。孔子说：“夏礼吾能言之，杞不足征也；殷礼吾能言之，宋不足征也，文献不足故也，足则吾能征之矣。”可见，孔子在整理、编辑前人的文献典籍时，不但结合现实，而且还力求追溯其发生的本源，在涉及其核心内容，即礼乐之文时，更是要进行演习讽诵，再加以考证研究，在此基础之上再编订成“可得而述”的儒家经籍。可见，孔子之所以尚“文”，是因为在他看来，周礼的核心就是尚文。“文”这种符号形式体现了周礼的根本精神。故而他说尧“焕乎有文章”，并且盛赞：“周监乎二代，郁郁乎文哉！吾从周。”（《论语八佾》）

总之，作为符号系统，“文”是与天地同构并生的，其生成与建构是自然而然的，基于“天道”“自然之道”。这种自然而然、生成与建构而成的“文”是开放、杂多的，具有极大的包容性。《系辞》云：“《易》之为书也，广悉备，有天道焉。——道有变动，故曰爻，爻有等，故曰物，物相杂，故曰文。”又云：“参伍之变，错综其数，通其变，遂成天下之文。”“文”是杂多的构成，是“道”的会通、变动的表征，是“道之文”，故兼容天文、地文、人文。所以说中国文学观念的开端即终点，终点即开端，文、史、哲圆融相通、相互构成、会通变化、与世推移，是中国文学的民族特色，也是中国文学的独特走向。

——载《西南民族大学学报》2005年11期

参考文献

[1]（清）黄叔琳辑注、纪昀评：《文心雕龙辑注》，北京：中华书局，1957年版。
[2] 范文澜：《文心雕龙注》，北京：人民文学出版社，1958年版。
[3] 冯春田：《文心雕龙释义》，济南：山东教育出版社，1986年版。
[4] 冯春田：《文心雕龙阐释》，济南：齐鲁书社，2000年版。
[5] 黄侃：《文心雕龙札记》，北京：中华书局，1962年版。
[6]（日）户田浩晓，曹旭译：《文心雕龙研究》，上海：上海古籍出版社，1992年版。
[7] 黄霖编：《文心雕龙汇评》，上海：上海古籍出版社，2005年版。
[8] 寇效信：《文心雕龙美学范畴研究》，西安：陕西人民出版社，1997年版。
[9] 刘永济：《文心雕龙校释》，北京：中华书局，1962年版。
[10] 毕万忱、李淼：《文心雕龙论稿》，济南：齐鲁书社，1985年版。
[11] 曹聚仁：《文心雕龙》，上海：上海新华书店，1929年版。
[12] 陈思苓：《文心臆论》，成都：巴蜀书社，1986年版。
[13] 陈兆秀：《文心雕龙术语探析》，台北：文史哲出版社，1986年版。
[14] 杜黎均：《文心雕龙文学理论研究和译释》，北京：北京出版社，1981年版。
[15] 郭晋稀：《文心雕龙译注十八篇》，兰州：甘肃人民出版社，1963年版。
[16] 郭鹏：《文心雕龙的文学理论和历史渊源》，济南：齐鲁书社，2004年版。
[17] 韩湖初：《文心雕龙美学思想体系初探》，暨南大学出版社，1993年版。
[18] 胡大雷：《文心雕龙的批评学》，桂林：广西师范大学出版社，2004年版。
[19] 黄春贵：《文心雕龙之创作论》，台北：文史哲出版社，1978年4月年版。
[20] 黄霖：《文心雕龙汇评》，上海：上海古籍出版社，2005年版。

[21] 黄瑞阳:《文心雕龙枢纽论研究》，台北：国家出版社，2000年版。
[22] 蒋祖怡:《文心论丛》，上海：上海古籍出版社，1985年版。
[23] 金民那:《文心雕龙的美学》，台北：文史哲出版社，1993年版。
[24] 龙必锟:《文心雕龙全译》，贵阳：贵州人民出版社，1992年版。
[25] 林杉:《文心雕龙文体论今疏》，呼和浩特：内蒙古教育出版社，2000年版。
[26] 林杉:《文心雕龙批评论新论》，呼和浩特：内蒙古教育出版社，2002年版。
[27] 李明高:《文心雕龙译读》，济南：齐鲁书社，2009年版。
[28] 李炳勋:《文心雕龙理论体系新论》，郑州：文心出版社，1993年版。
[29] 罗宗强:《读文心雕龙手记》，上海：三联书店，2007年版。
[30] 罗立乾注译、李振兴校阅:《新译文心雕龙》，台北：三民书局，1996年版。
[31] 陆侃如、牟世金:《刘勰和文心雕龙》，上海：上海古籍出版社，1978年版。
[32] 陆侃如、牟世金:《刘勰论创作》，合肥：安徽人民出版社，1982年版。
[33] 陆侃如、牟世金:《文心雕龙译注》，济南：齐鲁书社，1995年版。
[34] 牟世金:《雕龙集》，北京：中国社会科学出版社，1982年版。
[35] 牟世金:《台湾〈文心雕龙〉研究鸟瞰》，济南：山东大学出版社，1985年版。
[36] 牟世金:《文心雕龙精选》，济南：山东大学出版社，1986年版。
[37] 马宏山:《文心雕龙散论》，乌鲁木齐：新疆人民出版社，1982年版。
[38] 缪俊杰:《文心雕龙美学》，北京：文化艺术出版社，1987年版。
[39] 穆克宏:《文心雕龙选》，福州：福建教育出版社，1985年版。
[40] 穆克宏:《文心雕龙研究》，福州：福建教育出版社，2002年版。
[41] 潘重规:《唐写文心雕龙残本合校》，香港：香港新亚研究所，1970年版。
[42] 钱基博:《文心雕龙校读一记》，无锡：民生印书馆，1935年版。
[43] 戚良德:《刘勰与文心雕龙》，济南：山东文艺出版社，2004年版。
[44] 戚良德:《文论巨典文心雕龙与中国文化》，郑州：河南大学出版社，2005年版。
[45] 戚良德:《文心雕龙校注通译》，上海：上海古籍出版社，2008年版。
[46] 丘仔世友:《文心雕龙探原》，长沙：岳麓书社，2007年版。
[47] 孙蓉蓉:《文心雕龙研究》，南京：江苏教育出版社，1994年版。
[48] 石家宜:《文心雕龙系统观》，南京：江苏古籍出版社，2001年版。
[49] 涂光社:《文心十论》，沈阳：春风文艺出版社，1986年版。
[50] 涂光社:《雕龙迁想》，沈阳：辽宁大学出版社，1995年版。
[51] 涂光社:《刘勰及其文心雕龙》，沈阳：春风文艺出版社，1999年版。

[52] 汪洪章:《文心雕龙与20世纪西方文论》，上海：复旦大学出版社，2005年版。
[53] 王更生:《文心雕龙范注驳正》，台北：华正书局，1979年版。
[54] 王更生:《文心雕龙研究》，台北：文史哲出版社，1989年版。
[55] 王更生:《文心雕龙新论》，台北：文史哲出版社，1991年版。
[56] 王更生:《重修增订文心雕龙导读》，台北：华正书局，1993年版。
[57] 王更生:《文心雕龙读本》(上下)，台北：文史哲出版社，1997年版。
[58] 王更生总编订:《台湾近五十年文心雕龙学研究论著摘要》，台北：文史哲出版社，1999年版。
[59] 王元化:《读文心雕龙》(最终版)，北京：新星出版社，2007年版。
[60] 王运熙:《文心雕龙探索》(增补本)，上海：上海古籍出版社，2005年版。
[61] 王运熙:《文心雕龙义疏》，武汉：武汉大学出版社，2002年版。
[62] 周锋:《文心雕龙译注》，上海：上海古籍出版社，1998年版。
[63] 王利器:《文心雕龙校证》，上海：上海古籍出版社，1980年版。
[64] 王少良:《文心雕龙通论》，北京：中国文史出版社，2002年版。
[65] 王少良:《文心管窥》，哈尔滨：黑龙江人民出版社，2006年版。
[66] 温光华:《文心雕龙黄注纪评研究》，台北：师大国文研究所集刊第四十二期抽印本。
[67] 吴林伯:《文心雕龙义疏》，武汉：武汉大学出版社，2002年版。
[68] 许玫芳:《文心雕龙文体论中自然崇拜与祖先崇拜之理路成变》，台北：文史哲出版社，1990年5月年版。
[69] 杨明:《刘赫评传》，南京：南京大学出版社，2001年版。
[70] 杨明:《文心雕龙精读》，上海：复旦大学出版社，2007年版。
[71] 杨明照:《文心雕龙学综览》，上海：上海书店出版社，1995年版。
[72] 杨明照:《增订文心雕龙校注》(上下)，北京：中华书局，2000年版。
[73] 杨明照:《杨明照论文心雕龙》，上海：上海科学技术文献出版社，2008年版。易中天:《文心雕龙美学思想论稿》，上海：上海文艺出版社，1988年版。
[74] 于维璋:《刘勰文艺思想简论》，济南：山东大学出版社，1994年版。
[75] 詹锳:《刘勰和文心雕龙》，北京：中华书局，1980年版。
[76] 詹锳:《文心雕龙的风格学》，北京：人民文学出版社，1982年版。
[77] 詹锳:《文心雕龙义证》(上中下)，上海：上海古籍出版社，1989年版。

[78] 张长青、张会恩:《文心论释》，长沙：湖南人民出版社，1982年版。
[79] 张长青:《文心雕龙新释》，长沙：湖南大学出版社，2009年版。
[80] 张灯:《文心雕龙辨疑》，贵阳：贵州人民出版社，1995年版。
[81] 张灯:《文心雕龙新注新译》，贵阳：贵州人民出版社，2003年版。
[82] 张立斋:《文心雕龙注订》，北京：国家图书馆出版社，2010年版。
[83] 张少康:《文心雕龙新探》，济南：齐鲁书社，1987年版。
[84] 张少康、汪春汉等:《文心雕龙研究史》，北京：北京大学出版社，2001年版。张少康:《刘勰及其文心雕龙研究》，北京：北京大学出版社，2010年版。
[85] 张文勋、杜东枝:《文心雕龙简论》，北京：人民文学出版社，1980年版。
[86] 张文勋:《刘勰的文学史论》，北京：人民文学出版社，1984年版。
[87] 赵仲邑:《文心雕龙译注》，桂林：漓江出版社，1982年版。
[88] 赵盛德:《文心雕龙美学思想论稿》，桂林：漓江出版社，1988年版。
[89] 钟子翱、周振甫:《文心雕龙注释》，北京：中华书局，1981年版。
[90] 周振甫:《文心雕龙今译》(附词语释义)，北京：中华书局，1986年版。
[91] 周绍恒:《文心雕龙散论及其他》(增订本)，北京：学苑出版社,2000年版。
[92] 朱迎平:《文心雕龙索引》，济南：山东大学出版社，1986年版。
[93] 祖保泉:《文心雕龙选析》，合肥：安徽教育出版社，1985年版。
[94] 祖保泉:《文心雕龙解说》，合肥：安徽教育出版社，1997年版。
[95] 曹道衡:《南朝文学与北朝文学研究》，南京：江苏古籍出版社，1999年版。
[96] 曹顺庆:《中西比较诗学》，北京：北京出版社，1988年版。
[97] 陈鼓应:《老子今注今译》，上海：商务印书馆，2003年版。
[98] 陈鼓应:《庄子今注今译》，北京：中华书局，1983年版。
[99] 陈望道:《修辞学发凡》，上海：上海教育出版社，1979年版。
[100] 程章灿:《魏晋南北朝赋史》，南京：江苏古籍出版社，2001年版。
[101] 褚斌杰:《中国古代文体概论》，北京：北京大学出版社，1984年版。
[102](清)丁福保:《历代诗话续编》(第二版)，北京：中华书局,2006年版。
[103] 葛晓音:《八代诗史》，西安：陕西人民出版社，1989年版。
[104] 郭绍虞:《中国文学批评史》，天津：百花文艺出版社，1999年版。
[105] 蒋寅:《古典诗学的现代诠释》，北京：中华书局，2003年版。
[106] 李凯:《儒家元典与中国诗学》，北京：中国社会科学出版社，2002年版。

[107] 李士彪:《魏晋南北朝文体学》，上海：上海古籍出版社，2004年版。
[108] 刘师培:《中国中古文学史讲义》，上海：上海古籍出版社，2002年版。
[109] 刘涛:《中国书法史一魏晋南北朝卷》，南京：江苏教育出版社，2002年版。
[110] 李天道:《雅论与雅俗之辩》，南昌：百花洲文艺出版社，2005年版。
[111] 刘文典:《淮南鸿烈集解》，北京：中华书局，1989年版。
[112] 逯钦立:《先秦汉魏晋南北朝诗》，北京：中华书局，1983年版。
[113] 鲁迅:《魏晋风度及其他》，上海：上海古籍出版社，2000年版。
[114] 李泽厚、刘纲纪:《中国美学史》（第一卷），北京：中国社会科学出版社，1984年版。
[115] 李泽厚、刘纲纪:《中国美学史》（第二卷），北京：中国社会科学出版社，1987年版。
[116] 罗宗强:《魏晋南北朝文学思想史》，北京：中华书局，1996年版。
[117] 罗宗强:《隋唐五代文学思想史》，北京：中华书局，1999年版。
[118] 罗宗强:《玄学与魏晋士人心态》，杭州：浙江人民出版社，1991年版。
[119]（清）马瑞辰:《毛诗传笺通释》，北京：中华书局，1989年版。
[120] 敏泽:《中国文学思想史》，长沙：湖南教育出版社，2004年版。
[121] 穆克宏:《魏晋南北朝文学史料述略》，北京：中华书局，1997年版。
[122] 穆克宏:《魏晋南北朝文论全编》，南京：江苏教育出版社，1996年版。
[123] 钱志熙:《魏晋诗歌艺术原论》（修订本），北京：北京大学出版社，2005年版。
[124] 钱穆:《中国思想史》，台北：台湾学生书局，1988年版。
[125] 汤用彤:《魏晋玄学论稿》，上海：上海古籍出版社，2001年版。
[126] 汤一介:《郭象与魏晋玄学》（增订本），北京：北京大学出版社，2000年版。
[127] 童庆炳:《文体与文体的创造》，昆明：云南人民出版社，1999年版。
[128] 王国维:《王国维文集》（五卷本），北京：中国文史出版社，1997年版。
[129] 王利器:《颜氏家训集解》（增补本），北京：中华书局，1993年版。
[130] 王利器:《文镜秘府论校注》，北京：中国社会科学出版社，1983年版。
[131] 王明居:《文学风格论》，广州：花城出版社，1990年版。
[132]（清）王先谦:《荀子集解》，北京：中华书局，1988年版。
[133] 王运熙、顾易生:《中国文学批评史》，上海：上海古籍出版社，1981年版。
[134] 王运熙:《中古文论要义》，上海：复旦大学出版社，2004年版。
[135] 王运熙:《中国古代文论管窥》（增补本），上海：上海古籍出版社，2006年版。

[136] 王之望:《文学风格论》，成都：四川文艺出版社，1986年版。
[137] 汪涌豪:《风骨的意味》，南昌：百花洲文艺出版社，2001年版。
[138] 吴公正:《文学风格七讲》，上海：上海文艺出版社，1983年版。
[139] 萧涤非:《汉魏六朝乐府文学史》，北京：人民文学出版社，1984年版。
[140]（梁）萧统编、（唐）李善注:《文选》，北京：中华书局，1989年版。
[141] 肖占鹏:《隋唐五代文学理论汇编评注》，天津：南开大学出版社，2002年版。
[142] 向宗鲁:《说苑校证》，北京：中华书局，1987年版。
[143] 谢建忠:《〈毛诗〉及其经学阐释对唐诗的影响》，成都：巴蜀书社，2007年版。
[144] 徐复观:《中国文学精神》，上海：上海世纪出版社，2006年版。
[145] 许结:《汉代文学思想史》，南京：南京大学出版社，1990年版。
[146] 许逸民:《金楼子校笺》，北京：中华书局，2011年版。
[147]（清）严可均:《全上古三代秦汉三国六朝文》，北京：商务印书馆，1999年版。杨伯峻:《论语译注》，北京：中华书局，1958年版。
[148] 杨伯峻:《孟子译注》，北京：中华书局，1960年版。
[149] 杨明照:《学不已斋杂著》，上海：上海古籍出版社，1985年版。
[150] 殷孟伦:《汉魏六朝百三家集题辞注》，北京：中华书局，2007年版。
[151] 袁济喜:《六朝美学》，北京：北京大学出版社，1989年版。
[152] 余嘉锡:《世说新语笺疏》，北京：中华书局，1983年版。
[153] 郁沅，张明高编选:《魏晋南北朝文论选》，北京：人民文学出版社，1999年版。
[154] 袁行霈:《中国文学史》，北京：高等教育出版社，1999年版。
[155] 詹福瑞:《中古文学理论范畴》，保定：河北大学出版社，1997年版。
[156] 张岱年:《中国哲学大纲》，南京：江苏教育出版社，2005年版。
[157] 张伯伟:《钟嵘诗品研究》，南京：南京大学出版社，1999年版。
[158] 张法:《中国美学史》，成都：四川人民出版社，2006年版。
[159] 张怀瑾:《钟嵘〈诗品〉评注》，天津：天津古籍出版社，1997年版。
[160] 张少康:《文赋集释》，北京：人民文学出版社，2002年版。
[161] 周祖譔:《隋唐五代文论选》，北京：人民文学出版社，1999年版。
[162] 宗白华:《美学散步》，上海：上海人民出版社，1981年版。
[163]（宋）朱熹:《四书章句集注》，沈阳：辽宁教育出版社，1998年版。

后 记

还是1990年春天，与皮朝纲教授合作完成《中国古代审美心理学论纲》后，我就想根据中国古代审美心理学的一般理论来解释和分析《文心雕龙》中的审美学思想，特别是受皮朝纲教授所提出的中国美学是人生美学的影响，更增强了我的兴趣。皮朝纲教授认为，作为中国美学的子系统，中国古代审美心理学思想，也表现出为人生的特点；在中国古代审美心理学看来，通过审美观照与审美体验可帮助人们认识人生主体，把握人生实质，弄清人生需要，树立人格理想，实现人生价值，端正人生态度，培养人生道德。同时，他还指出，中国古代审美心理学思想认为，美的精髓为“气（道）”，它既是人的生命本原，也是自然万物的生命本原；审美不是高高在上或者外在于人的生命东西，而是存在于人的心灵之中，属于人的生命存在的东西。从这个意义出发，中国古代审美心理学思想极为重视审美主体的心理智能结构的建构，等等，受这些思想认识的影响和启迪，我觉得，运用这些观点来重新审视包括《文心雕龙》在内的所有的中国古代审美心理学论著，都可以使自己站在一个新的高度，得出全新的认识。这样想了，也这样做了，于是有了现今的这一成果。

严格说来，这本书只是自己对《文心雕龙》审美心理学这个亟待开发的领域进行的初步探索，提出了一些粗浅的看法。由于自己学术水平有限，管窥蠡测，解读和阐释不当之处，还望专家和读者批评指正。

写作过程中，皮朝纲教授给以积极鼓励和指教，同窗好友钟世伦教授、向万成教授给我的研究以大力支持和帮助，令我十分感动。在此，谨向给我以帮助的各位师友表示诚挚的谢意！

著者

2018年5月